A. Hoffmann

Angelika Lagermark, Ende vierzig, seit sieben Jahren Witwe, ist leidenschaftliche Friseurin und eine ebenso leidenschaftliche Kupplerin. Sie hat es sich zum Lebensziel gemacht, Menschen zur Liebe zu verhelfen. Alles läuft ganz wunderbar, bis die Idylle in Visby eines Tages gestört wird: Ein Betrüger verkauft die Häuser einiger Bewohner der Stadt im Internet, und ausgerechnet Angelika fällt ihm zum Opfer. Dann beschleicht sie ein Verdacht: Ist der Verbrecher am Ende der Unbekannte, in den sie sich heimlich verliebt hat?

ANNA JANSSON wurde 1958 auf Gotland geboren, wo auch all ihre Bücher spielen. Ihre Kriminalromane über die Kommissarin Maria Wern haben sich fast zwei Millionen Mal verkauft. Sie wurden in fünfzehn Sprachen übersetzt und sind außerdem als Fernsehserie auch international sehr erfolgreich.
Anna Jansson hat drei erwachsene Kinder. Mit ihrem Lebensgefährten lebt sie in der Nähe der mittelschwedischen Stadt Örebro.

Anna Jansson

DAS SCHICKSAL WARTET BEIM FRISEUR
Waschen Schneiden Lieben

Roman

Aus dem Schwedischen
von Gabriele Haefs

btb

Die schwedische Originalausgabe erschien 2014 unter dem Titel
»Ödesgudinnan på Salong d'Amour« bei Norstedts, Stockholm.

Der Verlag weist ausdrücklich darauf hin, dass im Text
enthaltene externe Links vom Verlag nur bis zum Zeitpunkt
der Buchveröffentlichung eingesehen werden konnten.
Auf spätere Veränderungen hat der Verlag keinerlei Einfluss.
Eine Haftung des Verlags ist daher ausgeschlossen.

Verlagsgruppe Random House FSC® N001967

1. Auflage
Genehmigte Taschenbuchausgabe Dezember 2016
Copyright © der Originalausgabe 2014 by Anna Jansson
by Agreement with Grand Agency
Copyright © der deutschsprachigen Ausgabe 2016
by btb Verlag in der Verlagsgruppe Random House GmbH,
Neumarkter Str. 28, 81673 München
Umschlaggestaltung: Semper smile nach einem Entwurf
von Joël Renaudat / Éditions Robert Laffont
Coverillustration: Joël Renaudat / Éditions Robert Laffont
unter Verwendung von Fotos von 123rf.com et Fotolia.com
Satz: Uhl + Massopust, Aalen
Druck und Bindung: GGP Media GmbH, Pößneck
AH · Herstellung: sc
Printed in Germany
ISBN 978-3-442-71447-6

www.btb-verlag.de
www.facebook.com/btbverlag
Besuchen Sie unseren LiteraturBlog www.transatlantik.de

*Für Jan Keith,
den Meister und Paten der Teesiebrhetorik*

Es ist schade, dass alle, die wirklich wissen,
wie das Land regiert werden müsste,
mit Taxifahren und Haareschneiden beschäftigt sind.

George Burns

Wir sind bereit

Am Södertorg in Visby liegt der *Salon d'Amour*. Sie sehen den Salon sofort, wenn Sie von der Stadtmauer kommen und an der Würstchenbude vorbeigehen. Das Ladenschild ist herzförmig, und wenn es draußen dunkel ist, leuchtet es in einem warmen Rot.

Vor sieben Jahren habe ich den Salon einem älteren Herrn abgekauft, und der Pomadegeruch des früheren Besitzers hat sich noch immer nicht ganz verzogen. Es ist ein schöner kleiner Laden mit Rosentapeten von der vorigen Jahrhundertwende und zwei Friseursesseln aus weinrotem Leder. An der hinteren Wand hängen vier Bilder, die ich auf Flohmärkten und Auktionen erstanden habe. Sie gehören zu einer Serie mit Motiven aus dem Ersten Weltkrieg. Das erste Bild zeigt einen Mann mit Uniform, Säbel und üppigem Schnurrbart, der seine Frau zum Abschied küsst. Dann folgt eine Kriegsszene, in der der Mann mit verbundenem Kopf und als Held das Schlachtfeld verlässt. Auf dem dritten Bild kehrt der Soldat wohlbehalten aus dem Krieg zurück und umarmt seine Gattin, die ein kleines Kind auf dem Arm hält. Auf dem letzten schließlich sieht man die Liebenden mit weiteren Kindern in einer Fliederlaube. Ich möchte so gern, dass Geschichten ein glückliches Ende nehmen. Glücklicher als die Geschichten in meinem eigenen Leben.

Angeblich war es hier, in der alten Barbierstube aus dem Mittelalter, wo der dänische König Valdemar Atterdag sich den Bart scheren ließ, nachdem er 1361 Visby gebrandschatzt hatte.

Wenn ich aus dem großen Fenster schaue, sehe ich die Stelle, wo seine Krieger die Mauer durchbrochen haben. Jeder zweite Stein in der Mauerkrone wurde zur Erinnerung an den entsetzlichen Tag entfernt, als achtzehnhundert gotländische Bauern vom dänischen Heer niedergemetzelt wurden. Angeblich floss das Blut bis zum Hafen und färbte den Boden rot. Nichts spricht gegen meine Theorie, dass Valdemar sich hier rasieren ließ, abgesehen von der Tatsache, dass der dänische König einen Kopf kürzer gemacht worden wäre, wenn der Barbier ein geschliffenes Messer gehabt hätte und Gotländer gewesen wäre.

Hier am Södertorg liegt also mein Salon. Wenn Sie zufällig vorbeikommen, dann schauen Sie doch bitte herein. Ich lade Sie zu Tee mit Minze und Flieder aus meinem Garten ein, während Sie darauf warten, an die Reihe zu kommen. Ich beobachte Sie im Spiegel, um zu entscheiden, wie ich Ihnen am besten helfen kann. Meine Schere ist ein Zauberstab. Meine Farben machen die Verwandlung total, falls Sie das wünschen sollten. Wenn Sie sich in den Sessel setzen und ich Ihnen den Frisierumhang umlege, habe ich bereits eine Vorstellung. Aber meine erste Frage lautet immer: Was kann ich für Sie tun? Und damit meine ich keinesfalls nur Ihre Frisur. Ich meine: Was kann ich für Sie in Ihrem Leben tun? Es gibt zwei Friseursessel, und es ist nie ein Zufall, neben wem Sie landen, das ist genau überlegt. Darauf komme ich noch zurück.

Es gibt drei Typen von Kunden, die meinen Salon besuchen: *Alltagskunden,* die sich regelmäßig die Haare schneiden lassen. *Narzisstische Kunden,* die in ihrem eigenen Spiegelbild oder in Selbstmitleid ertrinken. Und schließlich gibt es noch die *Verzweifelten Kunden,* die hereinkommen und sagen: »Machen Sie alles ganz anders.« Oft habe ich das Gefühl, dass sie ihr

Leben als Ganzes meinen. Sich eine neue Frisur schneiden und die Haare rot färben zu lassen, ist ein verzweifelter Anfang für ein neues und vielleicht besseres Leben als Single. Ich sage: ein *vielleicht* besseres Leben. Das bleibt zu diskutieren.

Dann gibt es natürlich Kunden, die in überhaupt keine Kategorie passen – ich arbeite noch an meinem System. Wenn der Besuch bei mir nicht geplant, sondern notgedrungen ist, dann brauche ich möglicherweise eine Sonderkategorie. Dafür gab es diese Woche schon ein Beispiel: Am Tag nach seinem Junggesellenabschied wollte sich ein Kunde seine Haare wieder umfärben lassen. Im Vorstand einer Bank braucht man einfach eine andere Farbe als Babykackegrün. Wenn man das Geld anderer Menschen anlegen will, sollte man Vertrauen ausstrahlen.

»Also, dann bis morgen«, sage ich zu meinem Kollegen Ricky, der früher freihaben möchte, damit er rechtzeitig zu seinem Poledance-Kurs kommt. Er hat gerade Hinterzimmer und Toilette geputzt. Ich drehe gerade eine Runde mit dem Besen und fege Staub und Haare zusammen. Ich wasche Bürsten und fülle die Friseurwagen für den morgigen Tag. Wische den Cafétisch ab und fülle den Korb mit Safranzwieback. Ich habe eine Lieferung Perücken und Toupets bekommen, die ich in den kleinen privaten Umkleideraum hänge. Bald wird eine meiner Kundinnen eine Chemotherapie durchmachen müssen, und ich freue mich, weil ihre Perücke jetzt da ist und so gut aussieht. Außerdem ist Material zur Haarverlängerung eingetroffen. Ricky findet, wir sollten das jetzt auch anbieten. Er hat auf der Friseurschule allerlei Neues gelernt.

Als ich kurz vor Ladenschluss Kassensturz mache, habe ich das unangenehme Gefühl, beobachtet zu werden. Vor dem Fenster ist für einen Moment ein Gesicht zu sehen. Ich müsste mir eine Alarmanlage zulegen. Es besteht immer das Risiko, niedergeschlagen und ausgeraubt zu werden, wenn man mit dem Tagesverdienst nach Hause geht. Ich bin davon überzeugt, dass die Körperhaltung verrät, ob man mit zwanzigtausend in der Handtasche unterwegs ist oder nur mit ein paar Zehnern. Aber Alarmanlagen sind teuer, und ich habe mich bisher aus brenzligen Situationen immer herausreden können. Wenn es überhaupt eine Begabung gibt, die eine Friseurin bis zur Perfektion beherrschen muss, dann die Kunst, zu reden und auf einen gemeinsamen Nenner zu kommen. Man lernt, mit allen Arten von Menschen zu kommunizieren, mit Bauern auf Bauernart, mit Müllkutschern über Latrinen, mit Gelehrten auf Latein. Wenn es in der Welt um Friedensstifter geht, werden Friseure oftmals unterschätzt. Man sollte sie einstellen, und keine Politiker, die Zuhören niemals gelernt haben.

Das Gesicht ist wieder da, wie ein grauer Schatten im Regen. Als ich versuche, in die Dunkelheit hinauszuschauen, taucht bei der Tür eine unförmige Gestalt auf. Eine dunkel gekleidete Person, die sich die Kapuze ins Gesicht gezogen hat. Natürlich fürchte ich mich. Ich bin allein im Salon. Die dunkle Gestalt kommt durch die Ladentür. In der Eile habe ich nicht mehr geschafft, sie abzuschließen. Verängstigt drücke ich die Kassenschublade mit der Hüfte zu und lasse den Schlüssel in meiner Kitteltasche verschwinden. Der Blick, der mir im Schatten der Kapuze begegnet, ist gehetzt und verzweifelt. Ich kann gerade noch denken, dass ich die Einnahmen dieses Tages verlieren werde. Und das ist ziemlich viel.

Szenen aus grauenerregenden Krimis jagen durch meinen Kopf. Werde ich an einen Stuhl gefesselt, während mein Mund mit Klebeband umwickelt wird, oder werde ich in einen Teppich gerollt und mit dem Kopf nach unten in die Abstellkammer gestellt? Es gibt Menschen, die gestorben sind, während sie mit dem Kopf nach unten und in Teppiche gewickelt irgendwo abgestellt waren, und die erst gefunden wurden, als es nach Tod und Verwesung stank. Falls überhaupt. Man landet vielleicht direkt in einem Container, mit Teppich und allem, und wird aufs Festland geschafft und zu Heizmaterial verarbeitet. Dann ist es doch noch besser, an einen Stuhl gefesselt zu werden. Aber was macht man, wenn die Nase läuft und man sie putzen muss, während einem die Hände auf den Rücken gebunden sind? Wenn man Rotz hochzieht und dann noch mehr Rotz, und die Nase noch immer läuft? Und dann kommt die Polizei, weil ein Passant Alarm geschlagen hat, und sie bringen Jonna von der Zeitung mit, die einem das Blitzlicht vors Gesicht hält, und dann wird man in der Morgenzeitung mit Rotz bis zum Kinn verewigt? Das wäre doch richtig peinlich. All diese Gedanken kann ich ganz schnell denken.

Zugleich staune ich über den Stecker, der an einem Kabel über der Schulter des Eindringlings hängt und hin und her baumelt, als der mit drei raschen Schritten durch den Laden läuft.

»Du musst mir helfen!« Die Stimme ist heiser und scharf wie ein Vogelschrei. »Bitte, ich zahle jeden Preis.«

Jetzt klingt es gar nicht mehr wie ein Überfall, im Gegenteil. Die maskierte Frau, denn jetzt höre ich, dass es eine Frau ist, erwartet, dass ich ihr Geld abknöpfe. *Ich zahle jeden Preis...* In meinen Ohren klingt das nach einem Lottogewinn.

»So schlimm kann es doch nicht sein?«, frage ich und trete vorsichtig einen Schritt vor, um mir ein Bild von der Lage zu machen.

»Schlimmer, liebste Angelika. Viel schlimmer.«

Mit einer hastigen Bewegung streift sie die Kapuze ab, und ich sehe ein graubraunes und verfilztes Elsternnest von Frisur, in dem eine Warmluftbürste feststeckt. Es ist Rut von der Polizei, eine meiner Stammkundinnen. Sie sieht aus wie ein Roboter mit Elektroantrieb, dessen Batterie fast leer ist. Ich fange an, die Sache zu entwirren. Es dauert mindestens vierzig Minuten, sie von der Lockenbürste zu befreien, und danach verspricht sie, mich für den Rest ihres Lebens zu lieben.

In meinem roten Notizbuch mache ich immer dann einen Strich, wenn eine Kundin oder ein Kunde sagt: »Du hast mir das Leben gerettet, Angelika!« In den vergangenen sieben Jahren sind es insgesamt dreiundvierzig Striche geworden, also dreiundvierzig gerettete Leben. Das ist kein schlechter Schnitt, fast so gut wie die Zahlen der Feuerwehr, und es zeigt, wie wichtig der Friseurberuf ist. Es zeigt zudem die Notwendigkeit einer Kategorie für Menschen mit akuten Haarproblemen. Ich habe vor, diese Sorte »Unglücksfall« zu nennen.

Nornen wirken im Stillen

»Hör jetzt gut zu«, sage ich zu Ricky, als er am nächsten Morgen kommt. »Die vier Hauptgruppen sind: A wie Alltagskunde, N wie Narzisst, V wie Verzweifelt und U wie Unglücksfall. Schreib den jeweiligen Buchstaben in den Terminkalender, um die Kategorie anzuzeigen. Außerdem malen wir ein Herz mit einer Zahl dazu, wenn jemand Hilfe dabei braucht, die Liebe zu finden.«

»Woher weiß man das denn?«, fragt er, ohne das brennende Interesse, auf das ich gehofft hatte.

»Man stellt diskrete Fragen, sammelt Informationen und zieht Schlüsse. Als Friseur verfolgt man Schicksal und Familiengeschichte der Menschen, oft über mehrere Generationen. Man hört hier ein wenig und da ein wenig, und ab und zu kommt es zu einem vertraulichen Gespräch. Man sammelt dadurch Erfahrungen und Erkenntnisse darüber, wie das Leben so spielt. Meine Aufgabe ist es, das Schicksal zu lenken. Im Salon d'Amour kann die Kundschaft mit vollständiger Diskretion rechnen. Kein Geheimnis wird weitergetragen. Hier können sie sich aussprechen und sie wissen, dass alles unter uns bleibt.«

»Ich habe am ersten Tag eine Schweigepflicterklärung unterschrieben. Hier wird nicht getratscht. Aber das mit den Zahlen im Buch habe ich noch nicht richtig begriffen.«

»In das Herz im Terminkalender schreiben wir eine Zahl für den Wichtigkeitsgrad auf einer Skala von eins bis fünf. Eine Fünf bedeutet ein verzweifeltes Bedürfnis nach Liebe, während die Einser auch allein zurechtkommen, wenn man ihnen nur einen kleinen Schubs in die richtige Richtung verpasst.«

»Dann bedeutet A 5 kein Papierformat, sondern einen Alltagsschnitt mit verzweifeltem Vögelbedarf«, fasst Ricky die Sache zusammen.

»So ungefähr, aber ab und zu ist Vögeln nur Vögeln, Ricky. Ich hatte an Liebe gedacht.«

Das Haareschneiden ist, wie Sie vielleicht jetzt schon ahnen, ein einträglicher Deckmantel für meine eigentliche Tätigkeit. Sie können mich als Beziehungscoach oder Gesprächspartnerin oder Therapeutin betrachten. Ich habe eine Zeitlang mit dem Gedanken gespielt, *Friseurin und intuitive Therapeutin* auf meine Visitenkarten zu schreiben. Aber ich hatte Angst, dass dann auch meine Haarschneidekunst als intuitiv aufgefasst werden könnte. Ich habe aber eine solide Ausbildung und ein Diplom. Wie würde die Welt aussehen, wenn es intuitive Gehirnchirurgen gäbe, intuitive Piloten und intuitive Elektriker, die aus ihrem Bauchgefühl heraus Stromleitungen verlegen, denken Sie jetzt vielleicht. Und da bin ich ganz Ihrer Meinung. Man muss wissen, was man tut. Die Einzigen, die in unserer heutigen Gesellschaft intuitiv sein dürfen, sind die Börsenmakler – und was hat uns normalen Kleinsparern das gebracht? Wenn ich stattdessen das Geld für meine Rente in einen Schuhkarton unter meinem Bett gesteckt hätte, wäre ich im Alter gesichert. Jetzt überlege ich, ob ich in einen Hühnerstall und ein Kartoffelfeld investieren soll, um an meinem Lebensabend nicht zu verhungern. Aber das ist hier nicht unser Thema.

Reden wir lieber darüber, was Sie als meine Kundin von mir erwarten dürfen. Wenn Sie sich in der nordischen Mythologie auskennen und die Weissagungen der Völva gelesen haben, dann haben Sie von den Nornen gehört. Die drei Schicksalsgöttinnen Urd, Verdandi und Skuld spannen die Lebensfäden. Gemeinsam entschieden sie, welche Fäden zu einem gemeinsamen Schicksal zusammengeführt werden sollen und welche einander einfach nur passieren, wie Schiffe in der Nacht. Und genau das tun auch meine beiden Schwestern und ich. Meine Ambition geht weit über einen schönen Haarschnitt hinaus. Ich möchte Ihnen zu einer Verabredung verhelfen. In der Begegnung mit anderen Menschen entsteht das Ich und wird geformt. Und so können wir uns zu unserem potentiellen besten Ich entwickeln – oder zu einem Wrack, wenn es sich böse fügt.

Urd, *Verdandi* und *Skuld* bedeuten: das Vergangene, das Jetzige und das Kommende. Eine Norne ist gut und schlecht zugleich – also kein Engel. Das müssen Sie sich klar vor Augen halten. Ich folge den Gesetzen meines Herzens. Meine Aufgabe ist es, zuzuhören. Ich höre zu, bis ich Ihre Bedürfnisse erkannt habe. Sie selbst tragen alle Antworten und Lösungen in sich. Meistens reicht es, wenn ich sage: »Wie sehen Sie das jetzt?« Ich höre zu, wenn Sie zusammenfassen und zu einem Entschluss kommen. Und in dieser Lage bleiben die Wankelmütigen oft stecken. Hier kann ein Schubs in die richtige Richtung vonnöten sein oder »some ass kicking«, wie mein Kollege Ricky das formuliert.

Jetzt glauben Sie aber bitte nicht, alle Menschen wollten Hilfe zu einem amourösen Abenteuer. So ist das nun auch nicht. In der narzisstischen Gruppe finden wir viele Märtyrer, deren ganze Existenz darauf aufbaut, dass sie schlecht behandelt, übersehen und ausgenutzt werden. Sie haben vielleicht den Kunden bemerkt, der eben zur Tür hereingekommen ist und sich in den Friseursessel gesetzt hat. Ein magerer Mann mit halblangen, strähnigen Haaren und einem großen Kopf, den er nicht richtig aufrecht halten kann. Er trägt einen verwaschenen blau-weiß gestreiften Fischerkittel, den er Ende der siebziger Jahre im Ausverkauf erstanden haben muss, und Versandhausjeans. Kategorie N 5 steht im Terminkalender. Ein Narzisst mit verzweifeltem Bedürfnis nach Liebe. Noch weiß er es nicht, aber von jetzt an kann sein Leben nur besser werden. Er heißt Gunnar Wallén und ist Reporter bei Radio Gute.

Ich lege ihm den Frisierumhang um und befestige den Kreppstreifen um seinen schmalen Hals.

Gunnar ist sauer, weil er jeden Tag die Kaffeebecher der Arbeitskollegen spülen muss. Wenn ich das richtig verstanden habe, stand in seiner Arbeitsplatzbeschreibung nicht, dass er ihnen hinterherwischen soll, das ist eine selbst auferlegte Plage. Anscheinend gibt es Arbeitskollegen, die versucht haben, ihre Becher selbst zu spülen, aber – in Gunnars Augen – kläglich gescheitert sind, und als der Sportreporter von Radio Gute versuchte, den Spülstein mit einem Handtuch abzuwischen, hat Gunnar ihm energisch die Leviten gelesen.

Es wird nicht leichter für mich, Gunnars Ausführungen konzentriert zuzuhören, als ich Ricky entdecke, der halb versteckt hinter dem Vorhang zu unserem Pausenraum steht. Er hält ein Teesieb in der Hand, so eins mit einem Schaft und einer Kugel am Ende. Wenn Ricky diese Kugel öffnet und schließt, sieht sie aus wie ein klaffender Schlund. Er macht das im genauen Rhythmus der verlängerten Vokale in Gunnars Tirade: *Nuur iiiich muss iiiiimmer spüüüülen. Nuuuur ich wiiiische den Spüüüüülstein ab. Und weeer zum Teufel saaagt da maaal danke?*

Gunnar gehört wie gesagt in Kategorie N 5, und das ist die schwerste Herausforderung, die eine Norne auf sich nehmen kann. Heute ist er noch schlechter gelaunt als sonst. Ich massiere sanft seinen verspannten Nacken und seinen Haaransatz, um ihn ein wenig zu beruhigen. Meine Kundschaft liebt im

Normalfall die Kopfmassage. Auch Gunnar genießt die Berührung, aber er würde lieber barfuß über Glasscherben wandeln als das zuzugeben. Vermutlich haben seit Jahren nur sein Zahnarzt und ich ihn angefasst. Als er geht, lächelt er ganz kurz und sagt Danke. Nun weiß ich, dass es noch einen Schimmer Hoffnung gibt, eines Tages eine Lebensgefährtin für ihn zu finden.

Ricky habe ich kürzlich eingestellt, nachdem seine Mutter, die von meiner Schwester Vera in Hemse frisiert wird, zusammengebrochen war. Nach fünfundzwanzig Jahren, die sie ebenso verzweifelt wie vergeblich versucht hat, Ricky zu erziehen, erlitt sie plötzlich einen Anfall und jagte ihren Sohn eine Dreiviertelstunde lang mit der Klobürste ums Haus, bis Vera die beiden dann entdeckte.

Ricky kann – trotz seines Alters – einfach noch nicht auf eigenen Beinen stehen. Er hatte auch noch nie eine feste Beziehung. Da er gelernter Friseur ist und ich sowieso gerade eine Aushilfe brauchte, nehme ich ihn nun unter meine Fittiche. Wir arbeiten hart an der Sache. Die Nummer mit dem Teesieb war unterhaltsam, aber wenn ich Vera richtig verstanden habe, dann war es gerade so eine Vorführung, nach der seine Mutter ihn dann vor die Tür gesetzt hat. Sie ist Krimiautorin und hat was von einer Drama Queen.

Ricky ist ein guter Friseur, aber er hat zu lange im Hotel Mama gewohnt. In unserem Vertrag steht, dass er Kaffeeküche und Toilette reinigt. Er ist nicht dumm, nur faul. Das mit dem Saubermachen schafft er problemlos, weil er muss, schließlich bliebe die Kundschaft aus, wenn er seine Arbeit nicht machen würde. In dieser Hinsicht ist er ziemlich gescheit, und wir ergänzen einander. Ricky hat den Mut, neue Dinge auszuprobieren, und ich die Erfahrung.

Ich wohne schon mein Leben lang in Visby, werde bald achtundvierzig und habe seit sieben Jahren meinen eigenen Salon. Ricky ist fünfundzwanzig. Er ist dunkelblond und trägt seine dicken Haare in einer Stachelfrisur, er ist schmal wie ein Schlips aus den fünfziger Jahren und kommt aus Grötlingbo. In seiner Freizeit macht er Poledance. Er hofft im Dezember auf Gold bei den Schwedischen Meisterschaften.

Als ich Ricky eingestellt habe und er von seinen Freizeitaktivitäten erzählte, hielt ich Poledance für dasselbe wie Strippen mit Stange. Er war absolut empört über meine Vorurteile. Jetzt habe ich einige Fachausdrücke gelernt, wie »invert«, sich auf den Kopf stellen, »firefighter«, eine einfache Umdrehung, dann ein Griff mit dem einen Bein vor und dem anderen hinter der Stange, eine gute Ausgangsposition zum Klettern; und »crying bird«, wie ein Vogel dazusitzen und das eine Bein nach unten hängen zu lassen. Dann gibt es noch »gemini« und »boomerang« und eine Menge anderer Dinge, die ich noch nicht richtig begriffen habe. Ricky ist der einzige Mann im Kurs. Er glaubt, es sei eine hervorragende Gelegenheit, lebensfrohe Frauen kennenzulernen. Einer der Gründe, warum ich ihn eingestellt habe, war, dass er die richtige Denkweise hat.

»Was Gunnar von Radio Gute braucht, ist Liebe«, sage ich zu Ricky, der das Teesieb noch immer in der Hand hält, obwohl der Kunde bereits gegangen ist. Wir haben den Begriff Teesiebrhetorik geprägt. Teesiebrhetorik kommt auch in der Politik vor, wenngleich ohne Teesieb. Dabei sollen andere als Schuldige vorgeführt werden, indem den Gegnern allerlei Schandtaten unterstellt werden. *Nur iiiiihr seid sooo geeeeizig. Nuuuuur iiiiihr meint, Rentner müssten Kaaaatzenfuuuuutter essen!*

»Was alle Menschen brauchen, ist Liiiiiiebe«, erklärt Ricky und lässt das Teesieb das Maul aufreißen.

Ich betrachte es als meine Lebensaufgabe, Menschen dabei

zu helfen, die Liebe zu finden. In den sieben Jahren, die ich den Salon d'Amour nun schon betreibe, habe ich nicht weniger als sechsundzwanzig Brautpaare zusammengebracht. Ich habe zu Hause auf dem Klavier ein Album liegen. Ich stelle mich der Herausforderung, dort eines Tages ein Foto von Gunnar von Radio Gute mit der Auserwählten seines Herzens einkleben zu können.

Über Zlatan und den Sinn des Lebens

Ricky wurde genau an seinem Geburtstag von seiner Mutter vor die Tür gesetzt. Sie hat ihm eine Wohnung besorgt, seine Habseligkeiten von einer Spedition hinbringen lassen, ihr Haustürschloss ausgewechselt, ihm eine Torte hinterhergeworfen und Hurra gerufen. Wenn man in fünfundzwanzig Jahren seinen Sohn noch nicht stubenrein erzogen hat, besteht nicht mehr viel Hoffnung. Meine Schwester Vera hat mir eine Liste von Rickys Mutter übermittelt. Als ich die sah, dachte ich sofort, ich hätte einen großen Fehler begangen, als ich ihn eingestellt habe.

- Trifft die Toilette nicht
- Weiß nicht, wie oder warum man eine Klobürste benutzt
- Hat noch nie einen Tisch abgewischt
- Lässt feuchte und schweißnasse Kleidungsstücke auf dem Boden liegen, und die Katze macht in Notwehr darauf
- Isst in seinem Zimmer vor dem Computer, meistens Fertigpizza. Lässt Geschirr, Flaschen und Pizzakartons herumliegen. Begreift nicht, woher der Schimmel kommt
- Wohnt zu Hause, um Geld für seine Vergnügungen zu sparen
- Hat noch nie Staubsauger, Wasch- oder Spülmaschine angerührt
- Trinkt Milch direkt aus dem Karton
- Kann nur Wurst Stroganoff kochen, was er im Hauswirtschaftsunterricht in der siebten Klasse gelernt hat

Es ist meine Aufgabe, Ricky in die Mysterien des Erwachsenenlebens einzuführen. Als kleiner Knabe hat er seiner Mutter wohl gern beim Saubermachen geholfen und ist auf dem Staubsauger gefahren. Aber diese Lust ist ihm im Laufe der Zeit verloren gegangen. Vielleicht auch besser so. Aber wie gesagt, seine Erziehung lässt einiges zu wünschen übrig. An den vergangenen drei Sonntagen ist Ricky zu mir nach Hause gekommen, um richtig kochen zu lernen. Der Weg zu einer produktiven Zusammenarbeit war nicht schmerzlos. Anfangs hatten wir durchaus unsere Konflikte.

»Wurst Stroganoff ist lecker«, erklärte er mir, als er den dritten Tag hintereinander die Reste seines Eintopfes verzehrte. Seine letzte Bettgenossin hatte wohl keine Lust mehr auf Wurst und ihn gerade erst verlassen.

»Ricky, wenn du zum ersten Mal eine Frau zu dir einlädst, dann ja, beim zweiten Mal ist es schon die Frage, aber beim dritten Mal ist aufgewärmte Wurst Stroganoff eine Katastrophe. Es ist kein Wunder, dass deine Freundinnen aufgeben. Wenn du als Meisterkoch dastehen willst, brauchst du mehr Fleisch auf den Rippen. Und das lässt sich in die Wege leiten.«

Unser Plan ist es, sonntags für die gesamte kommende Woche zu kochen. Ich finde es angenehmer, wenn das Essen fertig ist, wenn ich abends nach Hause komme, da ich oft Arbeit aus dem Laden mitnehme. Kein Haareschneiden natürlich, sondern meine Aufgaben als Ehevermittlerin. Es kommt bisweilen zu Sondereinsätzen und auch zur Überwachung der Paare, die ich zusammenbringen will.

In den beiden ersten Wochen, als Ricky bei mir gearbeitet hat, hat er mittags ausschließlich Junkfood gekauft und mein kalorienarmes Essen misstrauisch beäugt.

»Quark ist Teufelswerk«, sagte er tiefernst schon am ersten Tag.

»Du hast gut reden, du bist ja mager wie eine Bergziege mit Grasallergie. Warte nur ab, was passiert, wenn dein Körper auf die fünfzig zugeht und nicht mehr so schnell rennen mag. Schon seit Urzeiten passt sich der menschliche Körper der Nahrungsmittelzugänglichkeit an. In der Steinzeit wäre ich verhungert, wenn ich meine Kaninchen selber hätte jagen müssen. Das Problem ist, dass die Anpassung an den Überfluss mit Verspätung geschieht. Erst in tausend Jahren oder so wird der Körper begriffen haben, dass er keine Vorräte für schlechte Zeiten lagern muss.«

»In tausend Jahren bist du eine Moorleiche! Gib zu, dass das auch kein Trost ist«, sagte er brutal und musterte meinen Quark mit Bohnensalat weiterhin äußerst skeptisch. »Gib zu, dass du dich nach richtigem Essen mit Butter und Sahne sehnst, und nach einem saftigen Stück Fleisch mit Sauce béarnaise.«

Nach einigen Wochen der Meinungsverschiedenheit über Ernährung und den Sinn des Lebens kamen wir überein, dass es da einen Zusammenhang gibt. Zwischen Ernährung und dem Sinn des Lebens, meine ich, und das führte dazu, dass wir ein eigenes, ebenso schlichtes wie angenehmes Tellermodell entwickelten. Der halbe Teller wird mit Gemüse gefüllt, auf die andere Hälfte kommt dann etwas, das wir gern essen. An den kommenden Sonntagen werden wir zusammen kochen, die Strategien der folgenden Woche planen und Radio hören.

Gunnar von Radio Gute hat ein eigenes Programm namens »Es fragt es«. Das ist ein Versuch, geschlechtsneutral zu sein und mit der Zeit zu gehen. Nur sehr wenige melden sich für diese Sendung, und bisweilen muss er sie ausfallen lassen. Die Teilnehmenden, die zögern, wollen sicher nicht, dass an ihrer Geschlechtszugehörigkeit irgendwelche Zweifel aufkommen.

Die Sendung wird sonntags ausgestrahlt, und man lernt jedes Mal etwas Neues.

Natürlich ist Gunnars Liebesbedarf das Gesprächsthema Nummer eins, als Ricky und ich am Sonntag nach dem Besuch des Reporters Essen machen. Ich möchte gerne glauben, dass es für jeden Topf einen Deckel gibt. Und keine hoffnungslosen Fälle.

Ricky hat da seine Zweifel. »Wer sollte denn sein Geplapper aushalten? Er ist schlimmer als meine Mutter an einem Sonntagmittag, wenn sie sich bei einer Buchvorstellung mit Champagner vollgeschüttet hat.«

»Kann schon sein, aber die Liebe kann einen Menschen verändern. Das weiß ich. Ein bisschen Zuwendung kann ungeahnte Qualitäten aufblühen lassen. Gunnars Genörgel ist in Wirklichkeit ein Hilferuf: *Sieh mich, sonst sterb ich!* Mit Sicherheit hat seine Märtyrernummer schon funktioniert, sonst würde er damit ja nicht weitermachen. Versuch, das Kind in ihm zu sehen. Er hat vielleicht alles gekriegt, was er wollte, als er klein war und gequengelt hat. Er konnte sich im Laden vielleicht ein Eis erquengeln und so lange schmollen, bis er keine Hausaufgaben machen musste. Vielleicht konnte er sich sogar mehr Taschengeld zusammenjammern, was weiß ich? Die Probleme tauchten erst auf, als sich herausstellte, dass er sich keine Liebesbeziehung erquengeln konnte.«

Inzwischen kann ich ihn wirklich vor mir sehen – einen kleinen Wicht mit dicker Brille, verhuschten Äuglein und Stupsnase. Sein Kopf war immer ein bisschen zu schwer für seinen schmalen Hals, deshalb hält er ihn ein wenig gesenkt und schief.

»Er braucht vielleicht eine, die schrecklich chaotisch ist – aber dankbar, wenn alles schön und sauber ist«, schlage ich vor, während ich für das Sonntagsessen Kartoffeln schäle und Ricky aus dem Lammhack Frikadellen formt. Als Nachtisch gibt es Safranpfannkuchen mit Kratzbeermarmelade und Sahne.

Er lacht herzlich und warm. »Noch chaotischer als ich? Gunnar könnte dem Druck nicht standhalten. Er würde eine Sanierungsfirma mit Hochdruckspüler engagieren, um so einer hinterherzuräumen. Nein, du, ich glaube eher an eine, die nur heimlich ein bisschen chaotisch ist und nur ein bisschen Unordnung schafft. Es könnte wie ein Phobietraining vor sich gehen. Wenn Gunnar an Tag eins einen kleinen Punkt auf dem Spülbecken überlebt, schafft er am nächsten vielleicht einen Fleck. Dann kann man ihm ein Foto eines richtig verdreckten Spülsteins zeigen, und das muss er sich ansehen, bis er schreit, und diese Expositionszeit verlängert man dann, bis er jeden Schmutz hinnimmt und im wirklichen Leben durch ein Schlammfeld und eine Jauchegrube robben kann. Man muss sich nach und nach vorarbeiten.«

Ricky betrachtet nachdenklich das Fett, das aus der Bratpfanne spritzt, während die Lammfrikadellen zur Perfektion gebraten werden. Er mimt, wie er die Spüle für Gunnars bevorstehendes Phobietraining fotografiert.

»Und wie sollen wir eine Partnerin finden, die nur ein bisschen chaotisch ist?«

»Scheiß drauf. Ich habe eine neue Idee – wir können versuchen, ihn mit einer Perfektionistin zu verkuppeln, einer, die noch pingeliger ist als er selbst. Einer, die nach ihm zur Spüle kommt und sagt ...«

Ricky zieht die oberste Schublade auf und nimmt das Teesieb heraus. Ich weiß nicht, woher er weiß, dass dort sein Lieblingsspielzeug liegt. Er muss heimlich meine Küchenschubladen durchsucht haben. »*Nur iiiiiich wische Fliiiiiiegenkacke weg, nuuuuuur iiiiich suuuuuche die Kacke mit dem Vergrööööößerungsglas!*«

»Von mir aus, eine Perfektionistin. So machen wir das«, sage ich zustimmend. »Aber wir brauchen noch mehr, wenn es passen soll. Gunnar schwärmt für blonde, mollige Frauen. Wenn die Kundinnen auch nur annähernd eine Ahnung davon hätten, wie viele Informationen wir daraus entnehmen können, was sie lesen, würden sie die Zeitschriften überhaupt nicht mehr anrühren.«

»Oder daraus, wo sie eilig weiterblättern. Auch das liefert interessante Informationen.« Ricky dreht sich um und macht sich am Spülstein zu schaffen. »Was liest Gunnar?«, fragt er mit schmachtender Stimme und aufgeplusterten Wangen.

Ich überlege und sehe vor mir, was er sich zuletzt aus dem Zeitungsstapel ausgesucht hat. »Er betrachtet Bilder von rundlichen Blondinen, liest aber nicht über sie. Er liest über Sport, nur über Sport, und jeden Buchstaben, der von Zlatan Ibrahimović handelt.«

»Das würde ich als Lebensanschauung betrachten«, meint Ricky und versucht zu verstecken, dass er sich die eine Wange mit Hackfleisch ausgestopft hat. »In Schweden haben wir heute drei große Religionsgemeinschaften: Facebooknerds, Aktienmarktanbeter und Zlatanverehrer. Wie viele blonde Perfektionistinnen kennen wir, die sich mit dem zweiten Rang zufriedengeben, weil ein Mann total in seiner Religion aufgeht? Braucht eine Frau dieselben Vorlieben, oder reicht es, wenn sie ihre eigene Religion hat und auf Facebook rumhängt?«

»Ich hänge auch auf Facebook rum. Und wann ist der Aktienmarkt zur Religion geworden?«, frage ich neugierig.

»Das ist eine Religion auf dem Vormarsch. Vor einigen Jahren gab es in unserem Bewusstsein noch keine Aktienkurse. Jetzt rollen sie ununterbrochen bei Nachrichtensendungen über den unteren Bildrand. In den heiligen Börsennotierungen kann man lesen, ob der Mammongott gütig oder erzürnt ist. Die Religion infiltriert ganz heimlich unsere Sprache. Du wirst beeinflusst, auch wenn du das gar nicht merkst. Man liefert eine Idee, die jemand kauft, man investiert in eine Beziehung, und wir reden von einer Win-win-Situation. *What's in it for you?* Das Leben ist eine Geschäftsbilanz.«

Wir setzen uns an den Tisch und grübeln über die neuen Religionen nach, während die Teigtaschen im Ofen gebacken werden und auf dem Herd ein Portersteak zischt. Bis zur Mittagspause haben wir emsig gearbeitet.

»Mir fällt keine von unseren Kundinnen ein, die zu Gunnar passen könnte«, sagt Ricky und ertränkt seine Lammfrikadellen in Sahnesoße. Ich muss ihn daran erinnern, dass das Gemüse auch noch seinen Platz braucht. »Der halbe Teller für Gemüse, Ricky! Das ist eine Abmachung, auf die wir uns die Hand gegeben haben.«

»Wir müssen neue Kundschaft aufreißen«, murmelt er mit vollem Mund. »Wo finden wir die?«

Ich denke laut nach. »Jetzt ist die beste Zeit dafür. Es ist Frühling, die Sonne taut die Wintergefühle auf, die Menschen wollen sich verändern und aufblühen. Typisches Frühlingsverhalten ist, dass man anfängt, im Wald zu joggen, den Wagen zu waschen, Gewichte zu stemmen, Nordic Walking zu versuchen, neue Kleider zu kaufen, Kurse zu buchen und sich die Haare schneiden zu lassen...«

»...und sich zu verlieben. Du hast recht. Jetzt ist Paarungszeit. Die Wohnwagen fangen an zu rollen, wenn die Männchen sich aufmachen, um Weibchen in ihre Paarungskammern auf Rädern zu locken. Ich spüre es. Ich spüre es hier«, sagt er und greift sich in den Schritt. »Der Saft steigt.«

Plötzlich kommt mir ein Gedanke. »Ich weiß, wo wir eine mögliche Frau für Gunnar finden können. Natürlich! Kannst du morgen früh bis elf den Laden allein schmeißen?«, frage ich und runzele die Stirn, weil Ricky sich noch eine Portion nimmt, ohne das Gemüse anzurühren. Danach behauptet er, zu satt zu sein, um auch noch Grünzeug hinunterzubekommen. Ich merke, dass wir auch an Rickys schlechter Impulskontrolle und seinem Bedürfnis nach sofortiger Bedürfnisbefriedigung arbeiten müssen.

Werbeaktion im Fitnessstudio

Ricky hat absolut recht. Wenn der Frühling in der Luft liegt, möchte man sich verlieben. Licht und Wärme, die wiederkehren, machen etwas mit den Hormonen im Körper. Das muntere Tropfen des schmelzenden Schnees, die glucksenden Gullys, die Tulpen in vielen Farben in den Eimern vor den Blumenläden, und die Mimosen aus Italien – das alles gebiert eine Sehnsucht, denke ich auf meinem Spaziergang zu dem Fitnessstudio hinter der Österport, wo sich heute eine Abnehm-Gruppe trifft.

Ich habe mich am Vorabend online angemeldet. Und ich habe Gutscheine für einen Damenschnitt bei mir ausgedruckt. Ich habe vor, Kundinnen für meinen Salon zu locken, in der Hoffnung, dabei auch eine mollige blonde Perfektionistin für Gunnar von Radio Gute aufzutun. Mollige Frauen findet man im Fitnessstudio. *Ihr Verlust ist unser Gewinn.* Da Ricky so lächerlich mager ist, fällt die Aufgabe zweifelsfrei mir zu.

Ehe ich hineingehe, mustere ich mein Spiegelbild im Schaufenster. Was mir an meinem Aussehen am besten gefällt, sind meine dicken, dunkelbraunen Haare. Ich lasse sie lang, auch wenn meine Kundinnen – in Erwartung der Hitzewellen der Wechseljahre – sie sich im Nacken meistens kurz schneiden lassen. Ich habe lange Haare, um meine Frisur variieren zu können. Ich trage einen Pferdeschwanz, einen lockeren Knoten oder einen komplizierten Zopf bei der Arbeit und lasse sie offen, wenn ich freihabe.

Wenn man Frauen in meinem Alter bittet, fünf Dinge über

ihr Aussehen zu sagen, mit denen sie zufrieden sind, fällt den meisten rein gar nichts ein. Ich habe im Herbst einen Vortrag über Selbstvertrauen gehört, und mit etwas Training komme ich auf zwei Dinge, die mir gefallen: meine Haare und meine Augen. Dinge, die mir nicht zusagen, fallen mir viel schneller ein. Zum Beispiel mein molliger Bauch. Und dann beneide ich alle, die elegante Fußgelenke haben, meine sehen so wulstig aus. Und dennoch sind sie in einer anderen und glücklicheren Zeit geküsst worden ...

Als ich das Fitnessstudio betrete, werde ich gebeten, die Schuhe auszuziehen. Meine Füße hinterlassen feuchte Spuren auf dem Boden. Das Schmelzwasser ist durch die undichten Sohlen meiner heruntergelaufenen Lieblingsschuhe gesickert. Ich habe mir schon lange nichts Neues mehr leisten können. Es wäre aber zu ärgerlich, wenn irgendwer das für Fußschweiß hielte. Auf dem empfindlichen Kunststoffboden zeichnet sich jeder Zeh deutlich ab.

Auf dem Weg zur Waage versuche ich, die Fußabdrücke auszuwischen, indem ich ganz schnell laufe, aber nun sehen sie aus wie Schneckenspuren. *In den Spuren der Väter zu den Siegen der Zukunft,* denke ich, um mir vor der Begegnung mit der Gewichtsberatung Mut einzuhauchen. Ich verspüre aufgrund meines Wohllebens ein vages Schuldgefühl.

Vor mir in der Schlange zu der Waage steht eine krummrückige und leicht x-beinige Frau mit Fahrradhelm. Sie redet ununterbrochen mit ihrer Freundin. Hier würde Ricky sich mit dem Teesieb zu Tode schuften. Sie redet beim Ein- und beim Ausatmen. Als sie aufgefordert wird, den Helm abzunehmen, weigert sie sich. Bei ihrem ersten Abnehm-Termin in Arvika 1997 hatte sie beim Wiegen den Helm auf, behauptet sie, und deshalb muss sie ihn weiterhin bei jedem Wiegen tragen. Das Ergebnis darf schließlich nicht verfälscht werden.

Nachdem ich mich eingetragen und bezahlt habe, schiele ich zu den anderen Frauen im voll besetzten Studio hinüber. Es sind fast nur Frauen. Nur einen Mann gibt es in dieser Menschenmenge. Er hat sich ganz hinten in der Ecke verkrochen und hat etwas Kastriertes im Blick. Er will überhaupt nicht hier sein, will nicht reduziert und wesentlicher Teile seines Körpers beraubt werden. Vermutlich ist er nicht aus eigenem Antrieb hergekommen. Er wurde zwangsrekrutiert, sagt mir mein sechster Sinn. Die Hälfte der Frauen hier ist mollig und blond. Ich muss nur noch feststellen, welche Single und Perfektionistin ist.

»Seid alle willkommen! Ich heiße Majvor. Wie viele waren schon einmal hier?«, fragt die Gruppenleiterin. Eine hassenswert schlanke Frau mit kurzen und federleichten blonden Haaren und einem aus dem »Sound of Music« entsprungenen Kleid. Meine Nebenfrau flüstert mir zu, dass Majvor vom Festland kommt, frisch geschieden und bis über den Dachfirst verschuldet ist und dass sie in der Gemeinde Hogrän eine Vertretung als Kantorin macht.

Alle außer mir zeigen auf. Das hier ist mein erster Besuch, und sofort frage ich mich, ob es wirklich eine so gute Abnehm-Methode ist, wo doch alle Teilnehmerinnen noch immer hier sind und offensichtlich nicht großartig abgenommen haben. Oder geht es eigentlich gar nicht um das Abnehmen, sondern darum, Kontakte zu schließen, egal, in welcher Interessenorganisation? Um hier dazuzugehören, muss man übergewichtig sein. Wenn man sein Zielgewicht erreicht, trifft man doch montags die anderen nicht mehr. Gewichtsverlust ist vielleicht ein Hobby wie jedes andere auch?

»Wie war denn die vergangene Woche?« Majvor lächelt aufmunternd, während sie fast unmerklich auf den Zehen auf und nieder wippt. Eine feinsinnige Art, Kalorien zu verbrennen.

»Wer von euch möchte sich denn als Erste zu ihren Sünden bekennen?«, fragt sie, und ich vermute, dass sie aus Östergötland stammt, denn die Wörter landen ganz vorn in ihrem Mund.

Ein gedämpftes Murmeln breitet sich aus. Die meisten scheinen ein schlechtes Gewissen zu haben. Majvors Lächeln sieht immer verspannter aus. »Möchte jemand erzählen?«

Sogar die Frau mit dem Fahrradhelm ist verstummt. Die meisten starren zu Boden und rutschen verlegen auf ihren Bänken hin und her.

»Dann soll eben die Waage reden. Es hätte also besser gehen können, aber wir werden nicht aufgeben. Wir werden weiterkämpfen, nicht wahr?«, sagt sie munter. »Kann uns jemand einen Tipp geben, wie wir unser Hungergefühl kontrollieren können, um nicht der Versuchung zu erliegen?«

Majvor steht aufrecht wie ein Major. Ihr Lächeln ist erstarrt zu einer Maske mit hart zusammengebissenen Zähnen, und ich fürchte, dass sie bald an ihren ohnehin schon ziemlich abgenagten Nägeln herumknabbern wird.

Eine bleiche Blondine mit toupierten Haaren, weitem hellblauen Rollkragenpullover und hochhackigen Stiefeln hebt die Hand. Zu meiner Freude trägt sie keinen Trauring, sie ist nicht einmal verlobt. Was natürlich nicht bedeuten muss, dass sie frei ist. Aber es gibt mir eine gewisse Hoffnung auf meiner Suche nach einer Partnerin für Gunnar.

Majvor atmet auf und sieht erleichtert aus. »Åsa. Bitte sehr.«

»Ich habe in der Handtasche immer eine Plastiktüte mit Möhren, die ich in sechs Zentimeter lange Stücke zerschnitten habe, damit sie ins Seitenfach passen. Die esse ich, um zwischen den Mahlzeiten keinen Hunger zu bekommen.« Åsa öffnet ihre Handtasche und zeigt die Tüte mit den perfekt zurechtgeschnittenen Möhrenstücken, und ich merke, dass meine Hoffnung immer größer wird.

»Danke. Gibt es noch weitere Tipps?«

Fahrradhelm hebt die Hand. Majvor versucht, sie zu ignorieren, indem sie sich unserer Seite zuwendet und die ansieht, die auf der rechten Seite des Raums sitzen. Fahrradhelm winkt eifrig. Da keine auf der rechten Seite etwas sagt, gibt Majvor ihr widerwillig ein Zeichen zu antworten.

»Man kann Möhren essen – zum Beispiel«, sagt sie und sieht richtig glücklich aus.

»Das haben wir gerade erwähnt.« Etwas Hasserfülltes ist jetzt in Majvors Blick zu sehen, während sie auf beängstigende Weise lacht. »Was kann man sonst noch machen, um zwischen den Mahlzeiten keinen Hunger zu bekommen?«

»Wasser trinken«, schlägt meine Sitznachbarin vor. »Oder Kaffee.« Wir nicken zustimmend. Sie wirkt sympathisch, aber ein bisschen zu alt für Gunnar, fürchte ich.

»Weitere Vorschläge?« Majvor hat ihre hektische Anführerinnenrolle wieder übernommen. Nur ein geübtes Auge kann entdecken, dass sie gereizt ist. Ihre Bewegungen sind ein bisschen zu ruckhaft, ihr Lächeln ein bisschen zu breit, aber vor allem reibt sie ihre kurzen Daumennägel so aneinander, dass dabei ein wütendes Knacken ertönt.

»Man kann Kaffee trinken«, sagt Fahrradhelm laut, ohne gefragt worden zu sein. »Oder Wasser…«, fügt sie hinzu, noch immer glücklich, weil sie bei diesem Verhör die richtigen Antworten liefern kann.

Majvor kneift die Augen zusammen, ballt die Hände zu Fäusten und öffnet sie wieder. »Sehr richtig, beides haben wir ja gerade erst erwähnt.«

Fahrradhelm gibt ihrer Freundin ein High five. Es läuft gut. Drei von drei möglichen Antworten richtig. Nicht schlecht, auch wenn die Antworten souffliert wurden. »Man kann außerdem Anchovis in einer Plastiktüte in der Sonne gären lassen und sie dann essen, um besser zu kacken. Wie viele Punkte darf man dann mehr essen, die ganze Tagesration oder nur die für die Anchovis?«

Alle, auch die Klassenbeste in der ersten Reihe, drehen sich um, um diejenige anzusehen, die dermaßen unvorstellbare Dummheiten absondert. Keine schließt sich den Ausführungen über die Anchovis an. Keine. Fahrradhelm zu weiteren blödsinnigen Behauptungen zu ermutigen, würde mit der Todesstrafe geahndet. Man braucht nicht besonders intuitiv zu sein, um das zu begreifen.

Fahrradhelm redet trotzdem weiter: »Und wie viele Punkte hat eigentlich Büchsenschinken, also die ganze Mischung an sich? Ich hab meinem Nachbarn versprochen, das zu fragen. Sein Hund ist ganz schön fett geworden und stößt sich den Bauch an den Treppenstufen, wenn er zum Pinkeln nach draußen soll, und ich will außerdem noch wissen, ob Ananas selbstverbrennend ist, wenn man die Schale mitisst. Also ob man beim Essen mehr Kalorien verliert als man zu sich nimmt. Mein Nachbar sagt, das sei so.«

In diesem Moment merke ich, dass ich zu hart über Majvor geurteilt habe. Das hier ist sicher bei jedem Treffen so. Wie der stete Tropfen, der den Stein höhlt, hat Fahrradhelm der Gruppenleiterin ein Loch in den Kopf geplappert. Sie stalkt Majvor vielleicht schon seit Jahren. Sitzt mit ihren Anchovisbüchsen und ihren Gärtheorien vor Majvors Tür. Wer weiß? Deshalb kommt das, was jetzt passiert, auch nicht allzu überraschend.

Majvor verliert die Beherrschung: »Hau ab! Hau bitte ab, sonst zerr ich dich an deinem Doppelkinn raus!« Sie packt Fahrradhelm, die mittlerweile verstummt ist, an der Wange und scheucht sie mit Gewalt zu dem wartenden Fahrrad. »Es gibt noch andere Abnehmgruppen. Warum, warum zum Teufel musst du unbedingt in meiner sein?« Die Tür wird zugeknallt. Wir sitzen wie versteinert da.

Majvor kommt mit schnellen Schritten herein und lächelt verkrampft. Ihre Augen zucken, als hätte sie einen nervösen Tic. Mit barscher Stimme und deutlicher Aussprache fängt sie an zu singen. Wir wechseln Blicke und starren dann den Boden an.

Je länger wir zusammen sind, zusammen sind, zusammen sind, je länger wir zusammen sind, umso dünner werden wir.

Sie starrt uns mit Verzweiflung im Blick an. »Alle mitsingen! *Denn deine Freunde sind meine Freunde, und meine Freunde sind deine Freunde. Je länger wir zusammen sind, umso dünner werden wir.*«

Es ist sicher ein Versuch, nach ihrem Ausbruch die Stimmung aufzulockern, aber es macht uns nur Angst, und ich muss daran denken, wie die Wohnungsbauministerin Birgit Friggebo im Volkshaus von Rinkeby vorschlagen hat, »We shall overcome« zu singen, ohne die dortige Untergangsstimmung bemerkt zu haben.

Eine nach der anderen trottet heimwärts. Aber immerhin kann ich einigen Frauen Gutscheine für einen verbilligten Haarschnitt zustecken. Auch Åsa, der Klassenbesten. Mit ihr kann ich sogar einige Worte über die einzigartigen Blond-Tönungen wechseln, die wir anbieten. Denn eine echte Blondine ist sie nicht. Ich kann ihren dunklen Ansatz sehen, als sie sich umdreht.

Über den Mut zum Misserfolg

Der wichtigste Faktor für den Erfolg, egal, womit man Erfolg haben will, ist der Mut zum Misserfolg. Doch dazu gleich mehr.

Der Montagvormittag bietet frischen Seewind und Sonne, als ich auf dem Rückweg vom Fitnessstudio am Café Siesta vorbeigehe. Aber wenn ich ehrlich sein soll, gehe ich nicht nur vorbei, ich schaue auch hinein, um nachzusehen, ob sie Bienenstich haben, frisch und wunderbar mit Vanillecreme, und das haben sie. Nichts kann so sehr den Appetit auf Süßes schüren wie ein Besuch bei der Gewichtskontrolle.

Auf seinem üblichen Fensterplatz sitzt Gunnar Wallén, gehüllt in einen militärgrünen Dufflecoat. Die Mütze trägt er auch im Haus. Die Sonnenbrille mit den riesigen Gläsern lässt ihn aussehen wie eine sehr traurige Ameise. Er rührt in seiner Kaffeetasse und beißt ein großes Stück von seinem Mandelhörnchen ab, während er mit zerstreutem Blick frühlingshaft gekleidete Menschen vorbeischlendern sieht. Er sieht einsam aus, und ich gehe zu ihm, um ein paar aufmunternde Worte über die gestrige Quizsendung zu sagen.

»Ich habe dich gestern gehört, das war wirklich lustig.«

Gunnar hebt sein schweres Haupt und sieht mich mit unendlichem Leid im Blick an. »Lustig?« Er spuckt dieses verhasste Wort aus. »Lustig! Als ermittelnder Journalist will ich keine lustigen Sendungen machen. Ich will Sendungen mit sozialrealistischer Brutalität machen, über den Kampf des kleinen Menschen gegen die Übermacht in einer verrottenden und korrupten Gesellschaft.«

Ich frage, ob ich mich zu ihm setzen darf, und bekomme ein Grunzen als Antwort, als sei es ihm ganz egal, ob ich bleibe oder verschwinde. »Angenommen, du hättest freie Hand, Gunnar«, locke ich, »... unbegrenzte Mittel, worüber würdest du am liebsten eine Sendung machen?« Menschen nach ihren Träumen zu fragen, ist ein Trick, der immer funktioniert.

Gunnars Gesicht hellt sich auf. Ein Funke wird in seinem erloschenen Blick entzündet, seine Haltung wird plötzlich gerade, und ein kleines Lächeln zuckt in seinen Mundwinkeln, während er überlegt: »Steuerhinterzieher und andere Betrüger. Ich will die richtigen Schurken entlarven. Die, die von außen respektabel wirken, aber die insgeheim den Armen die Teller leer fressen.«

Mein Bienenstich trifft ein, in der guten Gesellschaft von einem Stück frisch gebackener Traumtorte und einem Mazariner. Im erbarmungslosen Tageslicht sehe ich, dass Gunnar sich schon eine ganze Weile nicht rasiert hat, und rieche, dass er als Deo noch immer das gleiche langweilige Old Spice benutzt wie eh und je. Bei Gunnar ist der Frühling noch nicht angekommen. Hier herrscht Dauerfrost. Ehe er für eine Romanze empfänglich werden kann, muss er zum Leben erweckt werden und den Lenz in sich spüren.

»Betrüger also. Stell dir vor, du könntest einen Scoop landen und einen richtig dicken Treffer erzielen!« Ich ziehe meinen Terminkalender hervor. »Aber etwas anderes. Ich würde gern eine neue Frisur an dir testen. Kostet dich nichts.«

»Aber ich hab mir doch eben erst die Haare schneiden lassen!«

»Das weiß ich, Gunnar. Aber das hier ist gratisss«, zische ich wie die Schlange Kaa aus dem Dschungelbuch und versuche, ihn mit Blicken zu hypnotisieren. »Zufälligerweise habe ich meinen Terminkalender bei mir, und gerade in dieser Woche haben wir ein phantastisches Angebot. Wenn du zehn Haarschnitte buchst, bekommst du jeden zweiten gratis. Aber das gilt nur, wenn wir jetzt sofort buchen. Was sagst du dazu? Das erspart dir doch auch die Zeit, in der Telefonschlange zu sitzen, um einen Termin bei uns zu machen.«

Dabei hatte ich nun allerdings ein bisschen übertrieben. Aber die Nachfrage führt zu weiterer Nachfrage, und ich musste ihn doch zum Anbeißen bringen.

»Müsst ihr jetzt schon hausieren gehen, steht es so schlecht in eurer Branche? Ich meine, so lang ist die Schlange doch eher selten, Angelika. Aber von mir aus.«

Zufrieden mit meiner neuen Kundenfangstrategie wandere ich durch die Adelsgata zum Södertorg und komme gerade in dem Moment zum Salon herein, als Åsa mit den Möhren anruft, um einen Termin zu vereinbaren. »Einen Moment«, sage ich und zwinkere Ricky zu. Das läuft ja wie geschmiert.

»Schneiden«, wiederhole ich mit dem Bleistift zwischen den Zähnen. »Morgen, 17.30 Uhr, geht das?« Als ich den Hörer aufgelegt habe, muss ich auf dem frisch gebohnerten Boden einfach eine Pirouette hinlegen. Ich habe ihnen gleichzeitig einen Termin gegeben. Gunnar und Åsa. Jetzt geht's los.

Ricky schaut von dem Kunden auf, dem er gerade die Haare schneidet. Es ist mein Nachbar. Ein älterer General, der seit ungefähr 1900 dieselbe Frisur hat, aber jetzt will er plötzlich auf etwas Jugendlicheres umsteigen, so etwas mit Gel, wie die Jungs beim Schlagerfestival es haben. Nach unserer Einschätzung ist er ein A-Nuller und durchaus nicht auf Suche nach Anschluss – soviel wir wissen. Der General hat gehört, dass man Stützhaare zurechtschneiden kann, so dass die oberen besser stehen, und Ricky versucht ihn davon zu überzeugen, dass er jedes einzelne Haar braucht, um überhaupt eine Frisur zu haben. Ich habe den Verdacht, dass hier etwas ganz anderes stehen soll. Er hat Frühlingsgefühle, der alte Mann.

Ich hab's geschafft, mime ich im Spiegel für Ricky.

Was?, fragt seine Grimasse hinter dem Generalsrücken.

Ein Date für Gunnar! Ich mache noch eine Drehung, einfach aufgrund der Schwungkraft. Und in diesem Moment sehe ich Fahrradhelm, die draußen ihren Drahtesel mit dem Fahrradkorb abstellt. Und dann kommt sie in den Salon. Gefolgt von einem Hund. Vermutlich der dickliche Dackel des Nachbarn, den sie im Korb chauffiert hat. Er schafft es kaum, sich über die Schwelle zu schleppen und legt sich platt auf den Boden wie ein Tigerfell.

»Ich kümmere mich für meinen Nachbarn um Trulle«, sagt sie und zieht ihren verschlissenen Helly-Hansen-Pullover aus. »Mein alter Nachbar muss auch mal ausschlafen. Es ist anstrengend, jede Nacht aufstehen und dem Hund eine Mahlzeit kochen zu müssen.«

»Warum macht er das denn?«, muss ich einfach fragen. Es ist doch die pure Tierquälerei, einen Hund so zu mästen, finde ich.

»Trulle ist daran gewöhnt, jede Nacht um zwei eine warme Mahlzeit zu bekommen, sonst ist es zu lang bis zur nächsten Mahlzeit, und dann zerbeißt er die Schuhe in der Diele. Es ist wichtig, konsequent zu sein, wenn man Tiere erzieht, und ihnen klarzumachen, dass man der Rudelführer ist«, sagt sie mit eintöniger Stimme und nimmt in dem leeren Frisierstuhl Platz, ohne auf meine Aufforderung zu warten. »Ich habe einen Gutschein. Den habe ich von jemandem aus dem Abnehm-Kurs bekommen.«

»Genau. Und zwar von mir. Fangen wir an?«, frage ich, da sie den Helm noch immer nicht abgenommen hat. Einige verirrte Haarsträhnen lugen unter dem Rand hervor, und ich frage mich, ob sie vielleicht einen Topfschnitt will.

»Alles, was ich für 200 Kronen inklusive Mehrwertsteuer kriegen kann.« Sie nimmt den Helm ab und entblößt die fettigsten Haare, die ich jemals gesehen habe. »Eine luftige und pflegeleichte Frisur, und gerne ein paar Strähnchen im Pony. Ich habe gehört, dass man Stützhaare zurechtschneiden kann.«

Wenn heute noch jemand Stützhaare sagt, bekomme ich einen hysterischen Anfall.

»Das mit den Stützhaaren ist ein Mythos! Ich glaube, wir fangen mit einer Wäsche an«, sage ich und befestige den Frisierumhang um ihren Hals, während ich mich zugleich frage, ob der Fahrradhelm ein Himmelfahrtskommando ist und ob wir das wirklich auf uns nehmen sollen.

»Ja, aber es muss schnell gehen, mein Mann holt mich gleich ab.«

»Welches Shampoo benutzen Sie denn?« Ihre Kopfhaut ist so fettig, da stimmt doch mit dem Shampoo etwas nicht.

»Ich nehme nie Shampoo. Das ist unnötig teuer. Ich nehme immer diese Seife ... Lux, ich nehme Lux als Lösung für alles. Ein guter Tipp. Den Rat kriegen Sie gratis von mir. Ich freue mich ja immer, wenn ich meinen Mitmenschen mit guten Ratschlägen und Ideen helfen kann.«

Kaum sind wir mit der Haarwäsche fertig, da hören wir vor dem Fenster ein Hupen. Auf einem Moped mit Anhänger sitzt ein wieselähnlicher Mann mit langen roten Koteletten und spitzer Nase. Er wirft Fahrradhelm einen Handkuss zu, als er sie durch die Fensterscheibe sieht, und sie reißt sich den Frisierumhang ab und stürzt zur Tür hinaus. Der Hund erhebt sich widerwillig und tapst hinterher.

»Das Schneiden erledigen wir ein andermal«, höre ich sie rufen. Dann sehe ich, wie sie dem Wieselmann einen Kuss auf den gespitzten Mund haucht. Es sieht sehr verliebt aus.

»Was war das denn?«, fragt Ricky und tritt einen Schritt in

Richtung Fenster vor, und so kann er gerade noch sehen, wie sich Fahrradhelm hinten auf das Moped setzt und glücklich lächelt.

»Sieht aus wie Liebe.«

Ich staune ebenso wie er, und nach kurzem Nachdenken füge ich hinzu: »Und ich glaube, es geht hier um den Mut zum Misserfolg. Zu versuchen, zu scheitern und wieder zu versuchen. Fahrradhelm gibt nicht auf, obwohl es jedes Mal schiefgeht. Das ist eine wichtige Fähigkeit. Wenn man es hartnäckig genug versucht, dann schafft man es am Ende. *Amor vincit omnia.*«

»Und sie hat es ohne unsere Hilfe geschafft.« Ricky ist zutiefst beeindruckt.

Flaschenpost an einen unbekannten Geliebten

Nach der Mittagspause ist Jonna zum Färben von Pony, Wimpern und Augenbrauen angemeldet. Jonna ist Journalistin bei der Morgenzeitung und hat die schärfste Feder der Insel. Sie hat eigentlich die herrlichste Lockenpracht, von der man nur träumen kann, aber wer Locken hat, wünscht sich glatte Haare, und wer glatte Haare hat, verlangt eine Dauerwelle. Das ist fast schon ein Naturgesetz.

Jonna Bogren will düster und bedrohlich wirken, mit glatten, stufigen Haaren und gesträhntem Pony. Was dazu führt, dass sie sich Augenbrauen und Wimpern färben muss, um nicht zu seltsam auszusehen.

Bei ihrem ersten Besuch in meinem Salon hatte Jonna sich die hellen Augenbrauen abrasiert und mit Kajalstift neue ein Stück oberhalb der alten aufgemalt, so dass sie aussah wie eine immer erstaunt blickende kleine Puppe. Und das war keinesfalls das gewollte Ergebnis, also habe ich ihr geholfen, das schnell zu beheben.

Im Terminkalender steht N 5. N für Narzisstin und dann ein Herz mit einer 5. Jonna hat ein wenig dasselbe Problem wie Ricky. Ab und zu einmal Vögeln aus Gesundheitsgründen schaffen sie, eine dauerhafte Beziehung aber nicht. Rickys Rekord ist eine Woche, bei Jonna geht es nur um Stunden, ehe sie einen Mann verwirrt, und das scheint sich auch nicht zu ändern. Um ihre Einstellung dem anderen Geschlecht gegenüber zu betonen, hat sie sich ein *Fuck you man* auf den rechten Oberarm tätowieren lassen. Ich habe sie noch nie mit langen Ärmeln gesehen.

Ab und zu frage ich mich, wogegen sie sich so hartnäckig wehrt. Hinter den schwarz geschminkten Augen ahne ich ein verschüchtertes kleines Mädchen, das Angst davor hat, nicht gut genug zu sein und nicht geliebt zu werden. Aber das kommt nur selten zum Vorschein – meistens ist sie hart und erfüllt von ihrer eigenen Größe und bereit, allen Versagern den Tritt in die Eier zu verpassen, den sie verdienen. Und das macht es nicht so ganz leicht, für sie einen passenden Kandidaten zu finden, aber ich habe nicht vor, mich geschlagen zu geben.

Ich binde ihr den Frisierumhang um den Hals und streife Handschuhe über, während sie mir ihr Herz ausschüttet.

»Ich hab zu meinem Scheißchef gesagt: Hands off, verdammt noch mal! Hier kommt Jonna. Und weißt du, was er da gesagt hat? Er hat gesagt: Verzeihung! Verzeihung hat er gesagt. Was für ein Vollpfosten!«

Sie lacht laut und zeigt in einem phantastischen Lächeln eine Reihe perfekter weißer Zähne. »Es war die Frage, wer den Ministerpräsidenten interviewen soll, und ich habe nur gesagt: Hands off, der gehört mir. Wenn Jonna den Ministerpräsidenten interviewen will, dann interviewt sie den Ministerpräsidenten. Keine Scheißdiskussion, Mann.«

»Ich habe den Artikel gelesen«, sage ich. »Der war sehr gut geschrieben. Du hast es wirklich auf den Punkt gebracht, mit klaren Beispielen dafür, wie ungerecht es ist, wenn Großeltern, die auf dem Festland wohnen, sich nicht die Fähre leisten können, um ihre Enkelkinder zu besuchen.«

Ich war schon mehrmals von Jonnas Schreibe beeindruckt, von der Empathie, die aus ihrer Feder fließt, während sie ja zugleich auch mit Schärfe zustechen kann.

Sobald ich wusste, dass Jonna vorbeikommen würde, habe ich Männern, die eventuell zu ihr passen könnten, einen Termin zur gleichen Zeit gegeben. Einer der Männer sitzt gerade vor Ricky. Er ist vom Statistischen Zentralbüro, einer Behörde, die vor einiger Zeit auf die Insel verlegt worden ist, um neue Arbeitsplätze zu schaffen. Der Mann heißt laut Terminkalender Petter und gehört zur Kategorie V1. Ein unkomplizierter Mann um die dreißig. Es ist Rickys Aufgabe, herauszufinden, ob er Single ist. Er trägt keinen Ring.

SZB-Petter sieht auf eine cowboyhafte Weise gut aus, und das weiß er auch. Er trägt Designerjeans, Lederweste und ein weißes Hemd. Seine Stiefel sind blank poliert, und Rickys zerfetzte Converse sehen im Vergleich noch zerfetzter aus als sonst. Petter ist durchtrainiert, und seine roten Haare sind kurz geschnitten, aber sein Schnurrbart ähnelt vor allem einem buschigen Eichhörnchenschwanz. Die Barthaare wachsen nicht nach unten, sondern eher nach vorne. Aber das kann durch ein bisschen Bartwachs geändert werden. Mit halbem Ohr höre ich, dass sie über Statistik reden. Es geht um Eheschließungen und Scheidungen, und mir ist klar, dass Ricky eine Frage gestellt hat, die Petter nicht auf persönlicher Ebene beantworten will.

»50 615 Personen haben 2012 geheiratet, was eine Steigerung um 3052 Paare ist. Die meisten wollten am 12.12.12 heiraten, genauer gesagt 2168 Paare. So viele Hochzeiten hat es in diesem ganzen Jahrhundert noch nicht an einem Tag gegeben. Normalerweise heiratet man an einem Wochenende im Sommer.« Er wirft im Spiegel einen Blick auf Jonna, und offenbar gefällt ihm, was er da sieht, trotz der grünen Plastikhaube, die ich ihr übergezogen habe, um die roten Strähnen zu färben.

»Interessant!«, höre ich Ricky sagen, während er zum dritten Mal Petters Kopf umschneidet. »Und sind Sie verheiratet?«

»Mehrmals verheiratet und geschieden. Jetzt bin ich solo. Ich hab es mir ja nicht verkneifen können, einen Blick in die

Statistik von Gotland zu werfen, um meine Chancen hier beurteilen zu können. Hier in Visby gibt es einen Frauenüberschuss von 1022 Personen, in Hemse 116, in Västerhejde 39. Um die Männer wird also konkurriert.«

»Für Jonna war Konkurrenz noch nie ein Problem«, faucht Jonna und wirft ihm einen kurzen Blick zu.

»Wer ist Jonna?«, fragt Petter und schaut sich mit gespieltem Erstaunen um.

»Ich bin das, verdammt noch mal.«

»Bist du das, verdammt noch mal?« Er lacht schallend los.

»Bist du schneeblind oder einfach nur bescheuert?« Ihre Stimme fetzt wie Stacheldraht, aber er lässt sich nicht beirren.

»Ich sehe, dass du versuchst, dich schön zu machen, ist das vielleicht meinetwegen? Weißt du, dass die Schönheitsindustrie jedes Jahr 250 Milliarden Dollar umsetzt und dass Männer nur für ein Prozent dieser Summe stehen? Wir Männer brauchen uns keine Mühe zu geben, wir sind auch so schon gut genug.«

»Du ja offenbar nicht, da deine Frauen dich vor die Tür setzen. Wie oft bist du schon verlassen worden, reden wir hier von einer drei- oder einer vierstelligen Zahl?«

»Vielleicht habe ich die Frau meines Lebens einfach noch nicht gefunden. Weißt du, Jonna steht nicht einmal unter den ersten hundert auf der Liste der häufigsten Frauennamen. Ganz oben steht Maria mit 447 019 Personen, gefolgt von Elisabeth mit 356 252 und Ana mit 305 428«, sagt Petter in lehrerhaftem Tonfall. »Ist Jonna eine Abkürzung von Johanna?«

»Nein, und du stehst ganz oben auf der Liste der hoffnungslosen Vollpfosten«, faucht sie. Nun sehe ich ein, dass das von uns arrangierte Stelldichein kein Erfolg ist. Jetzt können wir nur noch versuchen, die Wogen zu glätten, um sie nicht beide als Kunden zu verlieren. Aber SZB-Petter kommt mir zuvor. Er scheint für solche Sticheleien nicht empfänglich zu sein.

»Apropos Vollpfosten, ich habe für morgen Fußballkarten. Schwedische Pokalrunde. Visby Gute gegen Kalmar FF. Kommst du mit?«

»Ich habe eine Pressekarte.« Jonna versucht, so würdevoll wie möglich auszusehen, unter ihrer Plastikhaube, während ich gerade mit einer Häkelnadel die Strähnen herausziehe, die dunkelrot gefärbt werden sollen. In diesem Licht sieht sie aus wie eine Lavalampe.

»Dann sehen wir uns da. Wenn du statistische Angaben über frühere Spiele brauchst, kann ich die leicht raussuchen. Wir können danach vielleicht noch irgendwo ein Bier trinken. Was sagst du dazu?«

»Na gut.« Jonna wirft ihm einen verheißungsvollen Blick zu.

What the fuck?, mimt Ricky und erwidert im Spiegel meinen Blick. Seine Miene ist unbezahlbar.

Ich zwinkere ihm zu und schüttele den Kopf. Jonna wird den Statistiker bei lebendigem Leib verschlingen und die Haut ausspucken.

Als sie gegangen sind, erkläre ich Ricky: »Wir können Termine machen und wir können bei der Persönlichkeitsentwicklung helfen. Aber den Rest müssen sie selbst schaffen, und sie können das besser als andere. Die Profis. Das Problem bei Jonna ist nicht der erste Kontakt. Sie muss sich vielmehr trauen, eine tiefere Beziehung einzugehen. Ich kann mir kaum vorstellen, dass es hier eine Fortsetzung geben kann. Jonna braucht einen, um den sie sich kümmern kann, einen, der sie braucht und der das ängstliche kleine Mädchen, das sie eigentlich ist, nicht bedroht.«

»Wieso, die ist doch stahlhart!«

»Ja, weil sie sich aus irgendeinem Grund verteidigen muss.«

Die anderen Kandidaten, die wir für Jonna ausgeguckt haben, ziehen vorüber, ohne dass Lebensfäden miteinander verknüpft werden. Als der letzte Kunde seinen Stuhl verlassen hat, und ich abgerechnet habe, setzen wir uns in die Kaffeeküche und fassen den Tag zusammen.

»Reicht das Geld für mein Gehalt, wenn du jeden zweiten Schnitt verschenkst?«, fragt Ricky skeptisch und trinkt die Milch direkt aus dem Karton. »Die Leute sollten für den Service, den wir hier liefern, extra bezahlen, finde ich. Ist dir klar, was eine Partnervermittlung im Internet kostet? Ich will nicht, dass wir uns ruinieren. Und dass wir Safranzwieback anbieten... Safran ist teuer!« »Nimm ein Glas, oder kauf deine eigene Milch! Ich finde es widerlich, dass du direkt aus dem Karton trinkst.«

»Na gut.«

»Das Geschäft läuft solide. Vertrau mir.«

Ricky setzt sich vor mir an den Tisch und schaut mir tief in die Augen. »Wie soll ich dir denn vertrauen können, wenn es bei dir selbst noch nicht mal klappt, Angelika? Wenn du eine professionelle Heiratsvermittlerin bist, dann ist es doch seltsam, dass du keinen hast.«

Das war offen heraus, und ich muss zugeben, dass ich überrumpelt bin. »Ich hatte einen Mann.«

»Und...?« Ricky legt seine Handflächen an meine Wangen und beugt sich weiter vor, als ob er Angst hätte, ich könnte weglaufen.

»Er ist gestorben.«

»Gestorben? Wie lange ist das her?«

Ich will nicht darüber reden. Aber Ricky lässt mich nicht so einfach davonkommen.

»Sieben Jahre.« Ich höre, dass meine Stimme versagt, und ich kneife die Augen zusammen, als ich merke, wie es hinter den Augenlidern brennt.

»Sieben Jahre!« Ricky stößt einen Pfiff aus und steht auf, um Kaffee zu holen, während er vermutlich überlegt, wie er das Gespräch auf taktvolle Weise fortsetzen kann. »Shit! Sieben Jahre ohne zu vögeln? Das ist doch verdammt noch mal unmenschlich!«

»Das habe ich nicht gesagt, aber ja, so ist es. Sieben Jahre und vier Tage, um genau zu sein.«

»Soll ich dir jemanden organisieren, mit dem du vögeln kannst?« Ricky lässt sich auf dem Stuhl zurücksinken, so dass ich glaube, er kippt gleich um, und drückt sich einen Safranzwieback quer in den Mund. Es sieht aus, als könnte er ihn am Stück hinunterschlucken. Er liebt rasche Problemlösungen. »Für dein Alter hast du dich verdammt gut gehalten, ich glaube nicht, dass es total unmöglich wäre.«

»Danke, Ricky, danke. Mir geht es gut so, wie es ist. Wenn das Schicksal will, dass ich jemanden kennenlerne, dann kommt es eben so.«

Ricky verdreht die Augen. »Du schrumpfst ein, wenn du keinen Sex hast. Das beeinflusst das Gehirn negativ. Die Gehirnzellen sterben vor Unterstimulanz, der Körper siecht dahin. Die Immunabwehr bricht zusammen, wenn man niemanden küsst, sie braucht neue Bakterien, mit denen sie arbeiten kann. Wenn man keinen Sex hat, kann man einen Herzinfarkt bekommen. Das Herz hält das ganz einfach nicht aus. Aus der Perspektive der Volksgesundheit ...«

»Aus welcher Illustrierten hast du das denn?«

»Das wissen doch alle. Die Natur gibt die auf, die sich nicht befruchten lassen. Der Sinn des Lebens ist Fortpflanzung.«

»Blödsinn!« Ich muss über seine Dummheiten einfach lachen. »Ich baggere meine Kunden nicht an. Ich bin als Therapeutin professionell, und anderen Männern begegne ich ja nicht.«

»Dann muss es die Fähre sein.«

Ab und zu verstehe ich Rickys Schlussfolgerungen nicht. Es scheint oft irgendein Zwischenglied zu fehlen, das erklärt, was er eigentlich meint.

»Was?«

»Wir schicken eine Flaschenpost. Am Mittwoch fahre ich doch zur Friseurmesse nach Älvsjö. Statt zu fliegen, kann ich die Fähre nehmen, und dann werfe ich eine Flaschenpost über Bord. Wenn jemand die Flasche findet und antwortet, hat das Schicksal gesprochen. Nicht wahr? Es kann ein lettischer Fischer sein, ein fetter Direktor aus Ekerö oder der finnische Bauer Paavo, der sein Rindenbrot mit dir teilen will. Der Zufall entscheidet. Bist du damit einverstanden?« Ricky verliert keine Zeit. Er schnappt sich Papier und Stift und fängt hektisch an zu schreiben:

An einen unbekannten Geliebten.
Ich sehne mich seit Jahren der Einsamkeit nach dir...

»Das klingt zu traurig«, finde ich und merke, dass ich rot werde, denn es stimmt ja.

»Es ist auch traurig, meine Liebe«, sagt Ricky und tätschelt mir mit dem Handrücken freundschaftlich die Wange.

Absinth ist nichts für Weicheier

Ich schließe den Salon d'Amour ab, um nach Hause in die Fiskargränd zu gehen. Mein Gespräch mit Ricky hat mich erschüttert. In vielerlei Hinsicht tut es weniger weh, das Leben der anderen zu leben, statt sich über das eigene den Kopf zu zerbrechen, wenn ohnehin alles Schiffbruch erlitten hat. Es ist kein einziger Tag vergangen, an dem ich nicht an Joakim gedacht hätte, die Liebe meines Lebens, meinen Mann.

Die Sonne wärmt noch immer. Ich atme den Frühling in tiefen Zügen ein. Statt nach Hause zu gehen, beschließe ich, Stiefmütterchen zu kaufen und dann einen Spaziergang zum Grab auf dem Östra-Friedhof zu machen.

Ich entscheide mich für rostrote und weiße Stiefmütterchen. Wenn man bei der Friedhofsverwaltung bezahlt, kann man auch komplette Grabpflege buchen, und dann werden die zur Jahreszeit passenden Blumen auf das Grab gesetzt. Bei allen. Meistens gelbe Stiefmütterchen, gelbe Tagetes, im Sommer Pelargonien und dann im Herbst Heidekraut. Joakim hat den Geruch von Tagetes und Pelargonien gehasst. Deshalb kaufe ich meine eigenen Blumen.

In der Kassenschlange denke ich daran, wie ich als kleines Mädchen mit meinem Vater hinausgerudert bin, um Netze zu setzen. Zusammen schauten wir ins Wasser, um zu sehen, ob tief unten im Seegras Waldemar Atterdags Schatz funkelte. Wenn ich mit Papa zusammen war, hatte ich immer das Gefühl, dass etwas Lustiges passieren würde, immer wartete das Abenteuer gleich hinter der nächsten Ecke. In vielerlei Hinsicht war Joakim wie mein Vater, die gleiche Wärme, der gleiche Humor, eine rührende Hilfsbereitschaft und Spontaneität. Große Hände und eine Umarmung, die Geborgenheit schenkten. In anderer Hinsicht waren sie sich überhaupt nicht ähnlich. Mein Vater war Fischer und überaus geschickt. Joakim war Jurist und der handwerklich unbegabteste Mensch, der mir in meinem ganzen Leben je begegnet ist. Er konnte nicht einmal einen Dosenöffner benutzen, ohne alle Beteiligten in Gefahr zu bringen. Es würde mich überraschen, wenn es noch andere gäbe, die sich auf diese Weise schwere Verletzungen zugezogen haben.

Ich tu mein Bestes, sagte Joakim und schob sich einen Priem unter die Oberlippe.

Das ist ja gerade das Tragische, antwortete ich dann und gab ihm einen Kuss. Damals war ich Passivpriemerin. Seit Joakims Tod benutze ich Kautabak aktiv.

Auf meinem Spaziergang komme ich am Wasserturm vorbei, und dann habe ich den Friedhof erreicht. Es fällt mir immer schwer, das eiserne Tor zu öffnen. Es ist auch physisch schwer, obwohl es gut geölt ist und sich nach einem leichten Stoß öffnet. Weiter hinten kann ich die achteckige Kapelle und den Glockenturm sehen. Die Sonne traut sich nie so recht hierher. Die Kälte schlägt mir entgegen. Meine Beine werden taub. So sollte das Leben nicht werden, so war das nicht gedacht.

Ich bringe es nicht über mich, einen Spaten zu holen, sondern wühle mit den Händen in der feuchten Erde, setze die Pflanzen hinein und schiebe die Erde um sie zusammen, dann hebe ich den Kopf und sehe den Grabstein an. *Joakim Lagermark. Geliebt – Vermisst,* über jegliche Vernunft hinaus. *Ich weiß, was du sagen würdest. Du würdest mich bitten, weiterzugehen, sagen, ich sollte mir jemanden suchen, den ich lieben kann, ehe es zu spät ist. Aber das ist nicht so leicht. Ich habe es über das Netz versucht, Joakim. Das geht nicht gut. Eigentlich geht es überhaupt nicht.*

Gleich nach der Beerdigung wurde mir Hilfe bei der Trauerarbeit angeboten. Es war ein Projekt in Zusammenarbeit mit dem Ärztezentrum, wo ich hinging, weil mein Herz Extraschläge einlegte. Die Betreuerin hieß Irma und war qualifizierte Trauertherapeutin, so stand es auf ihrer Visitenkarte. Wo sie sich qualifiziert hatte, blieb unklar. Bestimmt nicht beim Sozialamt. Sie erzählte uns von den Hilfsgeistern des Grenzlandes und den Stimmen, die uns von der anderen Seite her den Weg durch dieses Jammertal zeigen sollten.

Wir waren sieben Trauernde, die gebeten wurden, in lose sitzender Kleidung zu erscheinen. Die Therapeutin, eine Frau um die fünfzig mit hennaroten Haaren, schwang sich auf die Energien aus dem Jenseits ein. Wenn sie mit übereinandergeschlagenen Beinen und halb geschlossenen Augen auf ihrer Bastmatte saß, die Arme ausstreckte und Daumen und Zeigefinger aneinanderlegte, sah sie aus, als ob sie soeben zwei Popel aus der Nase gefischt hätte, die sie jetzt wegwerfen wollte, fand ich. Wir in der Gruppe sollten uns im Takt des Delphingesangs wiegen, der aus ihrem rosa CD-Gerät erscholl. Sie hatte eine eigene Irma-ologische Therapiemethode, die in einem Buch mit schwülstigen Floskeln und hirnrissigen Überlegungen stand, illustriert mit Naturfotos von zweifelhafter Qualität. Dieses Buch sollten wir für dreihundertfünfundsechzig Kronen kaufen.

Ziemlich bald merkte ich, dass unsere Energien nicht miteinander korrespondierten, und ich fing lieber an, zu trainieren und durch den Wald zu laufen, bis ich am Ende meiner Kräfte war und auch ohne Wein einschlafen konnte. Ich war noch nie der Typ für Gruppenaktivitäten. In der Gruppe zu atmen, einander in der Gruppe zu massieren und fremden Menschen mein Privatleben unter die Nase zu reiben, war noch nie etwas für mich.

Ich fühle mich einsamer denn je, als ich in die Fiskargränd nach Hause wandere, um mir ein paar Scheiben des Porterbratens aufzuwärmen, den Ricky und ich gestern gemacht haben. In der Strandgata komme ich am ergrünenden Gartencafé des Lindgården vorbei. Da sitzen unter den Heizstrahlern in Decken gehüllt Menschen. Ich lese die am Holztor angebrachte Speisekarte. Als ich beim Nachtisch ankomme, bleibe ich hängen. Maulbeerparfait mit Mandelkranz. Wer kann da schon widerstehen? Aus rein pädagogischer Perspektive wäre es wahrscheinlich sogar empfehlenswert, einen Studienbesuch zu machen, um neue Ideen für die Kochstunde mit Ricky in der nächsten Woche zu bekommen. Nach sieben Jahren voller Mühsal und Sparsamkeit muss ich mir das gönnen dürfen. Ich habe nach Ostern einen Termin bei der Bank, um meine Schwestern auszuzahlen, die für einen Kredit gebürgt haben, als ich den Salon kaufen wollte. Ich habe einen leckeren Nachtisch verdient.

Ich gehe die Steintreppe hoch und finde unter dem Maulbeerbaum einen freien Tisch. Dort sind wir oft gesessen, Joakim und ich, an schönen Sommerabenden. Und genau hier saßen wir, als er mir zum ersten Mal sagte, dass er mich liebte, und ich, benommen von Glück und Valpolicella, glaubte, es wäre für immer. Aber das Leben kann sich in Sekundenschnelle ändern.

Ich zittere wieder, als ich an die beiden Polizisten denke, die an jenem entsetzlichen Tag vor meiner Tür standen. Ich sah den Tod in ihren Gesichtern, noch ehe sie auch nur ein einziges Wort gesagt hatten. Ich schrie auf, denn ich wusste, warum sie gekommen waren, warum Joakim nicht angerufen hatte, warum das Gericht angerufen und gefragt hatte, ob er denn unterwegs sei. Es gab nur eine Erklärung. Es musste etwas passiert sein.

Der ältere Polizist berichtete, das Auto sei in Södertälje auf die falsche Straßenseite geraten. Die Untersuchungen ergaben, dass er offenbar am Steuer eingeschlafen war. Das war meine Schuld. Wir hatten uns bis in den frühen Morgen gestritten. Nicht, weil wir uns nicht geliebt hätten, sondern gerade deshalb. Er wollte eine bessere Stelle finden, ehe wir Kinder bekommen wollten. Ein sicheres finanzielles Fundament für mich und die Kinder schaffen. Ich fauchte ihn an, dass man sich Kinder nicht anschafft wie ein neues Auto. Man nimmt sie dankbar entgegen, denn es ist durchaus nicht selbstverständlich, dass man überhaupt welche bekommt. Ich wagte nicht, noch länger zu warten. Ich war damals einundvierzig. Jetzt bin ich sieben Jahre älter.

Ich lese noch einmal die Speisekarte und nippe dabei an meinem Gotländer Rum. 4 cl Altissima mit Eis. Es wäre ein Verbrechen, den zu mischen. Frischen Spargel mit Parmaschinken, Lammfilet mit Bärlauch, Butter und Maulbeerparfait mit knusprigem Mandelkranz. Warum sich entscheiden, wenn man alles haben kann? Ich war doch heute bei der Gewichtsberatung und habe etwas über Strategien für ein neues und besseres Leben gehört. Morgen sind Möhren in der Handtasche angesagt, heute aber will ich leben. Ich winke dem Kellner und gebe meine Bestellung auf. Während ich auf das Essen warte, ziehe ich meinen Terminkalender hervor und überlege, wie wir Gunnar und Åsa am besten dabei helfen können, ihre Lebensfäden miteinander zu verknüpfen. Morgen um 17.30 Uhr steht sehr viel auf dem Spiel.

Ricky und ich hatten schon viele Diskussionen darüber, wovon man sich angezogen fühlt. Er sagt, »Brüste und Hintern«, auf seine unbedachte Weise. Ich sage, »Stimme, Blicke und Humor«, definitiv Humor. Humor ist eine Art Intelligenz, auf die ich nicht verzichten will. Bisweilen ist Humor die einzig gangbare Brücke zwischen den Welten von Männern und Frauen. Ich glaube, es gibt bestimmte Dinge, aufgrund derer man sich in jemanden verliebt, und andere, aufgrund derer man zusammenbleibt. In der Verliebtheit liegt, glaube ich, die Chemie des Irrsinns vor allem in uns selbst, und zwar mehr oder weniger latent. Ich glaube, wir verlieben uns, wenn wir eine Veränderung brauchen. Wenn wir uns ungeliebt fühlen und alles routinemäßig läuft, kann es reichen, dass der Briefträger lächelt und Hallo sagt. Aber anders als Ricky glaube ich, dass ganz andere Dinge als Brüste und Hintern dafür sorgen, dass man jemanden so sehr lieben kann, dass man den Alltag gemeinsam meistert. In aller Einfachheit würde ich wohl sagen, dass es die Unterschiede sind, die anziehend wirken, man sich langweilt und sich verlieben muss, und die Ähnlichkeiten – wie gemeinsame Bewertungen und gemeinsame Projekte –, die dafür sorgen, dass man dann zusammenbleibt.

Es wird jetzt kühl. Ich schaue in den Maulbeerbaum und wickele mich fester in die geliehene Decke, ich sehe die grünen Knospen, aus denen bald voll entwickelte Blätter mit feinen kleinen Maulbeeren werden. Das Leben wartet nicht, es geht weiter, und wir passen uns den Veränderungen an oder sterben. Diese Alternativen werden uns angeboten.

Zwei Tische weiter sitzt ein einzelner Mann. Erst jetzt bemerke ich ihn. Eine Art elektrischer Stoß durchfährt meinen Körper. Ich kann das nicht anders erklären, auch wenn es banal klingt. Biologie ist banal. Unsere Gefühle sind einfach menschlich, und dieses hier kommt mir elektrisch vor. Er sieht unverschämt gut aus, dunkel und mit phantastischen braunen Augen. Ich luge verstohlen zu ihm hinüber, bis sich unsere Blicke begegnen. Zu meiner Begeisterung hebt er sein Weinglas und nickt mir zu. Ich lächele ihn an und hebe mein leeres Glas.

Wenn ich denselben Schwung hätte wie Fahrradhelm, würde ich einfach zu ihm gehen und fragen, ob ich mich setzen darf. Komme was wolle. Aber ich traue mich nicht. Ich begegne seinem Blick jedes Mal, wenn ich den Kopf hebe. Meine Wangen glühen vom Wein und von seiner Aufmerksamkeit. Er lächelt, ich lächele, und ich schaue in einer Art Pseudospiel in eine andere Richtung. Gleich darauf muss ich dann aber wieder überprüfen, ob er mich noch immer ansieht, und das tut er. Ich lache, denn es ist doch verrückt. Er lacht, ohne im Geringsten verlegen zu wirken. Aber mehr passiert nicht, und trotzdem fühle ich mich ermutigt und bestätigt. Und als ich gerade bezahlt habe und gehen will, winkt er dem Kellner. Er zeigt auf mich und stellt eine Frage. Der Kellner macht ein skeptisches Gesicht, antwortet aber trotzdem.

Sechshundertachtzig Kronen ärmer wandere ich nach Hause. Es war jede einzelne Öre wert. Den Braten, den ich heute essen wollte, kann ich ins Tiefkühlfach stecken, denkt der vernünftige Teil meines Gehirns, die andere Hälfte will tanzen. Ich merke, dass ich lache. Die Abendluft ist mild. Es ist fast windstill, und ich gehe außen an der Stadtmauer vorbei durch Almedalen. Ich freue mich, als ich die Magnolienbäume blühen sehe, die frisch gepflanzten Beete am Teich und die Enten, die sich wie blaugrüne Steine am Wasser zusammendrängen. Beim Pulverturm bleibe ich eine Weile stehen und sehe den Sonnenuntergang an. Das Meer ist ganz still. Eine gewaltige rote Sonne versinkt langsam hinter dem Horizont und färbt Himmel und Meer in allen Farbtönen zwischen Schwarzblau, Feuerrot, Gold und Orange. Auf dieser Bank hier haben wir oft gesessen und zusammen in den Sonnenuntergang geblickt, Joakim und ich. Jetzt, da der Zorn sich gelegt hat und jedes Warum verstummt ist, spüre ich, dass die Zeit, die kurze Zeit, die wir zusammen haben durften, die Trauer wert war, die ich jetzt empfinde. Ich würde nicht auf ihn verzichten wollen. Doch ich würde gern auf die Schuld verzichten, den letzten Streit.

Ich gehe durch die Fiskarport und dann weiter zu dem Haus, das ich von meinen Eltern geerbt habe. Meine Schwestern bekamen Geld, und ich erbte unser Elternhaus, das ich unter gar keinen Umständen verkaufen darf. So gesehen bin ich die Gefangene des Hauses. Ich sitze auf einem Vermögen und habe gleichzeitig sieben Jahre lang von null und nichts gelebt, um das Darlehen für den Salon abzubezahlen.

Auf beiden Seiten der Haustür wachsen rote Kletterrosen. Noch sind die Blätter klein wie Mäuseohren, aber später im Sommer werden hier Kaskaden von roten, duftenden Rosen wuchern. Ich öffne den Briefkasten, um die Post mit ins Haus zu nehmen, aber der Briefkasten ist leer. Dabei warte ich dringend auf den Vordruck für die Mehrwertsteuerabrechnung vom Finanzamt. Es ist seltsam, dass der einfach nicht kommt. Ich habe schon angerufen und danach gefragt, und sie behaupten, der Brief sei abgeschickt.

Herz-Ass, mein Kater, hat meine Schritte gehört und steht schon hinter der Tür, als ich aufmache. Er drückt sich an meine Beine und heißt mich zu Hause willkommen, denn er weiß, dass es nun bald Fressen gibt. Er springt vor mir her und bleibt dann plötzlich stehen, so dass ich fast über ihn stolpere. Er will sich davon überzeugen, dass ich wirklich mit in die Küche komme.

Ich nehme ihn auf den Arm. Er ist schwarzweiß und hat langes, flauschiges Fell und kluge, hellgrüne Augen, und er will am Bauch gekrault werden. Ich gebe ihm ein kleines Stück Braten. Er hätte ihn sicher lieber ohne den Geschmack der

Schwarzen Johannisbeeren gehabt, die zu einem Porterbraten nun mal gehören. Später setze ich mich an den Computer, um meine Hausaufgaben für die morgige Begegnung mit Gunnar und Åsa zu machen. Es ist tatsächlich harte Arbeit, Menschen zusammenzubringen. Die meisten glauben jedoch lieber an den Zufall und halten es für eine lustige Episode, dass sie sich ausgerechnet beim Friseur kennengelernt haben. Aber es ist selten ein Zufall. Nicht, wenn man mich und meine Schwestern Vera in Hemse und Ulrika in Slite besucht. Wir sind hart arbeitende Friseurinnen und ansonsten Vollzeitnornen.

Ich gehe ins Internet und google Åsa Fröjel. Es gibt bestimmt nicht viele, die Fröjel heißen. Åsa wohnt allein an ihrer Adresse. Ein guter Anfang. Ich finde ihren Namen an mehreren Stellen. Ihr gehört die Ladenkette *Boutique bättre upp*. Ich kaufe manchmal dort ein, habe sie im Laden in der Adelsgata aber noch nie gesehen. Sie verkaufen Vintage, Markenbekleidung aus den fünfziger Jahren und einige neue Sachen aus Italien. Mein schönes rot-weiß getupftes Kleid habe ich von dort, und auch mein graues Jackett, ein wunderbarer Fund.

Weiter komme ich nicht mit meinen Gedanken, denn nun werde ich von lauten Stimmen draußen gestört. Der richtige Touristenstrom wird erst in zwei Monaten einsetzen. Ich gehe ans Fenster, um zu sehen, was dort los ist. Auch Herz-Ass hat die Stimmen gehört und ist unters Sofa gekrochen, um erst einmal abzuwarten.

»Wir haben keinen verdammten Bock mehr, dich noch weiterzutragen, Ricky.«

»Wir legen ihn auf die Treppe«, ruft eine andere und noch heiserere Stimme. »Verdammt, du siehst ja vielleicht aus!«

»Was für eine Scheißfeier. Scheiiiiißfeier!«

Zwei Männer von Mitte zwanzig schleppen Ricky zwischen sich, lassen ihn als Häuflein Elend vor meine Tür fallen und taumeln weiter die Straße entlang. Ich öffne vorsichtig die Tür, um nicht seinen Kopf zu treffen. Bei dem Anblick, der mich nun erwartet, bin ich erschrocken und unschlüssig zugleich. Ricky ist vollgekotzt – oder genauer, mit halb verdauten Essensresten besprüht. Kleider, Schuhe und Haare sind total verklebt. Er stinkt entsetzlich, wie er da auf der Steintreppe liegt und stöhnt. In der Hand hält er eine leere Flasche, die vor kurzem noch Absinth enthalten hat. Was ja einiges erklären kann. Ich weiß nicht, was ich tun soll. Ich weiß nicht, wo ich anfangen soll.

»Ricky, hast du gekotzt?« Die Frage kommt mir überflüssig vor.

»Ist schon gut, Angelika...« Er hebt den Kopf, sieht mir mit verschwommenem Blick in die Augen und hebt den Arm zu einer beruhigenden Geste. »Ist schon gut, Angelika. Das da... ist nicht meine Kotze.«

Ein schwerer Tag für Ricky

Der nächste Tag ist für Ricky sehr anstrengend. Ich kenne kein Pardon und lasse ihn nicht mit seinem Kater zu Hause. Wir haben einen Salon zu betreiben.

Ich zwinge ihn, unter die Dusche zu gehen, obwohl ich ihn am Vorabend in der Unterhose in der Badewanne notdürftig abgespült habe. Inzwischen suche ich aus Joakims Kleidern etwas heraus, das Ricky passen könnte. Die Jeans sind zu weit, aber ich krempele sie auf und lege einen Gürtel, ein rotkariertes Hemd und Socken heraus. Seine Kleider habe ich gewaschen und auf die Leine gehängt, aber trocken sind sie noch nicht.

Wir setzen uns an den Frühstückstisch. Ricky wird blass beim Anblick meines Haferbreis, und er bringt nicht einmal einen Bissen des getoasteten Weißbrotes hinunter, ohne würgen zu müssen. Mit List und Tücke kann ich ihm zwei Glas Wasser einflößen. »Ich hab das deinetwegen gemacht, Angelika.«

»Was?« Ich kapiere gar nichts.

»Betrachte es als eine Art Geschenk.« Ricky macht ein Gesicht wie der verwundete Held auf meinem Bild, der aus dem Krieg zurückkehrt. Erschöpft und ... stolz.

»Was?« Ich merke, dass ich wie üblich irgendein Zwischenglied in seinem Gedankengang verpasst habe.

»Ich wollte eine schöne Flasche für deine Flaschenpost haben. Die Absinthflasche war die schönste, die sie im Laden hatten. Die Frau auf dem Etikett hat sogar Ähnlichkeit mit dir, Haare und Augen, die haben etwas von dir. Die Flasche musste geleert werden, und so kam eins zum anderen. Deshalb müsste ich heute frei haben... Und übrigens habe ich mich ausgesperrt. Ich habe die Haustür zugezogen, und der Schlüssel liegt in meiner Jacke, die in der Diele hängt. Mein Kumpel sagt, ein Schlosser verlangt fünftausend. Ist das wirklich so teuer?« Ricky mustert mich mit bangem Lächeln.

Ich versuche zu protestieren, als er das Saufgelage des Vortages samt Aussperrung und vollgekotzten Kleidern als Geste selbstloser Hilfsbereitschaft darstellen will.

»Ich bin aber weder froh noch dankbar deshalb. Du hättest auch irgendeine Saftflasche nehmen können, um eine Flaschenpost zu verschicken. Ich habe den ganzen Keller voll. Du hättest dir diese blöde Idee übrigens auch abschminken können. Wozu soll das denn gut sein?«

»Wenn man Glück in der Liebe haben will, ist das Beste gerade gut genug. Wir schicken den Brief in einer Absinthflasche, damit der Empfänger versteht, dass du Klasse hast. Ich habe dir eine Mailadresse eingerichtet, an die der Finder sich wenden kann. Angelika@schicksalsgoettin.se. Diese Domain habe ich dir als verfrühtes Geburtstagsgeschenk gekauft. Gleich kriegst du das Passwort.« Er sucht in der Brusttasche, dann fällt ihm ein, dass er nicht seine eigenen Kleider trägt. »Meine Hose ist in der Waschmaschine, oder?«

»Schicksalsgöttin?« Ich komme hier nicht mehr richtig mit.

»Du bist die Schicksalsgöttin im Salon d'Amour.«

»Na gut. Und ich habe deine Hosentaschen geleert, ehe ich alles in die Waschmaschine gestopft habe. Ich habe beeindruckende Funde gemacht. Die Sammlung kann besucht werden von Dienstag bis Sonntag zwischen 10 und 18 Uhr. Montags haben wir geschlossen, und ich habe mein Teesieb wieder an mich genommen.«

Ricky bringt kein Lachen zustande. Er kann ja kaum die

Augen offen halten. Sein Oberkörper hängt wie verdorrt über dem Tisch. »Heute ist ein guter Tag zum Sterben. Oh verdammt, mir ist ja so schlecht. Kannst du nicht allein mit dem Salon fertigwerden?«

»Kommt nicht in Frage, du hast Absinth getrunken. Wir haben eine Doppelbehandlung von Wichtigkeitsstufe 5.«

»Aber ich hab doch gekotzt!«

»Was du nicht sagst! Hier, nimm meine Halspastillen, damit die Kundschaft keine Säureschäden erleidet, wenn du sie anhauchst. Und jetzt gehen wir.«

»Nein«, stöhnt er und klammert sich an den Spülstein, als ich versuche, ihn wegzuziehen.

Um Ricky aufzumuntern, spiele ich eine alte Wochenschaureporterin, während er stöhnend seine Converse-Schuhe zubindet, die jetzt einen gelbbraunen Farbton angenommen haben.

»Eine bleiche Morgensonne fegt mit ihren goldgelben Wimpern über das Katzenkopfpflaster der Stadt Visby ... die Nachbarn kommen aus ihren Behausungen und fangen an, wieder miteinander zu reden. Etliche haben in diesem langen Winter Kinder bekommen, andere einen Bart. Bald wird es Zeit, den Grill anzuwerfen und Rauchsignale in den klarblauen Himmel steigen zu lassen. Kommt heraus, ihr guten Leute, kommt heraus, denn der Frühling ist da ...«

Aber Ricky lässt sich nicht aufmuntern. Er will sterben.

Als wir auf die Straße kommen, nehme ich hinter dem Vorhang meiner Nachbarin Tilly eine Bewegung wahr und begegne im Straßenspiegel ihren neugierigen Blicken. Da hat sie doch wirklich beobachtet, dass in aller Herrgottsfrühe ein Mann mein Haus verlässt. Sie kann sehen, dass seine Kleider an der Wäscheleine im Wind flattern. Vielleicht erkennt sie Joakims Sachen, die ich Ricky geliehen habe. Skandal! Jetzt hat sie wirklich Gesprächsstoff. Den kann sie von mir aus haben.

Was könnte ich auch dagegen tun? Anklopfen und Ricky als frisch im Salon angestellt präsentieren?

Ganz Visby wird erfahren, dass Angelika Lagermark heute Nacht einen jungen Liebhaber zu Besuch hatte. Ricky würde vor Lachen ersticken, wenn er das hörte. Deshalb schweige ich und leide, während ich langsamen Schrittes den verkaterten Ricky durch Visbys Gassen schleppe.

Als wir durch die Hästgata zum Wallérsplats kommen, wischt er sich kalten Schweiß von der Stirn. In der Adelsgata stöhnt er bei jedem Schritt und schaut mich mit unsäglichem Leid im Blick an, aber ich lasse mich nicht erweichen. Es gibt zu viel zu tun heute.

»Hast du ein Brecheisen?«, fragt er vorsichtig, als er sich gegen die Fassade des Buchladens Wessman & Pettersson lehnt und langsam zu Boden gleitet. Dann hockt er vor mir und atmet tief durch.

»Was ist das denn für eine Frage?«, lache ich. »Ein Brecheisen?«

»Ja, oder könnte ich vielleicht erst mal bei dir wohnen, auf dem Sofa pennen?« Er zuckt in einer resignierten Geste mit den Schultern.

»Was willst du denn mit dem Brecheisen?«, frage ich misstrauisch.

»Ein neues Schloss für meine Tür kostet mehrere Tausend, da können sie mich ja gleich ausrauben. Und ich dachte, wenn es schon einen Raubüberfall geben muss, dann übernehme ich das lieber selbst. Ich breche meine Tür auf, und dann sage ich, bei mir sei eingebrochen worden. Das wäre dann ja nicht mal gelogen. Oder ich kann eben bei dir wohnen, bis ich Gehalt kriege. Ich kann spülen und putzen und mich im Haushalt nützlich machen.«

»Meine Nachbarn glauben ohnehin schon, dass du dich im

Haushalt nützlich machst«, murmele ich düster. »Ich leihe dir das Geld für den Schlosser.« Dann überlege ich. »Es muss doch einen Hausbesitzer geben, der einen Universalschlüssel hat?«

»Ja, schon, natürlich. Aber wenn ich den Hausbesitzer noch einmal belästige, lande ich auf der Straße. Und das kann ich mir jetzt nicht leisten.«

»Du bist bereit, 5000 zu zahlen, nur um dem Hausbesitzer zu entgehen? Das klingt doch total krank.«

»Meine Kumpels haben Besuchsverbot, seit wir versucht haben, etwas zu flambieren. Das Maß ist sozusagen voll.« Er schaut mich unter seinem Pony an. »Meine Wohnung sieht aus wie ein Rattennest. Und ungefähr so riecht sie auch. Ich weiß nicht, wie ich das in Ordnung bringen kann. Es ist eine verdammte Müllkippe. Kann ich nicht bei dir wohnen?«

»Aber es war doch sicher in Ordnung, als du da eingezogen bist? Was ist dann passiert?«

»Nichts ist passiert, es ist einfach eklig geworden. Ich habe einen Vogel, der alles vollkackt, das Essen verschimmelt, … Kann ich nicht bei dir wohnen, bis ich das Geld zusammenhabe?«

»Um nichts in der Welt.«

»Ich weigere mich, bei meinem Bruder und seiner tollwütigen Freundin zu wohnen, dann kampiere ich lieber in der Gosse. Und meine Mutter hat mich vor die Tür gesetzt. Kann ich nicht in der Kaffeeküche schlafen?«

»Ich werde es mir überlegen.«

»Danke!« Ricky lächelt mich an, aber das Lächeln erlischt gleich wieder. »Immer, wenn ich eine Frau kennenlerne, sind wir bei ihr, denn ich weiß, es geht zum Teufel, wenn sie die Tür zu meiner Wohnung aufmacht. Das geht auf Dauer einfach nicht.«

»Wahre Worte, Ricky, wahre Worte.«

Schon ehe ich die Tür zum Salon d'Amour öffnen kann, höre ich das Telefon klingeln, und danach geht es für den Rest des Tages heiß her. Heute muss man einfach in den Salon d'Amour kommen, sonst verpasst man den neuesten Klatsch. Es ist nicht zu übersehen, dass mehrere ältere Damen während des Tages tuschelnd vorüberspazieren, immer zwei und zwei. Tilly selbst lässt sich auch einen Termin geben, um für den Frühling frisch auszusehen und ganz nebenbei ein bisschen zu tratschen. Zur Strafe gebe ich ihr denselben Termin wie Slemmy Steven. Das hat sie sich selbst zuzuschreiben.

»Es geht nicht nur darum, Menschen zusammenzubringen«, sage ich zu Ricky, als er blass um die Nase aus der Toilette kommt. »Ab und zu auch, um Leute, die von ihrer Meinung total überzeugt sind, auf Menschen mit gegenteiligen Ansichten treffen zu lassen, nur damit sie lernen, mal über den Tellerrand zu blicken. Tilly ist eine Hüterin der Moral. Slemmy Steven ist der ungekrönte König der Unmoral.«

»Was ist das für eine Kategorie?« Ricky nimmt die Milch aus dem Kühlschrank, trinkt direkt aus dem Karton, und lässt sich auf das Sofa sinken. »K – wie in Konfrontation, Dringlichkeitsstufe 3?«, schlägt er vor.

»Jetzt trinkst du schon wieder aus dem Karton! Das ist widerlich! Wie schwer ist es eigentlich, sich ein Glas zu nehmen?«

Er zuckt mit den Schultern. »Scheißegal. Was ist das für ein Dringlichkeitsgrad?«

»Damit du dich zivilisiert aufführst? 10! Für Tillys Konfrontation mit Slemmy Steven Grad 5«, sage ich. Ricky hat keine Ahnung, wie sehr jetzt geklatscht wird. »Definitiv Grad 5. Kategorie K ist gut. Konfrontation, das wird perfekt.«

Meine erste Kundin an diesem Tag ist eine junge Frau, die mir vorige Woche in der Bücherei begegnet ist, wo ich stöberte und sie mit ihrer Klasse war. Jessika geht auf den Wirtschaftszweig des Gymnasiums. Schon als die Klasse die Bücherei betrat, konnte ich sehen, dass sie nicht zu den Coolen gehörte. Sie hielt sich ganz hinten, schaute zu Boden, war aber aufmerksam. Als die anderen sich um die Plätze geschlagen hatten, blieb sie still und abwartend stehen, bis alle sich gesetzt hatten, und dann war für sie am Tisch kein Platz mehr frei, und sie musste sich an einen anderen setzen. Sie war unsichtbar. In dieser Situation hätte sich Fahrradhelm mitten auf den Tisch gepflanzt, wenn es sein müsste, aber dieses Mädchen verfügte über keine fahrradhelmischen Superkräfte. Es tat mir weh, denn es erinnerte mich an ein anderes Mädchen in einer anderen Zeit – ein Mädchen, das ich gut kenne. Deshalb setzte ich mich zu ihr an den Tisch, und wir kamen ins Gespräch. Nachdem ich ihre Zukunftspläne gehört hatte, bot ich ihr einen Sommerjob an und bat sie, bei Gelegenheit im Salon vorbeizuschauen. Ich versprach ihr auch einen Probeschnitt. Sie ist also keine gewöhnliche Kundin, sondern eine, an der mir besonders liegt.

Als Jessika zur Tür hereinkommt, sehe ich, wie ihr Blick umherirrt. Sie verkriecht sich in ihrem großen Pullover und presst die Arme an ihren Körper. Ihr ganzes Auftreten strahlt Hoffnungslosigkeit aus. Der weite sackartige Pullover versteckt ihre Brüste und lässt sie dick aussehen, nicht kurvig. Die schlaffe Hose verstärkt diesen Eindruck noch. Ihre Haare sind lang, gerade und ungewaschen. Es ist ihr offenbar egal, wie sie aussieht. Sie hat die Nägel abgeknabbert, und die Nagelhaut ist rissig und geschwollen. Ricky, der sich sonst den Hals verrenkt, sowie eine junge Frau den Salon betritt, bemerkt sie nicht einmal.

»Wir müssen vor dem Sommer einige praktische Dinge erledigen. Es dauert zwar noch eine Weile, aber die Zeit vergeht schnell. Wie sieht das morgen aus, kannst du dann schon kommen?«, frage ich. Ricky ist morgen den ganzen Tag zur Messe auf dem Festland, und ich finde, das wäre eine gute Gelegenheit, um mit Jessika unter vier Augen zu reden.

»Morgen habe ich noch gar nichts vor. Unsere Lehrer sind auf einer Fortbildung, und wir haben schulfrei.«

Wir verabreden uns für den Nachmittag. Ich mustere Jessikas Gesicht. Es ist herzförmig und länglich. Sarah Jessica Parker in »Sex and the City« hat eigentlich auch so ein längliches Gesicht, aber sie lässt die Haare nur selten glatt herunterhängen, sondern schiebt sie sich hinter die Ohren oder trägt sie lockig. Ein Pony würde es weniger lang wirken lassen. Ihr Profil ist schön, klassisch rein. Ein hoher Pferdeschwanz und ein Pony oder einige Locken mit Strähnen, die auf den Seiten nicht ganz gleichmäßig verteilt sind, würden das Gesicht ganz anders betonen. Aber vor allem geht es darum, ihr Selbstvertrauen aufzubauen und ihr eine geradere Haltung zu geben. Die Kunst, ein Zimmer zu betreten und Raum einzunehmen, gesehen zu werden. Ich habe in meinen jungen Jahren als Model in Frankreich so einiges gelernt.

In mir wächst ein Beschluss: Ich habe vor, mein Bestes dafür zu tun, damit Jessika sich rächen kann. Die Wölfin in mir wittert in den Schatten ihre Peiniger – und denen werde ich meinen Gewehrlauf zeigen.

Die Zeit leidet, und wir leiden mit ihr

Für mich vergeht der Tag schnell, für Ricky langsamer. In der Mittagspause liegt er bleich und verhärmt auf dem Sofa und zappt zwischen den Fernsehsendern herum. Ich zwinge ihn, einen Schluck Tee und einen Zwieback zu sich zu nehmen. Er hat dunkle Schatten unter den Augen und ist in kaltem Schweiß gebadet.

»Ich finde, wir sollten Gunnar und Åsa absagen.« Ricky hebt den Kopf und lässt ihn dann wieder auf das Kissen fallen. »Es geht ja doch alles zum Teufel. Bestenfalls gibt es peinliches Schweigen, schlimmstenfalls Streit oder Beleidigungen. Gunnar wird mit seinem Gequengel alles verderben. Du kannst doch anrufen und sagen, dass wir hier die Winterkotzgrippe oder Läuse oder sowas haben.« Dann bringt er eine lange Erklärung, wieso die beiden nicht zueinander passen. »Kannst du dir vorstellen, wie Gunnar Sex hat? Kannst du das? In einem gewissen Alter ist man angezogen einfach sexier.«

»Du bist ein verdammter Altersfaschist, Ricky!« Ich merke, dass ich richtig wütend werde. »Eines Tages wirst du dich fragen, wo deine Haare geblieben sind, und du wirst überrascht feststellen, dass sie aus Nase und Ohren wieder auftauchen. Dann merkst du plötzlich, dass du Männertitten gekriegt hast. Und die hängen bald über einen Bauch von der Größe eines Medizinballs, und dann wirst du dich ebenso nach Liebe sehnen wie jetzt und wünschen, dass irgendwer dich attraktiv findet. Und glaub mir, diese Möglichkeit besteht, solange sie nicht von Altersfaschisten ruiniert wird.«

»Sicher sieht man deshalb schlechter, wenn man älter wird, man braucht einen Filter, damit die Wirklichkeit verzerrt wird. Du hast doch mal gesagt, dass Unterschiede Verliebtheit auslösen können, aber dass Ähnlichkeiten dafür sorgen, dass ein Paar weiter in einer liebevollen Beziehung leben kann.«

»Ja, ich glaube, so ist das.«

»Wir haben eine Verantwortung, wenn wir Gunnar mit jemandem zusammenbringen. Wir wissen ja nicht mal, ob Åsa sich für Sport interessiert.« Ricky sieht so ernst und verbissen aus, dass ich lachen muss.

»Komm schon, Ricky. Du bist einfach nur zu faul.« Ich schiebe mir einen Priem unter die Oberlippe. »Es wird Zeit.«

»Ich weigere mich. Du wirst es bereuen.«

Als wir in den Salon kommen, steht dort eine Kundin und blättert in meinem Terminkalender. Sie ist kräftig, ziemlich klein und irgendwo zwischen vierzig und fünfzig. Ihre mausbraunen, dünnen Haare hat sie mit einem Gummi zu einem Pferdeschwanz gebunden. Hier ist zweifellos Verbesserungspotential vorhanden. Aber das ist nicht mein erster Gedanke, als sie mich aus stechenden, nussbraunen Augen ansieht. Sie dringt in mein Revier ein, wenn sie hinter dem Tresen steht. Meinem Tresen. Mit arroganter Haltung blättert sie in dem Terminkalender, der für mich eine heilige Schrift ist. Das ist eindeutig eine Grenzverletzung.

In diesem Moment kommt Gunnar herein und wird von Ricky empfangen. Ich hoffe, dass Ricky an die Halspastillen gedacht hat, er riecht wirklich nicht besonders gut. Gleich darauf stürzt Åsa abgehetzt herein. Ich bitte sie, sich in den Frisierstuhl zu setzen, und wende mich dem Eindringling zu, um zu fragen, worum es geht. Wir haben jetzt keine Zeit für Besuch, da Åsa und Gunnar zur Paarbehandlung bei uns sind.

»Wir arbeiten nur auf Termin. Wollen Sie einen ausmachen?«, frage ich und nehme ihr den Kalender aus der Hand. Sie sieht furchtbar langweilig aus in ihrer ausgewaschenen Baumwollkleidung in schwachem Olivgrün und Beige. Sie hat keine eigenen Farben, und ihre Kleider haben auch keine. Das Einzige, was heraussticht, sind die dunklen Augen.

»Ich komme vom Finanzamt.« Sie zeigt ihren Ausweis mit derselben Geste wie die Kriminalbeamten in »CSI: New York«. *Lovisa Mörk* steht dort. »Ich habe da Fragen zu Ihrer Buchführung. Und zwar sofort.«

»Ich habe einen Termin mit einer Kundin, und ich verspreche, dass ich nicht mit der Tageskasse durchbrennen werde«, sage ich, um die Stimmung aufzulockern. »Sie können vielleicht einen Moment warten. Nachher zeige ich Ihnen gern alles, was Sie sehen möchten.«

»Ich habe schon genug gesehen, um zu wissen, dass hier nicht alles mit rechten Dingen zugeht«, sagt Lovisa Mörk ernst und bestimmt.

»Was?« Ricky und ich schnappen vor Überraschung nach Luft.

»Sie haben im Terminkalender radiert. Das ist ein Originaldokument und wichtiges Material für unsere Einschätzung Ihrer Kundschaftsgrundlage.«

»Ich schreibe im Terminkalender immer mit Bleistift.«

»Und das erweckt in mir den Verdacht, dass Sie schwarz Kunden annehmen, Sie schreiben sie auf und radieren sie dann aus, um Ihren Verdienst nicht versteuern zu müssen.«

»Wenn ich radiere, dann, weil jemand einen Termin abgesagt hat. Das kommt immer wieder vor. Alle Friseure schreiben mit Bleistift, ich weiß nicht, wie wir das sonst machen sollten.« Ich merke, wie ich immer kleiner werde und mich schuldig fühle, obwohl ich doch gar nichts verbrochen habe. »Alle meine Kunden bekommen eine Quittung, glauben Sie mir.«

»Sie haben vielleicht abends bei sich zu Hause Kundschaft? Wir haben da einen Tipp bekommen«, sagt Lovisa Mörk und kneift die Augen und den Mund zu schmalen Strichen zusammen. In diesem Moment sehe ich aus dem Augenwinkel Ricky. Er steht bereit, um die Teesiebhandbewegung zu machen. Die Situation ist so absurd, dass ich mir ein Lachen nur schwer verkneifen kann.

»Was?«

»Wir haben, wie gesagt, einen anonymen Hinweis bekommen. War bei Ihnen gestern Abend ein junger Mann zu Besuch?«

Ich sehe Ricky an und versuche, ihn mit einem strengen Blick an einer Antwort zu hindern.

»Ich war heute Nacht bei Angelika. In ihrem heimlichen Bordell!« Ricky grinst breit. »Wir hatten wilden und heftigen Gruppensex in roten Gummistiefeln und Knieschützern. Und das wollte ich immer schon wissen – beträgt der Mehrwertsteuersatz für sexuelle Dienstleistungen 12 oder 25 Prozent? Oder nur 6? Natürlich können es nur 6 sein.«

»Ricky!«, sage ich entsetzt. Dann drehe ich mich zu der Inspektorin vom Finanzamt um. »So war das überhaupt nicht.«

»Nein, ich habe gekotzt, weil ich Absinth getrunken hatte, und dabei musste ich an die Alkoholsteuer denken. Muss man wirklich Steuern auf Alkohol bezahlen, wenn man davon gekotzt hat? Oder bekommt man das Geld zurück, wenn man das Gekaufte sozusagen in den Laden zurückbringt?«, redet Ricky munter weiter und bindet Gunnar den Frisierumhang um. Ricky zwinkert mir im Spiegel zu, um mir klarzumachen, dass das hier die Strafe dafür ist, dass ich ihn zwinge, in seinem elenden Zustand zu arbeiten.

Ich verzeihe dir nicht. Du kannst auf der Straße übernachten, mime ich hinter dem Rücken der Steuerbehörde. Da war ich nun bei der Gewichtsberatung und habe allen möglichen Aufwand betrieben, um eine passende Kandidatin für Gunnar zu finden, und dann sabotiert Ricky mit voller Absicht meine Paarbehandlung.

»Ich hab es ein bisschen eilig.« Åsa schaut auf die Uhr und dann aus dem Fenster. Draußen steht Majvor aus dem Fitnessstudio. Åsa wirft Majvor eine Kusshand zu, und Majvor kommt herein. Die beiden küssen einander schnell auf den Mund, dann setzt Majvor sich zum Warten auf den Stuhl bei der Tür, und mir ist klar, dass unsere Absicht, Åsa mit Gunnar zusammenzubringen, von Anfang an zum Scheitern verurteilt ist. Schön für Åsa und Majvor, aber schade für Gunnar. Ich reiße mich zusammen und lächele Lovisa freundlich zu.

»Sehen Sie sich doch solange im Personalraum um. Im Bücherregal steht der Ordner mit den Abrechnungen für dieses Jahr. Nehmen Sie sich ruhig eine Tasse Tee, der ist in der Thermoskanne, und Safranzwieback finden Sie auf dem Tisch.«

»Haben Sie eine Erlaubnis zum Verkauf von Lebensmitteln?«

»Die gibt es gratis.«

»Was für eine phantastisch kompetente Frau«, höre ich Gunnar sagen. Er mustert Lovisa ausgiebig, als sie mit energischen Schritten auf das Hinterzimmer zugeht.

Ricky verdreht die Augen und schlägt sich die Handfläche vor die Stirn.

Ich ignoriere ihn und widme Åsa meine volle Aufmerksamkeit. »Was kann ich für dich tun?«

»Heute möchte ich nur nachschneiden lassen, das mit dem Tönen, was du vorgeschlagen hast, können wir vielleicht beim nächsten Mal machen.«

Wir reden eine Weile über die Fortschritte beim Abnehmen. Bei mir ist gar nichts dabei herausgekommen. Åsa dagegen, die rund um die Uhr Betreuung hat, hat mehr geschafft.

»Wenn man Lösungsmittel snifft, nimmt man ab«, wirft Ricky ein, um mir klarzumachen, dass seine Racheaktion noch nicht zu Ende ist. »Wer braucht schon Detox oder Low Carb? Man könnte meine Methode die Schnupf-Schnupf-Diät nennen. Man braucht bloß eine Plastiktüte und ein Lösungsmittel. Kein Rezept oder solchen Quatsch, man snifft sich einfach weg in den Nebel und vergisst zu essen.«

Ich schaue Åsa hinterher, als sie Majvors Hand nimmt und mit ihr in die Sonne hinausgeht. Draußen ist Frühling, aber hier drinnen herrscht das Chaos. Ich fege den Boden, ziehe den Kittel aus und gehe ins Personalzimmer, um weiter meine Buchführung zu verteidigen. Lovisa ist in die alten Ordner aus dem Bücherregal vertieft und greift zu denen dieses Jahres.

»Von wem stammt denn der anonyme Hinweis?«, frage ich mit lauter Stimme, als ich genau hinter ihr stehe. Sie fährt zusammen.

»So richtig anonym war das nicht, aber mir ist Ihre Nachbarin begegnet, und bei der klingt es, als ob in Ihrem Haus Sodom und Gomorrha herrschen. Aber ich dachte: So einen jungen Liebhaber kann sie doch nicht haben. Sicher ist das ein Kunde. Verstehen Sie es bitte nicht falsch, wenn ich Kunde sage.« Lovisa hat offenbar das Bedürfnis, das deutlich zu machen. »Schwarzschneiden, meine ich.«

»Wissen Sie, Lovisa, ich bin stolz darauf, dass ich Steuern zahlen kann, mit denen Krankenhäuser, Schulen und Altenheime unterhalten werden, und mir ist es mindestens so wichtig, dass meine Steuern auch für die Verbesserung der Fährverbindungen zwischen uns und dem Festland verwendet werden.«

»Ganz richtig, da sind wir einer Meinung!« Lovisas Gesicht öffnet sich zu einem strahlenden Lächeln, und für den Moment fällt mir nicht mehr ein, warum ich sie so unscheinbar fand. Sie hat ein sehr schönes Lächeln. Es kommt mir vor wie eine Wende in unserem Gespräch. Nach einer Weile behaglichen Plauderns, bei dem wir noch weitere Gemeinsamkeiten finden, gibt sie mir Tipps in Sachen Steuerreduzierung, von denen ich noch nie zuvor gehört hatte.

»Sie wissen doch, dass Sie Kaffee und Pflaster und einen Regenschirm absetzen können?«

Ein Regenschirm kommt mir nicht wie eine nötige Ausgabe vor, aber auch nicht wie Raub am Staatssäckel. »Lovisa, als ich Sie eben am Tresen gesehen habe, sah ich sofort vor mir, wie ich gern Ihre Haare schneiden würde. Ich habe eine ganz tolle Idee. Es ist doch Frühling, wie wäre es da mit etwas Farbe? Einer Farbe, die zu Ihren schönen Augen passt?«

»Das ist doch kein Versuch von Beamtenbestechung?« Sie schaut mich besorgt an.

»Das nun wirklich nicht. Es ist ein Versuch, Sie mit dem Mann da drüben zu verkuppeln.« Ricky ist hereingekommen und nickt in Gunnars Richtung.

»Das soll ja wohl ein Witz sein!« Lovisa lacht wieder, und ihre Besorgnis ist wie weggeblasen. »Könnten Sie das heute noch machen?«, fragt sie an mich gerichtet.

»Natürlich. Bitte, nehmen Sie Platz.« Ich erwidere Rickys fragenden Blick. *Du meine Güte, was ist denn hier los?* Er hat bei Gunnar ganz bewusst so lange wie möglich getrödelt und stutzt nun gerade Gunnars Ohrenhaare mit einem kleinen Schneidegerät, das ich zu Weihnachten gekauft habe. Sie reden über Zlatan und Messi, während Gunnars Augen im Spiegel Lovisas Wanderung durch den Raum verfolgen. Sie ist wie gesagt kurvig, aber nicht unbedingt mollig und nicht blond, also sind hier vielleicht Pheromone oder andere von der Luft getragene unsichtbare Anziehungskräfte am Werk, die noch nicht wissenschaftlich eingeordnet worden sind.

»Jetzt, wo du so kurze Haare hast«, sagt Ricky zu Gunnar, »müssen wir jede Woche nachschneiden. Wir übernehmen aber jeden zweiten Schnitt, damit du dich nicht ruinierst.«

»Ich schlage vor, dass wir die Veränderung Schritt für Schritt vornehmen, damit Sie sich daran gewöhnen können«, sage ich zu Lovisa. »Wir könnten die Termine vielleicht wöchentlich legen.« Ich zwinkere Ricky zu. Seine rechte Hand zuckt ein wenig, als ob er mir ein High five geben wollte, aber er kann sich gerade noch beherrschen.

»Heeell yesss!«, zischt er, als ich an ihm vorbeigehe, um den Friseurwagen zu holen.

Ein Wirbelwind im Salon d'Amour

Mittwochmorgen. Ich schließe die Ladentür auf und werde von demselben Gefühl wie immer überwältigt. Dankbarkeit. Es ist seltsam, dass die Behörden noch nicht auf die Idee gekommen sind, dieses Gefühl zu besteuern. Das hier ist das, was ich mir schon als kleines Mädchen gewünscht habe und für das ich so viele Jahre hart gearbeitet habe. Ein eigener Salon.

In der ersten Zeit nach dem Kauf hatte ich schlaflose Nächte und Angst, die Kundschaft könnte ausbleiben. Meine Schwestern hatten für einen zinslosen Kredit von einer Million Kronen über sieben Jahre gebürgt. Erst wagte ich nicht, dieses Geld anzunehmen. Ich wollte nicht riskieren, dass die beiden in Konkurs gingen, wenn ich es nicht schaffte. Aber sie überredeten mich, und darüber bin ich froh. Und die Kundschaft kam in Massen. In den vergangenen Jahren habe ich gespart und geknickert und mir nichts gegönnt, aber nach Ostern kann ich den Kredit ablösen. Und dann wird gefeiert.

Ich nehme mir eine Tasse Kaffee und setze mich für eine Weile auf eine Bank beim Springbrunnen. Der Imbiss gegenüber hat phantastische belegte Brote. Die werde ich mir gönnen, wenn erst der Kredit bezahlt ist, und dann kaufe ich mir ein neues Kleid.

Der Zeitungskiosk hängt die Plakate der Tageszeitungen auf. *Steigende Kartenkriminalität – so werden Sie abgezockt*, steht auf dem einen, und auf dem anderen: *Hausdiebe – sie mieten sich in Ihr Haus ein*. Ich wechsele einige Worte mit dem

Goldschmied, der soeben seinen Laden aufschließt, dann gehe ich in meinen, um alles für diesen Tag vorzubereiten.

Ricky besucht die Friseurmesse auf dem Festland, um sich die neuen Trends anzusehen, und er wird erst heute Abend spät mit dem Flugzeug zurückkommen. Vielleicht auch erst morgen Vormittag, wenn er die Fähre nimmt. Das war noch nicht ganz klar. Als wir uns gestern getrennt haben, zog er die Absinthflasche hervor, um mir den Brief in der Flaschenpost zu zeigen, den er bis zur Vollendung geschliffen hatte, wie er sagte. Ich hatte gehofft, er hätte diese blödsinnige Idee vergessen. Ich meine, wenn jemand erst in fünfzig Jahren die Flasche findet... dann bin ich achtundneunzig. Dann freue ich mich vielleicht über einen Besuch im Pflegeheim, aber die Idee ist noch immer schwachsinnig, und wenn jemand in hundert Jahren die Flaschenpost findet, kann er ja nur noch nach meinem Grabstein suchen.

Das Schlimmste wäre jedoch, wenn jemand sie gleich fände. Jemand, der einfach in mein Leben trampelt und sich einbildet, irgendeine Art von amouröser Beziehung erwarten zu können. Dazu bin ich nicht bereit.

Doch als ich das denke, schaue ich aus dem Fenster und sehe *ihn* dort stehen. Den Mann aus dem Lindgården, mit dem ich gestern Abend geflirtet und an den ich ehrlich gesagt seither in jeder freien Sekunde gedacht habe. Er steht ganz still da und sieht mich mit seinen munteren, braunen Augen an. Ich merke, dass ich rot werde und dass sich mein Puls auf irritierende Weise beschleunigt. Er winkt kaum merklich und hält meinem Blick stand. Dann geht er weiter und verschwindet. Ich bin total verwirrt, erschüttert und verstört. Um ihn ein letztes Mal sehen zu können, ehe er in die Adelsgata abbiegt, stelle ich mich auf Zehenspitzen. Ich öffne nicht die Tür, um hinter ihm herzurufen, ich renne nicht los, um zu fragen, ob er eine Abokarte bei uns lösen will. Ich stehe nur mit hängenden Armen da und sehe ein, dass ich mich in diesen Mann durchaus verlieben könnte.

Der erste Kunde des Tages kommt mit einer Reklamation. Es ist eine etwas delikate Angelegenheit, die nicht für viele Ohren bestimmt ist, und deshalb habe ich Konrad einen Termin gegeben, bei dem ich allein im Salon bin. Die Reklamation gilt der Beziehung, in die ich ihn sozusagen gesteuert habe – nicht dem Haarschnitt. Ich bin mir meiner Verantwortung bewusst, wenn ich Ehen arrangiere. Konrad und Lisbeth waren vor sieben Jahren mein erstes Paar, und jetzt haben sie Probleme.

Als Friseurin hört man so ungefähr alles, uns ist nichts Menschliches fremd. Ich binde ihm den Frisierumhang um und bitte ihn, sein Problem zu beschreiben.

»Sie empfindet nichts mehr, wenn wir miteinander schlafen«, sagt er und sieht so traurig und hoffnungslos aus, dass es mir einen richtigen Stich versetzt.

»Nichts?«, wiederhole ich, um dem, was er sagen will, nicht mit Suggestivfragen zuvorzukommen.

»Anfangs haben wir es die ganze Zeit und überall gemacht, aber jetzt findet sie es wichtiger, die Schranktüren in der Küche abzuwischen als Sex zu haben. Ich habe das Gefühl, dass sie alles tun würde, um es sich zu ersparen. Als wir am Samstag eine Pizza geteilt hatten und als nach der ersten Hockeyhalbzeit die Gelegenheit perfekt war, fing sie an, die Dunstabzugshaube in der Küche zu reinigen.«

»Und was hast du da gedacht?«

Konrad holt tief und zitternd Luft, dann kommen alle Gefühle auf einmal heraus. »Dass sie mich nicht mehr liebt. Dass sie vielleicht einen anderen hat. Ich habe sie ganz offen gefragt. Aber sie hat nur gesagt, noch so einen Trottel könnte sie nicht ertragen. Und dann hatten wir Sex. Widerwilligen Sex. Ich musste die zweite Halbzeit opfern, und dabei hätten wir es doch in der Pause erledigen können. Es war kein besonderer Erfolg. Wir hatten sozusagen Hemmungen voreinander. Ich kann dir sagen, es war alles viel leichter, als wir uns noch kaum kannten. Wie kann das sein, dass es leichter ist, mit einer Fremden Sex zu haben als mit der eigenen Frau? Jetzt kommt es mir fast so vor, als küsste ich meine Schwester. Sie kneift die Augen zu, und ich kneife die Augen zu, und die Lampe bleibt aus.«

»Und sie empfindet nichts?«

»Ich war immer stolz darauf, dass ich gut ausgestattet bin, aber nein, sie empfindet nichts. Ich weiß nicht, was ich falsch mache.«

Ich staune darüber, wie wenig Ahnung man haben kann. Eine normal gebaute Frau kann es mit einem Bleistift machen, besser braucht man nicht ausgestattet zu sein. Hier scheint es an grundlegenden biologischen Kenntnissen und Phantasie zu hapern. Ich greife zu Papier und Stift und zeichne die Anatomie für ihn auf. Eigentlich dürfte das doch überflüssig sein in unserem aufgeklärten Land, in dem die Schlagzeilen der Abendzeitungen die Sextipps nur so herausschreien, als ob es sich um hochwichtige politische Entscheidungen handelt. Wie schwer kann das denn zu begreifen sein? Ich erkundige mich diskret nach seiner Technik und mache dann einige Verbesserungsvorschläge.

»Frag sie nach ihren Phantasien, was ihre Lust anregen kann. Vielleicht möchte sie es an einem Ort machen, wo ihr von anderen überrascht werden könntet. Vielleicht gefesselt und ausgepeitscht werden oder dich schmutzige Wörter sagen hören. Vielleicht steht sie auf Fußmassage oder Latex. Hast du sie nach ihren Wünschen gefragt? Aber das Wichtigste von allem: Hast du ihr gesagt, dass du sie liebst?«

»Ist das denn wirklich nötig? Ich hab doch meinen wunderbaren Kumpel dabei«, sagt er zweifelnd.

»Das ist nicht das Schlechteste, aber vielleicht gehört etwas mehr dazu, um nach sieben Jahren die Lust aufrechtzuerhalten. Sag ihr, dass du sie liebst. Sag ihr, dass sie schön ist. Schmeicheln, immer weiter schmeicheln.« Mir wird klar, dass ich diese ganze Unterweisung nicht in dreißig Minuten schaffen kann. »Ich habe ein kleines Buch, das ich euch beiden empfehlen würde. *Die Quelle des Genießens*. Es wurde im 13. Jahrhundert von einem ägyptischen Frauenarzt geschrieben, und da findest du so ungefähr alles, was du wissen musst. Du kannst es von mir leihen.«

»Und schmeicheln reicht, meinst du?«, sagt er nachdenklich.

»Nein, ich würde auch empfehlen, dass du die Dunstabzugshaube reinigst. Dabei können magische Dinge passieren. Ihr müsst miteinander reden«, sage ich. »Frag sie, was bei dem, was ihr macht, gut ist und was nicht richtig läuft. Meinst du nicht, dass es ein besseres Vorspiel als Hockey geben könnte?«

»Verdammt, das wird jetzt aber anstrengend«, sagt er und vertieft sich in die Skizze der weiblichen Anatomie, die ich ihm gegeben habe.

»Das stimmt«, sage ich und lächele ihn aufmunternd an. »Viel Glück.« Ich drücke ihm das Buch in die Hand, als er geht. Ich rechne nicht damit, dass ich es zurückbekomme.

Die nächste Kundin ist eine V 5, also sehr verzweifelt und mit sehr hohem Liebesbedarf. Sie heißt Regina und hat einen sieben Jahre alten Sohn namens Folke. Ihm schneide ich allerdings nur die Haare, wenn es im Salon ganz leer ist. Die Herausforderung besteht darin, ihm die Haare zu schneiden, ohne dass ich ihn mit der Schere verletze. Beim letzten Mal war ich in zwei Minuten durch mit ihm! Wenn es länger dauert, rastet er komplett aus und macht seine Umgebung dem Erdboden gleich. Und das ist keine Übertreibung. Beim ersten Mal, als ich noch keine Ahnung von seiner ADHS hatte, ist Folke mit meinem Frisierwagen bis auf den Marktplatz hinausgejagt, und Lockenwickler, Scheren und Kämme flogen nur so über die Pflastersteine. Dann riss er einen schwarzen Frisierumhang an sich und verwandelte sich in Sekundenschnelle in einen Vampir und biss meine Nachbarin Tilly in den Hals. Danach wurde er zum schwarzen Hund und schlug Gunnar die Zähne in den Fuß, ehe er sich über die Flasche mit dem Rasierschaum hermachte und mit weißem Schaum über die gesamte Schaufensterscheibe ARSCH schrieb. So gesehen ist er ziemlich weit für sein Alter, schließlich wurde er gerade erst eingeschult.

Damals versuchte ich in meiner Unwissenheit, ihn mit einem Stück Kuchen zu bestechen, damit er sich ein bisschen ruhiger verhielte. Doch da fing seine Mutter Regina an zu weinen. Folke wird noch aufgedrehter, wenn er Zucker bekommt. Total chaotisch, zuckerhigh. Als Tilly sich von dem Vampirbiss erholt hatte, schrie sie Regina an, sie sei eine schlechte Mutter und solle dem Knaben eine Tracht Prügel verpassen, damit er lernt, wie man sich anderen gegenüber benimmt.

»Jemanden zu schlagen ist aber kein Benehmen«, meinte nun Folke, und Gunnar stimmte ihm zu, und das, obwohl er eigentlich kein großer Kinderfreund sei, wie er mir im selben Atemzug anvertraute. Danach beschloss ich jedenfalls, den beiden in Zukunft nur noch spätere Termine zu geben, dass wir allein im Salon sind. Regina ist dafür dankbar. Auf diese Weise erspart sie sich alle vielsagenden Blicke und übellaunigen Kommentare und hat auch mal zwei Minuten für sich. Ich habe immer eine Tasse Tee und ein belegtes Brot für sie bereit, damit sie sich in aller Ruhe hinsetzen kann, während ich mir

Folke vornehme, und dann passe ich auf ihn auf, bis sie getrunken hat und zu Atem gekommen ist.

Regina selbst schneide ich immer am Samstag des einen Wochenendes im Monat die Haare, an dem Folkes Vater sich um den Jungen kümmert. Mehr hält der Papa nicht aus. Er hat ja eine neue Frau und neue Kinder, die ihn brauchen. Regina sehnt sich nach einem neuen Lebensgefährten, aber niemand mag an eine gemeinsame Zukunft auch nur denken, sowie er Folke kennengelernt hat. Schon mit drei Jahren war er sicher, dass er fliegen könne. Ganz hat er diese Vorstellung auch noch nicht aufgegeben. Obwohl das Gegenteil bewiesen ist. Mindestens zweimal haben seine Versuche ihn schon ins Krankenhaus gebracht.

Die Ladentür wird aufgerissen, und Folke kommt wie eine Kanonenkugel hereingeschossen, wirft sich in meine Arme und umarmt mich mit Bärenkräften. Er hat mir einen Strauß Anemonen gepflückt, der nach der Bruchlandung in meiner Umarmung ziemlich ramponiert aussieht. Wir stellen ihn gemeinsam in eine Vase. Folke lacht mich mit seinem kleinen sommersprossigen Gesicht an. »Ich liebe dich, Angelika. Und ich liebe Faluwürste!«

Regina lässt sich mit ihrer Teetasse im Personalraum auf das Sofa sinken und schließt die Augen. Sie sieht erschöpft aus. Ich würde ihr so gern helfen, aber ich weiß nicht, wie. Folke verschwindet im Salon, und ich renne hinterher. Er dreht sich wie verrückt mit dem Stuhl, auf dem er sitzt, steigert durch Tritte auf den Boden die Geschwindigkeit immer weiter, und plötzlich fällt die Sitzfläche herunter, und Folke landet auf dem Boden, und seine Nase blutet. Ich hebe ihn hoch und trage ihn in die Küche, setze ihn neben das Spülbecken und suche nach Watte, während ich mit der freien Hand versuche, die Blutung zu stoppen. In dieser Zeit kann er sich eine Handvoll Schokoladeneier schnappen, die ich eigentlich morgen den Osterweiblein anbieten wollte, denn morgen ist Gründonnerstag. Auf Gotland sind die Osterweiblein am Gründonnerstag unterwegs, nicht am Karsamstag – dann muss die Bettelei beendet sein, damit alle in Ruhe ihr Ostermahl verzehren können. Ich schaue besorgt zu Regina hinüber. Sie ist auf dem Sofa eingeschlafen.

Sodom und Gomorrha

In der Mittagspause rufe ich meine Schwestern an, liefere einen kurzen Lagebericht und erfahre, wie es in Slite und Hemse aussieht. Dann versuche ich, ein paar Stiche an meinem Kostüm für den großen Maskenball zu nähen, der am Karsamstag im Stadshotell stattfindet. Thema ist: »Die Guten, die Bösen, die Hässlichen«. Ein Thema, das man nach Lust und Laune auslegen kann.

Rut, die ich am Montag von der Lockenbürste befreit habe, will in ihrer Polizeiuniform gehen. Das ist das Einfachste, findet sie. Ricky wollte sich zuerst als die in Schweden bekannte Trickdiebin Lasse-Maja verkleiden oder als Jack the Ripper gehen, hat sich am Ende aber für Batman entschieden. Er hat vorgeschlagen, meine Schwestern und ich könnten als die Panzerknacker aus Donald Duck gehen. Aber ich will nicht als fetter Kerl mit einer Nummer auf der Brust und schwarzer Brille auf einen Ball gehen. Ich möchte zum Tanzen aufgefordert werden. Deshalb habe ich entschieden, Catwoman in schwarzem Kostüm zu sein, um zu Ricky zu passen. Wir werden zusammen hingehen und hoffen beide, dann mit jemand anderem das Fest zu verlassen.

Ich habe schon eine schwarze, weiche Lederjacke genäht, die ich offen über einem Spitzenunterhemd tragen will. Dazu trage ich dann einen schwarzen Seidenrock mit langem Schlitz zum Aufknöpfen. Wenn nach dem förmlicheren Teil getanzt wird, kann ich die Jacke ausziehen, und das Ganze wird zu einem eleganten Ballkleid mit tiefem V-Ausschnitt im Rücken. Die Kleidung wird also den Erfordernissen des Augenblicks angepasst.

Im Moment bin ich mit den Katzenohren beschäftigt, die ich aus zwei Schulterpolstern aus schwarzer Seide zurechtgeschnitten habe und die an einem Diadem befestigt werden sollen. Catwoman begeht ihre Einbrüche auf fast akrobatische Weise, aber das wissen Sie sicher. Ich dachte, Ricky könnte mir ein paar Poledance-Tricks beibringen.

Ich bin gerade mit dem Diadem fertig und setze es probeweise auf, als Jessika kommt. Sie trägt dieselbe sackige Hose und denselben weiten Pullover wie beim ersten Mal und stolpert sozusagen herein. Sie ist nervös. Die Beine scheinen sie nicht richtig tragen zu wollen, wenn ich sie ansehe. Sie geht unsicher und steif, ihre Knie wollen sich nicht bewegen. Ich führe sie ins Personalzimmer und bitte sie, sich auf das Sofa zu setzen, während ich uns Teetassen hole.

»Jetzt hast du ja nicht mehr lange auf dem Gymnasium«, sage ich.

»Nein.« Ihre Stimme ist heiser und eintönig. Ich sehe, dass sie sich mit den Händen über die Hosenbeine fährt, um den Schweiß abzuwischen. Ich weiß nicht so recht, was ich tun soll, damit sie sich entspannt und lockerer wird.

»Hast du ein Hobby?«, frage ich freundlich und schenke uns beiden Tee ein.

Sie überlegt und stammelt dann ihre Antwort heraus. »Computer und Wirtschaft, vor allem Sicherheitsfragen. Ich habe mich an der Handelshochschule beworben.«

»Und nehmen die dich?« Ich halte ihr die Schüssel mit dem Safranzwieback hin.

»Danke.« Sie nimmt einen und beißt vorsichtig hinein, ehe sie antwortet. »Ich bin fast sicher, auch wenn ich in keinem einzigen Fach eine Eins habe.«

»Lass mich raten, du hast sicher in allen eine Zwei?«

»Ich habe in allen eine Zwei Plus.« Jessica schlägt die Augen nieder und versucht, ihr immer breiter werdendes Lächeln zu unterdrücken. »Außer in Sport. Da bin ich nicht so gut.«

Stück für Stück bringe ich sie dazu, mir von ihren Interessen zu erzählen, und ich merke, wie ihre Stimme und ihre Körperhaltung sich verändern. Wir reden über alles und jeden. Es stellt sich heraus, dass auch sie das Kostümfest besuchen wird, um ihrer Tante Gesellschaft zu leisten. Sie spielt mit dem Gedanken, als Gangsterbraut zu gehen, aber sie hat keine Schuhe. Sie ist noch nie auf hohen Absätzen gelaufen. Ich streife meine ab. »Probier die mal an. Du kannst von mir welche leihen, ich glaube, wir haben dieselbe Größe. Im Schrank sind noch mehr. Du findest sicher welche, die dir gefallen.«

Jessika zieht die Schuhe an, und ihr Lächeln wird immer breiter. »Darf ich?« Sie dreht eine Runde durch das Zimmer und bekommt das Gleichgewicht immer besser in den Griff. »Das mit der Buchführung«, kommt sie stammelnd auf den eigentlichen Grund ihres Besuches zurück. »Kann ich das auch zu Hause machen?«

»Klar, wenn wir ein Buchführungsprogramm für deinen Computer finden.«

»Dann nehme ich den Job gern an, wenn ich ihn kriegen kann. Ich brauche jede Krone.«

Ich imitiere Lovisa vom Finanzamt, als ich Vorschläge zum Absetzen aufzähle. »Kaffee, Pflaster und Regenschirm, stimmt das? Lernt ihr so was in der Schule?«

Jessika kann ihr Lachen nicht länger unterdrücken. »Lovisa Mörk ist meine Tante, und das typisch für sie.«

»Du meine Güte«, sage ich und überlege mir, was ich eigentlich gesagt habe. Es hängt aber auch alles enger zusammen als man glauben mag.

»Seit Lovisa von einem Typen vom Amtsgericht verlassen worden ist, ist sie ziemlich daneben. Früher war sie nicht so eine Zicke.«

Wir lassen dieses Thema fallen und probieren Schuhe an. Wenn man noch nie hochhackige Schuhe getragen hat, sollte man mit sechs Zentimetern anfangen und sich hocharbeiten. Ich zeige ihr, wie man zuerst die Hacke aufsetzt und den Fuß dann abrollt, statt auf Zehen zu balancieren. Sie dreht zwei Runden, ehe ich ihr das obligatorische Buch auf den Kopf lege und sage, sie solle den Rücken durchstrecken. »Das hier ist Lektion eins. Nimm ein Paar mit acht Zentimetern aus meinem Schrank mit und üb Treppensteigen, wenn das hier sitzt. Auf elegante Weise in hochhackigen Schuhen eine Treppe hinunterzugehen, ist schwerer, als man denkt. Aber mit einigem Üben schaffst du das bis Samstag. Wenn ich dir die Haare machen soll, kannst du am Samstagnachmittag hier vorbeikommen.«

»Danke, aber ...« Jessika weiß nicht so recht, wie sie sich verhalten soll, so sehr freut sie sich.

»Du wirst die Ballkönigin sein«, sage ich und fange Jessika auf, als sie über den Teppichrand stolpert und die Tischdecke mitreißt. »Mit etwas Übung«, füge ich dann noch hinzu.

Nach Jessika kommt meine Nachbarin Tilly. Sie wissen schon, ich habe sie zur Strafe zusammen mit Slemmy Steven kommen lassen. Er bekommt die Haare geschnitten, während ihre grauen Löckchen mit weißen Strähnen versehen werden. Tilly lässt sich zweimal pro Jahr winzige Steinwollelocken legen, es muss also lange halten. Seit Jahren schlage ich schon vor, sie sollte glatte Haare mit etwas Farbe tragen, aber bisher hat sie sich geweigert. Zuerst wollte sie nur waschen und legen, aber jetzt will sie doch noch etwas dazu. Einige weiße Strähnen im Stahlgrau können richtig gut aussehen.

Der Grund für ihren Termin ist sicher ihre Sensationsgier. Sie will Informationen, die sie zum Kaffee an ihre Nähfreundinnen verteilen kann. *Der junge Mann, der bei Angelika übernachtet hat, arbeitet jetzt offenbar im Salon. Wirklich Sodom und Gomorrha, ihr Lieben.*

Deshalb kommt es mir gerade recht, dass sie kommt, während Ricky auf dem Festland ist. Sein Sinn für Humor in brenzligen Situationen macht mich nervös.

Slemmy Steven ist Musiker mit einer anrüchigen Vergangenheit bei den *Lokrume Lakejer*. Durch seinen Körper sind vermutlich mehr Drogen gegangen als durch eine durchschnittliche schwedische Apotheke, und sie haben den Teil des Gehirns abgetötet, der das Taktgefühl steuert. Nach eigener Aussage hat er ungefähr ein Dutzend Kinder mit einem halben Dutzend Frauen und schläft im Sommerhalbjahr unter einem Zeitungsstapel auf einer Parkbank in Almedalen. Wenn er seine Kumpels begrüßt, streckt er immer den rechten Arm aus, als ob er eine Pistole hielte, hebt das linke Bein im rechten Winkel und furzt laut.

»Peng im Bau!«, brüllt er auch heute, während er sich sein übliches Begrüßungssignal verkneift. Tilly habe ich schon auf den Stuhl gesetzt. Sie schaut erschrocken zu ihm auf und greift sich an den Hals. Ich bitte ihn freundlich, zum Warten Platz zu nehmen. Zur Feier des Tages trägt er ein frisches T-Shirt mit dem Aufdruck: *Wo zum Teufel ist Maßen, und warum soll ich dort trinken?* Das ist nur geringfügig besser als das vom letzten Mal, mit zwei kopulierenden Schweinen und dem Text: *Makin' bacon*. Er schaut uninteressiert zu, wie ich Tillys graue Wolle bemale.

»Hab ich schon von der Alten erzählt, die auf dem Markt Gemüse kaufen wollte?« Er grinst so breit, dass der Kautabak in zwei schwarzen Rinnsalen aus seinen Mundwinkeln fließt.

»Nein, erzähl«, fordere ich ihn auf, denn ich weiß, was jetzt kommen wird. Ich habe den Witz schon siebzehn Mal gehört, aber Tilly kennt ihn noch nicht.

»Also, die Alte ging zu einem Alten, der auf dem Markt einen Stand hatte, und nahm sich eine Möhre. So ein großes schönes Teil. Gefällt die dir, fragte der Typ. Ja, die sieht genauso aus wie bei meinem Mann..., sagte sie. Echt, fragte er beeindruckt. Ist seiner genauso groß? Nein, sagte die Alte, aber genauso dreckig.«

Tilly ignoriert ihn total.

»Aber genauso dreckig – wie bei meinem Mann.« Slemmy Steven wiederholt die Pointe, um zu sehen, ob Tilly den Witz auch verstanden hat. Um sich der unangenehmen Situation zu entziehen, sucht Tilly Zuflucht im Zeitschriftenstapel. Sie zieht ein respektables Exemplar einer Zeitschrift für Warentests hervor und fängt an, gereizt darin zu blättern. Ich sehe, dass zwischen den Seiten ein Blatt Papier liegt. Ich weiß zwar nicht, was das sein könnte, es ist mir aber auch egal. Doch dann höre ich, wie sie aufkeucht, und ich sehe, was sie sieht. Einen Beweis dafür, dass mein Salon wirklich das Sündenbabel ist, wofür sie ihn hält. Aus der Zeitschrift und auf den Boden fällt meine Zeichnung der weiblichen genitalen Anatomie, die ich so sorgsam für Konrad angefertigt hatte.

Slemmy Steven lacht begeistert los. »Ja, so eine kleine Apfelbutze sieht man ja nicht zum ersten Mal. Einmal hat ein Kumpel von mir in einem Hotel gewohnt. Es war ganz schön hellhörig, und durch die Wand hörte er jemanden sagen: *Wem gehört denn die kleine Muschi hier?* So ging es weiter, bis mein Kumpel nach einer Weile wahnsinnig wurde, weil er nicht schlafen konnte. Und als er zum siebenundsiebzigsten Mal die Frage hörte: *Wem gehört denn die kleine Muschi hier?*, hämmerte er gegen die Wand und brüllte: *Jetzt verrate verdammt noch mal endlich, wem die blöde Muschi gehört, damit andere Leute schlafen können!*« Slemmy dreht sich zu Tilly um, um Applaus einzuheimsen, aber der bleibt aus. Da stupst er sie mit dem Ellbogen an, um ihr eine Reaktion zu entlocken.

»Sag ihm, er soll sofort aufhören!« Tilly reißt sich den Frisierumhang herunter und will schon aus dem Salon stürzen, als ihr einfällt, dass sie Farbe in den Haaren hat. So kann sie sich auf dem Marktplatz nicht sehen lassen, aber sie kann auch nicht im Sündenbabel bleiben. Ich merke, wie meine Gemeinheit Wellen schlägt und zu einem erstickten, prustenden Lachen wird.

Bestattungsunternehmer wachsen aus dem Moor von Mjölhatte

Vor dem Gründonnerstag dekoriere ich mein Schaufenster mit Gras und Ostereiern. In einen Käfig mit schwarzen Gitterstäben habe ich ein Holzhuhn mit knallbunten Federn gehängt, und um den Käfig herum sitzen fröhliche, gelbe Küken. Ins Gras habe ich kleine Vasen mit Narzissen, Krokussen, Leberblümchen und Mimosen gestellt. Ich liebe Mimosen. Über die ganze Pracht drapiere ich gelbe Seidengardinen. Danach schließe ich den Salon, öffne die Tür und werde auf dem Marktplatz vom warmen Abendlicht empfangen.

Ich gehe durch die Adelsgata und sehe, wie schön die anderen Ladenbesitzer ihre Fenster vor der großen Osterweibchenparade dekoriert haben. Im vorigen Jahr sind über dreitausend verkleidete Kinder vom Öster Centrum nach Almedalen gezogen, wo jedes ein Osterei bekam. In diesem Jahr feiern wir das vierzigjährige Jubiläum, deshalb wird ein Schlenker zum Södertorg eingelegt.

Ich habe das Gefühl, als ob der Frühling etwas von mir verlangt, eine Veränderung. Im Schaufenster von den Schwestern Malgren, von Indiska und von Julia Hultgren gibt es Frühlingskleider in hellen Farben. Sowie ich den Kredit bezahlt habe, werde ich mir etwas Neues zum Anziehen leisten. Ich starre sehnsüchtig ein kurzes weißes Kleid mit englischer Hohlsaumstickerei, drapierter Büste und schmalen Keulenärmeln an. Ich sehe klar und deutlich, dass da *Angelika* auf dem Preisschild steht.

Auf dem Weg zurück in die Fiskargränd denke ich an *ihn*, den Mann aus dem Restaurant Lindgården. An seine fröhlichen, braunen Augen und sein kurzes Lächeln. Es war, als ob er an etwas Lustiges dachte, das ihm soeben eingefallen war. In einem Gesicht ist nur wenig nötig, um den Ausdruck zu verändern. Ich habe in sein Lächeln viel hineingedeutet. *Ich sehe dich, du bist schön. Ich wüsste gern, wer du bist.*

Ich spüre, wie meine Wangen heiß werden, wenn ich darüber nachdenke, was ich selbst vielleicht signalisiert habe. Ich kenne den Mann doch gar nicht. Wir haben nicht miteinander gesprochen, haben kein einziges Wort gesagt, und doch sehne ich mich wie verrückt nach einem Wiedersehen. In langen Monologen erzähle ich von meinem Leben, während er mit Wärme und Verständnis zuhört. Ist es nicht die schlimmste Art von Selbstbetrug, Menschen Eigenschaften und Gefühle anzudichten, die sie vermutlich gar nicht haben? Aber warum stand er dann vor meinem Salon und hat mich angesehen? Ist er durch Zufall dorthin geraten, oder hat er den Kellner im Lindgården gefragt, wer ich bin und wo er mich finden kann? Und was, wenn er hereingekommen wäre und um einen Haarschnitt gebeten hätte! Was hätte ich dann gemacht? Vor lauter Nervosität Schere und Sprache verloren?

Als ich auf dem Heimweg am Lindgården vorbeikomme, muss ich einfach hineinschauen. Der Platz, wo er gesessen hat, ist leer, und an meinem Tisch unter dem Maulbeerbaum sitzt ein älteres Paar. Die Zeit steht nicht still, das Leben geht weiter. Heute wird zu gestern, und die verlorenen Augenblicke kehren nie zurück. Ich hatte gehofft, dass er dort wäre. Enttäuscht gehe ich weiter zur Fiskargränd.

Als Erstes, wenn ich nach Hause komme, schaue ich immer in den Briefkasten. Der Vordruck für die Mehrwertsteuerabrechnung ist noch immer nicht da, aber ich finde den Brief einer Versicherung an einen gewissen Ludvig Svensson. Die Adresse stimmt, aber wer ist Ludvig Svensson? Ich streiche die Adresse durch, male einige Fragezeichen daneben und beschließe, den Brief nachher abzugeben.

Zu Hause sieht alles aus wie immer. Nichts hat sich seit Joakims Zeit verändert. Nicht ein einziges Detail, als ob ich ihn dadurch, dass ich nichts verändere, noch ein bisschen am Leben erhalten könnte. Der Schreibtisch ist unberührt, sein Block und sein Stift neben dem Computer, sein Schlüsselbund und sein Filofax in der obersten Schublade. Die Ordner stehen in Reih und Glied im Regal darüber, und die Bücher in seiner Hälfte des Arbeitszimmers sind alphabetisch geordnet. Ich streiche mit der Hand über die Rückenlehne seines Lieblingssessels. Es setzt sich nur selten jemand in diesen Sessel. Aus Rücksicht auf mich erwähnen meine Schwestern Joakim fast nie. So sind wir in unserer Familie immer schon mit Kummer und Unglück umgegangen, wir helfen uns gegenseitig, die Zähne zusammenzubeißen. So hat Oma sich zusammengerissen und weitergemacht, als Opa gestorben ist, und Mama nach Papas Tod. Wir beißen die Zähne zusammen.

Ich gehe nach oben ins Schlafzimmer. Joakims Kleider hängen noch immer in seinem Schrank.

Plötzlich habe ich das Gefühl, keine Luft mehr zu bekommen. Joakim ist nicht mehr hier. Er wird nie mehr zurückkehren.

Mir wird klar, dass es Zeit für den Frühjahrsputz ist. Ich muss wegwerfen. Neu anfangen.

Sorgfältig lege ich ein Kleidungsstück nach dem anderen zusammengefaltet in einen großen Karton. Das Rote Kreuz soll alles bekommen. Ich werde sie bitten, alles in eine andere Stadt weiterzureichen, damit ich niemanden in Joakims Sachen hier durch die Stadt laufen sehen muss.

Als ich den einen Schrank ausgeräumt habe, werde ich von einer unvorstellbaren Müdigkeit überwältigt, als ob ich Schlaftabletten genommen hätte. Ich bringe es nicht einmal über mich, mir etwas zu essen warmzumachen, ich putze mir nur rasch die Zähne, dann schlüpfe ich angezogen unter die Decke. Ich werde mich gleich ausziehen, will mich nur einen Moment lang ausruhen, aber mein Körper kommt mir so schwer vor, so unfassbar schwer und betäubt.

Als ich wieder aufwache, ist Gründonnerstag. Herz-Ass schnurrt und leckt meine Wange, und mit Blick auf die Uhr stelle ich fest, dass ich vierzehn Stunden am Stück geschlafen habe. Meine Kleider und die Bettwäsche sind zerknittert und schweißnass. Und dabei hatte ich gestern Abend so viel erledigen wollen. Morgen habe ich Geburtstag, am Freitag den 13., ausgerechnet! Meine Schwestern werden zum Feiern vorbeikommen.

Obwohl es erst halb neun ist, ist es sonnig und warm. Nach einer raschen Dusche nehme ich das Frühstück mit nach draußen und setze mich an den Gartentisch zwischen Gewächshaus und Kräuterbeet in den mit Steinen ausgelegten Teil des Gartens. Sowie der Bodenfrost lockerließ, habe ich neue Kartoffeln gesetzt, Rucola – eine frühe Sorte, um diese Delikatesse zu Mittsommer mit Matjes, saurer Sahne und einer Quiche mit Västerbottenkäse genießen zu können. Im Kräuterbeet sehe ich, dass die Minze schon aus dem Boden lugt, wie auch Oregano und Zitronenmelisse, die ich in Töpfen gesät habe, damit sie sich nicht im ganzen Beet ausbreiten.

Mein Haus liegt in der Nähe des Botanischen Gartens, den ich an schönen Sommerabenden oft aufsuche, um im Rosarium ein Buch zu lesen oder einfach nur den Duft des Kräutergartens zu genießen, der hinter dem Pavillon am Tempelhügel liegt. Ab und zu gehe ich durch das Liebestor und über die Strandpromenade zum Krankenhaus und dann zurück, um den Sonnenuntergang zu sehen, sitze eine Weile auf dem Grashang und schaue aufs Meer hinaus. Ich bin so dankbar dafür, dass ich das Haus geerbt habe, auch wenn das zu sieben finanziell gesehen sehr kargen Jahren geführt hat.

Im Hinausgehen nehme ich Joakims Winterjacke vom Kleiderbügel und lege sie zu den anderen Sachen für das Rote Kreuz. Vielleicht sollte ich die Möbel umstellen, denke ich und bin überraschend froh dabei. Ich greife in den Briefkasten, um die Zeitung mit zur Arbeit zu nehmen. Zwei Morgenzeitungen sind gekommen. Die eine ist für Ludvig Svensson, die andere für mich, wie ich sehe, als ich den Adressaufkleber lese. Aber wer ist dieser Ludvig Svensson?

Vor der Mittagspause muss ich zwei Osterweiblein und Julius Dubbe frisieren, den Bestattungsunternehmer, der mir nach Joakims Tod bei der Papierarbeit geholfen hat. Wenn in Schweden ein Mensch stirbt, werden die Hinterbliebenen seit jeher in Vordrucken und Formularen ertränkt. Der ganze Küchentisch floss über von Dokumenten von Behörden und Versicherungsgesellschaften und Steinmetzen, und ich weinte und versuchte, alles zu sortieren. Mein Retter hieß Julius. Es ist leicht, Vorurteile gegenüber Bestattungsunternehmern zu entwickeln. Ricky ist sicher, dass Bestattungsunternehmer aus dem Moor von Mjölhatte wachsen, wenn an kalten Novemberabenden der Sturm heult. Aber Julius ist durchaus nicht von der finsteren Sorte. Er ist farbenfroh. Fast zu sehr, könnte man denken, wenn er die Holzschuhe abstreift und knallbunte Zehensocken zum Vorschein kommen. Er hat rote Jeans und ein rotes T-Shirt mit dem Aufdruck *I put the fun in funeral.* Nun wünscht Julius sich wieder eine neue Frisur.

»Es ist doch verflixt noch mal 2013, da macht sich ja wohl

kein Mensch die Haare noch selbst!«, sagt er. Julius hat das Bild eines österreichischen Pianisten bei sich, der halb verrückt aussieht. Kurz im Nacken, mit langem Pony, den man nach hinten schleudern kann, wenn man bei Konzerten headbangt, und den man glatt nach hinten streichen kann, wenn der Beruf ein zurückhaltendes Äußeres verlangt. Julius ist lang wie eine Bohnenstange, und ich muss den Stuhl ganz nach unten drehen. Er hat braune Haare und für einen Mann unnötig lange Wimpern. Wie ungerecht! Ich schneide gerade seinen braungefärbten Pony, der früher einmal aschblond war, als ein Blumenbote den Laden betritt. Im selben Moment kommt Ricky herein und nimmt den Strauß entgegen. Also muss er gestern nach der Messe nach Hause geflogen sein.

»Blumen für dich, Angelika.« Er hebt und senkt die Augenbrauen auf vielsagende Weise. Als er anfängt, das Papier herunterzureißen, protestiere ich.

»Das mach ich, Ricky. Leg den Strauß einfach neben das Spülbecken.« Ich merke, dass ich rot werde, als er mich nun wieder ansieht. Was glaubt er eigentlich, dass die Blumen von einem heimlichen Geliebten sind? Wenn sie nun von dem Mann kommen, den ich im Lindgården gesehen habe? Bei dieser Vorstellung bin ich glücklich und verwirrt und möchte kichern.

»Ich dachte, du wolltest die Antwort auf die Flaschenpost abwarten«, sagt Ricky mit gespieltem Ärger. »Das Schicksal, hast du gesagt. Das Schicksal sollte entscheiden.«

»Die sind sicher von Tante Lilian, morgen hab ich ja Geburtstag«, lüge ich. Die Hälfte ist gelogen, die andere Hälfte Wahrheit, wenn man genau sein will. Tante Lilian hat keine Blumen geschickt. Sie ist seit dreißig Jahren tot und begraben. Ich will nur meine Ruhe haben, was diese Blumen angeht. Es wäre so kostbar, so empfindsam, wenn die Blumen tatsächlich von *ihm* wären.

Ich bitte Julius, sich vorzubeugen, und säubere seinen Nacken mit der Maschine, während ich frage, wie es bei der Arbeit läuft. Bei unserer ersten Begegnung hat er erzählt, dass er als Operationskrankenpfleger gearbeitet hat, aber dass er für diese Arbeit nicht geeignet war. Es machte ihn zu hungrig, die frischen Fleischstücke und die feinen Filets ansehen zu müssen, sagte er. Für einen Moment habe ich das sogar geglaubt, aber dann prustete er los. In seiner Freizeit ist er der totale Scherzkeks. Ich habe ihn im Terminkalender als V 3 vermerkt. Er ist Single und aufgrund seiner bizarren Scherze und seiner Leidenschaft für Oldtimer schwer zu vermitteln. Er hat einen weinroten Volvo PV Baujahr 1951 mit Dachkuckuck, also Blinker auf dem Dach. Das Auto ist in seiner Familie vom Großvater auf den Vater und weiter auf den Sohn vererbt worden. Julius widmet seine ganze Freizeit und seine ganze Liebe der alten Betta, wie er den Wagen nennt, nach der Armbrust im Robin-Hood-Zeichentrickfilm, wo es auf Schwedisch heißt: Hast du die alte Betta gesichert?

»Bei der Arbeit sehen wir lichteren Zeiten entgegen«, antwortet er auf meine Frage nach der Situation im Bestattungsunternehmen. »Die meisten Menschen sterben im Winterhalbjahr, und der häufigste Todestag ist der 1. April, danach wird es weniger.«

»Der 1. April, stimmt das?«

»Nein, das ist natürlich ein Witz, aber es ist trotzdem so. Sie sterben am 1. April. Wir finden, sie sollten einen Preis dafür bekommen, dass sie sich am Riemen reißen, bis der Bodenfrost verschwindet.« Er scheint keinerlei Taktgefühl zu besitzen, um vielleicht zu bemerken, dass ich diese Bemerkungen nicht lustig finden könnte. Aber das ist sicher eine Berufskrankheit und die berufsbedingte Gleichgültigkeit, wie er selbst immer sagt.

»Wer soll sich am Riemen reißen, bis der Bodenfrost verschwindet?«, fragt Ricky, der gerade aus der Küche kommt. Ich bin nicht sicher, ob er sich meinen Blumenstrauß wirklich nicht näher angesehen hat.

»Die Dahingeschiedenen, die Verstorbenen – die Toten eben. Geliebtes Kind hat viele Namen. Die Verschiedenen und die Entschlafenen. Die, die den Löffel abgegeben haben und dem Tod auf die Schippe gesprungen sind.«

»Hast du immer schon in dem Bestattungsunternehmen gearbeitet?« Ricky hat die Sache mit den blutigen Steaks nie gehört.

»Ich habe auch Theologie studiert, aber ich konnte keinen Gottesdienst abhalten. An meinem ersten Arbeitsplatz haben sie unverschämte Forderungen gestellt. Sie erwarteten, dass man an Gott glaubt. Sie behaupteten, das sei der Sinn der Sache. Das war die totale Überraschung, das muss ich ja sagen. Ziemlich kleinlich, könnte man meinen, wo ich doch großzügig angeboten habe, wirklich jeden zu trauen. Ich hätte auch Leute aus Lokrume getraut, wenn das verlangt worden wäre.«

Julius macht plötzlich ein ernstes Gesicht. »Meine Frau hat mich verlassen. Sie konnte es nicht ertragen, wenn ich die Stücke eingeübt habe, die der Pastor in der Kirche als Solo singen muss. Könnt ihr euch die Akustik vorstellen? Ich war noch nie so hochgestimmt und lebensfroh. Meine Stimme füllte jedes gefliese Badezimmer mit derselben Kraft wie das Kirchengewölbe. Introitus. Kyrie. Gloria. Laudamus. Credo. Aber als ich das Agnus Dei geübt habe, hat sie aufgegeben. Und jetzt bin ich Single und für alle Vorschläge offen. Was hast du heute Abend vor, Angelika? Man könnte vielleicht zu einer Fahrt mit der alten Betta nach Högklint einladen?«

»Heute Abend fliegt sie zusammen mit den anderen Hexen zum Blocksberg«, murmelt Ricky.

Er steht hinter mir und antwortet an meiner Stelle. Er findet, ich sollte dem Finder der Flaschenpost treu bleiben. Wie der Geist in der Flasche soll ich eingesperrt sitzen bleiben, bis der Richtige kommt und mich befreit. Ich starre ihn wütend an. Niemand entscheidet, mit wem ich mich treffe oder nicht. Julius sieht gut aus, aber sowie er den Mund aufmacht, verdirbt er sich alles.

»Könnte überhaupt eine Juliussens Witze aushalten?«, sagt Ricky, als Julius gegangen ist.

»Das weiß man immer erst nachher. Wir können unsere Kunden zum Brunnen führen, aber wir können nicht für sie trinken.«

Ich gehe in die Küche und fange an, die Blumen auszuwickeln. Der letzten Lage Seidenpapier entnehme ich einen riesigen Strauß roter Rosen. Der Duft schwebt mir entgegen. Zwischen den Blättern steckt ein winzig kleiner Umschlag. Ich kneife die Augen zusammen und wünsche und bin total zitterig. Mit eifrigen Fingern öffne ich den Umschlag und merke, wie sich eine peinliche Röte über meinen Hals ausbreitet. Ich ziehe die Karte hervor und kann vor Spannung kaum atmen. Ich lese.

»Von wem sind die denn?« Ricky tritt durch den Vorhang. »Du siehst so komisch aus. Jetzt sag schon. Von wem sind die Blumen?«

Ich zeige ihm die Karte. Darauf steht nur: *Danke*. Unterschrieben von Lisbeth und Konrad.

»Wer ist das denn?«

»Zufriedene Kundschaft«, lache ich und denke an die Zeichnung, die Tilly gefunden hat. Ricky braucht nicht alles zu wissen.

Da lag ein schleimiges Wesen in seinen Fäusten ...

»Was hast du auf der Friseurmesse gelernt?«, frage ich Ricky, als der Salon sich geleert hat. Er war nicht total begeistert von dem Gedanken, hinfahren zu müssen, und ich habe den Verdacht, dass irgendeine Person hier zu Hause ihn festhält. Aber ich hoffe, dass er etwas zu erzählen hat, als wir uns zum Mittagessen hinsetzen. Es gibt Fiskargränd-Spezial, mit roh gebratenen Kartoffeln und Speck. Der große Rosenstrauß verbirgt Rickys Gesicht, und ich schiebe die Vase zur Seite, um ihn besser sehen zu können.

»Irgendeine besondere Farbe in diesem Frühling?«

Ricky überlegt ausgiebig, ehe er überhaupt etwas sagt. »Eine Farbe eigentlich nicht direkt.«

»Es gibt immer eine Farbe der Saison! Das kann dir doch nicht einfach entgangen sein.« Ich lasse aus purer Überraschung Messer und Gabel sinken. »Die Farbe der Saison gibt es überall auf der Messe. Die ist doch das Thema.«

Ricky sieht skeptisch aus. »Lila irgendwie.«

»Was für ein Lila, es gibt jede Menge Nuancen. Blaulila kann total out sein, wenn gerade Heidelila angesagt ist. Und welche Frisuren? Welche Haarprodukte? Hast du irgendwelche Broschüren mitgebracht?«

»Nein, nicht so richtig.«

»Hast du Material mitgebracht oder nicht? Ich hatte dich doch zu mehreren Seminaren angemeldet.«

Ricky sieht immer verlegener aus, und mir kommt ein

ebenso unangenehmes wie deutliches Gefühl, dass etwas nicht stimmt. »Warst du überhaupt auf der Messe?«

»Irgendwie schon.«

»Man kann nicht irgendwie schon auf einer Friseurmesse gewesen sein. Entweder hast du die Fähre genommen, bist hingefahren und warst da, oder eben nicht. Hast du die Fähre verpasst? Hast du auf dem Boot gesoffen? Hast du unterwegs eine Frau kennengelernt?«

»Ich war total nüchtern, ganz bestimmt. Seit der Sauferei am Montag habe ich einen sehr empfindlichen Magen.«

»Wenn du nüchtern warst, musst du doch wissen, wo du gewesen bist?«

Ich merke, dass ich lauter werde, immer gereizter, weil ich keine richtige Antwort bekomme. Ich sehe, wie Ricky am Teesieb herumspielt, und ich nehme es ihm weg, ehe ein Unglück geschehen kann. »Untersteh dich!«

»Es ist etwas passiert.« Jetzt scheint er aufzugeben.

»Was denn? Du bist von einer Bombe mit riesigem Busen getroffen worden und kannst für die Folgen nicht zur Verantwortung gezogen werden?«

Genau das ist in Rickys erster Woche bei mir passiert. Er kam eines Tages vier Stunden zu spät, hungrig, erschöpft und zerstreut. Nach einer Weile erzählte er von einer Frau, die er am Vorabend kennengelernt hatte. ... Ich habe ihn mit Lohnabzug zum Schlafen nach Hause geschickt. Er hätte in diesem Zustand ja doch nichts leisten können, und er versprach hoch und heilig, dass es nie wieder passieren würde.

»Nein, es ist etwas ganz anderes passiert.«

»Ich bin deine Arbeitgeberin, Ricky, nicht deine Mutter. Wenn du diesen Job behalten willst, brauchst du einen sehr guten Grund für deine Abwesenheit. Wie wäre es mit der Wahrheit?«

»Es bringt nichts, die zu erzählen, du würdest mir ja doch nicht glauben. Nie im Leben. Das würdest du nicht glauben.«

Ricky blickt mich mit ernster Miene an. Seine Hände hinterlassen feuchte Schweißflecken auf dem Tisch.

Ich mustere sein Gesicht forschend, um zu sehen, ob er sich die Geschichte gerade in diesem Moment zusammenbraut. Er sieht so traurig und herzzerreißend aus, dass ich mich fast geschlagen gebe und um Entschuldigung dafür bitte, dass ich ihn ausgeschimpft habe. Das hätte er wohl gerne.

»Ich bin ganz Ohr.«

Ricky bläst die Wangen auf und lässt die Luft dann in einem gleichmäßigen Strom entweichen, während er überlegt, wie er am besten anfangen soll.

»Alles war gepackt und bereit, und mein Bruder wollte mich mit seinem Taxi abholen und zur Fähre fahren. Es ist ein weiter Weg von der Irisdalsgata. Als wir bei der Polizei vorbeikamen, kam ein Notruf. Eine Frau musste sofort zur Entbindung. Es gab keinen anderen freien Wagen, und da ist er eben gefahren. Und ich saß auf der Rückbank wie ein geschockter Hamster.«

»Dein großer Bruder?« Den habe ich noch nicht kennengelernt, aber Rickys Berichten nach scheint er alles zu sein, was Ricky nicht ist: ordentlich, geschickt und ehrgeizig. Dazu ein Ehrenmann, der immer wieder losstürzt, um dem Kleinen aus irgendeiner Klemme zu helfen. Der Bruder ist erst kürzlich mit seiner Freundin nach Gotland gezogen.

»Als wir nach Kräklingbo kamen, lag die Frau auf dem Küchenboden und die Geburt hatte schon eingesetzt, und Magnus holte saubere Handtücher und wusch sich die Hände und half dem Kind auf die Welt. *Atmen, atmen und dann pressen*, sagte er, und plopp – da lag ein schleimiges Wesen in seinen Fäusten.«

»Und das soll ich dir glauben? Ich lach mich tot. Da musst du dir schon etwas Besseres aus den Fingern saugen, Ricky.«

»Mein Bruder hat schon Kälber und Fohlen auf die Welt geholt. Er kennt sich damit aus. Und wenn du mir nicht glaubst, kannst du ja nächste Woche die Geburtsanzeigen in der Zeitung lesen«, sagt er und geht in die Perückenkammer. Er geht sehr gern dort hinein, um sich zu schminken. Neben dem Poledance-Kurs und der Arbeit bei mir macht er noch eine Ausbildung als Make-up-Künstler. Er wird immer besser, und wenn er sich als Frau zurechtmacht, ist er femininer als ich.

Als ich in den Salon komme, stoße ich auf Jessika, die gerade den Buchführungsordner holen wollte. Sie sieht etwas weniger verloren aus als gestern. Sie hält sich gerader und lächelt mir zaghaft zu. Die weite sackige Hose wurde durch gut sitzende Jeans ersetzt, aber den ausgebeulten Pullover trägt sie noch immer.

»Hallo«, sagt Ricky im Vorbeigehen und nimmt die Perücke ab. Jetzt ist Jessika nicht mehr ganz unsichtbar. Ich erzähle, dass Jessika bei uns aushilft, und er sieht sie mit einem gewissen Unwillen an, als wäre er drei Jahre alt und ich hätte ihn soeben über die Geburt einer kleinen Schwester informiert. Aber ganz ruhig, Ricky, sie wird deinen Lohn schon nicht auffressen.

»Hallo.« Jessika verkriecht sich unterwürfig in ihrem weiten Pullover. Ihr Lächeln verschwindet. Aber nicht wegen Ricky. In der Tür stehen drei Mädchen von vielleicht zwanzig. Ich kenne die Größte aus der Bücherei – sie ist die Coolste von allen Mädchen in Jessikas Klasse. Alexandra und ich begegnen uns nicht zum ersten Mal. Sie spielt zerstreut an ihrem iPhone herum. Die Gucci-Tasche ist sicher echt. Ihre Haare sind eine Kaskade aus blonden Locken, und die smaragdgrüne Frühlingsjacke endet genau über dem Hintern, wo die schwarzen Shorts und die Strumpfhose anfangen. Die Schuhe, ebenfalls smaragdgrün, passen perfekt und haben zehn Zentimeter hohe Absätze. Die großen grünen Augen sind schwarz geschminkt und ihr Blick ist ein wenig verschleiert, als sie zuerst Ricky und dann mich ansieht.

Sie reicht mir die Hand. »Alexandra. Du erinnerst dich vielleicht noch von früher an mich.« Sie hat einen festen Händedruck. »Ich will beim Visby Fashion Weekend auf dem Catwalk dein Brautmodel sein. Meine Mutter sagt, du bist die Beste. Danach gibt es ein offenes Casting für angehende Models. Und ich will Model werden.«

Alexandra macht ein Gesicht, das besagt, ich müsste jetzt auf die Knie fallen und ihr die Füße küssen, weil sie mich allergnädigst zu ihrem Karrieresprungbrett auserkoren hat. Jessika ist hinter dem Vorhang zum Personalzimmer verschwunden. Sie kann Alexandras Stimme aber nicht überhört haben, denn die ist laut und selbstsicher. Die anderen jungen Damen blicken ihre Herrscherin voller Bewunderung an.

»Ich habe schon ein Brautmodel.«

»Aber das lässt sich doch hoffentlich noch ändern.« Alexandra lacht und versucht, mich dazu zu bringen, miteinzustimmen, doch ich bin immun. Ihre Freundinnen kichern hysterisch, und Ricky, der Verräter, lacht ebenfalls und sieht mich fragend an. Er weiß, dass ich mir noch kein Model ausgesucht habe, und er ist ganz offenbar hingerissen von Alexandra.

»Ich habe für dieses Jahr schon das perfekte Brautmodel.«

»Wen denn?« Alexandras Augen blitzen auf und sind jetzt dunkelgrün.

Ich schenke ihr mein allerzufriedenstes Lächeln. »Das soll eine Überraschung sein.«

»Un-fucking-believable«, sagt Ricky, als die Mädchen den Salon verlassen haben. Ich deute das so, dass er meine Entscheidung kritisiert und dass er von Alexandra ebenso hingerissen ist wie alle anderen. Ich kenne sie schon, seit sie ein kleines Mädchen war und ich noch als Angestellte arbeitete. Sie bekam von ihrer Mama alles, was sie wollte, und wenn sie etwas nicht bekam, ließ sie sich auf den Boden fallen und schrie wie am Spieß. Das hat mich abgestumpft.

»Wahre Schönheit kommt von innen«, sage ich streng zu Ricky, als Jessika aus ihrem Versteck hervorkommt. »Das hier ist die Frau, die ich als Model will. Darf ich dir Jessika Gardell vorstellen.«

»Was? Nein, das will ich nicht. Das ist nichts für mich«, sagt Jessika so leise, dass ich es kaum hören kann.

»Sag vielleicht«, flehe ich. »Ich will keine Dutzendware wie Alexandra. Ich will eine mit Integrität und Stil. Sag Ja.«

»Nein, Angelika. Ich kann nicht zu so einer ›Machen Sie das Beste aus Ihrem Typ‹-Nummer antreten. Entschuldige, wenn das undankbar wirkt, aber so bin ich einfach nicht. Alle haben schon versucht, mich zu ändern, damit ich dazugehöre. Aber das klappt nicht. Aschenputtel hat nur einen Schuh, ich habe zwei, um fest auf dem Boden zu stehen. Wenn ich mich die ganze Zeit so änderte, wie andere das für richtig halten, würde ich mich selbst verlieren.«

»Gut gesprochen!« Zum ersten Mal höre ich Jessika ihre Meinung sagen, und darüber freue ich mich. Das zeigt, dass sie mir vertraut und sich sicher fühlt.

Die Nornen beraten sich

Als ich an diesem ereignisreichen, schönen Gründonnerstag nach Hause gehe, denke ich an Jessika. Ein einziger Blick von Alexandra reicht, und sie schrumpft zu einem feuchten Fleck, und das tut mir weh. Gibt es in ihr auch nur einen Funken Rachsucht, oder will sie nur im Erdboden versinken?

Die Handelshochschule auf dem Festland wird ihr guttun. Ein Neuanfang ist leichter, wenn einen noch keiner kennt. Wenn man neuen Menschen begegnet, die noch keine vorgefasste Meinung haben, hat man die Gelegenheit, neu entscheiden zu können, wer man sein will. Kann es wagen, neue Wörter und neue Gesten auszuprobieren, und sehen, wie die angenommen werden. Ich bin sicher, dass sie Mädchen mit gutem Selbstvertrauen beobachtet hat und weiß, wie Antworten, Körpersprache und Tonfall zu sein haben. Wer nicht dazugehört, wird oft zu einem guten Beobachter und kann nachahmen. Aber der beste Weg zu Selbstvertrauen ist, sich selbst zu vergessen und für etwas zu brennen.

Nur Weniges macht mich so wütend wie Mobbing. Die physischen Wunden heilen, aber die Wunden der Seele bleiben als Verletzlichkeit für das ganze Leben, als Angst davor, gewogen und für zu leicht befunden zu werden. In Schweden haben wir Schulpflicht. Auch wenn Kinder gemobbt werden, müssen sie mit denen zusammen sein, die sie quälen. Wie lange Jessika das ertragen musste, weiß ich nicht, aber alles an ihrer Körpersprache weist auf eine langjährige Misshandlung hin. Ich balle die Fäuste, bis meine Fingerknöchel weiß werden. Ich würde gern alle Mobber in eine Erziehungsanstalt mit Beschäftigungstherapie auf dem Lehrplan schicken. Gern unter Leitung eines rabiaten Lifestyle-Autokraten mit Hochdruckspüler, der ihnen das Gehirn umpolen kann. Meine Körpersprache folgt meinen Gedanken, als ich die Mobber mit einem fiktiven Schlauch zu Boden spritze.

Wenn man meine Gedanken nicht gehört hat, kann diese Geste ein wenig seltsam wirken. Das wird mir klar, als ich von der anderen Straßenseite her Gunnars fragenden Blick auffange. Zu meiner großen Freude ist er nicht allein. Als er in die Crêperie geht, die in dem alten Haus, das »das Bügeleisen« genannt wird, an der Ecke liegt, sehe ich, mit wem er zusammen ist. Und darüber freue ich mich noch mehr. Es ist Lovisa Mörk vom Finanzamt. Gunnar hat ein altertümliches Tonbandgerät mit Mikrofon bei sich. Vermutlich führt er gerade ein Interview. Ab und zu hat er in seiner Sendung einen Gast, wenn es nicht genug Interessenten für sein Quiz »Es fragt es« gibt. Immerhin ein Anfang. Ich würde ein Jahr meines Lebens geben, um hören zu können, was sie sagen, wenn das Mikrofon ausgeschaltet ist, aber das geht mich nun wirklich nichts an. Trotzdem sagt mir mein Gefühl, dass Gunnar Hilfe bei dem Schritt aus der beruflichen Rolle in eine eher private Situation braucht. Lovisa ist eine unbekannte Größe, sie kann vielleicht verschlossene Türen durch Gedankenkraft öffnen.

An einem Fenstertisch im Bügeleisen sitzt Irma aus dem Trauerarbeitskurs in einem grauen Kostüm mit Schleifenbluse, die viel zu winterlich für diesen Tag aussieht. Ein greller Kontrast zu dem Yogaschlafanzug, den sie bei unserer letzten Begegnung nach Joakims Beerdigung anhatte.

An einer anderen Ecke des Wallérsplats steht Slemmy Steven und spielt Trompete, mehr schlecht als recht, wie man leider sagen muss. Vor ihm auf dem Boden liegt seine Schirmmütze. Er hofft auf ein Scherflein, das dann ganz und gar dem Alkoholladen zufließen wird, um kurz darauf mit Hilfe von billigem Wein der Wirklichkeit zu entkommen. Ich schenke ihm ein Lächeln. Im Notfall lade ich ihn zum Essen oder einem verbilligten Haarschnitt ein, das weiß er.

»Angelika, mein Engel«, ruft er bei meinem Anblick. »Du kannst dir jedes Stück wünschen. Meine Musik wird dich bis ans Ende der Welt begleiten, du schönste Frau von Visby. Für dich ist kein Musikstück schön genug. Was soll ich dir zu Ehren spielen?« Er macht eine so heftige Armbewegung, dass sein Schwung ihn fast umreißt.

Am liebsten wäre es mir natürlich, er wäre still, aber ich will ihn nicht verletzen, und deshalb bitte ich ihn um »Sommernacht auf Gotland«, denn ich weiß, dass er das wunderbar kann, egal, wie betrunken er sein mag. Wenn man auf diese Weise geehrt wird, darf man nicht davonlaufen, und ich bleibe, bis er fertig trompetet hat.

Gefolgt von heftigen Kusshänden gehe ich dann den Hang hinunter zu Bertholdsson & Holm, um Schokoladentorte für meinen Geburtstag morgen zu kaufen, da ich gestern nicht zum Backen gekommen bin. Und eigentlich ist das nur gut so. Diese Torte ist der pure Traum der Schokoladeliebenden, und es bleibt eigentlich immer noch etwas übrig, denn sie ist überaus mächtig. Ich kaufe einige zusätzliche kleine Marzipanküken zur Dekoration, und als ich mich umdrehe, fällt mir fast der Karton aus der Hand... denn dort steht *er*, der Mann aus dem Lindgården. Ich sage Hallo, und er sagt Hallo, und dann ist es still. Er steht nur einfach vor mir und lächelt mich an. Er sagt nichts, und die Synapsen in meinem Gehirn erleiden einen Kurzschluss im Gesprächszentrum. Verzweifelt suche ich nach etwas, was ich sagen kann, das fällt mir doch sonst immer so leicht. Es ist mir noch nie passiert, dass ich nicht mit einem Kunden plaudern konnte, aber jetzt ist mein Kopf einfach leer. Ich würde mich am liebsten an seine Brust werfen und mein errötendes Gesicht an seinem Hals verstecken. Aber das tut man nicht mit einem Fremden, auch wenn man ihm in der Phantasie schon sehr nahegekommen ist. Aber wahrscheinlich bin ich auch genau deswegen so furchtbar verlegen und würde am liebsten wegrennen. Ich kann es nicht ertragen, verlegen zu sein. Ich will mich nicht verlieben. Das ist viel zu anstrengend. Ich kann aber an meiner Reaktion nichts ändern. Er sieht meine Verlegenheit, und das macht alles nur noch schlimmer.

»Man könnte vielleicht zu einem Kaffee einladen?« Seine Stimme ist überraschend tief und melodisch. In seinen braunen Augen funkelt ein Lächeln.

Ich schüttele den Kopf und sage Nein. Obwohl alles in mir Ja schreit. Mein Körper handelt in Notwehr. Als ich am nächsten Tag meinen Schwestern davon erzähle, kann ich das nicht anders erklären.

Vera und Ulrika kommen am Karfreitag schon zum Mittagessen. Ulrikas Zwillinge sind bei ihrem Vater. Ich hätte sie gern an meinem Geburtstag hier gehabt. Sie sind meine Lieblinge, ich sage niemals Nein, wenn ich Babysitterin spielen soll.

Das ganze Essen hindurch, während wir Spargelauflauf und Brombeerparfait mit Glaskirschenlikör genießen, kann ich mich beherrschen. Aber bei Nachmittagskaffee und Torte kann ich es nicht mehr aushalten und erzähle von dem Mann, den ich im Lindgården gesehen habe, und den wenigen Malen, die wir uns danach über den Weg gelaufen sind.

»Aber das war doch nicht so schlimm?«, kichert Vera und nimmt ein großes Stück Schokoladentorte, denn sie weiß, wie gut sie schmeckt. »Er wollte doch nur Kaffee mit dir trinken.« Als sie meine Zweifel sieht, lacht sie sorglos auf, wie es so ihre

Art ist. Vera kann sich durch das ganze Leben lachen. Ulrika ist das Gegenteil: blond, kühl und misstrauisch.

»Manchmal ist eine Tasse Kaffee aber auch einfach nur eine Tasse Kaffee«, erklärt Ulrika so richtig und weise, dass ich bereue, es ihnen erzählt zu haben. »Es ist leicht, Signale überzuinterpretieren, wenn man in jemanden verliebt ist. Das ist ein Prozess, der rein gar nichts mit Vernunft zu tun hat. Wie heißt er denn überhaupt?«

»Weiß nicht. Ich weiß nichts über ihn. Er kann verheiratet sein, Frauen misshandeln, ein Psychopath oder auf irgendeine andere Weise verrückt sein. Selbstmordattentäter oder Briefmarkensammler. Was weiß ich? Ich konnte ja nicht mal sehen, ob er einen Ring trägt.«

Vera runzelt die Stirn und schiebt sich die kupferroten Haare hinter die Ohren. »Wenn er verheiratet ist und trotzdem mit dir flirtet, dann lass ihn sausen. Diese Typen kennen wir doch zu gut …« Hier nickt sie Ulrika zu. Ulrikas erster Mann war so ein Typ. Wir haben vor zwei Jahren geholfen, ihn vor die Tür zu setzen, als Ulrika ihn im Materialraum der Schule mit einer fünfzehn Jahre alten Schülerin erwischte. Er trug nur noch seine Socken. Vera lachte auch damals auf eine überaus unpassende Weise, während Ulrika in Tränen zerfloss.

»Aber die, die jedem Kleid hinterherlaufen, sind selten Vergewaltiger. Man sollte sich vor den Männern mit dem geringsten Selbstvertrauen hüten. Denen, die ihre Wut in sich verstecken.« Ulrika, die angefangen hatte, Psychologie zu studieren, und das dann aufgab, als die Zwillinge auf die Welt kamen, mustert mich mit ihrem Röntgenblick. »Kommt er dir passivaggressiv vor?«

»Nein, er kommt mir fröhlich und sympathisch vor und … zu schön, um wahr zu sein. Mein Unterbewusstsein hat ihm Eigenschaften zugeschrieben. In meiner Phantasie ist er ein guter Zuhörer, intelligent, empfindsam und ein phantastischer...«

»In deiner Phantasie«, betont Ulrika, die soeben das Interesse verloren hat. Es ist sehr deutlich, wenn das passiert, denn dann fängt sie an, in ihrer Handtasche herumzuwühlen.

»Ja«, sage ich. Und da in dieser Angelegenheit nicht mehr zu sagen ist, reden wir jetzt über unsere Aktivitäten. Ich erzähle von Gunnar und Lovisa vom Finanzamt, in die ich durchaus Hoffnungen setze, und von Jonna von der Zeitung, die trotz des SZB-Flirts noch keinen Treffer gelandet hat. Ich erzähle von den Blumen, die Konrad und Lisbeth geschickt haben, und von Regina mit ihrem wilden Sohn Folke, für den niemand auf die Dauer den Ersatzpapa geben mag. Nebenbei erwähne ich noch Julius, den Farben liebenden Bestattungsunternehmer, um dann auf das große Ereignis des Jahres zu sprechen zu kommen: das Visby Fashion Weekend.

»Ich wollte dich fragen, Ulrika, ob du mir helfen kannst, ein Brautkleid für das Finale zu finden. Die Zeit drängt doch. Ich weiß noch nicht mal, wer mein Model sein wird. Ich weiß nur, dass ich kein Kleid im Laden von Alexandras Mutter leihen kann.« Ich schildere die Umstände.

»Ich helfe dir gern bei der Kleidersuche. Das weißt du. Als Gegendienst musst du einige meiner Kunden übernehmen. Okay?« Ulrika ist immer zuverlässig. Vera könnte es versprechen und dann vergessen und nicht einmal ein besonders schlechtes Gewissen haben. Ein lautes Lachen und ein »Ach je«, und schon ist alles vergessen.

»Wie hast du dir denn das Model für die Paradenummer vorgestellt?«

»Ich suche ein extravagantes und besonderes Mädchen.«

»Um auf unser Thema von vorhin zurückzukommen.« Ulrika springt nicht gern zwischen den Themen hin und her, im Gegensatz zu Vera und mir. »Bei dieser Steuerfrau, die da einfach aufgetaucht ist, weiß ich nicht, ob das wirklich als Ehevermittlung gilt«, erklärt sie und mustert mit strenger Miene Vera, die hemmungslos Marzipanküken von der Torte fischt und ihnen den Kopf abbeißt. »Du hast ja nicht aktiv in den Prozess eingegriffen, Angelika. Wer sagt denn, dass sie das nicht allein schaffen können?«

»Das wissen wir noch nicht, sie haben sich ja gerade erst kennengelernt. Ricky und ich haben für sie jedenfalls die gleichen Termine reserviert. Man kann von beiden wirklich nicht gerade behaupten, besonders flirtlustig oder auch nur aufmerksam zu sein. Gunnar von Radio Gute hat sich als unvorstellbar lahm und therapieresistent erwiesen«, führe ich zu meiner Verteidigung an. »Wie geht es denn bei euch?«

Vera lacht so sehr, dass ihr Bauch hüpft. »Ich kriege ein Kind. Glaub ich wenigstens.«

Ulrika ist genervt. »Das bildest du dir bloß ein, wie voriges Mal. So ist es immer, wenn du ein paar Kilo zugenommen hast. Wie viele Schwangerschaftstests hast du im Laufe der Jahre eigentlich schon gemacht, bloß, weil du ein paar Kilo mehr hattest?«

»Das hier ist aber kein Fressbaby. Und es ist nicht von Ove.«

»Hast du Ove endlich fallen lassen?« Ich komme nicht mehr mit. In Veras Liebesleben ist einfach zu viel los.

»Ja. Ove wurde zu bequem und faul. Wisst ihr noch, wie neidisch ihr am Anfang wart, weil er mir immer Blumen mitbrachte und weil es romantische Essen bei Kerzenlicht gab? Wir haben oft zusammen gekocht und auch gemeinsam abgespült, aber irgendwann fing er an, sich vor unseren Abmachungen zu drücken. Blieb extra lange im Büro, damit ich schon putzen oder mit Kochen anfangen konnte. Seine wie Kondome aufgerollten Socken fand ich überall auf dem Schlafzimmerboden und neben dem Wäschekorb. Bestenfalls versuchte er, damit den Wäschekorb zu treffen, aber sie waren noch immer aufgerollt. Auf die Dauer hat man es satt, Socken auszurollen. So einen Mann sollte man nicht lange behalten, finde ich. Die werden immer schlimmer, wenn man selbst nicht zur Zicke wird, und eine Zicke will ich nicht werden. Das Gold zu Anfang ist das beste. Das Leben ist zu kurz, um nicht jeden Tag zu genießen, und ich habe es nicht sonderlich genossen, Ove hinterherzuräumen.«

Mitzukommen, wenn Vera redet, ist ein bisschen wie der Versuch, eine Frühjahrsflut in einem Wasserglas aufzufangen – es läuft über.

Ulrika ist die Jüngste und musste sich daher schon immer mit Nicken oder Kopfschütteln begnügen, zu mehr kam sie einfach nie. Aber sie will trotz der großen Enttäuschung weiter an die lebenslange Liebe glauben. In dieser Hinsicht ist sie eine echte Norne.

Vera ist die Mittlere und eher schicksalsergeben und diplomatisch veranlagt. »Und jetzt bin ich mit Oves Bruder Torgny zusammen. Wir kennen uns ja schon eine Weile. Mit seiner Mutter verstehe ich mich gut, und so kann ich weiter in derselben Clique bleiben. Ganz einfach.«

»Und was sagt Ove dazu?«, frage ich. »Findet er das nicht ein bisschen kompliziert, vor allem, wenn er Onkel wird?«

Vera lacht so sehr, dass ihr Kaffee auf die bestickte Tischdecke schwappt. »Wir sind eine einzige große Familie.« Die nun folgende Erklärung ist lang und unzusammenhängend für die, die nicht an Veras Sprünge durch Zeit und Raum gewöhnt sind. Aber ich verstehe genau, was sie meint.

Daraufhin schließt Ulrika ihre Handtasche und geht hinaus in den Garten, um Bärlauch zu pflücken. Sie fragt nicht um Erlaubnis. Es ist doch ihr Elternhaus. Sicher ist es mir deshalb nie ganz wie mein eigenes vorgekommen. Ich liebe meine Schwestern, aber es ärgert mich, wenn sie alles in diesem Haus für selbstverständlich halten, obwohl es doch jetzt mir gehört.

Vera dreht sich zu mir um, als sie sich davon überzeugt hat, dass Ulrika die Terrassentür hinter sich zugezogen hat. »Diesmal ist es ernst. Ich glaube, ich liebe Torgny wirklich. Das kannst du mir glauben. Wir haben schon darüber gesprochen, dass wir zusammenziehen könnten. Ein Haus kaufen. Wir brauchen Geld für die Anzahlung. Bist du sicher, dass du das Darlehen nach Ostern zurückzahlen kannst?«

»Ja, jede Öre. Weißt du sicher, dass du schwanger bist?«

»Nein, aber ich spüre es. Diesmal wirklich.«

»Wenn du meinst.« Ich muss einfach über ihre verlegene Miene lachen, obwohl sie immer dasselbe sagt, wenn sie einen Neuen hat, eben, dass es jetzt ernst ist. Ulrika macht sich immer darüber lustig, deshalb darf sie von dem Hauskauf nichts erfahren.

»Dann ist es also ernst!«, sage ich. »Ich gratuliere dir herzlich. Wenn nach den Feiertagen die Bank wieder aufmacht, wird der Kredit, für den ihr gebürgt habt, bezahlt. Es waren harte Jahre.«

Als Ulrika ihren Bärlauchstrauß gepflückt hat, kommt sie herein, bereit, die neuesten Ereignisse zu berichten. Als ich höre, was sie zu sagen hat, begreife ich, dass ein solches Geständnis ihr nicht leichtfällt. Sie möchte doch so gern alles perfekt machen.

»Eine meiner Kundinnen ist an einen Betrüger geraten. Und ich habe sie zusammengebracht.«

»Hat er sie betrogen oder sich mit einer anderen davongemacht?« Vera streicht ihr Kleid glatt, das während der Lachanfälle bis zur Taille hochgerutscht ist. »Wir können nicht immer entscheiden, wen sie sich aussuchen, wenn sie sich gegen das

Schicksal wehren oder Dummheiten begehen. Daran ist der freie Wille schuld. Manchmal finden sie einen anderen, eine Niete. Wir können ihnen nur das Beste servieren, wenn sie danach aber lieber aufgewärmten Brei essen … na gut. Da können wir dann auch nichts mehr tun.«

»Nein, es geht nicht um Untreue, sondern um finanzielle Verbrechen. Tove ist ihr Haus mehr oder weniger los. Und das ist meine Schuld, ich hätte besser aufpassen müssen.« Ulrika ist eindeutig verzweifelt.

»Ein Betrüger!«, sagt Vera.

»Wie groß ist unsere Verantwortung, wenn es schiefgeht?«, frage ich, und wir diskutieren ausgiebig über diese Frage, ohne zu einer klaren Antwort zu gelangen.

»Wir können nur unser Bestes tun, um ihr zu helfen, finde ich.«

»Als Tove zu mir kam, war gerade ihr Mann gestorben. Er war depressiv und hatte sich das Leben genommen«, sagt jetzt Ulrika. »Sie hat danach mehrere Jahre gebraucht, um wieder auf die Beine zu kommen. Sie war sehr einsam. Ihre gemeinsamen Freunde ließen nichts mehr von sich hören. Ich wünschte von ganzem Herzen, sie könnte bessere Freunde und eine neue Liebe finden. Ich habe der Sache höchste Priorität eingeräumt. Und als sie sich endlich wieder verliebt hat …«

»… war es ein Betrüger.« Vera hat viel Geduld mit Menschen, aber irgendwann explodiert sie dann doch. »Dem sollte man bei lebendigem Leibe die Haut abziehen und ihn dann damit erwürgen!« Eine Gefängnisstrafe wäre ein Klacks gegen Veras Vorschläge.

Als meine Schwestern schon gehen wollen, fällt ihnen ein, dass es ja mein Geburtstag ist und dass sie ein Geschenk haben. Eine Überraschung, bei der Ricky ihnen geholfen hat. Vera überreicht mir einen selbst gemachten Gutschein. Sie sieht so geheimnisvoll und glücklich aus, dass ich sie kurz in die Wange kneifen muss. »Ein Aufenthalt im Nådendals Spa. Am Ostersonntag geht's los«, sagt sie, noch ehe ich den Umschlag aufreißen und mich überraschen lassen kann. »Ricky hat mit deiner Kundschaft neue Termine vereinbart und wird solange den Salon leiten.«

Das hat er wirklich gut gemacht, ich habe nämlich rein gar nichts gemerkt.

»Hurra!«, sage ich, ehe jemand anders auf die Idee kommt, das an meinem Geburtstag zu sagen.

Sindbad der Seefahrer

Heute hat der Salon bis 15 Uhr geöffnet, obwohl Karsamstag ist. Viele wollen für die Feiertage eine schöne Frisur haben, und ich kann es mir nicht leisten, auf dieses zusätzliche Einkommen zu verzichten. Und außerdem – Festfrisuren zu legen macht Spaß.

Auch Ricky arbeitet heute. Er braucht das Geld, und der General braucht eine Rasur. Das ist gut, denn dann bleibt uns die Diskussion über Stützhaare erspart. Zu feierlichen Anlässen will der alte Mann im Salon mit dem Messer rasiert werden. Ich weiß nicht, warum er sich das antut. Ich bin mir nicht sicher, ob ich es wagen würde, Ricky mit einem scharfen Messer über mein Gesicht fahren zu lassen, selbst wenn er garantiert nüchtern wäre. Ich glaube kaum, dass er sich gestern am Karfreitag kasteit hat. Im Gegenteil, offenbar hat er sein Versprechen, nie wieder einen Tropfen Alkohol zu trinken, wie er im kranken Licht der späten Einsicht nach dem Absinthkonsum geschworen hatte, achtlos gebrochen.

In einem Friseursalon muss man rasieren können. Als ich Ricky angestellt habe, sagte er, auf der Schule hätten sie das Rasieren an Ballons geübt. Wenn man alle Fussel entfernen konnte, ohne den Ballon zum Platzen zu bringen, hatte man bestanden. Ich hoffe das Beste.

In seinem eingeschäumten Zustand sieht der General aus wie eine spindeldürre Variante des Weihnachtsmannes. Das Hauptgesprächsthema sind Autos. Der General hat einen weißen Mercedes 250 SL Baujahr 1967. Ein Kabriolett, mit dem er jeden Samstag eine Runde dreht, um dann den ganzen Sonntag mit Waschen und Polieren zu verbringen. »Es passiert schnell, dass man zu fest aufs Pedal tritt, deshalb müssen die Damen ihre Perücken festhalten«, scherzt der General munter.

Ricky hat keinen Führerschein, an Autos herumzubasteln, interessiert ihn nicht. Ich bin wirklich beeindruckt von seiner Fähigkeit, durch interessierte Fragen das Gespräch in Gang zu halten, ohne sich zu entlarven.

Ulrikas Kundin, Tove, kommt herein. Die, die von einem Mann in Slite betrogen worden ist. Tove hat eine Eintrittskarte für das große Kostümfest heute Abend, und ich habe versprochen, ihr die Haare zu machen, die halblang, braun und glatt sind. Toves Augen sitzen ziemlich dicht beieinander, die Nase ist rund und der Mund breit, was sie ein klein wenig trollig, aber sehr charmant wirken lässt. Ulrika hat ihr einen frisch gefangenen Fisch für mich mitgegeben. Ulrika kauft Fisch immer direkt im Hafen, wenn die Fischerboote hereinkommen.

»Was kann ich für dich tun?«, frage ich und binde ihr den Frisierumhang um, nachdem ich das Fischpaket in den Kühlschrank gelegt habe.

»Ich weiß nicht. Ich habe eigentlich gar keine Lust auf das Kostümfest. Ulrika hat mich überredet.« Tove ist eher traurig als wütend. Das ist nicht gut. Zorn ist immer besser.

»Als was willst du denn gehen?«

»Ulrika hat die Massenmörderin Elisabeth Báthory vorgeschlagen.«

»Hervorragende Idee. Aber das ist sicher auch eine Frage der Haltung. Erzähl mal, wer war Elisabeth?« Ich versuche, mir ein Bild davon zu machen, wie die Frisur aussehen muss. Das Kleid, das Tove mitgebracht hat, hängt auf einem Kleiderbügel an einem Haken bei der Eingangstür. Es sieht aus wie ein Kleid aus der Renaissance, Goldbrokat mit weitem Rock und Ärmeln.

»Sie war eine ungarische Gräfin im 16. Jahrhundert, und sie hat sechshundertzwölf junge Frauen ermordet, um in ihrem Blut zu baden. Sie glaubte, das sei gut für die Haut. Ab und zu hat sie das Blut getrunken, weil es ihr innere Schönheit schenken sollte. Es gibt noch Gerichtsprotokolle. Sie hat ihre Opfer gefoltert und gewissenhaft Tagebuch geführt. Elisabeth Báthory wollte jung und schön sein, sie war total besessen von ihrem Aussehen. Angeblich hat sie mit ihrem Spiegelbild geredet.«

»Wie die böse Stiefmutter in Schneewittchen.«

»Vielleicht sind die Brüder Grimm dadurch auf die Idee gekommen. Jedenfalls will ich grausam und schön aussehen. Gern auch ein bisschen blutig, wenn du Zeit hast, mich zu schminken.«

Tove wächst mit ihrer Rolle. Ich baue ihr eine hohe Frisur mit großen, stilisierten Locken und schminke ihren Zorn über die Gemeinheit des Lebens hervor.

Ricky spült das Rasiermesser ab und komplimentiert den General hinaus, nachdem dieser sich in einem Zeitungsbericht über den Finanzier Simon Bogren festgelesen hat, der durch den Bau von Tunneln reich geworden ist. Ich sage, er soll die Zeitung mit nach Hause nehmen und in meinen Briefkasten werfen, wenn er sie durchhat.

»Dieser Trottel will einen Autotunnel von der Insel zum Festland bauen«, knurrt der General. »Die Leute werden doch wie die Ratten ertrinken!«

Als wir allein sind, brechen bei Tove alle Dämme, und sie erzählt, wie sie betrogen wurde.

»Ich habe ihn in Ulrikas Salon kennengelernt. Da hat er immer bar bezahlt. Sonst hätten wir ihn ja aufspüren können. Drei Wochen lang habe ich in einem Verliebtheitsrausch gelebt und alles durch die rosarote Brille gesehen. Dann war er einfach verschwunden. So, als ob es ihn nie gegeben hätte.«

»Es gibt ihn, und wir werden ihn finden.«

Es sieht nicht danach aus, als ob Tove wagte, mir zu glauben. Sie schluchzt auf, und ich reiße ein Stück Haushaltspapier ab und reiche es ihr.

»Nach seinem Verschwinden kam dann immer wieder Post für einen gewissen Sture. Eine Woche später stand Sture mit seiner Frau auf meiner Treppe und wollte einziehen. Dieser Betrüger hatte mein Haus an sich gerissen und ihm verkauft. Ich weiß nicht, was ich machen soll.«

»Hat er denn gar keine Spuren hinterlassen?«

»Nein, ich kann nicht beweisen, dass er es war. Nur, dass es genau vor seinem Verschwinden passiert ist. Ich weiß nicht, was ich mit Sture und seiner Frau machen soll, die sind genauso verzweifelt und ratlos wie ich. Wir wohnen erst mal zu dritt im Haus, bis wir eine Lösung gefunden haben. Im Moment wirkt alles nur hoffnungslos. Sture arbeitet nachts, also muss es tagsüber im Haus totenstill sein, damit er schlafen kann, und seine Frau ist die ganze Nacht auf und rumort herum, so dass ich nicht schlafen kann.«

»Es tut bestimmt doppelt weh, wenn man von jemandem so betrogen wird, den man liebt.«

Während wir noch reden, lässt sich Rut von der Polizei im anderen Frisierstuhl nieder. Ricky soll sie in Gundel Gaukeley aus Donald Duck verwandeln. Sie hat sich die Sache doch anders überlegt und will nicht in Uniform auf den Ball gehen. Sie will nicht riskieren, dass jemand glaubt, sie sei im Dienst und trinke trotzdem Alkohol. Sie will die Möglichkeit haben, bis in die frühen Morgenstunden die Sau rauszulassen.

»Entschuldigt. Ich musste ja mithören, worüber ihr gesprochen habt.« Rut wendet sich der angehenden Elisabeth Báthory zu. »Haben Sie diesen Kerl angezeigt?«

»Auf der Bank haben sie gesagt, ich müsste das tun, aber ich schäme mich so furchtbar, weil ich betrogen worden bin. Man muss doch schrecklich eingebildet sein, wenn man so langweilig aussieht wie ich und dann einen Mann findet, der behauptet, er bete den Boden an, auf dem man steht.«

»Du hast es verdient, geliebt zu werden, lass dir bloß nichts anderes einreden.« Ich bin wütend, als mir aufgeht, wie tief er ihr Selbstvertrauen verletzt hat.

»Ich hätte begreifen müssen, dass es zu schön war, um wahr zu sein. Ich war noch nie so glücklich, habe mich noch nie so geliebt gefühlt.«

»Sie müssen ihn anzeigen! Sie sind nicht die Einzige, die betrogen worden ist – es gibt noch mehr, das kann ich Ihnen sagen!« Rut zieht einen Zettel aus der Tasche. »Ich kann Ihre Anzeige jetzt sofort aufnehmen, wenn Sie wollen. Wir brauchen Hilfe. Haben Sie noch irgendetwas, das ihm gehört, eine Haarbürste oder eine Zahnbürste? Dann können wir seine DNA sicherstellen und mit dem Vorstrafenregister vergleichen.«

»Ich habe nichts mehr. Nicht einen einzigen Gegenstand, der ihm gehört hat. Es ist, als ob er niemals bei mir gewesen wäre. Es war ein Traum, und nun bin ich in dieser erbärmlichen Realität erwacht.«

»Wir finden aber meistens doch noch Fingerabdrücke. Haben Sie ein Foto von ihm?« Rut beugt sich vor und sucht in ihrer Tasche nach einem Kugelschreiber.

Ricky sieht unschlüssig aus. Sein Terminplan ist reichlich voll. Ehe wir Feierabend machen, muss er noch den Bestattungsunternehmer Julius zum rosaroten Panther schminken, samt rosagelockter Perücke mit Ohren. Wie genau der rosarote Panther zum Motto des Balls – Die Guten, die Bösen, die Hässlichen – passt, ist mir nicht so ganz klar. Ein anderes Paar will zu Bonnie und Clyde gestylt werden (böse), und Tilly will aussehen wie Agatha Christie (gut).

Tove schluchzt wieder auf und setzt sich gerade hin. »Er wollte nicht fotografiert werden. Wenn ich mir das jetzt überlege ... er wurde einmal so wütend, dass er mir den Fotoapparat weggenommen hat, als ich ein Bild von ihm am Liebestor machen wollte.«

Ricky hüstelt mahnend. »Ich glaube, wir müssen jetzt mit deinen Haaren anfangen, Rut.« Er schaut auf die Uhr, und Rut setzt sich im Stuhl aufrecht hin und nimmt weiter die Anzeige auf, während ihre Haare blauschwarz gefärbt werden.

»Das Gleiche ist noch anderen Menschen hier auf der Insel passiert – Männern und Frauen. Wir haben es hier nicht mit einem klassischen Heiratsschwindler zu tun. Wie sah er aus?«

Tove konzentriert sich widerwillig. »Groß und athletisch. Dunkel. Braune Augen. Keine Tätowierungen oder Muttermale. Sein Kleidungsstil pendelte zwischen klassisch und bohemehaft. Ab und zu hat er einen Anzug getragen.«

Rut sitzt mit teuflischer Miene da. »Die Vorgehensweise ist dieselbe, deshalb glaube ich, dass wir es mit demselben Täter zu tun haben könnten. Und der Tag, an dem er eingebuchtet wird, wird mein Glückstag sein.«

Als ich mit Elisabeth Báthory fertig bin, kommt Jessika in superkurzem schwarzen Rock und rot-weiß getupfter Bluse herein, die ihren Busen sehr betont, außerdem trägt sie meine schwarzen Schuhe mit den acht Zentimeter hohen Absätzen. Ricky starrt sie mit offenem Mund an, und ich zeige ihm mit der Teesiebgeste, dass er den Mund zumachen soll. Jessika wird zusammen mit ihrer Tante Lovisa vom Finanzamt auf das Kostümfest gehen. Ich hoffe, dass auch Gunnar hinwill, aber ich sage Jessika nichts davon, als ich ihr mit großen Wärmewicklern eine Rita-Hayworth-Frisur mache. Das Ergebnis kann ich von Rickys Gesicht ablesen.

Wie immer beginnt das Kostümfest um neunzehn Uhr mit einem Willkommensdrink im Stadshotell. Ich laufe nach Hause, um mich zurechtzumachen. Regen hängt in der Luft, und ich renne das letzte Stück, um nicht nass zu werden. Um zehn vor sieben will Ricky mich abholen. Er will nicht allein zum Fest gehen, weil er nicht viele Leute kennt. Es wird spannend, den Milliardär Bruce Wayne als Batman aus seinem Batmobil steigen zu sehen. Die Mütze war zwar ein bisschen groß, aber er wollte sie mit Küchenpapier ausstopfen.

Ich reinige den Fisch, den ich von Ulrika bekommen habe, und lege die Filets ins Gefrierfach. Die Tüte mit den Fischabfällen stelle ich neben die Haustür, um sie beim Weggehen nicht zu vergessen. Ich dusche schnell, trockne meine Haare, flechte mir den oberen Teil um den halben Kopf und lasse den Rest in langen Locken über meinen Rücken hängen. Unter der Flechtfrisur verstecke ich das Diadem mit den Katzenohren. Der Optiker an der Ecke hat mir ein Paar grüne Kontaktlinsen mit länglichen Katzenpupillen besorgt. Es dauert eine Weile, bis die Dinger in meinen Augen sind, aber danach ist die Verwandlung total.

Ich habe noch Zeit genug, um mich zu schminken. Auch, um mich noch kurz vor den Computer zu setzen. Bei Facebook nichts Neues. Ich amüsiere mich damit, in meinen Status »Butter« zu schreiben. Beim nächsten Klick taucht Werbung für Arla, Milda Margarine und Schlankheitskuren am rechten Rand auf. Nun schreibe ich »Pisse« und »Kacke« mit dem Risiko, gesperrt zu werden. Und siehe da, am rechten Rand erscheint eine Reklame für Inkontinenzschutz. Das ist doch die pure Beleidigung. Big Brother is watching me.

Ich sehe mir online Kleider an und merke schnell, dass es in meiner Größe nichts mehr gibt, was mir gefällt. Warum machen sie die Kleider in so winzigen Größen, wo doch nur wenige so gebaut sind? Bei den Sonderangeboten sind nur noch Minikleider zu haben. Dann fällt mir Rickys Flaschenpost ein. Er hat den Brief nicht mit meiner richtigen Adresse unterschrieben, sondern mit einer dafür angelegten Mailadresse. Es ist besser, anonym zu bleiben, bis man weiß, ob man wirklich Kontakt haben will.

Ich logge mich bei angelika@schicksalsgoettin.se ein. Ich habe zwei Mails von Google, die mich willkommen heißen, und eine von jemandem, der sich Sindbad der Seefahrer nennt. Vage erinnere ich mich, dass dieser Name in der Märchensammlung »Tausendundeine Nacht« vorkommt.

> Manch ein Abenteuer ist mir begegnet
> in Afrika, Europa und Alaska.
> Aber das seltsamste ist dieser Brief,
> den ich in einer Flasche fand.

Mehr steht nicht dort. Kein Wort darüber, wo er Rickys Absinthflasche mit meinem Brief entdeckt hat. Oder eigentlich nicht *meinen* Brief, den hat ja schließlich Ricky geschrieben. Ich muss einfach laut lachen, denn es ist doch witzig, dass sich jemand gemeldet hat. Ich bin in bester Stimmung und antworte, ohne nachzudenken.

> Mein Leben war immer so begrenzt,
> den Korken zu öffnen, war ein guter Entschluss.
> Oh, Sindbad, Herrscher des Meeres,
> ich bin ein frisch entschlüpfter Geist.

Als Ricky kommt, frage ich ihn, wie das mit der Flaschenpost gelaufen ist. Er ist ja nicht mit der Fähre zum Festland gefahren.

»Ich habe sie in den Stausee bei Almedalen geworfen. Was hätte ich denn sonst tun sollen? Ich hatte ja keine Zeit für längere Ausflüge.« Er mustert mich mit seinem Röntgenblick. »Du hast eine Antwort bekommen? Darf ich mal sehen?«

Ich öffne meine Mailbox. Es ist noch eine Nachricht gekommen.

»Sindbad scheint ja nicht gerade überbeschäftigt zu sein, wenn er am Karsamstag vor dem Computer herumsitzen kann«, kommentiere ich.

»Du sitzt doch auch am Karsamstag vor dem Computer herum«, sagt Ricky und beugt sich über meine Schulter.

Genieße, frisch entschlüpfter Geist,
nunmehr des Frühlings Süße,
ich bitte um der Wünsche drei
und sende liebste Grüße.

Arsène Lupin

»Du hast jetzt also Netdates mit einem feinkulturellen Bildungsbürger, der sich Sindbad nennt«, sagt Ricky zu mir mit einer gewissen Skepsis in der Stimme, als wir in der Dämmerung, verkleidet als Batman und Catwoman, durch die regennassen, mittelalterlichen Gassen zum Stadshotell schlendern.

»Mit einem Phrasendrescher, der Poesie verbricht«, sagt er dann. »Ich sehe diesen mageren Schreiberling so richtig vor mir. Wie er da neben einer Petroleumlampe sitzt und mit einem Federkiel schreibt. Ein bleicher, schwindsüchtiger Mann mit einer noppigen, beigen Strickjacke aus Acrylfasern und braun karierten Opapantoffeln. Die Signatur Sindbad der Seefahrer klingt ja nach einem echten Kerl, aber damit will er dich bloß in die Falle locken. Ich an deiner Stelle würde mich vor ihm hüten.«

»Aber das stimmt doch alles überhaupt nicht! Ich meine, was er geschrieben hat, klang doch eher nach Küchenlied. Ich glaube, der ist ein Amateur.«

Beim Eingang zum Stadshotell steht Slemmy Stevens und spielt ein wenig Trompete nach Gefühl, er hält sie in die Luft, als wäre es eine Partytröte. Ich will ihn begrüßen, aber er weilt schon nicht mehr unter den Lebenden, sondern segelt auf den Regenbogenschwingen der Chemie zu göttlichen Sphären.

Das Stadshotell war im 13. Jahrhundert ein Hafenspeicher, in dem seefahrende Kaufleute ihre Güter aufbewahrten. Die Kreuzgewölbe aus dem Mittelalter sind erhalten, wie auch die

Wandmalereien, das alles gibt dem Gebäude seinen besonderen Charakter.

Wir gehen hinein. Um den Tisch im Foyer, wo es den Willkommensdrink und Häppchen gibt, haben sich die Gäste unter dem Banner mit dem Thema versammelt: Das Gute, das Böse, das Hässliche. Die Guten, Bösen und Hässlichen sind ziemlich gleichmäßig verteilt, aber wie erwartet dominieren die Revolvermänner. Ich zähle nicht weniger als zwölf Clint Eastwoods, vier Frankensteins, einen Glöckner von Notre-Dame, eine Mutter Teresa und zwei Gundel Gaukeleys. Eine von ihnen ist Jonna, die für den Augenblick Rut – der anderen Gundel Gaukeley – zum Verwechseln ähnlich sieht. Jonna drängt gerade Petter vom SZB in eine Ecke. Er hat sich als Hauptkommissar Jacques Clouseau verkleidet. »Does your dog bite?« Mit großem Interesse betrachtet er ihr Dekolletee durch sein Vergrößerungsglas.

Ricky holt mir einen Gin mit irgendwas und macht sich dann auf zu seinen eigenen Abenteuern. »Gute Jagd, Catwoman.«

»Gute Jagd, Batman.«

Ich gehe weiter in den schönen Wintergarten, dessen eine Wand die Mauer aus dem Mittelalter bildet. Die Glasdecke verbindet Mittelalter und 21. Jahrhundert. In dem offenen Kamin lodert ein Feuer. Das Essen, das ich gebucht habe, wird im Spiegelsaal serviert. Auf der Treppe begegnen mir mehrere Bekannte, unter anderem Gunnar Wallén als Pastor. Lovisa vom Finanzamt ist nicht zu sehen, Jessika auch nicht. Meine Nachbarin Tilly starrt mich mit seltsamer Miene an. Ich habe vielleicht eine Kundin verloren, als ich sie mit Steven zusammengesetzt habe, aber mir blieb ja nichts anderes übrig.

Es ist nicht so, wie Ricky denkt. Ich bin nicht auf der Jagd. Ich zweifele nicht eine Sekunde daran, dass ich jemanden abschleppen könnte. Aber dann? Das Problem ist nicht, zu einem One-Night-Stand zu kommen, wie Ricky sich auszudrücken beliebt. Es sind die Erwartungen danach, gegen die ich mich wehre. Es ist weniger kompliziert, mein Sexualleben eigenhändig zu erledigen, als mit einem Fremden zu frühstücken, der in Unterhose und T-Shirt antritt, als ob er bei mir zu Hause wäre, und die abgerissene Ecke des Milchkartons in selbigen wirft, noch ehe er leer ist. Und das erste Mal Sex mit jemandem zu haben, ist meistens nicht so phantastisch, wie man sich das vorstellen möchte. Um das auszugleichen, ist ein gewisses Maß an Verliebtheit vonnöten.

Als ich noch in diesen Gedanken vertieft bin – und gerade vom Stimmengewirr der Festgäste umgeben im Spiegelsaal angekommen bin –, entdecke ich *ihn* an einem Tisch. Den Mann aus dem Lindgården. *Er* ist hier.

Für einen Moment bin ich bereit, meine gesamte Überlegung von vorhin neu zu durchdenken. Ich starre ihn an, ich weiß, dass ich das tue, aber ich will ihn nicht aus den Augen verlieren. Er trägt einen Frack und einen hohen Hut, den er soeben mit eleganter Geste auf die Fensterbank legt, um sich die weißen Handschuhe abzustreifen und sein Monokel unter einer hochgezogenen Augenbraue anzubringen. Sein Blick begegnet meinem. Sein Lächeln wird breiter, und er weist einladend auf den Platz ihm gegenüber am Tisch.

Das gibt es doch nicht. Es gibt Tischkarten. Unsere Namen stehen deutlich auf weißen Kärtchen mit Einschussloch, dem Abend zu Ehren. Das kann nur eins bedeuten: Er kennt meinen Namen. Die Wahrscheinlichkeit, dass der Zufall mich an seinen Tisch platziert haben könnte, ist eins zu achtzehnhundertzwanzig. Soll man an das Schicksal glauben oder an die Fähigkeiten des Gentlemanverbrechers Arsène Lupin? Denn er hat sich doch wohl als der große Verführer und Dieb der

Diebe verkleidet? Der andere Schurken bestohlen hat, nicht, weil er das musste, sondern weil er schöne Dinge und schöne Frauen liebte.

»Arsène Lupin, hast du die Tischkarten manipuliert?«, flüstere ich ihm ins Ohr, als ich den Tisch umrunde. Ich lächele ihn an. Aber sein Gesicht wird plötzlich ernst und nachdenklich.

»Ich musste dich sehen«, flüstert er. Seine Stimme mischt sich unter alle anderen Stimmen, und ich bin nicht sicher, ob ich richtig gehört habe. Als ich mich setzen will, schiebt er mir höflich den Stuhl zurecht und gießt Wein in mein Glas. »Rot, nicht wahr?«

Er weiß noch, was ich im Lindgården getrunken habe. Es interessiert ihn, wer ich bin. Statt ihn nach seinem Namen zu fragen, strecke ich die Hand nach seiner Tischkarte aus, aber sofort reißt er die an sich und steckt sie in die Tasche. »Welche Neugier!«

»Wer bist du?«, frage ich.

Er hebt wieder die Augenbraue und rückt sein Monokel gerade. »Das weißt du doch schon, auch wenn ich verkleidet bin. Nur Sherlock Holmes kann meine Verkleidung durchschauen, aber du weißt intuitiv, wer ich bin. Es gibt mich überall und nirgends, vielleicht sogar in deinen Träumen. Was musst du sonst noch wissen?«

Ich nehme einen leichten, aber angenehmen Duft seines Eau de Cologne wahr. »Erzähl von deiner traurigen Kindheit«, sage ich ein wenig verstimmt und verstecke ein demonstratives Gähnen hinter meinem schwarzen Handschuh, um ihm klarzumachen, dass seine Rollenfigur mich überhaupt nicht interessiert. Ich will wissen, wer er in Wirklichkeit ist. Aber er geht nicht darauf ein.

»Ich stamme aus einer französischen Familie. Mein Vater

wurde von einem Einbrecher getötet, und die Trauer brachte meine arme Mutter viel zu früh ins Grab. Es ist meine Lebensaufgabe, den Täter zur Rechenschaft zu ziehen. Aber das Leben hat so viel mehr zu bieten, zwischen der traurigen Kindheit und der vollzogenen Rache, deshalb warte ich noch ein wenig damit.«

Er hebt sein Glas, um mit mir anzustoßen. »Wir sollten heute Nacht vielleicht einen gemeinsamen Coup versuchen. Catwoman operiert nachts, wenn ich das richtig in Erinnerung habe. Natürlich ist sie meinen Comics zufolge in Batman verliebt, aber es gibt doch keinen Grund zu der Annahme, dass sie sich nicht mal eine Abwechslung gönnen kann.«

»Mal sehen.« Ich hebe das Glas und blicke ihm mit einem leichten Lachen in die Augen, um mich dann nach einem passenden Kandidaten umzusehen. Nur, um ihm kurz eins auszuwischen. »Wer könnte denn diese Abwechslung sein, ist vielleicht jemand hier auf dem Fest?«

Oh nein! Clemens, ein alter Klassenkamerad, fasst meinen suchenden Blick als Einladung auf und kommt auf mich zu.

»Hallo, Angelika!« Er hängt schwer über meiner Schulter und gibt mir einen feuchten Kuss auf die Wange. »Kannst du mir fünfhundert Eier leihen? Ich hab meine Brieftasche vergessen.«

Clemens vergisst immer seine Brieftasche, das war schon in der Schule so, und so ist es auch jetzt noch. Man sollte einen Boxerhund nicht durch Blicke aufmuntern, wenn man nicht abgeknutscht und angesabbert werden will. Genauso ist es mit Clemens, wenn er einen sitzen hat. In nüchternem Zustand arbeitet er als Gerichtsvollzieher. Er hat das Thema total missverstanden und glaubt, es gehe hier um die Guten, die Bösen und die Betrunkenen. Ich weiche seinem Blick aus. In seiner Freizeit schreibt er *agitatorische* Bücher über Randgruppen der Gesellschaft. Er will den schwedischen Sklavenarbeitern, die von den Reichen ausgebeutet werden, eine Stimme geben. Er beschreibt sie als unbeholfene, unglückliche Tröpfe ohne eigenes Ausdrucksvermögen. Zwischen den Zeilen ahnt man, dass er sie von seiner erhabenen Position herab verachtet. Ich bin durchaus nicht davon überzeugt, dass irgendwer ihn als Dolmetscher und Fürsprecher haben will. Und den Ertrag der Bücher, den aus Elend und Misere, die er diesen Gruppen zuschreibt, gezogenen Profit, steckt er natürlich in die eigene Tasche.

Ich merke, dass ich ihn nicht ertragen kann. Es wäre vielleicht fünfhundert Eier wert, ihn loszuwerden. Ich will ungestört mit Arsène Lupin zusammen sein, und Clemens ist in jeder Hinsicht eine Belastung.

»Fünfhundert Eier sind viel Geld für mich.«

»Angelika, sei doch ein bisschen nett zu mir. Zu einem Glas Wein kannst du mich doch wenigstens einladen.«

»Ein Glas, und dann musst du dir einen anderen Wohltäter suchen.« Ich seufze und reiche ihm meine Kreditkarte. Es reicht, dass er auf die Quittung etwas kritzelt, das meinem Namen entfernt ähnelt. Ich verspüre eine große Erleichterung, als ich daran denke, dass er niemals mein Kunde sein wird. Clemens hatte schon auf dem Gymnasium schütteres Haar, und jetzt ist sein Schädel kahl und blank, auch wenn das gerade nicht zu sehen ist, da er einen Cowboyhut trägt. Mit der Hand am Holster sieht er aus wie Zeb Macahan, als er jetzt zur Treppe geht.

»Das hast du gut gemacht.« Arsène nickt beifällig und fischt sich einen Priem unter der Oberlippe hervor. Ich tue es ihm nach. Er findet das sicher ganz schön burschikos, denn jetzt fragt er: »Sollen wir jetzt noch armdrücken oder fingerhakeln?« Seine braunen Glitzeraugen rauben mir noch den Verstand. *Lass mich in Ruhe! Sieh mich nicht so an!*

»Ich schlage ein zivilisiertes Gespräch vor.«
»Wie war denn deine Kindheit, Catwoman?«
»Respektabel.« Bei seinen Blicken muss ich mich einfach wehren.

»Wenn ich mich richtig erinnere, hat Catwoman ihre Kuscheltiere in den Müllschlucker gesteckt, um mit der heimischen Idylle zu brechen. Dann wuchs sie zu einer ausgepichten Einbrecherin heran und lernte, für sich zu sorgen.«

Das Essen ist da, und Arsène schneidet ein Stück von seinem Lammbraten ab und steckt es sich mit einem zufriedenen Seufzer in den Mund. Dabei lässt er mich nicht eine Sekunde aus den Augen. Zu meiner Verzweiflung merke ich, dass ich rot werde. Ich bin dankbar für die gedämpfte Beleuchtung und sauer auf ihn, weil er mich zu diesen Empfindungen bringt. Es ist typisch, dass mich eine lähmende Nervosität überkommt, jetzt wo ich ihn endlich wiedersehe, auch wenn ich mich unendlich nach diesem Treffen gesehnt habe.

»Und wie sollte so ein gemeinsamer Coup dann aussehen?«
»Du solltest dich um dein eigen Hab und Gut kümmern, ehe du anderen etwas stiehlst. Dein Kavalier ist eben mit deiner Kreditkarte die Treppe hinuntergelaufen, obwohl es auch hier oben eine Bar gibt.«

»Clemens ist nicht mein Kavalier.«

Ich drehe mich um. Es geht so schnell. Ich sehe Clemens' weiße Hutkrempe auf der Treppe und stürze hinter ihm her. Jetzt ist er nirgendwo mehr zu sehen, und ich habe zwei Möglichkeiten. Ich kann weiter mit dem Mann, den ich so gern kennenlernen möchte, hier am Tisch sitzen, oder ich kann Clemens jagen, den ich nicht in meiner Nähe haben will. Ich kehre zu meinem Platz zurück.

»Hast du ihn zu Boden geschlagen?«
»Nein, ich habe die Schwarze Witwe mit ihm gefüttert. Er

ist jetzt einen Kopf kürzer. Ehrlich gesagt hab ich ihn aus den Augen verloren. Aber das hier ist ein Fest, und Clemens verlässt kein Fest – es verlässt ihn.«

Wir plaudern und essen Fliederbeersorbet mit frischen Himbeeren. Meine anfängliche Nervosität wird mit jedem Glas Wein weniger. Jetzt wage ich, in die verschlungenen Labyrinthe seiner Augen zu schauen, ohne dem Blick auszuweichen, und sie sagen mir mehr, als gut für mich ist. Streicheln mich. Spielen mit mir. Er will mich nicht loslassen. Ich will nicht, dass dieser Augenblick hier ein Ende nimmt, denke ich, als ich in einiger Entfernung eine vertraute Stimme höre.

Als ich den Blick hebe, um mich im Saal umzusehen, steht Tove neben der Tür. Die betrogene Massenmörderin Elisabeth Báthory winkt, und ich stehe mit einer Entschuldigung auf, um einige Worte mit ihr zu wechseln. Ich möchte so gern, dass sie einen schönen Abend hat. Und sie scheint in Feststimmung gekommen zu sein und sich wohlzuführen. Wir reden kurz miteinander. Als ich zu meinem Tisch zurückkehre, ist Arsène Lupin im Gewimmel verschwunden.

Ich habe einen Plan

Ich muss meine Kreditkarte zurückholen. Das Essen im Spiegelsaal ist zu Ende. Die meisten verlassen ihre Tische und bewegen sich auf die Treppe zu. Tove und ich folgen dem Strom hinunter in den Wintergarten, wo zum Tanz aufgespielt wird. Es regnet Konfetti.

Tove wird sofort von Hercule Poirot aufgefordert, der sie auf die Tanzfläche führt, und ich gehe weiter zur Bar im Nebenraum, wo normalerweise der Frühstückssaal ist.

Etwas passiert in dem Kreis aus verkleideten Menschen vor mir. Ich suche mir einen Platz, von dem aus ich sehen kann, was hier vor sich geht. Schräg von hinten sehe ich einen Zauberkünstler in schwarzem Umhang. Er holt einen Zuschauer auf die Bühne und stiehlt dem Mann Brieftasche, Schlüssel und Telefon, um sich dann einen neuen Zuschauer zu suchen. Mit einem magischen Schlagen des schwarzen Umhangs und einer Kreisbewegung mit dem Zauberstab tauchen die Gegenstände in den Taschen des neuen Zuschauers wieder auf. Applaus.

Dabei dreht sich der Zauberer in meine Richtung, und ich sehe, dass *er* es ist.

Das ist also sein Beruf! Er ist Zauberkünstler. Beim Essen habe ich ihm nichts über sich selbst entlocken können, er hat alles zu Fragen verdreht, die ich dann beantworten sollte. Aber aus den Fragen konnte ich entnehmen, dass er erst kürzlich auf die Insel gekommen ist.

Ich muss wieder an meine Kreditkarte denken und setze

meine Suche nach Clemens fort. Der steht am Tresen. Ich hoffe, dass er keine Runden ausgegeben hat. Neben ihm steht Jonna, der Frankenstein die Hand auf das wohlgeformte Hinterteil gelegt hat. Der SZB-Typ ist nicht zu sehen. Gunnar von Radio Gute hängt auch an der Bar herum, und hier meine ich wirklich, hängt. Ich sehe das nicht zum ersten Mal: Wenn Gunnar Alkohol getrunken hat, kann sein dünner Hals seinen Kopf nicht mehr tragen. Das Kinn ist auf seine Brust gesunken, und er nuckelt an seinem Schlips.

»Meine Kreditkarte, Clemens.« Ich zwänge mich an Jonna und Frankenstein vorbei.

»Ja, verdammt. Die wollten deine Unterschrift, da habe ich sie eben hingekritzelt.« Clemens zieht alles heraus, was er in seiner vollen und doch so abgebrannten Tasche aufbewahrt. Am Ende taucht meine Karte auf. »Nett von dir, Angelika.«

Im Wintergarten wird emsig getanzt. Ich sehe kurz Alexandra in einem weißen, schulterfreien Kleid. Die meisten würden sie für das perfekte Model für den Catwalk halten. Überzeugend genug auf ihren zehn Zentimeter hohen Absätzen, um beim High Heel Race in Båstad aufzutreten. Aber etwas fehlt. Es ist der Moment der Verwandlung, der das Entscheidende ausmacht. Das allzu Perfekte, das alles bis zum i-Tüpfelchen erfüllt, wird langweilig. Für eine Aschenputtelgeschichte brauchen wir ein Aschenputtel. Und zwar vor und nach der Verwandlung. Wir brauchen eine Überraschung.

Gerade jetzt steht Jessika an der Wand, ohne aufgefordert zu werden. Sie sieht als Gangsterbraut einfach reizend aus, aber so ängstlich und abweisend in ihrer Haltung, dass sich niemand an sie heranwagt. Aber sie will tanzen, ich sehe ihre Blicke, sehe, wie ihr Fuß im Takt der Musik wippt. Jemand greift nach meinem Arm. Es ist Ricky.

»Du musst mir helfen.« Ich kann sein Gesicht kaum sehen,

denn die Kapuze ist heruntergerutscht, aber seine Augen funkeln wild.

»Was kann ich für Sie tun?«, frage ich im selben Tonfall wie bei einem neuen Kunden und einem Kandidaten für die Ehevermittlung.

Das ist ihm klar, und seine Augen lachen. »Ich muss in meine Wohnung. Kannst du mir jetzt das Geld für den Schlüsselnotdienst leihen? Wir können einen Abbezahlungsplan machen. Ich kann eine Siebentagewoche einlegen, was auch immer. Ich würde alles tun, aber ich muss da rein.«

»Heute Nacht, am Karsamstag? Dann kostet es sicher das Doppelte. Könnt ihr nicht einfach in ein Hotel gehen?«, frage ich und kneife ihn ins Fledermausohr. »Das ist billiger.«

Er lacht laut über meine Vermutung, widerspricht aber nicht. »Ich habe einen Vogel in der Wohnung, und der muss gefüttert werden. Ich habe so einen Futter-und-Wasser-Automaten, aber ich habe Angst, dass der vielleicht nicht funktioniert. Du kannst bestimmt einbrechen, du bist doch Catwoman!«

»Ich mach das schon, weißt du, kein Problem.«

»Sicher?« Ricky kneift mich ins Katzenohr, und damit sind wir quitt.

»Wie ist das mit Jessika? Sie sieht traurig aus.«

Ricky lässt die Blicke schweifen, bis er sie entdeckt. »Vorhin war sie total froh. Wir haben geredet und getanzt, aber dann kam Alexandra, und da ist sie irgendwie eingegangen. Ich habe nicht gehört, was Alexandra gesagt hat, aber Jessika ist zur Toilette gestürzt. Seither sieht sie einfach nur beleidigt aus. Klar wird sie nicht aufgefordert, wenn sie beleidigt ist.«

Ich drehe mich um und sehe für einen Moment Arsène Lupin am offenen Kamin. Er hält im Wintergarten Ausschau. Ich hoffe, dass er mich sucht. Aber jetzt kann ich Jessika nicht im Stich lassen. Ich dränge mich durch und komme bei ihr an, als soeben ihre Tante Lovisa vom Finanzamt mit zwei Gin Tonic auftaucht.

Jessika schüttelt den Kopf. »Um Alkohol zu trinken, muss man in einer guten Stimmung sein. Wenn man traurig ist, wird es dadurch nur noch schlimmer.«

»Wie wahr«, sagt Lovisa und reicht mir den Drink, den Jessika nicht will.

»Wie ist denn das Interview mit Gunnar Wallén gelaufen? Ich habe euch am Donnerstag in der Crêperie gesehen«, sage ich zu Lovisa.

»Gut, glaube ich. Er hat eine unvorstellbare Allgemeinbildung und ist ein angenehmer Gesprächspartner. Ich liebe seine Radiostimme.«

Ich sehe, dass Lovisa immer wieder zur Bar hinüberschaut, und darüber freue ich mich, obwohl ich nicht sicher bin, ob es zu Gunnars Vorteil ist, wie ihm jetzt der Kopf nach unten hängt. »Entschuldige mal kurz«, sagt sie.

Ich bin mit Jessika allein – so allein, wie man zwischen vierhundert verkleideten Festgästen eben sein kann. Sie zuckt mit den Schultern, als ich frage, wie es geht, und wir gehen zusammen einen Moment an die frische Luft.

»Was ist passiert?«, frage ich. »Was hat Alexandra zu dir gesagt?« Jessikas Augen füllen sich mit Tränen und laufen über. »Nichts. Das war wirklich kein Grund, um zusammenzubrechen. Wenn man es von außen betrachtet, denkt man bestimmt nur, dass sie lacht und froh ist und ich beleidigt und langweilig bin.«

»Alexandra weiß sicher ganz genau, welchen Eindruck sie macht. Mir ist auch klar, dass sie dich schon lange schikaniert. Du weißt, was ihr Tonfall bedeutet und was jeder Blick sagen will, und dein Körper reagiert automatisch auf ihre Signale, nicht wahr?«

»Genauso ist es. Sie hat gefragt, ob ich die Bluse von meiner Mutter geliehen habe. Sie hat das ganz freundlich gefragt. Niemand kann darin eine Gemeinheit hören, oder? Und jetzt erzähle ich dir, warum es mich trotzdem so mitnimmt. Meine Mutter ist psychisch krank, zeitweise psychotisch. Ich will mich deshalb nicht schämen, aber Alexandra bringt mich dazu. Wenn es meiner Mutter schlecht geht, läuft sie unmöglich herum, bis über beide Ohren geschminkt, und sie stellt wahnwitzige Dinge an. Verstehst du? Ich liebe meine Mutter, ich will sie nicht im Stich lassen. Aber Alexandra bringt mich dazu, mich ihretwegen zu schämen, und ab und zu wünschte ich, ich hätte eine andere Mutter. Und das ist der schlimmste Verrat.«

»Was wäre nötig, um dich weniger verletzlich zu machen?« Ich denke laut, ohne eine fertige Antwort zu haben. »Wie wäre es, wenn du dir vorstelltest, dass Alexandra ganz schrecklich stinkt? Alle merken das, nur sie selbst nicht. Kannst du dir das vorstellen? Und wenn ja, würde das am Machtverhältnis etwas ändern?«

»Was?« Jessika versucht, sich die Tränen abzuwischen, ohne die Wimperntusche zu verschmieren.

»Ich schlage vor, dass du zu ihr gehst, wenn du merkst, dass du dich in diese Rolle hineinversetzen kannst, du schnupperst um sie herum in der Luft und sagst: Entschuldige, Alexandra, aber du stinkst.«

Jessika bekommt einen hysterischen Lachanfall. Sie lacht dermaßen, dass sie kaum noch aufrecht stehen kann.

»Die Sache wird noch eleganter, wenn Ricky und ich den Angriff vorbereiten, indem wir diskret andeuten, dass sie nicht gut riecht. Dann reicht es, wenn du schnüffelst und fragst, ob sie etwas Unpassendes gegessen hat. Mehr nicht.«

Wir fangen uns einen fragenden Blick des Türstehers ein,

als wir losgackern. Aber ich versichere ihm, dass alles in Ordnung ist. Wir gehen hinein, und ich weihe Ricky in meinen Plan ein. Er faselt etwas über ein Buch namens ›Das Spiel‹, das Aufreißtricks enthält. Ein Mädchen zu beleidigen scheint eine todsichere Möglichkeit zu sein, ihr Interesse zu wecken. Er macht mit.

Mitten unter der großen Diskokugel schwebt Alexandra wie ein weißer Schmetterling. Ricky fordert sie auf. Wir warten voller Spannung. Er flüstert ihr etwas ins Ohr. Alexandra fährt zurück, starrt ihn an und schwankt auf ihren hochhackigen Schuhen, ehe sie zur Damentoilette stürzt.

Das Karaoke hat angefangen. Ich halte Ausschau nach Arsène, kann ihn aber nirgends finden. Alles drängt sich um die Bühne. Ich stelle mich auf Zehenspitzen, um ihn irgendwo zu entdecken, aber dann spüre ich plötzlich einen Arm um meine Taille. »Möchtest du tanzen?«

»Sehr gern.«

»Wie gut.«

Arsène nimmt meine Hand und führt mich durch das Menschenmeer zur Tanzfläche, die jetzt ziemlich leer ist, da sich das Scheinwerferlicht in eine andere Richtung gedreht hat. Ich drehe mich um und sehe Gunnar auf die Bühne klettern, um »Living next door to Alice« zu singen. Jonna applaudiert wie eine Irre, als ihr Konkurrent von Radio Gute einfach jämmerlich falsch singt. Das nächste Stück ist Elvis' »Love me tender«. Und wer hier singt, ist kein Geringerer als Kommissar Clouseau mit einer Vergangenheit im Statistischen Zentralbüro, und er ... er kann singen!

Arsène schaut mir in die Augen, fasst dann nach meiner Hand und meiner Taille und drückt mich fester an sich. Ich spüre Wärme und Prickeln, schließe die Augen und lehne den Kopf an seine Schulter. Nehme seinen Duft wahr, als wir ohne

Schwimmweste und Rettungsring ins Universum hinaussegeln. Als der Tanz zu Ende ist, weiß ich, dass ich hoffnungslos verliebt bin.

Die Musik verstummt. Er drückt mich an sich und sagt Danke, küsst mich auf die Stirn und schaut mir in die Augen, und jetzt sind seine eigenen voller Lachen. »Was für einen Coup landen wir denn nun heute Nacht, Catwoman? Irgendeinen Vorschlag?«

Ich merke, dass ich nicht ganz nüchtern bin, als ich antworte. Das gebe ich ohne Umschweife zu. Aber zugleich kommt es mir ganz natürlich vor, bei Ricky einzubrechen, wo Arsène den Coup doch nun schon mehrere Male erwähnt hat. »Ich habe einen Plan.«

Im Wendekreis des Kakadus

Ich hole meine Jacke aus der Garderobe und schaue mich noch einmal um, ehe ich das Fest verlasse. Jessika steht vor der Bühne und hört SZB-Petter zu und lacht über das ganze Gesicht. »Pretty woman walking down the street...« Die Musik begleitet uns hinaus auf die Straße – und dort stehen Alexandra und ihre Freundinnen.

»Rieche ich nicht gut? Sagt es ganz ehrlich, verdammt! Stinke ich?« Sie macht eine halbe Drehung und versucht, an sich selbst zu riechen. Dann zieht sie beide Schuhe aus, um zu sehen, ob sie vielleicht irgendwo hineingetreten ist.

»Ja, ein bisschen«, sagt die Kleinste der Freundinnen, und ich sehe, wie in ihrem Blick ein triumphierendes Funkeln auftaucht. Die Freundschaft zwischen den beiden war bisher bestimmt keine unter ebenbürtigen Partnerinnen.

»Tut mir leid, Alexandra, aber du riechst wirklich nicht gut«, sagt die andere Freundin, ebenso selbstsicher wie Alexandra sonst redet. »Ich an deiner Stelle würde nach Hause gehen und mich umziehen.«

Ich sage nichts, aber Arsène schnuppert unwillkürlich, als er vorübergeht, und das sieht Alexandra. Was für ein herrlicher Abend!

»Na gut, was hast du vor, Catwoman?« Er hakt sich bei mir unter, als wir durch die Strandgata gehen, in der anderen Hand hält er eine altmodische Aktentasche. Ein Teil seiner Verkleidung, könnte man meinen. Den Umhang und den hohen Hut hat er in der Garderobe gelassen.

»Was ich vorhabe? Was sagst du zu einem Wohnungseinbruch in der Irisdalsgata?«

»Ach, und was wollen wir da stehlen?« Bisher scheint er nicht sonderlich beeindruckt zu sein.

»Einen Schlüssel. Die Frage ist, wie wir da reinkommen sollen, aber das klären wir dann vor Ort.«

»Die größte Frage ist, wie du auf deinen Stöckelschuhen überhaupt da hinkommen willst. Ich würde dich ja gern tragen, aber ich bin nicht sicher, ob ich das den ganzen Weg schaffe. Ich schlage vor, wir leihen ein Fahrrad aus.«

Arsène biegt nach links ab und bugsiert uns beide durch das Tor in der Mauer bei Almedalen. Dort bleibt er vor einem rostigen Damenfahrrad stehen. »Das ist nicht abgeschlossen. Ich hab es schon auf dem Weg hierher gesehen.«

»Aber wir können doch mein Rad nehmen«, sage ich. Stehlen kommt mir nicht richtig vor. Es kann doch jemand kommen, der sein Rad dringend braucht, und dann ist es verschwunden. »Ich wohne in der Fiskargränd.«

»Ganz ruhig. Ein nicht abgeschlossenes Fahrrad bedeutet, bitte zugreifen.«

Geduldig versuche ich, ihn dazu zu bringen, auf den Fahrraddiebstahl zu verzichten und die Vorteile eines ungestohlenen Rades darzulegen, damit wir nicht schon vor dem eigentlichen Einbruch eingebuchtet werden, falls die Besitzerin des Fahrrades uns erwischt.

Schließlich gibt er seinen Plan auf und greift nach meiner Hand. Zusammen gehen wir durch die warme Visbyer Nacht. Das Gras bei Almedalen ist feucht. Ein Schatten zeigt sich im Fenster des ehemaligen Almedalshotell, das jetzt als Onkologieabteilung dient, mit einem Hospiz im Obergeschoss. Arsène winkt. »Ein guter alter Freund von mir.«

Die Nacht kommt mir magisch vor. Schwarze Wellen schlagen gegen den Steinstrand. Arsène erzählt mir von der dänisch-lübischen Flotte, die hier 1566 in einem furchtbaren Sturm untergegangen ist.

»Im Kampf gegen die Schweden wurde einem Admiral der Kopf abgeschossen. Er hatte das Recht, in geweihter Erde bestattet zu werden, deshalb warf die Flotte trotz aller Warnungen vor Visby Anker. Nachts brach einer der schlimmsten Stürme aus, die je auf der Ostsee gewütet haben. Die Ankertrossen wurden abgerissen oder zerfetzt, und die Schiffe zerschellten an den Felsen. Viele Tausend Mann verloren in jener Nacht ihr Leben.«

Ich höre zu und bin von seiner Stimme einfach verzaubert. Er ist ein Geschichtenerzähler. Der Mond spiegelt sich im Wasser von Almedalen, und wir gehen schweigend weiter, Seite an Seite, bis wir mein Haus erreicht haben. Dort lässt er meine Hand los und fasst meine Schultern. Er beugt sich vor, und ich glaube, dass er mich küssen will. Zugleich glaube ich, hinter den Vorhängen in Tillys Haus eine Bewegung zu sehen. Es kann Einbildung sein, aber trotzdem zucke ich zurück, und der Augenblick ist verloren.

»Wohnst du hier? Das ist ja phantastisch! Was für ein schönes Haus.«

»Ja, hier wohnen Herz-Ass und ich.«

Stolz schiebe ich den Schlüssel ins Schloss und öffne die Haustür. Ich mache einen Schritt in die Diele und schalte das Licht ein. Zuerst begreife ich nicht, was für Haufen da den Boden zieren. Herz-Ass sitzt mit der Nase in einer zerrissenen Papiertüte auf dem Boden. Als mir aufgeht, was das für Haufen sind, will ich Arsène am Eintreten hindern, aber es ist zu spät. Er sieht, was ich sehe. Auf dem Boden liegt überall Fischabfall, und mitten im klebrigen Chaos sitzt Herz-Ass. Er zieht noch einen Dorschkopf aus der Tüte, die ich aus Versehen nicht mit auf den Kompost genommen habe. Ein Protest dagegen, dass ich ihn allein zu Hause gelassen habe, während ich mich anderweitig amüsierte. Peinlich, peinlich, peinlich! Es stinkt nach altem Fisch, und die ganze Stimmung ist ruiniert.

Ich führe Arsène ins Wohnzimmer und fange an, Herz-Ass auszuschimpfen, der mit fröhlich erhobenem Schwanz in der Hoffnung auf irgendeine Form von Belohnung auf seinen Fressnapf zustolziert. Auf die Belohnung kann er aber lange warten. »Gleich am Montag tausche ich dich gegen einen Goldfisch ein!«, fauche ich und sammele den ganzen Dreck auf.

Arsène schaut sich im Wohnzimmer um und ist von meinem Möbelgeschmack ganz angetan. Ich komme zu ihm, will ihn gern herumführen. Mein Arm streift seinen, und er greift nach meiner Hand, als ich ihn durch mein Haus führe, als wäre das das Natürlichste auf der Welt. Als er stehen bleibt, lande ich in seiner Umarmung. Sein einer Arm liegt um meine Taille. Er schaut ins Schlafzimmer und betrachtet das Hochzeitsfoto über dem Doppelbett. Ich war niemals schöner oder glücklicher als an jenem Tag. Joakim sieht mich mit seinen sanften blauen Augen an. Sieht den Mann an, der mich gerade küssen will – und ich weiß, Joakim würde es mir gönnen. Dennoch kommt es mir wie Verrat vor, einen fremden Mann mit in unser Schlafzimmer zu bringen. Ich ziehe mich zurück und glaube, das erklären zu müssen. Aber Arsène ist schneller.

»Fehlt er dir sehr?«

»Ja, bisweilen. Es ist sieben Jahre her.« Ich trete einen Schritt zurück. »Woher weißt du, dass ich allein lebe?«

»Ich habe mich im Lindgården nach deinem Namen erkundigt, und dann habe ich dich im Netz gesucht. Außer dir ist unter dieser Adresse niemand gemeldet. Aber natürlich kann es ja trotzdem einen Mann in deinem Leben geben. Du trägst keinen Ring.«

Ich will gerade fragen, wie sein Leben aussieht, als er mir abermals zuvorkommt. »Wir sollten machen, dass wir diesen Schlüssel in der Irisdalsgata an uns bringen, wenn wir noch auf das Fest zurückwollen.«

Ich ziehe mir andere Schuhe an und hole das Fahrrad aus dem Schuppen. Dann geht es durch die Studentallé und weiter durch die Norderport. Ich klammere mich an seinen Rücken, während er in verblüffend guter Form die Hänge hochstrampelt.

Ich schließe die Augen und schmiege die Wange an seinen Rücken, lasse mich hin und her wiegen. Warum ist er so geheimnisvoll? Ohne dass ich es steuern könnte, stiehlt sich meine linke Hand in seine Tasche. Die ist leer. Ich versuche es mit der anderen und finde einen Zettel, den ich mir in den BH stopfe. Arsène hat nicht gesagt, wie er heißt oder wer er ist, und ich brauche ja schließlich einen Anhaltspunkt, denke ich trotzig.

Der Brömsebrovägn wird von der Norra Hansegata gekreuzt, und wir fahren weiter geradeaus, bis Arsène anhält und mich zum Absteigen auffordert. Ich schließe das Rad ab, drehe mich um und liege plötzlich wieder in seinen Armen. Er hält mich ein Stück von sich weg, damit ich in seine Augen sehen kann. Er schaut mich mit einem neckenden Lächeln an und wartet. Ich will ihn küssen, traue mich aber nicht. Er fasst mir unters Kinn und hebt mein Gesicht. Ich stelle mich auf Zehenspitzen und warte.

»Welche Wohnung ist es?« Er lächelt mich strahlend an und lässt los.

Ich erwidere das Lächeln und hoffe, dass meine Enttäuschung nicht gar zu deutlich wird. Ich zeige auf die Wohnung. Der Balkon ist zwei Stockwerke über uns. Ich fasse die Regenrinne an. Die scheint stabil zu sein.

»Wenn du mir das erste Stück hilfst und ich auf deinen Schultern stehen kann, schaff ich den Rest bestimmt«, sage ich übermütig. Ricky hat mir gezeigt, wie man beim Klettern das Rohr anfasst, in dieser Hinsicht besteht kein Unterschied zwischen einer Poledancestange und einer Regenrinne.

»Was willst du eigentlich mit dem Schlüssel? Dem, den du stehlen willst?«

»Gefallen und Gegengefallen«, antworte ich kryptisch. »Ein kleines Geschenk als Dank für heute Abend erwiesene Dienstleistungen.«

»Hat er dieser Königin der Nacht den Dienst geleistet?«

»Du bist ein guter Beobachter«, sage ich und ziehe mich auf seinen gekrümmten Rücken. »Ich lasse dich dann rein, wenn ich drinnen bin«, sage ich, jetzt schon außer Atem. Er richtet sich zu seiner vollen Höhe auf, und ich packe die Regenrinne, klettere hinüber und klammere mich mit den Beinen fest. Er lässt los, ohne dass ich falle. Langsam ziehe ich mich Stück für Stück hoch und über das Geländer.

Oben angekommen senke ich den Kopf und stütze die Hände auf die Knie, um Atem zu holen. Arsène ist nicht zu sehen. Ich halte in der Nacht Ausschau und nehme meinen kleinen schwarzen Rucksack von der Schulter, in dem die Nagelfeile liegt, mit der ich das Schloss knacken will. Mein Vater konnte mit dem Daumennagel eine Volvotür öffnen, es kann also nicht unmöglich sein. Ich habe soeben die Nagelfeile hineingeschoben und will anfangen, das Schloss aufzustemmen, als ich aus der Wohnung einen entsetzlichen Schrei höre. Ich versuche, durch die dunkle Fensterscheibe zu sehen, woher dieses Geräusch kommt, während ich mir zugleich überlege, dass ich vielleicht mitten in der Nacht in Body, Katzenohren und knallgrünen Kontaktlinsen auf dem falschen Balkon stehe.

Ich erahne hinter der schwarzen Fensterscheibe einen

Schatten. Der Schrei, der das Blut gefrieren lässt, ist wieder zu hören. Ich drehe mich zum Balkongeländer um, bereit, auf den Asphalt hinunterzuspringen. Ein verstauchter Fuß ist nur ein verstauchter Fuß und ein geringer Preis für das Überleben. Aber in diesem Moment wird die Balkontür von innen geöffnet. Vor mir steht Arsène.

»Was ist los?«, flüstere ich.

»Ich bin von einem Vogelteufel überfallen worden!« Arsène sieht erschüttert aus, als er sich mit dem Einstecktuch aus seiner Brusttasche Vogelkacke abwischt.

»Entschuldige, ich habe vergessen, Herrn Fox zu erwähnen. Er ist offenbar aus seinem Käfig entwischt. Anfangs hieß er Samantha Fox, dann hat Ricky entdeckt, dass er immer schönere Farben bekam und ein Männchen war.«

»*Hast du Filzläuse, du Fettsack?*«, ist aus dem Käfig zu hören, in dem Herr Fox jetzt interniert ist. Das sehe ich, als ich im Wohnzimmer Licht mache. »*Du Fettsack! Du Fettsack!*« Der Kakadu hat den richtigen teesiebrhetorischen Tonfall, und mir ist klar, dass Ricky ihn unterrichtet hat.

»Wie bist du reingekommen? Bist du Schlosser?«

Er verheimlicht mir etwas. Das spüre ich.

»Kann schon sein. Du«, antwortet er ausweichend und zeigt zum Wohnzimmer hinüber, »so was Übles hab ich ja noch nie gesehen! Was ist das denn hier für ein Schimmelherd?«, fragt er dann und sieht sich verzweifelt um. Ricky hatte recht mit seiner Behauptung, seine Wohnung sei ekelhaft geworden. Ich dachte, es sollte ein Witz sein, als er mich voller Überraschung fragte: »Wird Essen schimmelig? Wird das schlecht, wenn es ungekühlt ist, was meinst du?«

Die Wohnung stinkt. Jetzt kann ich Rickys Mutter, die ihn mit der Klobürste aus dem Haus gejagt hat, viel besser verstehen. Alle meine Träume von einem romantischen Abend haben soeben Schiffbruch erlitten. Ich bin verliebt und gescheitert, und die Frage ist, ob nach allem, was ich Arsène heute Abend schon zugemutet habe, aus der Sache noch etwas werden kann. Ich kneife die Augen zu und hoffe, dass der Albtraum dann ein Ende hat.

»Können wir so tun, als sei das hier nicht passiert? Wir nehmen einfach den Schlüssel und gehen raus und atmen frische Luft ein.«

»Stimmt bei ihm im Kopf irgendwas nicht, also bei dem, der hier wohnt?« Arsène meint vermutlich Ricky, aber er starrt mit etwas im Blick, das wie Mordlust aussieht, in den Vogelkäfig.

»Nein, der ist bloß faul.«

»Dann muss er aber verdammt faul sein.«

Ich bin ganz seiner Meinung. Aber ich merke auch, dass ich Ricky verteidigen will, denn er hat ja auch viele gute Eigenschaften, und ich habe mich irgendwie an ihn gewöhnt wie an einen kleinen Bruder. »Es gibt Verbesserungspotential.«

»Ein schwindelerregend hohes Potential!«

Ich schaue nach, ob der Vogel Futter und Wasser hat, dann ziehe ich den Schlüssel aus Rickys Jackentasche und gehe hinaus in die Nacht, zusammen mit dem Mann, in den ich hoffnungslos verliebt bin. Aber der Zauber ist gleichsam gebrochen. Er sagt nichts, und ich sage nichts, als wir mit dem Rad den Hang hinunter und zurück zum Stadshotell fahren. Der Fahrtwind reißt an meinen Haaren, und meine Frisur löst sich auf. Er hält an, und ich schließe das Rad ab und schaue ängstlich in sein Gesicht hoch, um mir ein Bild der Lage zu machen. Arsène lächelt, und dann pruste ich los.

»Ein unvergesslicher Abend, Angelika Lagermark.«

Ich schaue den verschmutzten Frack an, der noch immer kleine Kakadufedern aufweist, und breite die Arme aus, um ihn an mich zu ziehen. Dann passiert es. Er streicht mir eine

Strähne aus dem Gesicht und küsst mich leicht auf den Mund. Ein sanfter Kuss, dem ein leidenschaftlicher Kuss folgt. Ich hatte vergessen, wie schön das ist. Es ist so lange her.

»Von der Minute an, als du den Lindgården betreten hast, denke ich schon an dich – die ganze Zeit«, sagt er, und ich verspüre ein heißes Glücksgefühl.

»Ich habe auch an dich gedacht«, flüstere ich und schaue in das braune Labyrinth seiner Augen, in dem ich mich schon jetzt verirrt habe.

»Ich will dich wiedersehen.«

»Ich dich auch.«

Er lächelt und beugt sich vor, um mich wieder zu küssen, aber ich lasse das nicht zu, denn aus dem Augenwinkel habe ich Gunnar von Radio Gute entdeckt. Er war zu Hause und hat Kamera und Tonbandgerät, Modell Uralt, geholt, und will in seinem angesäuselten Zustand offenbar ein Interview machen.

»Darf ich eine Frage stellen?«

Gunnar hat deutliche Probleme beim Artikulieren. Sein Kopf ist schwerer denn je, und der weiße Pastorenkragen ist auf die eine Schulter gerutscht.

»Lieber nicht«, knurrt Arsène und lässt mich los. »Wir sehen uns drinnen, Angelika.«

Gleich darauf ist er verschwunden.

»Was wolltest du denn fragen?«, frage ich benommen und mit roten Wangen.

»Du kannst hier ins Mikrofon sprechen. Meine Frage ist ... also Frage Nummer 1 lautet so: Welche Frühlingsvögel hast du in diesem Jahr schon gesehen? Das sollst du ins Mikrofon sagen.« Er zeigt auf den mit einer Socke überzogenen Ball.

»Ich verstehe. Du kannst dir nicht mal einen freien Abend gönnen?«, frage ich und schaue dem Mann im Frack hinterher, der im Stadshotell verschwindet.

»Ich vereine das Angenehme mit dem Nützlichen.« Gunnar sieht düster aus in seinem Talar, und ich liefere ihm aus Liebe zur guten Sache ein paar Frühlingsvögel.

»Bachstelze, Kiebitz und Kakadu.«

»Kakadu ist falsch«, sagt Gunnar triumphierend.

»Ja, total falsch«, gebe ich zu. Dann laufe ich ins Hotel, zum Fest und zum Karaoke, und komme gerade noch rechtzeitig, um Ricky auftreten zu sehen. In einem bemitleidenswerten Versuch einer Mick-Jagger-Imitation lässt er zu »I can't get no satisfaction« das Mikro aus seinem Hosenschlitz ragen.

Manche Tage will man einfach nur umtauschen

Ich bin noch immer total benommen vom Kuss des Gentlemanverbrechers Arsène Lupin, als ich unter den vielen verkleideten Festgästen Ausschau nach ihm halte. Mir geht auf, dass ich seinen richtigen Namen noch immer nicht erfahren habe. Ich bin viel zu verliebt und zu verwirrt, um klar denken zu können. Zum ersten Mal seit sehr langer Zeit ist mein Leben erfüllt von Farben und Bedeutung. Sogar der schmalzigste Schlager hat jetzt einen tieferen Sinn. Das wird mir bewusst, als SZB-Petter singt: »Lachende, goldbraune Augen, in die bin ich ja so verliebt«. Denn es stimmt, es stimmt durch und durch. Ich stecke den Zettel, den ich aus Arsènes Tasche gestohlen habe, in meine Handtasche. Es ist zu dunkel, um ihn jetzt zu lesen.

Jessika tanzt mit einer Clinton-Kopie vorüber. Sie lacht, und das Lachen erwärmt mein Herz. Sie hat alles Glück der Welt verdient. Jonna hat ein drittes Opfer für diesen Abend gefunden – jemanden, der aussieht wie Shrek, mit Weinkorken als Ohren. Sie haben sich gegenseitig die Hände auf den Hintern gelegt und tanzen in einer wogenden Promenade über die Tanzfläche. Der rosarote Panther alias Julius ist an der Bar gelandet, und wir können nur hoffen, dass morgen nicht irgendeine Beerdigung stattfindet, wo er am Leid anderer Anteil nehmen muss. Er wird genug mit seinem eigenen Leid zu tun haben, das können Sie mir glauben. Es ist nur eine Frage der Zeit, bis er vor die Tür gesetzt werden wird, ich höre, wie der eine Barmann das zu seinem Kollegen sagt. Ricky klettert von der Bühne und kommt auf mich zu. Triumphierend reiche ich ihm seinen Wohnungsschlüssel.

»Du bist phantastisch, Catwoman. Wie hast du das geschafft?«

»Wird nicht verraten.« Dann beuge ich mich zu ihm vor und flüstere: »Hast du Filzläuse, du Fettsack?«

»Danke.« Ricky lacht lauthals, küsst mich auf die Wange und begibt sich ins Menschengewimmel.

Arsène ist nicht im Wintergarten. Ich gehe weiter durch die Rezeption und in den Nebenraum. An einem Tisch sitzen Tilly und der General eifrig ins Gespräch vertieft. Obwohl sie seit so vielen Jahren Nachbarn sind, habe ich sie nie mehr als einsilbige Wörter miteinander wechseln sehen. Das hier ist eine Überraschung, und schon überlege ich, wie ich seine Friseurtermine verlegen kann. Im Salon d'Amour ist Flexibilität eine Selbstverständlichkeit – alles für die Liebe. Ich sollte Tilly vielleicht um Entschuldigung bitten. Ich bin verliebt und allen wohlgesinnt.

Möglicherweise sollte ich meine Schwester Vera anrufen und über die Entwicklungen dieses Abends Bericht erstatten. Um Erfolg und Glück zu teilen, ist sie die Beste auf der Welt. Ich spüre, dass in mir alles kocht und dass ich platzen werde, wenn ich ihr nicht erzählen kann, was passiert ist. Vera kann man mitten in der Nacht anrufen, sie ist niemals sauer, nur froh. Aber der Geräuschpegel im Tanzlokal ist zu hoch. Wenn ich telefonieren will, muss ich nach draußen gehen, und das will ich nicht. Ich will Arsène finden. Er ist auch nicht im Nebenzimmer.

Ich steige die Treppe hoch zum Spiegelsaal, wo wir gegessen haben. Der Raum ist abgeschlossen. Arsène muss doch irgendwo sein. Wenn ich nur seine Mobilnummer hätte, dann könnte ich ihm eine SMS schicken. Ich gehe die Treppe hinunter und warte eine Ewigkeit vor den Toiletten. Dann drehe ich eine Runde um die Tanzfläche. Es ist nicht leicht, einen Schwarzgekleideten zu erkennen, wenn fast alle Männer Schwarz tragen, und wenn so viele tanzen. Er ist größer als die meisten anderen. Ich frage Tove, ob sie einen Mann im Frack gesehen hat, aber sie schüttelt den Kopf und folgt einer der vielen Clintonkopien auf die Tanzfläche. Das hier ist gerade nicht so, wie ich es mir vorgestellt hatte. Ich dachte, Arsène würde an der Garderobe auf mich warten.

Wir müssen aneinander vorbeigelaufen sein, denke ich und werfe einen Blick ins Hansezimmer. Hier kann er sich wohl kaum versteckt haben, wenn er gefunden werden will, aber ich schaue dennoch hinein und habe ein irgendwie surreales Gefühl, als ich Fahrradhelm samt Gatten sehe, die in einer Ecke knutschen. Beide tragen Strampelhosen aus schweinchenrosa Plüschstoff. Sie haben Hörner und Schwänze. Die Mistgabeln sind an die Wand gelehnt. Ich komme mir vor wie in einem dieser Albträume, in denen dauernd neue Hindernisse auftauchen, während man selbst etwas unerhört Wichtiges erledigen muss.

Und nun sehe ich ihn. Bei der Garderobe. Ich will ihn gerade rufen, als ich sehe, wie eine schlanke Blondine geradewegs auf ihn zukommt. Mit besitzergreifender Geste küsst sie ihn mitten auf den Mund. Er lächelt und legt den Arm um sie.

Er hätte doch zurückweichen und sie wegschieben müssen? Er gehört doch mir?

Die beiden gehen hinaus und ich folge ihnen wie eine Schlafwandlerin. Mein Gehirn kann nicht akzeptieren, was meine Augen sehen. Mein Arsène und die fremde Frau setzen sich in ein Taxi. Ich kann noch die Autonummer registrieren, ehe sie in der Nacht verschwinden, die jetzt heller wird. Die Dämmerung zieht herauf und ich stehe da wie total betäubt. Es ist, als ob man sich irgendwo gestoßen hat und weiß, dass der Schmerz kommen wird, sowie das Rückenmark den Schalter umgelegt hat. Mit Verspätung wird das Signal das Bewusstsein erreichen, und man weiß, dass es bald, sehr bald unerträglich wehtun wird.

Und als ob das noch nicht genug wäre, wird just in diesem Moment der rosarote Panther aus der Bar verbannt und fällt auf der Treppe hilflos hin. Julius merkt nicht, dass er mich bei seinem Sturz mitreißt. Er hat genug mit seinem eigenen Gleichgewicht zu tun, und ich gehe mit ihm zusammen zu Boden.

Als ich versuche aufzustehen, tut mein Fuß schrecklich weh. Ich setze mich auf die Treppe und ziehe den Schuh aus. Reibe mir den Fuß und stelle fest, dass ich nicht mit dem Rad nach Hause fahren kann, ohne furchtbare Schmerzen zu erleiden.

Schließlich hole ich tief Luft, ziehe mein Mobiltelefon hervor und bestelle mir ein Taxi. Ich verdränge den Schmerz mit aller Macht. Ich will nicht vor anderen Leuten weinen. Ich will nur nach Hause.

Nach einer Ewigkeit kommt mein Taxi. Es hat dieselbe Nummer wie der Wagen, in dem Arsène verschwunden ist – was ich mir komischerweise gemerkt habe. Zuerst finde ich, dass der Fahrer aussieht wie Arsène. Auf dem handgeschriebenen Schild steht, dass er Oskar Brodin heißt. Er ist groß und dunkel und hat die gleiche gerade Haltung wie Arsène. Aber er ist es natürlich nicht, es ist nur eine Einbildung, wie das Gehirn sie entwickelt, wenn man verliebt ist und die ganze Zeit glaubt, den Geliebten überall zu sehen.

Oskar Brodin hilft mir, mein Fahrrad hinten am Wagen anzubringen. Das Einsteigen ins Taxi bereitet mir Schwierigkeiten, weil mein Knie und mein Fuß wehtun, aber der Taxifahrer hilft mir auch dabei.

»Fiskargränd«, sage ich und stoße ein zitterndes Seufzen aus. Ich darf jetzt nicht weinen. Aber so hatte der Abend doch nicht enden sollen!

»Wohnen Sie in der Fiskargränd? Wie kommt man denn da an ein Haus?«

»Man erbt es.« Ich habe keine Lust zum Plaudern, aber er redet so freundlich mit mir, dass ich versuche, meine schroffe Antwort durch einige Details zu entschärfen. »Ich habe es von meinen Eltern geerbt.«

Als ich bezahlen soll, kann ich zuerst meine Karte nicht finden. Hat Clemens sie mir wirklich zurückgegeben? Ist nach seiner Barrunde überhaupt noch etwas auf meinem Konto? Zu meiner Erleichterung liegt die Karte im Schlüsselfach meiner Handtasche, und ich bezahle. Die Karte wird angenommen, Gott sei Dank. Als ich aufstehen und versuchen will, den Fuß aufzusetzen, tut es so weh, dass ich die Tränen nicht mehr unterdrücken kann.

»Wie schlimm ist das?«, fragt der Fahrer ängstlich.

»Ich glaube, ich habe mir den Fuß verstaucht.«

Oskar stützt mich auf dem Weg ins Haus und fragt, ob er mir helfen soll, den Fuß zu verbinden. Ich sage, er soll sich keine Mühe machen, mir ist doch klar, dass er gerade heute Abend ausgebucht sein muss. Aber ich bin dankbar für seine Fürsorge. Deshalb stecke ich einen zusätzlichen Fünfziger in seine Jackentasche, als er hinausgeht. Geld, das er nicht annehmen will.

»Nicht doch, das war doch überhaupt keine Mühe«, sagt er und streichelt zu meiner Überraschung meine Wange.

Als ich die Haustür abgeschlossen habe, hinke ich zum Küchenfenster und schaue in die Nacht hinaus. Hinter Tillys Küchenfenster brennt Licht. Ich weiß nicht, ob ich mir das einbilde, aber ich finde, es sieht aus, als habe sie Besuch. Ich selbst fühle mich einsam. Ehe ich mich verliebt habe, war ich Single und fühlte mich ziemlich wohl dabei. Jetzt bin ich nur einsam.

Ich spiele mit dem Gedanken, meine Schwester Ulrika anzurufen, sie rufe ich an, wenn ich traurig bin. Vera würde das Elend nur kleinreden und sich etwas ausdenken, worüber wir lachen können, Ulrika dagegen ist die Beste, wenn alles schiefläuft. Sie kann zuhören, ohne Wut, Schmerz oder Trauer, die man vollkommen zu Recht empfindet, wegzutrösten oder herunterzuspielen. Aber die Sache hat einen Haken. Ihr Rat am Ende lautet immer so: *Zähne zusammenbeißen und weitermachen,* und dazu bin ich noch nicht bereit. Ich will weinen.

Ich ziehe mir alle Haarnadeln aus der Frisur, lasse meine Kleider fallen und als traurigen Haufen auf dem Boden liegen und gehe unter die Dusche. Die Tränen mischen sich mit dem warmen Wasser, bis ich nicht mehr weinen kann. Verdammter Mistkerl! Wie konnte ich so dumm sein und die Sache ernst nehmen?

Ich koche mir eine Tasse Tee und setze mich vor den Computer, obwohl ich weiß, ich müsste mich hinlegen und versuchen zu schlafen. In einigen Stunden fahren wir nach Nådendal, meine Schwestern und ich. Das ist mein Geburtstagsgeschenk. Sie werden zu mir halten. Wenn es wirklich darauf ankommt, sind wir Schwestern, auch wenn wir unsere Meinungsverschiedenheiten haben. Aber ehe wir losfahren, muss ich Ordnung in meine Gedanken bringen.

Die Vögel sind bereits erwacht und lärmen vor dem Fenster herum. Es klingt wie ein Klopfen, wenn sie auf dem Dach umherspringen. Ich öffne meine Handtasche, um zu sehen, was auf dem aus Arsènes Tasche gestohlenen Zettel steht. Es ist eine blöde Einkaufsliste.

Ich logge mich im Internet ein. Bei Facebook trudeln schon die ersten Kommentare über das Fest ein. SZB-Petter war offenbar der heißeste Single des Abends. Der rosarote Panther war der Verlierer des Abends. Ich bringe es nicht über mich, mehr zu lesen und an mein Elend erinnert zu werden, deshalb gehe ich zu angelika@schicksalsgoettin.se, um zu sehen, ob der Phrasendrescher sich gemeldet hat.

> Bist du da, Sindbad? Ich weiß nicht, was ich schreiben soll. Ich fühle mich einsam. Wir können das mit den Reimen doch vielleicht lassen. Ich vermute, dabei kann sogar ein Seemann auf die Dauer Schiffbruch erleiden. Haha. Ich wollte keinen Witz machen, es ist einfach so passiert. Eigentlich bin ich traurig.

Ich habe den Satz kaum beendet, da kommt auch schon die Antwort.

> Warum bist du traurig, mein Kind? Du weißt doch, dass du Opa Sindbad alles erzählen kannst, oder nicht? Ich bin ein sehr alter Mann und tauge nur noch zum Zuhören. Wenn du hier wärst, in meiner Welt, würde ich dir einen Kakao kochen und du würdest vor dem Kamin auf meinem Schoß sitzen und wir würden reden, bis das Schwere seine Worte gefunden hat.

Ich merke widerwillig, dass ich neugierig werde.

> Wo bist du jetzt?

> In einer anderen Dimension. Unsere Welten dürfen sich niemals begegnen. Nur durch dieses Loch im Cyberraum können wir miteinander kommunizieren. Meine Welt wird von einer geflügelten Schreckechse bewacht. Sie nennt sich Hausleiterin, und bei einem einzigen Blick von ihr würde dir das Blut in den Adern gerinnen.

> Das klingt beängstigend. Wie hast du die Flaschenpost bekommen, Sindbad?

> Die schwamm durch den Abfluss im Boden. Ab und zu können Gegenstände aus deiner Welt wie Meteore in meiner auftauchen. Die Absinthflasche ist sicher im Meer der Todgeweihten gelandet, das an unsere Gestade schlägt. Warum bist du traurig, mein Herz?

Ich bin sicher noch immer beschwipst und befinde mich zudem in einer Art Schockzustand, sonst würde ich doch niemals per Mail einem Fremden von Arsène und den Enttäuschungen des Abends erzählen. Denn ohne Vorbehalte berichte ich ihm alles. Und in dem Moment, in dem ich auf Senden drücke, bereue ich das. Ich weiß doch nicht, wer Sindbad ist. Seine Antwort kommt postwendend.

> Ein maskierter Mann, und du hast ihn geküsst? Interessant. Küsse sind eine erprobte Methode, um Zauber und Flüche zu brechen, das ist dir doch bekannt? Ein Frosch kann zum Prinzen werden, und du weißt, was Dornröschen passiert ist. Küsse sind ein Rest Alchimie aus der Zeit, als unsere Welten miteinander in Verbindung standen und die Magie ein Teil des Alltags war. Ich habe die Magie der Küsse schon sehr lange nicht mehr ausgeübt, aber wenn ich mich richtig erinnere, dann war sie effektiv. Sag mal, mein Kind, in was hat er sich verwandelt?

> In eine Kloakenratte!

> Sieh an. Das Seltsame an Nagetieren ist, dass sie sich im Labor genau wie Menschen verhalten.

Ich esse, also bin ich

Die Finnlandfähre ist losgefahren. Meine Schwestern und ich haben uns im À-la-carte-Restaurant niedergelassen, um uns das Hauen und Stechen am Büfett zu ersparen. Wir sehen die Schären hinter dem schmutzigen Aussichtsfenster vorüberfliegen. Die Strände mit ihren Luxusvillen und ihren baufälligen Anlegern, die Inselchen mit verstreut liegenden Ferienhütten, Leuchttürme und frisch erwachte Segelboote.

Wenn der eigene Geburtstag gefeiert wird, hat man munter und voller Vorfreude zu sein. Ich bin aber nur düster und hoffnungslos, bis wir zum Nachtischbüfett kommen. Das ist phantastisch mit seinem Überfluss an köstlichem Gebäck, Minidesserts, Pralinen und Käse mit erlesenen Marmeladen und kleinen knusprigen Keksen. Und mit feinster Schokolade im Mund kann man einfach nicht düster sein.

Als ich beim himmlisch schmeckenden Käsekuchen angekommen bin, muss ich einfach lachen und denken, dass das hier nur das erste der vielen Nachtischbüfetts ist, die uns in Nådendal bevorstehen. Ich habe nicht vor, gesund zu essen und in Form zu kommen – ich will genießen. Mein Fuß ist nach dem Sturz mit dem Bestattungsunternehmer nur leicht geschwollen. Das Knie fühlt sich auch besser an. Aber von langen Spaziergängen kann nicht die Rede sein.

Als wir später in unsere Kabine kommen, ist der Moment der Vertraulichkeit da. Ich schiebe mir einen Priem unter die Oberlippe. Bei Vera und Ulrika wurden beim Einsteigen die Taschen nach alkoholischen Getränken durchsucht. Aber mein

Flachmann voll Rum ging unbemerkt durch, ich hatte ihn in eine scheinbar nicht angebrochene Packung Inkontinenzwindeln gestopft, die ich mir einzig und allein zu diesem Zweck angeschafft habe, das möchte ich hier kurz betonen. Vera trinkt nur O-Saft.

»Du meinst, du bist richtig schwanger?«

»Ja, das bin ich!« Zu unserem Erstaunen bricht Vera in Tränen aus. »Ich freue mich ja so.«

»Wie wunderbar«, sage ich und spüre den Kloß im Hals und das Brennen hinter den Augenlidern, denn ihre Worte treffen meine eigene Sehnsucht nach den Kindern, die ich nie bekommen habe.

Ulrika ist eher kühl und pragmatisch in ihrem Denken. Sie ist ja fast alleinstehend mit Zwillingen und findet ab und zu, Vera und ich seien schändlich frei von Verantwortung. »Zweieiige Zwillinge sind erblich. Du kriegst sicher auch Zwillinge, Vera, und dann kannst du die langen, faulen Ausschlafmorgen vergessen. Du wirst keine Freunde mehr treffen können, nie mehr shoppen gehen, und deine persönliche Hygiene wird Schiffbruch erleiden.«

Als wir eine Weile über Veras Bauch geredet haben, verlangt Ulrika einen genauen Bericht über den Verlauf meiner Romanze. Bei ihr klingt das oberflächlich, wie eine schnöde Phantasie. Ich schildere den Kostümball des vergangenen Abends und lasse kein Detail aus. Unter uns Schwestern besteht Informationspflicht.

»Was für ein Glück, dass du ihn so früh erwischt hast. Ulrika hat doch fünf Jahre gebraucht, um zu begreifen, dass ihr Kerl eine Vollniete war.« Vera hebt ihr Saftglas. »Meinen Glückwunsch!«

»Ja, was hab ich doch für ein höllisches Glück«, sage ich und schiebe mir noch einen Priem ein, ohne zurückzuprosten.

»Danke, alle helfenden Geister, Schutzwesen und Wegweiser des Universums, dass ihr mich voll in die Arme eines Idioten gesteuert habt.« Ich weiß, dass Vera das kritisieren wird. Ich weiß, dass sie meine belanglosen Sorgen mit denen von Menschen vergleichen wird, die viel Schlimmeres erlitten haben. Aber das hilft mir nicht weiter. Es macht die Sache nicht besser.

Und Ulrika reibt mir noch mehr Salz in die Wunde.

»Du hast vielleicht mehr Glück, als du glaubst. Woher willst du denn wissen, dass er kein Heiratsschwindler ist? Du weißt ja nicht einmal, wie er heißt. Toves Beschreibung passt doch auf einen großen, dunklen und geheimnisvollen Mann. Und seinen richtigen Namen hat sie auch nie erfahren.«

»Groß und dunkel und braunäugig. So sehen viele aus«, sage ich, denn dieser Gedanke kommt mir total absurd vor.

Ulrikas Pessimismus kennt keine Grenzen. »Du solltest dich vor ansteckenden Krankheiten hüten. Ein Mann, der mit so vielen Frauen intimen Kontakt gehabt hat, ist sozusagen eine wandelnde Geschlechtskrankheit«, fügt sie hinzu.

»Ich weiß nicht, ob das so viele sind«, widerspreche ich. »Ich hab ja nur gesehen, wie er die Blondine geküsst hat.«

Ulrika hatte nach dem Gymnasium einen Sommerjob bei einem Frauenarzt. Ansteckende Krankheiten, Katastrophen und Elend sind ihr Lebenselixier. Bei diesen Themen blüht sie förmlich auf. »Von einem ganz normalen Kuss kann man Staphylokokken, Streptokokken, Hepatitis, Herpes, Keuchhusten, Grippe, Masern, Meningitis, Drei-Tage-Fieber, Hämophilus, Mykoplasmen, Eiterflechten, Tuberkulose, Tollwut und eine ganz normale redliche Feld-, Wald- und Wiesenerkältung kriegen – um nur einige der Risiken zu erwähnen, denen man sich dabei aussetzt.«

»Und Madenwürmer«, wirft Vera dazwischen und prustet los.

»Das ist es vielleicht wert«, sage ich, verletzt von ihrem mangelnden Mitgefühl.

»In diesem Fall nicht.« Ulrika mustert mich mahnend. »Selbst, wenn er kein Heiratsschwindler ist, ist er immer noch ein unzuverlässiger Kerl. Die Frau, die du mit ihm zusammen gesehen hast, war vermutlich seine Frau oder Geliebte oder eine Sekretärin mit ungewöhnlich großzügiger Arbeitsplatzbeschreibung. Das heißt: Er hat nicht nur dich betrogen, sondern auch sie, die andere.«

»Wir waren nicht zusammen. Er hat mir nichts versprochen. Das Traurige ist, dass ich mich so leer fühle«, jammere ich. »Es gibt niemanden mehr, an den ich denken oder nach dem ich mich sehnen könnte.« In meiner Phantasie habe ich endlose Gespräche mit ihm geführt. Diese Gespräche fehlen mir schon jetzt, genauso wie die Träume von der Zukunft.

»Das sind nur Entzugserscheinungen. Es gibt keine Droge, die so schnell süchtig macht wie Bestätigung. Er sagt, dass du schön und wichtig bist, und plötzlich kommst du dir lebendig und phantastisch vor. Natürlich sorgt das für Entzugserscheinungen. Aber wir, deine Schwestern, sind hier, als stabile Ankertrosse in deinem Leben. Vergiss das nicht.«

»Danke.« Es kommt mir vor wie der Wechsel von Farbfernsehen auf Schwarzweiß. Von einem neuen Flachbildschirm zu einem großen klobigen Röhrenfernseher mit schlechten Kontrasten. »Ich bin ja so dankbar.«

Vera leidet an einer leichten Schwangerschaftsübelkeit und bleibt in der Kabine, während Ulrika und ich eine Runde das Tanzbein schwingen. Wir treiben uns eine Weile an der Bar rum und setzen uns dann, jede mit ihrer Frozen Margarita. Der Drink sieht aus, wie sich das gehört, mit Salzrand am Cocktailglas. Mir fällt sofort eine hochschwangere Frau auf der Tanzfläche auf. Der glückliche Bauch ist in ein weißes Spitzenkleid gehüllt. Ihr Mann hält sie auf die Distanz im Arm, die der Bauch erfordert, wenn sie eng tanzen, und sie lehnt den Kopf an seine Schulter. Ich verspüre einen Stich des Neides. Ein verbotenes Gefühl, das in meiner tiefsten Sehnsucht wurzelt. Ich werde niemals ein Kind haben, niemals einen solchen Bauch erleben. Es ist zu spät.

An einem Fenstertisch in unserer Nähe sitzt eine Frau mit einem einige Monate alten Baby in einem Tragetuch. Ich kann das Kind einfach nicht aus den Augen lassen, und ich lächele, als ich sein zwitscherndes Lachen höre. Ich sehe die schmalen Kerben um die Handgelenke, als ob dort kürzlich noch ein Gummiband gesessen hätte, und die runden Augen. Die kleine Nasenspitze lugt über den Rand des blaukarierten Tragetuches hervor. So etwas fängt meine Aufmerksamkeit ein, während Ulrika nach Männern Ausschau hält. Sie kommt ja nicht oft unter Leute. Während unserer Tage in Nådendal wird Rickys Mutter die Zwillinge hüten. Gefallen und Gegengefallen.

Ulrika wird aufgefordert, aber ich würdige sie nur eines flüchtigen Blickes. Der Mann hat Hamsterbacken und traurige Augen. Er glüht vor Hitze, Ulrika dagegen ist kühl in ihrem blauweißen Kleid. Ich denke an Arsène, wie es war, eng mit ihm zu tanzen. Dann verdränge ich diesen Gedanken energisch. Je eher ich ihn vergessen kann, desto besser. Ich sehe ihn und sie vor mir, so, wie sie vor der Garderobe standen – die schlanke blonde Frau mit dem Pferdeschwanz und mein Geliebter. Sie küsst ihn auf den Mund, und sie nehmen ein Taxi nach Hause, um damit weiterzumachen, womit wir angefangen hatten. Wer weiß, vielleicht gibt es ihnen einen Kick, mit anderen zu flirten, ein Appetithäppchen, um die Lust am Leben zu erhalten.

Um nicht mehr an Arsène zu denken, zwinge ich mich, alle zu zählen, die einen Schlips tragen, und alle, deren Frisur ich gern verbessern würde, und ich komme auf siebzehn beziehungsweise zweiunddreißig. Wenn ich weiter an Arsène denke, werde ich mir die ganze Reise verderben. Ich fühle mich verletzt und benutzt und schnaube wütend, als ein angetrunkener Mann mich auffordern will. Er kommt sich jetzt sicher ebenfalls alt und hässlich und verbraucht vor, und ich schäme mich, weil ich ihm nicht diesen unwichtigen kleinen Tanz geschenkt habe, um sein Selbstvertrauen zu stärken, aber ich bringe das ganz einfach nicht über mich. Ich will nicht, dass irgendwer mich anfasst. Ulrika hat sich zu dem Hamster an den Tisch gesetzt und winkt diskret. Das bedeutet, dass sie in Ruhe gelassen werden will. Vera ist sicher eingeschlafen.

Ich mache mich auf den Weg zum Duty-free-Shop und schnuppere eine Weile an Herrenparfüms, um das von Arsène zu finden. Als mir aufgeht, was ich hier tue, höre ich sofort damit auf.

Es gibt einen Wettbewerb, wer am längsten zwei Weinkartons mit ausgestreckten Armen halten kann. Ich melde mich direkt. Lasse all meine Wut in den Kampf fließen und lande im Finale, werde dann aber von einer Finnin mit unglaublichem *sisu* geschlagen. Sie verschwindet in einem meditativen Zustand in sich selbst und kann offenbar unendlich lange durchhalten. Als Trostpreis bekomme ich eine Tüte Polly-Schokoladenkugeln.

Plötzlich würde ich schrecklich gern mit Sindbad reden. An der Rezeption kaufe ich Internetzeit. Dann fahre ich mit dem Fahrstuhl nach ganz oben, setze mich ins menschenleere Foyer der Konferenzabteilung und schalte meinen Laptop ein, um zu sehen, ob Sindbad wach ist. Er scheint ein Nachtmensch zu sein.

Was machst du, Sindbad?

Ich wünschte wirklich, er wäre da, ich will reden. Es wäre so eine Enttäuschung, wenn auch er mich heute Abend im Stich ließe. Aber ich brauche nicht lange auf Antwort zu warten.

Was soll ich schon machen? In meinem hohen Alter macht man nicht mehr viel.

Nicht?

Es klingt, als ob er zwischen hundert Jahren und dem Tod schwebte. Ich kann ihn vor mir sehen, als kleinen ausgemergelten Greis, der in einem zu großen Sessel an nur einer Seite lehnt.

Ab und zu denke ich, dass alles, was wir uns einbilden, im Leben leisten zu müssen, uns daran hindert, an das zu denken, was wichtig ist.

Und was ist für dich wichtig?

Ich bin neugierig und stelle gleichzeitig fest, dass die Pollytüte leer ist.

Das, was ich für selbstverständlich gehalten habe ... in einer Zeit, als das Leben sich von selbst lebte, wie in deiner Welt. Barfuß über den Strand zu wandern und das Gefühl zu haben, dass die Zeit unendlich ist, im Arm der Geliebten einzuschlafen, frisch gepflückte Walderdbeeren zu genießen und mit Freunden Schwedenschach oder Steinewerfen zu spielen. In meiner sterbenden Welt sind wir traurig, weil wir Liebe und Freundschaft nicht bewahrt haben, ehe der Fluch uns in Schattenwesen verwandelt hat. Unsere Körper gehören uns nicht mehr. Sie gehören der Wissenschaft. Wir können noch immer Phantomschmerzen verspüren, und unsere Haut sehnt sich nach Berührung. Die Welt, in der du lebst, wird das Reich der Farben genannt. Hier gibt es hundert Nuancen der Einförmigkeit. Was macht eine Schicksalsgöttin in dieser sternklaren Nacht?

Bin mit der Finnlandfähre unterwegs, esse Pollykugeln und bin unglücklich verliebt. Eine ziemlich krasse Kombination für eine, die im Reich der Farben Privilegien genießt. Im Moment kann ich es nicht aushalten, unter Menschen zu sein. Ich will lieber bei dir sein, Sindbad.

Das freut mich. Trauer braucht ihre Zeit. Liebe auch. Woher weißt du so sicher, dass du unglücklich verliebt bist? Kannst du nicht voreilige Schlüsse daraus gezogen haben, was du gesehen hast?

Das nun wirklich nicht. Sie haben sich geküsst, das habe ich dir doch erzählt.

Nein, du hast gesagt, dass sie ihn geküsst hat und er dich. Nach meiner unmaßgeblichen Meinung ist Küssen eine vom Willen gelenkte Handlung, auch wenn es magische Konsequenzen hat. Er hat dich geküsst, weil er dich küssen wollte, und du warst glücklich. Er wird von einer anderen geküsst, die ihn küssen will, und du bist unglücklich. Erklär mir die Regeln, ich habe mich schon so lange nicht mehr mit Alchimie beschäftigt.

Er ist ein Idiot!

Das kann sein, aber im Moment gehen wir der Schuldfrage nach. Sie hat ihn geküsst. Er hat sich nicht gewehrt. Macht ihn das zum Opfer der Umstände oder zum Mitschuldigen?

Ich weiß nicht.

So habe ich das alles noch nicht gesehen.

Du weißt es also nicht, aber du lässt die Liebe aus deinem Leben verschwinden, ohne die Wahrheit zu ermitteln. Hier im Reich der Schatten würden wir das als Todsünde bezeichnen. Aber jetzt müssen wir aufhören, die Schritte des mehrköpfigen Drachen nähern sich.

Wieso ist sie so entsetzlich?

Ich versuche, zu begreifen, wie seine Welt aussieht. Diese Welt regt meine Phantasie an.

Sie hält mich gefangen im Land ohne Hoffnung, mit ihren Drogen und Elixieren. Sie hindert mich daran, die Grenze zur nächsten Dimension zu überschreiten.

Warum willst du in die nächste Dimension?

Um zu schlafen, ohne zu träumen. Gute Nacht, mein Kind, und möge die Schwerkraft mit dir sein, damit du sicher deiner Wege gehen kannst.

Gute Nacht, Sindbad. Wir hören voneinander.

Ich schalte meinen Laptop aus, das einzige Fenster zwischen unseren Welten, und beschließe, meinen Schwestern nichts von Sindbad dem Seefahrer zu erzählen. Das hier ist ein geheimes Spiel, auf das ich nicht verzichten möchte.

Das Leben ist erst zu Ende, wenn der Mann mit der Sense »schachmatt« gesagt hat

Nach schönen Tagen in Nådendal mit Wellness, phantastischem Essen und – in meinem Fall – humpelnden Spaziergängen am Wasser, ist es Zeit für die Heimreise. Als das letzte Büfett abgeräumt ist, reden wir in unserer Kabine noch bis drei Uhr morgens.

Vera schläft zuerst ein, Ulrika und ich aber bewerten die Männer, die sie auf dieser Reise kennengelernt hat. Ulrika ist in den vergangenen Tagen immer mehr zu der Überzeugung gelangt, dass alle Männer, die irgendwie taugen, vergeben sind. Wenn sie frei sind, stimmt mit ihnen etwas nicht. Eine Catch-22-Argumentation, die einer Schicksalsgöttin einfach nicht ansteht. Ich höre zu und schüttele den Kopf über ihren angeborenen Pessimismus.

»Es gibt keine normalen Männer mehr. Entweder sind sie arbeitsscheu und wohnen noch mit vierzig zu Hause bei ihrer Mama, oder sie betreiben sexuellen Missbrauch, trauern noch immer um alle ihre Verflossenen und trinken, bis sie umfallen, oder sie sind so verklemmt, dass sie nicht wagen, mit offenen Augen eine Frau anzufassen.«

Es heißt, dass eine echte Pessimistin von zwei Übeln beide nimmt. So eine ist meine kleine Schwester Ulrika. Wenn sie einen Fehler an einem Menschen findet, ist sie davon überzeugt, dass an diesem Menschen überhaupt nichts stimmt. Ich versuche, sie dazu zu bringen, sich zu entwickeln und Männer ein bisschen differenzierter zu betrachten.

»Ein Leitfaden kann sein, sich keinen Partner zu suchen, der größere Probleme hat als man selbst. Niemand ist vollkommen«, sage ich mahnend.

»Arsène Lupin schien bis vor kurzem noch das einzig makellose Wesen im ganzen Universum zu sein«, gibt Ulrika zurück, reichlich spitz für meinen Geschmack. Ich habe den Verdacht, dass sie, seit ich von ihm erzählt habe, krank vor Neid auf das Gefühl der Verliebtheit war. Wenn ich das richtig in Erinnerung habe, hat sie noch nie gesagt, sie sei bis über beide Ohren verliebt gewesen. Nicht einmal die Beziehung zum Vater der Zwillinge war anfangs sonderlich leidenschaftlich. Sie sehnt sich noch immer nach der großen Liebe.

»Vielleicht ist Arsène das noch immer … makellos. Ich habe die Lage vielleicht falsch beurteilt.« Ich bin davon gar nicht so überzeugt, aber Sindbads psychedelische Aphorismen haben meine Sinne geöffnet.

»Das kann ja wohl nicht dein Ernst sein? Ein bisschen Stolz musst du doch haben, Angelika. Du weißt nicht einmal, wie er heißt. Nicht einmal das weißt du! Ein anständiger Mensch stellt sich mit Vor- und Nachnamen vor. Er ist nichts für dich, Angelika. Ich bin sicher, dass er Leichen im Keller hat. Hast du nicht gesagt, dass er Zauberkünstler ist und dass er Rickys Tür im Handumdrehen offen hatte? Dann musst du doch begreifen, dass er kriminell ist.«

Als wir im Hafen von Visby ankommen, ruft Ricky an und bittet darum, sich heute Morgen freinehmen zu dürfen. Er muss in seiner Wohnung sauber machen. Es gehe um Leben und Tod, sagt er, und ich vermute, dass er Damenbesuch erwartet. Oder Besuch vom Gesundheitsamt, dem Tierschutzverein oder der Schädlingsbekämpfung, die sanieren und ihn vor Gericht zerren werden, wenn er nicht seine Pflichten als Tierhalter erfüllt. Nicht einmal ein Kakadu dürfte unter solchen sanitären Missverhältnissen darben müssen. Ich verstehe, wie wichtig das ist, nachdem ich das Elend sehen und Arsène darin herumstapfen musste. Deshalb gebe ich ihm frei.

Vor dem Salon steht eine Schlange, und dabei ist es noch nicht mal zehn Uhr. Ganz vorn steht Alexandras Mutter, und hinter ihr, mit einem Arm an die Wand gestützt, die Lieblingshaltung des rosaroten Panthers, steht mit beleidigtem Gesicht der Bestattungsunternehmer. In der Hand hält er die Perücke, die er zurückgeben muss. Ricky hat ihn überredet, eine Perücke zu nehmen, statt sich die Haare zu färben. Er sollte deshalb froh und dankbar sein. Nur selten möchte jemand bei der Beerdigung seiner Mutter von einem Clown aufgemuntert werden.

Hinter Julius steht Jonna. Nach dem Kostümfest will sie sich die Haare zentimeterkurz schneiden lassen, obwohl sie sich erst kürzlich Strähnchen gegönnt hat. Sie sieht verärgert aus. Vermutlich hat Julius versucht, sie mit munteren Anekdoten aufzuheitern, und hat sich eine verbale Maulschelle eingefangen.

Ich schließe auf und bitte alle herein. Alexandras Mutter streicht sich die blondierten Haare aus der Stirn und nimmt meinen Arm. »Wir müssen reden, Angelika.«

»Wenn es schnell geht, ich habe Kundschaft.«

»Es ist wichtig.«

Ich werde mehr oder weniger ins Personalzimmer gescheucht. Alexandras Mutter hatte immer schon die Angewohnheit, einem ein wenig zu nahe zu treten, und wenn man zurückweicht, folgt sie. Ich weiß, dass ihr das eine psychologische Überhand gibt, und ich versuche, stillzustehen, aber es kommt mir vor, als wollte sie mir in die Nase beißen.

»Alexandra ist beim Visby Fashion Weekend dein Model

auf dem Catwalk. Ich möchte jetzt etwas über die Choreographie hören. Alexandra muss sich vorbereiten, und wir brauchen vielleicht andere Kleider und so, und dazu ist doch allerlei Vorarbeit nötig.«

»Ich habe Nein gesagt.«

»Ja. Aber das ist doch nicht dein Ernst? Alexandra hat angenommen, und ich liefere die Kleidung. Das ist kein Problem, liebe Angelika.«

Sie sprüht mir beim Reden Speichel ins Gesicht, und ich denke an Ulrikas Vortrag über Bakterien und Viren. Das hier kann vorsätzliche biologische Kriegführung sein.

»Alexandra hat gefragt, und ich habe Nein gesagt. Ich habe ein anderes Model.«

»Aber das ist doch lächerlich. Wen denn? Alle wissen, dass Alexandra die Herausforderung angenommen hat, und alle werden schrecklich enttäuscht sein, wenn sie dann doch nicht auftritt. Wer ist es?«

»Das soll eine Überraschung sein. Und jetzt, wenn du entschuldigst, muss ich mich um die Kundschaft kümmern.«

»Ich bin keine, die einfach so ein Nein hinnimmt, das weißt du, Angelika. Das letzte Wort ist noch nicht gesprochen. Ich betrachte es als Herausforderung, als klare Beleidigung. Verstehst du, was ich sage?«

»Versteh du einfach, dass sie Nein sagt.« Jonna reißt plötzlich den Vorhang auf. Sie hat keine Zeit, noch länger zu warten. »Wenn du wissen willst, wer das Haarmodel dieses Jahres ist, dann ist das die da.« Jonna zeigt aus dem Fenster, wo Tilly gerade mit ihrem Rollator vorübergeht.

Alexandras Mutter starrt misstrauisch hinaus, aber als keine von uns zugibt, dass es ein Witz war, wird sie ernst. »Das meinst du doch nicht im Ernst, Angelika! Die ist doch über achtzig.«

Ich mache mit. »Genau so meine ich das. Tilly hat phantastische Haare und die Haltung einer Königin.«

Die Idee ist nicht dumm, sie ist überhaupt nicht dumm. Tilly schiebt ihren Rollator vor sich her wie einen Einkaufswagen. Die Vorstellung gefällt mir. Bisher hat das noch keine Achtzigjährige auf dem Catwalk gemacht. Es wäre wirklich einzigartig, die reife Frau auf den Schild zu heben und zu betonen, dass Alter schön sein kann. Wenn der General als Bräutigam mitmachen will, haben wir ein prachtvolles Paar.

»Jonna würde diese Reportage zu gern machen. Versprich mir, dass ich als Erste darüber schreiben kann.«

Alexandras Mutter geht rückwärts aus dem Salon.

Ich schlage den Terminkalender auf. »Wer kommt jetzt an die Reihe?«

»Jonna war zuerst«, sagt sie und drängt sich durch. »Das Hubbabubba da muss warten, bis es an die Reihe kommt«, sagt sie mit einem Seitenblick zu dem rosaroten Panther, der die Perücke aufgesetzt hat, um sich ein bisschen aufzuspielen. Wenn ich noch eine kleine Hoffnung hatte, die beiden zusammenbringen zu können, dann hat sie sich jetzt endgültig zerschlagen. Ich male einen Totenkopf in den Terminkalender.

Als Jonna fertig ist, bin ich mit Julius allein. Er hatte schon helle Haare und dunkle Haare und dann eine rosa Perücke, und jetzt will er, dass ich alles abrasiere. Das ist die billigste Alternative.

»Ein kurzer Sommerschnitt wäre doch nicht falsch«, sage ich aufmunternd.

»Es muss auch so gehen. Du kommst doch mit so vielen Menschen zusammen, kennst du irgendwelche Maurer? Die, von denen ich gehört habe, sind entweder tot oder ewig betrunken. Ich will einen riesengroßen Gartengrill, der zehn Schmetterlingssteaks oder mehr auf einmal schaffen kann. Wie ich immer zu Rickys veganen Kumpels sage: Ich esse nichts, das keine Eltern hatte.«

»Ich werde es mir überlegen, das mit dem Maurer, meine ich. So auf die Schnelle fällt mir keiner ein. Aber so schwer kann es doch nicht sein, einen Grill zu bauen? Du könntest vielleicht versuchen, den selbst zu mauern?«

Für Mittwochnachmittag, wenn Ricky wieder im Salon ist, plane ich einen Hausbesuch. Das mache ich nur in besonderen Fällen. Naima hat sich eine Perücke bestellt. Sie hat weit gestreuten Krebs und muss bald zur nächsten Chemotherapie, und danach wird sie wieder ihre Haare verlieren. Die Krankenkasse bezahlt pro Jahr zwei synthetische Perücken oder eine mit Echthaar. Es ist wichtig, dass die Perücken benutzungsbereit sind, sowie es so weit ist. Ich packe meinen Rucksack mit den Perücken, von denen ich glaube, dass sie passen könnten, wenn die neue nicht gut genug ist. Naima ist Mitte sechzig und seit vielen Jahren Kellnerin. Sie hatte früher kupferrote Locken.

Ich sage Ricky, dass ich in ungefähr einer Stunde wieder da sein werde, und dann gehe ich in Richtung Almedalen los. In dem Haus, das früher das Almedalshotell war, befindet sich jetzt also die Pflegestation für akute Krebspatienten, und im Obergeschoss liegt ein Hospiz für die, die in der Endphase des Lebens betreut werden müssen. Die Behandlung wird in der Onkologieabteilung des Krankenhauses durchgeführt.

Im Hospiz sollen die Schmerzen gelindert und die Tage, die noch übrig sind, mit Bedeutung gefüllt werden. Der Ort ist mit Überlegung ausgesucht worden. Auf der einen Seite öffnet sich der Blick auf Almedalen, mit Morgensonne, und auf der anderen, im Westen, liegen Meer, Horizont und der phantastische Sonnenuntergang, bei dem die Palmen des Kallbadehus wie schwarze Silhouetten erscheinen. Die Nähe zu Park, Bibliothek und der leicht mit dem Rollstuhl zu erreichenden Strandpromenade macht den Ort zu einer guten Wahl für ein Hospiz.

Naimas Lungenkrebs wurde in einem späten Stadium entdeckt. Er ist nicht operabel, aber die Symptome können durch die Chemotherapie gemildert werden. Die Haare sind seit der letzten Runde nachgewachsen und zu einer wahren Lockenpracht geworden. Und jetzt wird Naima sie wieder verlieren.

Naima sitzt mit einem Mann im Schatten hinter dem Haus und füttert die Enten, die vom Teich her hochgewatschelt sind und sich um die beiden drängen. Der Mann scheint in schlechterer Verfassung zu sein als sie. Er ist totenbleich, und seine Augen sind in dem mageren Gesicht tief eingesunken. Naima streichelt im Vorüberfahren seine Hand, als ich sie auf ihr Zimmer bringe.

»Du musst mir jetzt die Haare abrasieren, Angelika. Kannst du das für mich tun? Ich finde, es sieht so schrecklich aus, wenn sie auf dem Kissen und in der Dusche büschelweise ausfallen.«

Sie holt Rasiermesser und Rasierschaum aus dem Badezimmer.

»Dann musst du mich schminken, wenn die Zeit noch reicht. Ich treffe heute Abend einen ganz besonderen Mann.« Ihr Lächeln geht in ein Lachen über. »Doch, das stimmt wirklich. Das Leben ist erst mit dem letzten Atemzug zu Ende.«

»Das klingt spannend.«

»Er ist spannend.«

Die Perücke steht ihr gut. Sie hat lange rote Locken genau so wie in ihrer Jugendzeit. Sie möchte noch eine kurze Perücke bestellen, und ich verspreche, sie mitzubringen, sowie sie eintrifft. Als ich sie verlasse, sehe ich wieder das geheimnisvolle kleine Lächeln.

»Viel Glück, Naima, ich wünsche dir einen schönen Abend. Wo wollt ihr denn hin?«

»In den Aufenthaltsraum. Das kann ein bisschen laut sein, mittwochsabends gibt's da Bingo, aber wir haben einen Fenstertisch reservieren lassen, und ich habe die Hausleiterin gebeten, eine Kerze anzünden zu dürfen.«

Fremde Herrenschuhe in der Diele

Als ich in den Salon d'Amour zurückkomme, sitzt eine resignierte Gestalt in Rickys Friseursessel und bemerkt gar nicht, dass ich hereinkomme. Es ist Ruts Mann. Ich hätte ihn fast nicht wiedererkannt. Er trägt normalerweise eine Brille mit dunkler Fassung, ohne sieht er seltsam aus. Er hat davon gesprochen, dass er sich Linsen zulegen wollte. Ich vermute, dass er zur Tat geschritten ist. Ich habe ihn vor fast sieben Jahren mit Rut zusammengebracht. Er heißt Hans und arbeitet seit langer Zeit bei der Sitte, die jetzt der allgemeinen Ordnungspolizei zugeteilt worden ist. Ricky selbst ist nicht zu sehen, und ich begebe mich hinter die Kulissen, um nachzuforschen, was hier vor sich geht. Als ich den Vorhang zum Personalzimmer öffne, schlage ich Ricky fast ins Gesicht. Er steht da in den Vorhangstoff gewickelt wie eine Mumie.

»Was machst du?« Eine innere Stimme sagt mir, dass die Dinge durchaus nicht so sind, wie sie sein sollten. Deshalb flüstere ich. »Warum stehst du hier?«

Ricky macht ein seltsames Gesicht. »Sieh dir mal den Typen an, der im Sessel sitzt«, flüstert er verzweifelt zurück und legt den Zeigefinger an die Lippen, damit ich leise bin.

»Ich sehe nichts Besonderes«, flüstere ich so gedämpft, wie ich kann. »Den kenne ich. Der ist bei der Polizei.«

»Das macht alles noch schlimmer. Schau ihn dir an. Siehst du, was er da macht?« Ricky und ich stehen in unseren Vorhanghälften wie zwei verpuppte Larven und schauen zum Salon hinüber. Und nun sehe ich eine Bewegung unter Hans'

Frisierumhang. Eine langsam wogende Bewegung unter dem Stoff, die an Intensität zunimmt.

»Siehst du es jetzt?« Rickys Augen sind vor Anspannung rund. »Ich wollte neues Haarwachs holen, und als ich zurückkam, sah ich, was er da machte. Ich traue mich nicht rein, weil ich nicht weiß, wie ich mich verhalten soll.«

»Spielt er Taschenbillard?« Ich halte das nicht für möglich, nicht in meinem Salon. Nicht bei Hans. Der Salon gehört mir, und ich müsste einen Vorgehensplan haben. Aber Ricky ist ein Mann, und ich stelle mir vor, dass sie sich unter Jungs leichter darauf einigen können, dass Ort und Zeit hier nicht stimmen.

»Sieht so aus. Wie gehen wir damit um? Werfen wir ihn raus, oder lassen wir uns nichts anmerken?«

»Wir können doch nicht ewig hier hinter dem Vorhang stehen. Er fragt sich sicher schon, wo wir bleiben.« Mir ist das alles unangenehm. Ich würde lieber Ricky vorschicken, aber ich muss meine Verantwortung als Salonbesitzerin übernehmen. Also räuspere ich mich sehr laut und verlasse meinen Platz hinter dem Vorhang. Die Wellenbewegung legt sich nicht. Hat Hans denn den Verstand verloren? Hat er keinerlei Anstand mehr im Leib?

»Das da kannst du zu Hause zusammen mit Rut machen«, sage ich streng.

Hans schaut mich fragend an, und die Bewegung hört auf. Seine Hände tauchen unter dem Frisierumhang auf, und in der einen Hand hält er seine Brille. Er putzt sie jetzt weiter mit dem Frisierumhang, und ich kann nicht mehr, als ich meinen Irrtum einsehe.

»Wie meinst du das? Was soll ich zu Hause mit Rut machen?«

»Kreuzworträtsel lösen, haha«, bringe ich heraus. Ich hole

eine Zeitung und blättere fieberhaft hin und her, ohne auch nur ein einziges Rätsel finden zu können. »Ricky!«

»Kreuzworträtsel lösen«, keucht Ricky. Hans ist nach Hause gegangen, und ich habe ihm Grüße an Rut aufgetragen. »So nennt man das also heute.«

»Nicht ich hatte diese schmutzige Phantasie. Sondern du, Ricky!«

»Nein, du hast Taschenbillard gesagt. Ich habe den Mund gehalten.«

»Du hast ein komisches Gesicht gemacht und meine Gedanken in die falsche Richtung gelenkt.«

Ehe ich nach Hause gehe, sitze ich einige Stunden über der Buchführung, damit Jessika diese Arbeit dann übernehmen und ich mich meiner Hauptaufgabe widmen kann: Lebensfäden zusammenzuführen.

Ich denke an Naimas Date und an die Tatsache, dass das Leben erst mit dem letzten Atemzug zu Ende ist, als ich dann später in die Fiskargränd wandere. Zu Hause will ich meine Tasche von der Reise auspacken und danach ein langes schönes Bad nehmen, ehe ich mich mit einer Tasse Tee in die Abendsonne setze. So sieht mein Plan aus.

Beim Briefkasten steht Tilly. Sie nimmt meinen Arm, als ich ins Haus gehen will. »Hast du dein Haus verkauft, Angelika?«

»Was?«

»Das stand in der Zeitung unter Immobilienverkauf. Und man wird ja doch neugierig auf die neuen Nachbarn.«

»Nein, das muss ein Missverständnis sein. Ich habe nicht vor zu verkaufen.«

Ich rufe dem General über den Zaun einen Gruß zu. Er wienert seinen geliebten Mercedes und wünscht mir einen angenehmen Abend.

Aber der Abend verläuft dann nicht so, wie ich das erwartet hatte.

In der Diele stehen zwei fremde Herrenschuhe. Zwei beige Opaslipper mit geflochtenem Oberleder. Niemals hätte Joakim sich solche Schuhe gekauft, das ist mein erster Gedanke. Im Alltag trug er Turnschuhe und bei Gericht schwarze Schuhe, Marke Aristokrat. In dieser Hinsicht war er ein kleiner Snob.

Ich bin sicher, dass die Schuhe nicht dort gestanden haben, als ich nach Nådendal gefahren bin. Ich sehe mir die Schuhgröße an. Joakim hatte 42, das hier ist 45.

Ich begreife gar nichts mehr. Die Haustür war doch abgeschlossen. Ich habe sie mit meinem Schlüssel geöffnet. Die Tür ist offenbar nicht aufgebrochen worden. Im Haus hängt ein fremder, ein wenig muffiger Geruch.

Lautlos gehe ich in die Küche und öffne den Schlüsselschrank. Der Reserveschlüssel hängt an Ort und Stelle. Auf dem Küchentisch steht ein benutzter Teller, und auf dem Herd sehe ich einen Topf mit eingetrockneten Resten von Spaghetti Carbonara. Das übergekochte Spaghettiwasser ist auf der Kochplatte verbrannt.

Ich folge den unbekannten Spuren. Im Badezimmer hängt ein fremdes grau-weiß gestreiftes Badetuch, und neben der Waage stehen zwei scheußliche abgenutzte Pantoffeln. Die Waschmaschine ist geschlossen. Ich weiß, dass ich die letzte Wäsche in der Maschine vor meiner Abreise noch aufgehängt habe. Ich öffne die Tür und ziehe ein Herrenhemd, eine Hose, Socken und Unterhosen in munteren Farben heraus.

Plötzlich höre ich ein dröhnendes Schnarchen. Und erst jetzt bekomme ich es mit der Angst zu tun. Ich bin allein in meinem Haus. Ein fremder Mann ist hereingekommen, ohne dass ich begreifen könnte, wie das möglich gewesen sein soll. Es kann ein Drogensüchtiger oder ein Gewalttäter sein, ein Vergewaltiger oder ein Psychopath. Meine Schwestern wohnen Dutzende von Kilometern entfernt. Der General ist ein alter Mann, der nicht unnötig belästigt und erschreckt werden darf. Ein Fremder befindet sich in meinem Haus! Das ist absurd, aber es muss eine plausible Erklärung geben. Ich glaube nicht an Geister, die durch Wände und Dächer gehen können.

Vorsichtig drücke ich die Klinke der Schlafzimmertür hinunter. Die Jalousie ist heruntergelassen, und meine Augen brauchen eine Weile, um sich an die Dunkelheit zu gewöhnen. Langsam nimmt ein bleicher Menschenkörper Gestalt an, und ich sehe, dass in meinem Bett ein nackter Kerl liegt. Es gibt Augenblicke, in denen ich mir das vorgestellt oder mir sogar gewünscht habe, aber gerade jetzt kommt es ein bisschen plötzlich. Er ist sicher zwei Meter groß, zottig wie eine Raupe, und er hat Rastalocken. Die eine Hand liegt wie ein Schwanenflügel über seinem Schritt, und sein Gesicht ist ruhig, fast zufrieden.

In meiner Lunge steckt ein Schrei, aber ich lasse ihn nicht heraus. Sollte ich die Polizei anrufen? Was könnte das für Folgen haben? Auf die Polizei folgt nicht selten Jonna von der Zeitung, ich weiß, dass Jonna den Polizeifunk abhört. Und ich will das hier nicht in die Zeitung bringen. Es würde bestimmt eine ganze Seite in der Lokalzeitung geben, vielleicht sogar auf der ersten Seite. Denn auf Gotland bringen die Zeitungen Nachrichten über Menschen, die man kennt, anders als die Großstadtnachrichten, wo es nur um Promis geht, die niemand je persönlich getroffen hat. Promis tun alles, um sich Nachrichten auszudenken, die sie in die Zeitung bringen. Deshalb sind Großstadtnachrichten eine Art Pseudonachrichten.

Auf einer Insel kann es Schlagzeilen hageln, wenn jemandem die Schweine weggelaufen sind, wenn jemand gegen die

Stadtmauer gefahren ist, ohne sich nennenswert zu verletzen, oder wenn jemand im Kaufhaus einige Nägel gestohlen hat. Und alle wissen dann, wer es war. Wessen Bruder, Vetter oder Tante der ganzen Sippe Schande gebracht hat.

Ich will nicht mit einem nackten Fremden in meinem Schlafzimmer fotografiert werden, denke ich, als ich mich in den Garten schleiche, um Ricky anzurufen. Ich will nur meine Ruhe haben.

»Was zum Teufel willst du denn schon wieder? Du kannst morgen anrufen, wenn du dich so weit beruhigt hast, dass wir ein normales Gespräch führen können.«

»Warum bist du so sauer, Ricky?«

»Ich dachte, du wärst die tollwütige Freundin meines Bruders. Entschuldige. Die ruft heute Abend dauernd an und sucht Streit.«

Ich wüsste gern, womit Ricky das verdient hat, aber im Moment habe ich keine Zeit für längere Erklärungen. »Ricky, hilf mir. In meinem Haus ist ein fremder Mann! Er ist nackt und liegt in meinem Bett. Und mach jetzt bloß keine Witze darüber. Du musst einfach kommen. Sofort!«

Er verspricht, sich direkt auf den Weg zu machen, obwohl er offenbar Besuch hat, denn im Hintergrund ist das gestresste Gerede des Kakadus zu hören.

Ich setze mich auf die Bank vor dem Gartenhaus und warte und überlege. Wer ist er? Wie ist er hereingekommen? Diesen Kerl mit den Rastalocken habe ich noch nie gesehen.

»Kann er sich nicht einfach in der Tür geirrt haben?«, fragt Ricky, als er vom Rad steigt und durch das Gartentor kommt. Seine Kleider sind unvorstellbar verstaubt und schmutzig, und er wischt sich den Schweiß aus der Stirn. Ich vermute, er hat sauber gemacht.

»Es war doch abgeschlossen!«

»Er hat vielleicht einen passenden Schlüssel gefunden. Purer Zufall. Mein Bruder sagt, dass alte Volvos standardisierte Schlösser haben, so dass sich jedes dritte Auto mit demselben Schlüssel öffnen lässt. Er kann die Tür eines Volvos mit dem Daumennagel öffnen – ganz einfach.«

»Das konnte mein Vater auch. Aber es kann doch wohl kaum möglich sein, dass der Einbrecher einen passenden Schlüssel hat«, meine ich.

»Das Ganze ist kaum möglich. Es ist doch über sieben Jahre her, dass zuletzt ein nackter Mann in deinem Bett gelegen hat«, sagt Ricky nachdenklich. »Du hast ihn nicht aus Versehen vom Kostümfest mit nach Hause genommen und dann vergessen, als du nach Nådendal gefahren bist?«

Ich schüttele den Kopf, diesen Blödsinn würdige ich keines Wortes.

»Er kann nicht ein entfernter Verwandter sein, der gratis Kost und Logis im Ferienparadies will? Diese Schmarotzer tauchen doch immer dann auf, wenn es heller wird und die Wärme kommt.«

»Du hast ja so recht, aber das erklärt noch immer nicht, wie er hereingekommen ist. Die Haustür war abgeschlossen. Es gibt keine Einbruchspuren an der Tür oder an den Fenstern zur Straße.«

Ricky reicht mir die Hand und zieht mich von der Bank hoch. »Dann finde ich, wir sollten ihn fragen, geradeheraus und ohne Umschweife, ob er durch den Schornstein gefallen ist. Er kommt vielleicht von einem anderen Planeten, der von einem Kometen getroffen wurde, und ist auf einem Meteoriten ins Weltall geschleudert worden und dann in deinen Schornstein gefallen.«

»Sehr wahrscheinlich! Und wenn er gewalttätig wird – was tun wir dann?«

»Wir müssen uns natürlich bewaffnen.« Ricky schaut in den Geräteschuppen und kommt mit einer Axt und einem Baseballschläger wieder heraus. »Dann los«, sagt er und macht einen Probeschlag in die Luft.

»Dann los«, sage ich mit hocherhobener Axt. Als ich klein war, haben wir oft die Axt gegen Opas Scheunenwand geworfen. Ich fühle mich mit meiner Waffe eins. Wir gehen auf das Haus zu. »Du zuerst«, sage ich zu Ricky.

Es kommt mir ein bisschen vor wie frühmorgens an einem Geburtstag, wenn wir auf Zehenspitzen zur Schlafzimmertür schleichen, aber es wird keinen Kuchen und kein Geburtstagslied geben. Ohne den Einbrecher hätte ich jetzt einen ruhigen und schönen Abend. Ich hätte mich vielleicht an den Computer gesetzt und mit Sindbad gesprochen, denke ich mit einem Gefühl der Sehnsucht, und öffne vorsichtig die Schlafzimmertür. Der Einbrecher hat sich auf die Seite gedreht, und als Erstes sehen wir seinen breiten, zottigen Hintern.

»Himmel!«, ruft Ricky. Der Zottige dreht sich auf die andere Seite, und ich kneife die Augen zu, um die baumelnden Glocken nicht sehen zu müssen. In einer Geste des Anstands reißt er die Bettdecke an sich, um seine privaten Teile zu verbergen, ehe er sich aufsetzt. Wir sehen seine Hand, die auf dem Nachttisch herumfummelt, bis er eine Brille gefunden hat. Als er die aufgesetzt hat, schreit er wie ein gestochenes Schwein, denn nun erst ist ihm klar, dass wir bewaffnet sind.

»Würdet ihr mir bitte sagen, was ihr in meinem Haus wollt?«, fragt er und kriecht angesichts der Übermacht in sich zusammen.

Ich merke, dass ich jetzt richtig wütend werde. »Was soll das heißen? Das ist mein Haus! Sie liegen in meinem Bett, und ich will eine Erklärung!« Ich starre ihn an und frage mich, ob er vielleicht vollständig den Verstand verloren hat.

Er starrt mich ebenfalls an, und ich lese in seinen Augen dieselbe Frage. Als er dann wieder etwas sagt, klingt seine Stimme freundlich, so, wie man mit Irren redet, die man nicht aufreizen will.

»Ich habe dieses Haus gekauft. Das kann ich beweisen. Wer seid ihr?« Er sieht den Baseballschläger in Rickys und die Axt in meiner Hand an und schüttelt seine Rastalocken.

»Können Sie die Axt nicht bitte weglegen? Ich finde das ungeheuer unangenehm. Ich bin nicht daran gewöhnt, auf diese Weise geweckt zu werden.«

»Ach, daran sind Sie nicht gewöhnt?« Ricky kann sich ein Lachen nicht verkneifen.

Ich bin noch immer zu wütend und zu aufgekratzt vom Adrenalin, um der Situation etwas Komisches abzugewinnen. »Könnten Sie uns den Gefallen tun, sich anzuziehen und in die Küche zu kommen, damit wir reden können?«

»So einfach ist das nicht«, sagt er verlegen.

»Tun Sie das doch einfach.« Ricky hält den Fremden für verrückt, das sehe ich ihm an.

»Nein, das ist kompliziert. Wenn Sie entschuldigen. Ich habe noch nicht alle meine Sachen hergeholt, und das, was ich gestern anhatte, liegt in der Waschmaschine.«

»Sie werden unter gar keinen Umständen Ihre Sachen herholen!« Ricky sieht aus, als ob er gleich einen Wutanfall erleiden wird.

Ich gehe schon einmal vor in die Küche, um mich zu sammeln. Ich habe soeben in meinem Bett einen nackten Kerl gefunden und weiß nicht, wie er heißt. So gesehen finde ich es weniger seltsam, dass ich Arsène geküsst habe, ohne seinen richtigen Namen zu kennen. Offenbar passieren solche Dinge, wenn man eine Marionette des Schicksals ist.

Aus dem Schlafzimmer höre ich die klagende Stimme des

Einbrechers. »Ich habe einen Vertrag. Ich kann beweisen, dass ich dieses Haus vor etwas mehr als drei Wochen gekauft habe. Für eine Million Kronen. Meine Eltern haben gebürgt.«

»Das Haus ist das Vierfache wert.« Ricky ist meinetwegen sauer. »Zeigen Sie mal Ihren Vertrag.« Er scheucht den Mann mit den Rastalocken vor sich her in die Küche, wo ich so viel Platz freigeschaufelt habe, dass wir uns an den Tisch setzen können. »Das Haus ist mindestens vier Millionen wert«, präzisiert Ricky noch einmal.

»Das könnte ich aber unmöglich bezahlen. Ich habe nichts geerbt, ich muss von meinem Gehalt als Bibliothekar leben. Dieses Haus hier habe ich im Internet gefunden. Es war Liebe auf den ersten Blick, mein Traumhaus. Und weil es so schnell ging, habe ich es billig bekommen. Inklusive Möbel und anderer Einrichtungsgegenstände. Der Verkäufer hatte es erst kürzlich gekauft und sich die Sache schon wieder anders überlegt. Wer sind Sie? Wollen Sie mehr Geld von mir erpressen?«

Er kriecht auf erbärmliche Weise mit übereinandergeschlagenen Beinen und an den Körper gepressten Armen in sich zusammen. Der kleine Mund formt sich zu einem O. Er hat wirklich einen ziemlich kleinen Mund.

»Ich wohne hier. Das ist mein Elternhaus. Sie sind betrogen worden. Dieses Haus hat nie zum Verkauf gestanden. Von wem haben Sie es gekauft?«

»Das Haus gehört mir. Der Kauf ist notariell beglaubigt und ins Grundbuch eingetragen worden. Einen Moment.«

Der Mann mit den Rastalocken steht auf und fischt mit der freien Hand einen Briefumschlag aus seiner Jacke. Er hat etwas Weiches und Unterwürfiges, das meine Wut verfliegen lässt. Mit langsamen Bewegungen faltet er den Vertrag auseinander, und darin steht wirklich, dass er das Haus für eine Million Kronen erworben hat. Der Vertrag ist unterschrieben von

Ludvig Svensson, Käufer, und Steven Nilsson, Verkäufer. Ich falle fast vom Stuhl, als ich sehe, wer mein Haus verkauft hat. Slemmy Steven!

»Wie hat der Mann ausgesehen, von dem Sie das Haus gekauft haben?«, fragt Ricky.

Ludvig tippt sich beim Nachdenken mit dem Zeigefinger unters Kinn wie eine alte Lehrerin und verzieht den Mund abermals zu einem O. »Der war groß… und er hatte braune Augen und ein charmantes Lächeln.«

Auf der Jagd nach Slemmy Steven

»Sind Sie denn nicht misstrauisch geworden, als Sie das Haus so billig bekommen haben?« Ricky sieht geschockt aus.

»Dieser große dunkle Mann, Steven, hat gesagt, das sei eine Erbschaft. Er habe das Haus von einer gewissen Angelika Lagermark gekauft. Und die habe es von ihren Eltern geerbt.«

»Der große dunkle Mann war nicht Steven«, widerspreche ich.

»Der, von dem ich das Haus gekauft habe, hat gesagt, es sei so billig, weil er es ganz schnell loswerden wollte. Er wollte ins Ausland gehen. Ich habe schriftlich, dass es mein Haus ist, es steht im Grundbuch, und ich habe einen Vertrag, und ich habe ein Darlehen von einer Million aufgenommen. Ich weiß nicht, wo ich sonst hinsollte.« Ludvig kämpft mit den Tränen, seine ohnehin schon wässrigen Augen werden blank, und auf seiner Stirn ist jetzt eine angespannte Ader zu sehen.

»Ich frage mich ja, ob die Allgemeine Beschwerdestelle da etwas machen kann«, sagt er jetzt und wickelt sich verzweifelt eine Rastalocke um den Finger. »Ich habe mich gerade um eine Stelle in der Bibliothek von Almedalen beworben, und ich glaube, ich habe gute Chancen. Wenn ich keine Wohnung habe, kann ich die Stelle aber nicht annehmen.«

»Sie können vielleicht auf Norderstrand zelten«, schlägt Ricky vorsichtig vor. In Visby eine Wohnung zu finden, wenn der Sommer bald die Tore für die Touristeninvasion aufreißt, ist eine Utopie. »Wenn Sie zelten wollen, kann ich Ihnen eine Luftmatratze leihen. Die ist nicht ganz dicht, aber es reicht, sie einmal in der Nacht aufzupumpen, dann bleibt die Luft bis zum nächsten Morgen, meistens jedenfalls.«

»Das können Sie nicht machen! Sie können mich doch nicht einfach auf die Straße setzen!« Ludvig sieht verzweifelt aus. Er fängt an zu stottern, und der kleine Mund schnappt nach Luft wie ein Fisch auf dem Trockenen. »Ich habe meine Wohnung in Nynäshamn an eine Familie mit Kindern verkauft. Sie sind jetzt am Wochenende eingezogen.« Der Rest seiner Rede wird zu einem Flüstern, und er senkt seinen Blick immer weiter.

»Natürlich können Sie hier wohnen, bis die Sache geklärt ist«, höre ich mich sagen. »Ich habe das eben nicht verstanden. Würden Sie das bitte wiederholen?«

»Meine anderen Sachen kommen morgen früh mit dem Möbelwagen.«

»Hierher?«

Das kann doch nicht wahr sein, denke ich, und fast wird mir schwindelig. Es ist schwer, den Umfang dieser Geschehnisse zu begreifen. Bestenfalls ist es ein Fiebertraum, aus dem man aufwacht, in kalten Schweiß gebadet, aber erleichtert.

»Ich dachte, der Esstisch meiner Oma und die Küchenbank könnten hier in der Küche stehen. Für das Wohnzimmer habe ich eine Vitrine aus dunkel gebeizter Eiche. Und wenn Sie mir helfen könnten, das Klavier rauszutragen, wäre ich dankbar.«

»Das Klavier rauszutragen?« Jetzt bin ich außer mir. »Nie im Leben.«

Ludvig sieht aus, als ob er am liebsten aus seiner eigenen Haut kriechen wollte. »Ich muss euch etwas beichten. Ich würde das gerne schonend tun, aber ich glaube, es ist zu schlimm und zu gefühlsbeladen. Ihr dürft mir nicht böse sein, das kann ich nicht ertragen. Ich will wirklich keinen Ärger machen. Ich gebe mir doch alle Mühe ...« Ludvig steigert sich in

Hysterie hinein, und ich muss ihn beruhigen, obwohl ich auch an die Decke gehen könnte.

»Wir müssen das in aller Ruhe klären.« Ich ahne nichts Gutes.

»Jetzt spuck's schon aus, Mann.« Ricky ist offenbar genervt davon, dass Ludvig so leise redet und einfach nicht zur Sache kommt. Deshalb haut er mit der Faust auf den Tisch, und Ludvig fährt hoch. Aber immerhin redet er jetzt Klartext.

Ludvig blinzelt, um mir nicht in die Augen sehen zu müssen. »Ich habe Ihre Möbel im Netz zum Verkauf angeboten. Das alte Klavier wollte niemand, deshalb bin ich auf zweihundert Eier runtergegangen.«

»Was haben Sie da getan?«

»Die Möbel sind zum Verkauf angeboten, und ich habe dem Roten Kreuz versprochen, dass sie herkommen und sich Hausrat, Ziergegenstände und Kleider aussuchen können. Mein erster Gedanke, als ich euch kommen hörte, war doch, dass ich vergessen hätte, abzuschließen, und dass ihr vom Roten Kreuz seid. Ja, bis ich dann gesehen habe, dass ihr bewaffnet wart.«

»Wie sind Sie reingekommen?«, frage ich.

»Mit dem Schlüssel.« Ludvig zieht den Schlüssel aus seiner Brieftasche.

»Dann gibt es plötzlich drei Schlüssel. Wir müssen die Sache anzeigen und wir müssen Slemmy Steven ausfindig machen.« Meine Schockstarre löst sich langsam, und meine Tatkraft kehrt zurück. »Wir müssen ihn jetzt gleich suchen. Und du, Ludvig, löschst sofort die Anzeige auf der Website.«

»Aber was wird denn mit mir? Was soll jetzt aus mir werden?« Ludvig macht einen matten Versuch, aufzustehen. »Wo soll ich heute Nacht schlafen?«

»Du kannst im Gartenhaus wohnen, bis wir den Fall geklärt haben.« Ich laufe hinter Ricky her und kann mich gerade noch auf seinen Gepäckträger setzen, als er auch schon in Richtung der Heilsarmeeherberge davonstrampelt, wo wir Slemmy Steven zu finden hoffen.

Aber Steven ist nicht in der Herberge, und wir machen uns auf den Weg ins Östra Centrum, wo einige seiner Kumpels oft auf den Bänken der Galerie sitzen. Micke mit dem Messer und Bebban, seine Freundin, sagen übereinstimmend aus, dass Steven zuletzt bei dem Fest in Östergravar gesichtet worden ist, wo er so richtig einen losgemacht hat.

»Ein Typ hat ihm einfach so eine Tüte voller Alkohol gegeben. Aber wir versuchen, es ein bisschen ruhig angehen zu lassen«, sagt Bebban. »Mickes Leber ist nicht mehr so ganz frisch.«

»Wie hat der Typ ausgesehen, der Slemmy Steven die Tüte gegeben hat?«

»Ich hab ihn nur aus der Entfernung gesehen. Groß, dunkle Augen, Anzug. Sah elegant aus, irgendwie. Kein typischer Beerenpflücker, meine ich.«

Ricky strampelt mit mir auf dem Gepäckträger weiter, und ich muss einfach an meine Fahrt mit Arsène denken.

Arsène.

Arsène war mit mir im Haus. Er ist groß, dunkeläugig und sympathisch und ungeheuer geheimnisvoll. In Rickys Wohnung war er im Handumdrehen.

Es tut mir weh, furchtbar weh, den Verdacht zu haben, dass er mir so etwas antun könnte.

Ulrika hatte wie üblich recht. Irgendwo habe ich ja auch geahnt, dass er ein Schurke ist, ich wollte es nur nicht wahrhaben. Sindbad hat mir einen Grund gegeben, nur das Beste zu glauben, und ich habe begierig nach diesem kleinen Strohhalm gegriffen.

Es regnet, als Ricky und ich Östergravar absuchen. Ricky murrt die ganze Zeit, aber vermutlich ist er vor allem sauer, weil er eigentlich seine Wohnung sauber machen müsste.

»Ich finde es nicht angenehm, draußen zu sein. Du weißt, ich bin ein Wohnungsmensch. Im Haus bleiben einem Mücken und Wespen erspart. Im Haus ist es angenehm warm, es regnet nicht, es schneit nicht, es gibt keine schweißtreibende Sonne, und Sofa und Kühlschrank sind bequem zu Fuß zu erreichen. Im Haus zu sein ist der natürliche Zustand unserer Spezies, genau wie Schnecken ihr Haus haben. Ich will nicht draußen sein, ich will drinnen sein.«

»Das habe ich schon verstanden, Ricky«, sage ich verbissen und wische mir das Regenwasser aus den Augen.

»Oder nimm das mit dem Barfußlaufen. Warum sollte man das draußen tun, wo es doch angenehmer ist, drinnen barfuß zu laufen, ohne schmutzige Füße zu bekommen oder Tannennadeln zwischen die Zehen oder Kieselsteine in den Spann?«

»Wenn man bei dir zu Hause barfuß läuft, kriegt man Vogelkacke zwischen die Zehen. Können wir über etwas anderes reden?«

»Ja, jetzt hast du einen Lebensgefährten mit Rastalocken und überhaupt«, sagt er und kneift mich sanft in die Wange. »Meinen Glückwunsch. Das muss Schicksal sein.«

»Nein, das ist Betrug.«

»Wenn alles vom Schicksal bestimmt ist, dürfte Betrug nicht strafbar sein«, philosophiert Ricky weiter.

»Natürlich ist das strafbar! Ich würde dem Betrüger gern persönlich eine reinsemmeln.« Ab und zu kann ich Rickys Überlegungen nicht ertragen.

»Aber hör doch mal zu, Angelika. Ich meine, wenn alles vom Schicksal bestimmt ist, dann ist es dem Betrüger bestimmt, andere zu betrügen. Verstehst du? Das ist dann Schicksal, gewissermaßen. Ist es dann aber richtig, ihn deshalb zu bestrafen? Er kann doch nichts dafür, dass er ein so tragisches Schicksal hat. Eigentlich müsste er dafür entschädigt werden, dass er nicht die Rolle des Helden bekommen hat.«

»Hör auf, Ricky, so kann man nicht argumentieren.«

»Kann man wohl. Ich tu das ja gerade.«

»Kannst du nicht einfach den Mund halten? Ich bin total fertig.«

»Kannst du nicht einfach Danke sagen, wenn ich einen Abend im trauten Heim verlasse, um dir dabei zu helfen, nackte Kerle aus deinem Bett zu vertreiben?«

»Es klang nicht gerade ruhig, als ich angerufen habe. Du warst zudem leicht zu überreden. Du wolltest entkommen, was? Bei dir wurde gerade sauber gemacht.«

»A man's got to do what a man's got to do«, antwortet er kryptisch.

»Was hat dich zu dem entscheidenden Schritt ins gelobte Land von Wischlappen und Fensterleder bewogen? Lass mich raten: eine Frau. Sag nicht, du hast Alexandra eingeladen!« Die Vorstellung von ihr in Rickys Wohnung ist zum Lachen und gleichzeitig beunruhigend.

»I wish. Wohnen Träume in der Hosentasche eines armen Mannes?«

Ab und zu frage ich mich, warum Ricky unbedingt englisch sprechen muss, wenn er seine Gefühle zum Ausdruck bringen will. Reicht die schwedische Sprache denn nicht? »War das Alexandra?«

»Du bist schlimmer als meine Mutter. Nein, es war mein Bruder. Er braucht ein bisschen Lebensraum – er führt Krieg gegen seine Freundin. Aber das geht meistens vorbei, wenn sie in der Therapie waren und sich pleite geredet haben. Ich gehe also davon aus, dass er diese Woche bei mir wohnen wird und sich dann Ende des Monats Geld leihen muss.«

»Und deshalb machst du sauber?«

»Ja, er ist schrecklich anspruchsvoll.«

Wir suchen weiter nach Slemmy Steven. Hier und dort gibt es kleine Vorkommen von Bierdosen und Kippen, eine zerfetzte Decke und einen aufgeweichten Pizzakarton. Es wird dunkel. Wir fragen die wenigen Menschen, die uns begegnen, aber niemand hat ihn gesehen. Unter der Holzbrücke von Dalmannsporten liegt ein Kleiderbündel. Ich gehe näher heran, bleibe abrupt stehen und greife nach Rickys Arm. Es ist ein Mann, der da im Gras liegt. Er bewegt sich nicht. Ich gehe zu ihm und gehe in die Hocke, fasse nach seiner Schulter und drehe ihn zu mir um. Sein Körper ist schlaff. Als er auf meine Seite fällt und ich das blaubleiche Gesicht sehe, verschlägt es mir fast den Atem.

Das ist einfach der Gipfel, findet Ricky

Ricky fährt zurück beim Anblick von Steven, der ganz still im Gras liegt. Neben ihm funkelt trotz der Dämmerung die Trompete. Ich suche nach seinem Puls, kann ihn aber nicht finden. Steven stinkt nach Schnaps.

»Ist er tot?« Ricky presst sich die Faust auf den Mund.

»Zweifellos tot«, sage ich und streiche vorsichtig mit der Hand über Stevens kalte, bärtige Wange.

Ich kämpfe mit den Tränen, als ich mein Telefon hervorziehe, um Rut anzurufen. Seit irgendwo auf dem Festland eine Polizeizentrale eingerichtet worden ist, wo sie unsere Aussprache nicht verstehen, nicht wissen, wer Slemmy Steven ist oder wo Östergravar liegt, holen wir immer auf diese Weise Hilfe, das geht eindeutig am schnellsten. Ganz zu schweigen, wie lange es dauern würde, zu buchstabieren, wenn etwas in Krämplause, Uggarderoir oder Puttersjaus passiert wäre... *Was haben Sie da gesagt? Put your shoes...?*

Rettungswagen und Rut mit zwei Kollegen sind fast sofort da und kommen zu demselben Schluss wie ich. Für Steven kommt jegliche Hilfe zu spät.

Ich zittere, und mir ist schlecht. Rut nimmt meinen Arm. Wir gehen zur Seite und setzen uns zum Reden auf die Böschung. Ricky kommt hinterher und geht dann auf dem Weg rastlos auf und ab.

»Ihr wolltet Steven Nilsson suchen. Habe ich das richtig verstanden?«, fragt Rut mit ihrer heiseren Stimme und zieht ihr Notizbuch hervor, das meinem Terminkalender zum Verwechseln ähnlich sieht. Sie malt ihre eigenen Abkürzungen und Symbole auf das Papier, obwohl die Polizei ein neues System mit Laptops am Tatort eingeführt hat. Rut hat das neue System beim Arbeitsschutz angezeigt und will persönlich bis zum obersten Gericht gehen, wenn sie gezwungen wird, ein so ineffektives Arbeitsgerät zu benutzen, solange es Papier und Kugelschreiber gibt.

Ich erzähle von Anfang an: dass mein Haus von einem nackten Bibliothekar besetzt worden ist und dass Slemmy als Verkäufer im Vertrag steht, aber dass unmöglich er das Geschäft mit Ludvig Svensson gemacht haben kann, denn der Verkäufer, den Ludvig getroffen hat, war groß und dunkeläugig und hatte ein charmantes Lächeln, und Slemmy Steven war klein, korpulent und fast zahnlos.

»Angelika ist einem Betrug zum Opfer gefallen«, sagt Ricky, und ich lächele ihm kurz zu, zum Dank dafür, dass er auf seinen Monolog über das Schicksal verzichtet und nicht das gesamte Rechtssystem in Frage stellt.

»Das ist der fünfte Fall von Wohnungsraub in diesem Jahr«, sagt Rut leise. »Bisher sind wir von so etwas ja verschont geblieben.«

»Aber wie kann Ludvig mein Haus ins Grundbuch eintragen lassen? Ich kapier hier gar nichts mehr.«

»Leider ist das einfach. Man geht in einen Buchladen und kauft einen vorgedruckten Vertrag, füllt alle Felder aus und schickt das ans Grundbuchamt. Dort wird nicht überprüft, ob der Vertrag echt ist. Sie schicken auch dem Verkäufer keine Bestätigung. Ich vermute, dein Haus ist in zwei Schritten verkauft worden. Zuerst wurde ein Vertrag ausgefüllt, nach dem Steven dir das Haus abkauft – deine Unterschrift ist gefälscht. Er bekommt die Anzahlung auf ein frisch eröffnetes Konto. Dann kann er ein Darlehen aufnehmen oder das Haus weiterverkaufen, wenn der Grundbucheintrag erfolgt ist. Das Geld des Bibliothekars ist wohl auf Stevens Konto geflossen, auch wenn er nicht das Gehirn hinter dem Coup war. Wir nennen solche Leute Torhüter. Das Geld ist aller Wahrscheinlichkeit nach per Postanweisung oder in bar an den eigentlichen Betrüger weitergereicht worden.«

»Das ist einfach der Gipfel«, sagt Ricky und setzt seine unruhige Wanderung fort. »Sicher ist Steven mit Schnaps bezahlt worden und hat sich ganz schnell unter die Erde gesoffen.«

»Die Todesursache wird bei der Obduktion geklärt werden. Was die Hausgeschichte angeht, rate ich dir, den Hausbesitzerverband um Hilfe zu bitten. Ein Hausverkauf setzt eine unvorstellbare Papiermühle in Gang. Das Finanzamt meldet sich dann auch bei dir, wenn du den Verkauf nicht in deine Steuererklärung aufnimmst und die Kaufsumme versteuerst.«

»Das ist doch der Gipfel!«, sagt Ricky noch einmal.

»Ich weiß nicht, ob ich es ertragen kann, noch mehr zu hören.«

»Vielleicht haben Steven oder Ludvig Svensson Schulden, und da wird das Haus taxiert, wenn die Schulden eingetrieben werden. Es ist wie in einem Wespennest herumzustochern«, sagt Rut.

»Hat die Polizei denn die gefasst, die die anderen Häuser verkauft haben?«, frage ich, obwohl ich die Antwort fast sicher weiß.

»Nein, aber die Vorgehensweise ist dieselbe. Gefälschte Unterschrift auf dem Vertrag und ein Konto, auf das die Kaufsumme eingezahlt wird und das einem Obdachlosen gehört, der nichts zu verlieren hat. Schließlich steht auf alles nur eine Gefängnisstrafe.«

»Steven wollte doch im Oktober immer ins Gefängnis, wenn er nicht mehr im Freien leben konnte. Das hat er mir erzählt. Voriges Jahr hat er dem Goldschmied neben meinem Salon die Fenster eingeworfen und ein Auto gestohlen, mit dem er dann angetrunken losgefahren und zwischen den Mauern in der Vårklockargränd stecken geblieben ist. Nur, um über Weihnachten ein Dach über dem Kopf und genug zu essen zu haben. Er fand es selbst traurig, dass er solche Dummheiten machen musste, nur um ins Warme gelassen zu werden.«

»Ich weiß«, sagt Rut. »Er hat mich dann immer angerufen und ein Zimmer im Knast bestellt.« Rut sieht mich an und scheint etwas sagen zu wollen, schluckt es dann aber hinunter.

»Ist das jetzt alles? Sag nicht, dass noch mehr passieren kann.«

Ricky setzt sich neben mich auf die Böschung ins Gras und legt mir beschützend einen Arm um die Schultern.

»Eine von denen, deren Haus auf diese Weise verkauft worden ist, hatte ein Verhältnis mit einem gutaussehenden Mann, den sie jetzt in Verdacht hat. Er war groß und hatte braune Augen. Ich muss dich das fragen, Angelika, hast du...«

Ich weiß, dass sie Tove meint. Es ist so schrecklich, dass ich mich in Atome auflösen und in der Regenwolke verschwinden möchte. Ricky sitzt neben mir, und ich will nicht, dass er es hört, aber ich muss es ja sagen.

»Vielleicht«, sage ich. »Ich bin einem Mann begegnet, der so aussieht. Aber es ist nicht so intim geworden. Eigentlich ist nichts passiert. Ricky, hast du ihn gesehen, den Mann, mit dem ich auf dem Kostümfest getanzt habe? Arsène?«

»Ich habe überhaupt nicht gesehen, dass du getanzt oder dass du mit anderen geredet hast als mit Jessika.« Er drückt meine Schulter. »Ich mache mir Sorgen um dich. Hast du Phantomfreunde, oder gibt es den wirklich?«

»Hast du ihm gesagt, wo du wohnst?« Rut macht sich eine Notiz in ihr schwarzes Buch.

»Ja, er ist mit mir nach Hause gekommen, aber nicht so«, sage ich und blicke zu Ricky hinüber. »Wir haben mein Fahrrad geholt. Aber das ist noch nicht alles. Wir waren auch bei Ricky zu Hause. Der Mann hatte Werkzeug in seiner Aktentasche und hat das Schloss in null Komma nichts aufgestochert.«

»Das ist wirklich der Gipfel«, sagt Ricky wieder, als ob er überhaupt nichts anderes mehr sagen könnte, und mir ist klar, dass er jeden Moment hochgehen kann.

»Und er hat sich Arsène genannt?«

»Ich habe ihn so genannt, denn er hatte sich als Arsène Lupin, den Gentlemanverbrecher, verkleidet. Ich weiß nicht, wie er heißt, und als ich auf der Tischkarte nachsehen wollte, hat er die in die Tasche gesteckt. Und er wollte nicht mit aufs Bild, als Gunnar von Radio Gute für seinen Blog über Frühlingsvögel ein Foto machen wollte.«

»Der hat mein Schloss aufgestochert?« Ricky springt auf, um hinter einem Busch zu verschwinden und zu pissen. Deshalb diese rastlose Wanderung, das begreife ich jetzt.

»Er hat dein Schloss aufgestochert. Das hat nur ein paar Sekunden gedauert.« Ich erzähle vom Rest des Abends und von dem Essen, aber ich erwähne nicht, dass er mich geküsst hat. Hier verläuft ganz klar die Grenze zu meinem Privatleben.

»Interessant.« Rut macht so hektisch Notizen, dass dem Kugelschreiber die Tinte ausgeht, und sie räuspert sich. »Er war also bei den Festgästen, die sich zu dem Essen im Spiegelsaal angemeldet hatten. Da gab es hundertzwanzig Plätze. Die Hälfte war von Frauen besetzt. Das begrenzt die Anzahl von Namen auf sechzig. Er hat die Tür so leicht aufbekommen, da tippe ich doch, dass er Schlosser ist. Er hat gezaubert. Sicher hat er häufiger Auftritte, wenn er so gut ist. Die Veranstalter des Kostümfestes wissen vermutlich, wer er ist, vielleicht haben sie ihm ein Honorar bezahlt. Das sind doch ungeheuer wertvolle Informationen für unsere weitere Arbeit.«

Rut sieht immer optimistischer aus. »Hat er mit einem gotländischen Akzent gesprochen?«

»Ja, wie die Leute von der Südküste.«

»Wenn er der Betrüger ist, den wir suchen, dann hat er sich diesmal ungeheuer unvorsichtig verhalten. Vielleicht fühlt er sich jetzt sicher, da seine vorherigen Betrügereien nicht aufgeflogen sind. Noch eins: Du hast doch hoffentlich deine Bankkarte nicht aus den Augen gelassen?«

Bei Ebbe und Flut

Wenn man einen Mann nackt gesehen hat, ist es schwer, ihn sich unnackt vorzustellen. Ludvig und ich reden natürlich nicht darüber, aber die Stimmung zwischen mir und meinem unfreiwilligen Mitbewohner ist angespannt, als wir uns in der Küche zum Abendessen treffen.

Wir sind beide angezogen und zugeknöpft, als wäre schon der Fimbulwinter gekommen. Zwar ist mir in meinem Aufzug mit Schlafanzug und Bademantel ziemlich warm, aber es muss sein, um wenigstens jetzt eine gewisse Distanz zu wahren. Der Anfang unserer Bekanntschaft war viel zu intim. Ich habe ihn heute Abend zum Essen eingeladen, aber danach habe ich nicht mehr vor, für ihn zu kochen. Deshalb habe ich den halben Kühlschrank leer geräumt, damit Ludvig Platz für seine Einkäufe hat, ein Fach in der Speisekammer hat er jetzt auch.

Morgen kommen seine Habseligkeiten auf die Insel, und der LKW des Roten Kreuzes wird die gespendeten Dinge abholen. Im Laufe des Abends hat er weder das eine noch das andere absagen können. Ich habe Joakims Kleider zusammengepackt, damit das Rote Kreuz wenigstens etwas bekommt, wenn sie nun schon einmal hier sind. Und was seine Möbel angeht, habe ich ihm gesagt, dass er die bis auf Weiteres einlagern muss. Ich habe ihm auch die Telefonnummer einer Firma gegeben, die darauf spezialisiert ist, und ich kann nur hoffen, dass er meinem Rat folgt.

Ich versuche, tief durchzuatmen und mich zu konzentrieren. Meine Berufung ist es, Lebensfäden zusammenzuknüpfen, das gilt auch in Krisenzeiten. Mein Unterbewusstsein hat mit diesem Prozess schon begonnen, aber ich weiß noch nicht, ob ich Ludwig V 4 oder V 5 zuordnen soll. Es ist schwer zu beurteilen, ich habe ihn ja noch nicht unter normalen Umständen mit anderen Menschen zusammen erlebt.

Er schuldet mehreren Frauen Unterhaltszahlungen. Ich bohre weiter und erfahre, dass er aus drei verschiedenen Beziehungen je ein Kind hat.

»Meine Freundinnen hatten mich irgendwann satt, allesamt. Ich kann sie verstehen. Ich bin hoffnungslos, kann keine Verantwortung übernehmen, sagen sie, und dann standen meine Sachen einfach in der Diele, zum Abtransport verpackt. Keine will mich. Jedenfalls nicht mehr, wenn sie mich richtig kennengelernt haben.«

»Jetzt übertreibst du aber, oder?«, frage ich diplomatisch und entscheide mich für V 5.

»Mit dir in diesem Haus hier zu wohnen ist ein Traum. Du kannst kochen und für alles sorgen. Versteh das nicht falsch. Dir kommt das vielleicht vor wie ein Albtraum. Aber ich brauche eine, die die Initiative ergreift und weiß, wie alles zu laufen hat. Sonst geht einfach alles schief. Du bist Single, und ich bin Single, und wer weiß, vielleicht könnten wir uns zusammen wohlfühlen und uns gegenseitig helfen«, sagt er in flehendem Tonfall. »Wir könnten uns die Kosten für Zeitung und Fernsehen teilen und jede Woche abwechselnd kochen und gegenseitig an unseren Geburtstag denken.«

»Nein. Wir können nicht auf Dauer zusammenwohnen, Ludwig. Ich glaube, das Schicksal hat für dich etwas ganz anderes vorgesehen.« Wenn das hier eine Art Antrag ist, dann ist es der schlimmste, den ich je erlebt habe, denke ich.

»Ich meine, wir könnten als Freunde zusammenwohnen, als Wohngemeinschaft, wie in einer Wirtschaftseinheit. Das hätte Vorteile. Wir bräuchten uns dann nicht zu streiten, wem das Haus gehört.« Er seufzt tief und schleudert seine Rastas mit Hilfe seiner Handrücken nach hinten. »Im Leben passiert so allerlei, und man kann entweder mit dem Strom schwimmen oder dagegen ankämpfen. Ich schwimme immer mit dem Strom.«

»Ich nicht. Das hier ist mein Zuhause, und ich habe vor, es zu verteidigen. Wir müssen gemeinsam versuchen, die Sache in Ordnung zu bringen. Wir sind beide betrogen worden.«

Ludvig isst ein belegtes Brot und kaut mit halboffenem Mund. Er trinkt Milch, und sein zottiger Adamsapfel bewegt sich dabei mit einem glucksenden Geräusch auf und ab. Aber das Schlimmste ist das abgehackte Gespräch. Ich versuche wirklich, ein Gespräch zu führen, das uns beide interessieren könnte, aber Ludvigs Selbstmitleid kennt keine Grenzen. Solange wir über ihn sprechen, läuft es einigermaßen, aber dann ist Schluss.

»Es ist jetzt dunkel draußen.« Ludvigs Stimme klingt ganz verzerrt.

»Komm schon, Ludvig, nichts wird besser dadurch, dass man den Kopf hängen lässt.« Ich schiebe mir das halbe Butterbrot auf einmal in den Mund, um den Tisch verlassen zu können, und erleide einen Hustenanfall, als ich die Brotkrümel einatme.

»Entschuldige, das war vielleicht meine Schuld. Ich sollte wohl nicht reden, während du isst?«

»Das ist nicht so schlimm.«

»Hast du meine Socken gesehen?«

Ich schüttele den Kopf.

»Der Hahn im Badezimmer tropft.«

»Ach.«

Im nun folgenden Schweigen höre ich wirklich das rhythmische Tropfen bis in die Küche. Tropf, tropf, tropf. Die pure Folter. Es tropft nicht im selben Takt wie die Küchenuhr tickt, und das ergibt eine Art Echo in der Stille. Ich habe das Gefühl, gleich einen Tobsuchtsanfall zu bekommen. Warum hat das Schicksal gerade mich für diesen Wahnsinn ausgesucht?

»Vielleicht muss der Hahn einfach nur fester zugedreht werden, aber vielleicht ist es auch die Dichtung. Meinst du, es kann die Dichtung sein?«

»Ich weiß nicht.« Natürlich tut der Bursche mir leid, aber zugleich würde ich ihm gern die Nase umdrehen, nur, damit er sich bewegt.

»Sei nicht traurig, Ludvig. Wir finden schon eine Lösung.«

Ich muss jemanden suchen, der sich um ihn kümmert. Eine Person, die seine Qualitäten sehen und ihn lieben kann. Eine Person mit starkem Willen, denn er ist noch viel fauler als Ricky. Er ist so, wie Ricky geworden wäre, wenn er weiter bei seiner Mutter gewohnt hätte und bis in die mittleren Jahre hinein verhätschelt worden wäre.

»Glaubst du wirklich, dass wir eine Lösung finden werden?«

»Absolut. Wir müssen mit der Polizei zusammenarbeiten. Du hast den Betrüger doch gesehen. Du würdest ihn wiedererkennen. Wir sind nicht die Einzigen, die betrogen worden sind. Es muss möglich sein, den Schuldigen zu finden.«

Ich sage gute Nacht und begebe mich in die Privatsphäre meines Schlafzimmers und schließe die Tür, um nachzudenken. Das, was Rut über Betrüger gesagt hat, die Bankkarten kopieren, beunruhigt mich. Ich schalte den Rechner ein, will mein Bankkonto aufrufen und starre die Mitteilung an. Die Seite ist vorübergehend nicht zu erreichen. Ich raste kurzfristig aus. Ich kann meinen Kontostand nicht überprüfen. Morgen werde ich meine Schwestern in der Bank treffen und das Darlehen ablösen, für das sie gebürgt haben, und ich habe böse Vorahnungen.

In der Erinnerung gehe ich das Kostümfest durch und denke daran, wie lange ich Clemens meine Bankkarte überlassen hatte. Ich habe ihn damit sicher mindestens zwanzig Minuten aus den Augen gelassen. Sie kann auf dem Tresen gelegen haben, und alle Welt konnte sie sehen.

In diesem Moment geht mir noch etwas auf, das meinen Verdacht gegen Arsène noch verstärkt. Als Tove auftauchte und ich sie begrüßte, war er verschwunden. Toves Haus wurde doch auch hinter ihrem Rücken verkauft. Sie würde den Betrüger erkennen, wenn sie ihm begegnete.

Ich zerbreche mir weiter den Kopf wegen meiner Bankkarte. Nachdem ich sie von Clemens zurückgeholt hatte, habe ich sie in meine Handtasche gesteckt. Die Handtasche hatte ich ständig bei mir, bis ich mit Arsène zu Hause war, um mein Rad zu holen. Die Handtasche lag auf dem Küchentisch. Er hatte jede Möglichkeit, meine Brieftasche zu durchsuchen, während ich in der Diele für Ordnung gesorgt habe. Dann sind wir zu Ricky gefahren und danach zurück auf das Kostümfest, wo ich die Tasche wieder die ganze Zeit am Arm hatte. Ich habe gesehen, wie sie sich geküsst haben und mit einem Taxi verschwunden sind. Aber die Karte war noch da, als ich mein eigenes Taxi bezahlt habe. Wenn auf meinem Konto also Geld fehlt, muss er sie auf eine avancierte Weise kopiert haben.

Und nun geht mir noch ein Licht auf. Oder wie mein alter Philosophielehrer immer gesagt hat: *Da ging mir das Licht auf, hinter das ich geführt worden war.* Vielleicht weiß der Taxifahrer noch, zu welcher Adresse er Arsène und diese Frau gefahren hat? Es war derselbe Fahrer, der mich dann später in dieser Nacht nach Hause gebracht hat. Ich würde ihn wiedererkennen. Wenn ich zum Taxihalteplatz Östra Centrum gehe und in jedes Taxi schaue, finde ich ihn bestimmt. Auf seinem Namensschild stand Oskar Brodin. Bestenfalls kann er mir sagen, wo Arsène wohnt, und dann können wir verdammt noch mal dieser Sache auf den Grund gehen. Bestenfalls arbeitet Oskar heute Nacht, denke ich und nehme all meinen Mut zusammen und rufe bei Taxi Tjelvar an.

»*Willkommen bei Taxi Tjelvar. Derzeit sind alle unsere Wagen besetzt. Bitte versuchen Sie es später noch einmal.*«

Ich drücke den Anruf weg, gehe in mein Schlafzimmer und mache mich an die Arbeit. Ludwig hat mein Bett mit unterschiedlichen Kissen- und Bettbezügen gemacht. Ich bringe das in Ordnung und rufe wieder bei der Taxizentrale an. Diesmal meldet sich tatsächlich ein echter Mensch.

»Oskar? Meinen Sie Oskar Svempa Svensson, drücken Sie die Eins, meinen Sie Oskar Brodin, drücken Sie die Zwei, oder warten Sie, dann werden Sie mit beiden in Stereo verbunden. Nein, das war ein Witz. Ich bin das. Svempa, meine ich.«

»Ich würde aber gern mit Oskar Brodin sprechen.«

»Der schläft jetzt sicher gerade. Es ist doch fast zwei Uhr nachts. Er arbeitet nachmittags und abends. Sie können ihn sicher morgen Nachmittag erreichen.«

Ich greife zu meiner Handtasche und gehe den Inhalt durch. Nehme heraus und nehme auseinander, um genau zu wissen, in welchem Fach was steckt. Das liegt in der Familie, Ulrika hat dieselbe Macke. Aber Ulrika tut es, wenn sie sich langweilt, und ich, wenn das Leben sich geschmacklose Scherze erlaubt. Als Joakim damals losgefahren ist, saß ich mit meiner Handtasche da und sortierte Geld, Rabattmarken, Einlieferungsscheine, Haarnadeln, Schminke, Schlossspray und anderen Kleinkram, um das Gefühl zu haben, dass es wenigstens noch einen Ort gab, wo Ordnung herrschte, während überall sonst das Chaos tobte.

In einem Fach ohne Reißverschluss liegt der Zettel, den ich aus Arsènes Tasche gefischt habe, als wir mit dem Fahrrad unterwegs waren. Es ist nur eine Einkaufsliste. Ich streiche mit dem Zeigefinger über die Buchstaben, die er geschrieben hat.

Klebeband
Dreikomponentenkleber
Warmlockenwickler
Batterie Badezimmerwaage
Ventilschlüssel
Sandpapier

Ganz unten steht »Freitag Alkoholmessgerät im Baumarkt holen«. Das kann ja wohl kaum für Karfreitag gelten. Wenn ich Glück habe, ist es der kommende Freitag.

Ich versuche noch einmal, mich bei meiner Bank einzuloggen, aber auch jetzt geht das nicht. Um meine Unruhe zu verdrängen, gehe ich zu Facebook. Vera hat ein phantastisches, selbst entworfenes Eisdessert fotografiert und Majvor aus dem Fitnessstudio ein farbenprächtiges, vegetarisches Büfett.

Warum zeigen die Leute nicht das Essen, das ihnen misslungen ist? Es wäre viel witziger, sich das Bild eines angebrannten Soufflés anzusehen. Alle haben doch bisweilen Pech. Einmal, als ich wunderbare Schnittchen anbieten wollte und den Schrank über der Ablagefläche öffnete, fielen Spaghetti heraus und bohrten sich wie Speere in die Remouladensoße. So etwas sollte man fotografieren.

Ich kneife die Augen ganz fest zusammen und versuche, an Arsène zu denken und daran, wie leichtgläubig ich doch gewesen bin. Es macht mich wütend, dass jemand Steven mit Alkohol bezahlt hat, so dass der sich zu Tode saufen konnte. Wie verdammt zynisch und kalt.

Ich müsste versuchen zu schlafen, aber das geht nicht, wenn ich so wütend bin. Ich gehe zum Posteingang der Schicksalsgöttin, um zu sehen, ob Sindbad da ist, und mich erwartet eine unerwartet lange Nachricht:

Liebe Schicksalsgöttin!

Heute Nacht ist Vollmond. Wie du weißt, folgen die Körperflüssigkeiten Ebbe und Flut. In meinen Adern fließt nicht das rote Blut, sondern vor allem Kochsalz und Chemikalien, aber auch die werden von der Anziehungskraft des Mondes beeinflusst und schwellen vor Lebenslust an. Als ich gesagt habe, dass ich die Grenze zur nächsten Dimension überschreiten will, zum Schlaf ohne Träume, war ich noch nicht von der erwiderten Verliebtheit überwältigt worden. Es ist schwer, mit solch anspruchsvollen Gefühlen umzugehen, wenn man kein Menschenblut hat. Die Leiterin gibt sich alle Mühe, um meine Unruhe mit Drogen zu bekämpfen, aber dann wird auch die Chemie der Verliebtheit getroffen. Deshalb spucke ich die Medizin heimlich wieder aus. Und schlimmer noch, sie lässt mich nicht bei dem einzigen Wesen auf unserer Welt sein, nach dem meine Seele verlangt. Wir werden gezwungen, in unsere Kokons zurückzukehren, wenn die Nacht das Licht des Tages erstickt und die dunklen Schatten näher kriechen.
Meine Schicksalsgöttin und Freundin, das ist eine magische Nacht, und ich habe nur eine Sehnsucht: bis zum Morgengrauen in den Armen meiner Geliebten zu schlafen. Denn bald ist sie damit an der Reihe, sich dem Kampf gegen das Ungeheuer zu stellen, das sie an Tagen, die lang sind wie Jahre, krank und schwach macht. Sie ist auserkoren. Dazu ist großer Mut vonnöten. Sie muss dem Wunder einsam gegenübertreten und sein ätzendes Blut als ihr eigenes übernehmen, denn im Blut des Ungeheuers wohnt das Leben, und sie möchte so verzweifelt gern noch eine kleine Weile im Reich der Schatten bleiben.

Plötzlich kommen meine eigenen Probleme mir klein vor.

Das ist wirklich so, Sindbad, oder? Das alles passiert in Wirklichkeit?

Er antwortet mit einem Zögern, das mich beunruhigt.

Ja, mein Kind, so ist es.

Was kann ich für dich tun, Sindbad?

Es dauert, bis seine Antwort kommt. Ich glaube schon, dass er seinen Rechner verlassen hat. Aber dann kommen die ersehnten Buchstaben in rascher Folge:

Hilf mir und meiner Geliebten bei der Flucht. Morgen Nacht.

Die Bank des dinierenden Freundeskreises

In dieser Nacht musste ich mir laute Reggaemusik aus dem Gartenhaus anhören, in dem Ludvig für den Moment untergebracht ist. Nicht ohrenbetäubend, nur gerade so laut, dass ich nicht schlafen konnte. Aber im Moment habe ich größere Probleme als mein Zusammenleben mit Ludvig.

Die Website der Bank ist noch immer nicht wiederhergestellt. Ich mache noch einen Versuch, aber die Mitteilung bleibt dieselbe. Ich gehe zum Duschen ins Badezimmer und werde von Ludvigs abrasiertem Bart im Waschbecken begrüßt. Der liegt einfach da wie ein von einem Auto überfahrenes Pelztier. Und als ob das nicht schon genug wäre, taucht Ludvig nun auch noch in eigener, frisch rasierter Person vor mir auf.

»Haben wir irgendwo Zahnpasta?«

Es gibt kein Wir, Ludvig. Wir haben keine gemeinsame Zahnpasta, möchte ich zu ihm sagen, aber was kommt, ist ein eintöniges: »Im Badezimmerschrank.«

»Ach, jetzt war ich dir vielleicht im Weg. Das war wirklich nicht so gemeint. Entschuldige. Vielleicht wolltest du ja ins Badezimmer. Ich war gerade beim Rasieren, als das Telefon klingelte. Ich bitte wirklich um Entschuldigung, ich will wirklich nicht stören oder im Weg sein. Entschuldige.«

»Schon gut.«

Ich verzichte auf die Dusche und gebe meinen Wunsch auf, mich an diesem Morgen um meine persönliche Hygiene zu kümmern. Der Tag stinkt ohnehin schon, und ich greife in der Diele zu meiner Jacke.

Der Morgen ist ziemlich kühl. Zu meiner Überraschung und Freude sehe ich den General aus Tillys Haus kommen. Er grüßt mich munter. Tillys Gesicht verschwindet sofort hinter dem Vorhang. Man kann eben doch von sich auf andere schließen. Aha, Tilly, dein Haus ist zu einem Freudenhaus geworden!

Ich bin mit meinen Schwestern im Café Siesta verabredet, ehe wir zur Bank gehen, um das Darlehen abzulösen. Vera hat soeben ein Angebot auf ihr Traumhaus abgegeben, und der Makler wartet auf die Anzahlung. Ulrika hat Handwerker bestellt, die neue Abflussrohre legen sollen, und außerdem möchte sie mit den Zwillingen eine Auslandsreise unternehmen. Ich verspüre eine wachsende Unruhe. Eine Art Schwindel im Bauch, von dem ich benommen und unkonzentriert werde.

Als ich das Café Siesta betrete, sitzt Gunnar an seinem üblichen Fenstertisch und liest Zeitung. Er trägt keine Schirmmütze mehr, und über dem Stuhl hängt eine helle Frühlingsjacke. Er wirft mir einen kurzen, verständnisinnigen Blick zu. Ich setze mich ohne zu fragen an seinen Tisch.

»Weißt du noch, wie wir zuletzt hier gesessen haben und ich dich nach deinen Träumen für die Zukunft gefragt habe?«

»Ja, ich habe gesagt, dass ich die Wirklichkeit dokumentieren möchte. Entlarvende brutal-realistische Reportagen machen, die etwas ändern können.«

»Genau! Ich glaube, ich habe jetzt so einen Scoop für dich«, sage ich, sehe aber im selben Moment durch das Fenster meine Schwestern und muss aufhören. »Ich komme darauf zurück. Ich melde mich.« Ich stehe auf.

Er lächelt verwirrt und widmet sich wieder seiner Zeitung. Die heutige Schlagzeile bezieht sich abermals auf die Tunnelpläne des Finanziers Simon Bogren. Es gibt eine Skizze für eine Gaststätte unter dem Meer, für ein Drive-in-Restaurant und für ein Unterwasserhotel. Dann schaut Gunnar auf, denn der

Groschen ist gefallen. »Ist das dein Ernst, Angelika? Hast du wirklich einen Scoop für mich?«

Ich lege den Finger an die Lippen, um ihn zum Schweigen zu bringen. »Wir reden später darüber.«

In Zusammenarbeit mit Lovisa Mörk vom Finanzamt könnte es eine interessante Wühlarbeit werden, wenn wir den Betrüger erst haben. Die einzige wirklich peinliche Strafe heutzutage ist es, in den Medien an den Pranger gestellt zu werden. Am besten mit Bild. Fass ihn, Gunnar!

Aber ich habe natürlich auch Hintergedanken. Ich hoffe ja auch, dass sich der Draht zwischen Radio Gute und dem Finanzamt noch erhitzt. Meine Aufgabe ist, für Begegnungen und Kontaktmöglichkeiten zu sorgen, aber den entscheidenden Schritt müssen sie selbst machen.

Ich bestelle einen Berliner. Vera bestellt sich zwei, und Ulrika nimmt einfach eine Tasse Kaffee.

»Ist es nicht phantastisch, dass du den Kredit bald abbezahlt hast, Angelika?«

»Das ist wunderbar«, sage ich und hoffe, mich überzeugend anzuhören. Nachdem wir eine Weile über Ehevermittlung gesprochen haben, fragt Ulrika ganz offen: »Was ist los, Angelika? Ich seh dir doch an, dass etwas passiert ist.«

»Ist es auch«, gebe ich zu, und die ganze traurige Geschichte des Hausschwindels kommt an den Tag.

»Ein Typ mit Rastalocken, der Reggae hört!«, keucht Vera. »Du weißt doch, dass Rastafari-Jünger einen Joint nach dem anderen rauchen?«

»Er ist Bibliothekar«, erkläre ich und finde, dass sie die Sache nicht richtig ernst nimmt. Ulrika aber tut das.

»Was weißt du eigentlich über diesen Ludvig? Was spricht dafür, dass er ein Opfer ist? Woher weißt du, dass nicht er ein Betrüger ist? Manchmal bist du zu gutgläubig, Angelika. Was, wenn er mit dem Betrüger unter einer Decke steckt und umsonst bei dir wohnt?«

Typisch Ulrika! Warum einen Täter nehmen, wenn man zwei haben kann, die unter einer Decke stecken?

»Er ist Bibliothekar«, sage ich noch einmal, wie ein beruhigendes Mantra.

»Das sind die Schlimmsten. Niemand verdächtigt jemanden in Bibliothekarspantoffeln. Ich habe von einem Bibliothekar gehört, der aus der Königlichen Bibliothek antike Bücher geklaut und sie dann auf dem Schwarzmarkt für eine halbe Million verkauft hat. Man soll nicht zu gutgläubig sein. Ich würde ihn nicht eine Minute allein in meinem Haus lassen.«

»Ich muss meine Arbeit erledigen, und wir haben einen Termin bei der Bank«, sage ich zu ihrer Erinnerung und erwähne dann den Taxifahrer, den ich nachmittags aufsuchen werde.

»Aber so kann das doch nicht weitergehen!«, sagt Vera, die erst jetzt den Ernst meiner Lage erfasst.

»Nein, das kann es wohl nicht«, sage ich düster.

Die DBF Sparbank ist ein schlossähnlicher Klinkerbau mit Zinnen und Türmchen und liegt in der Södra Kyrkogata. Die Bank wurde 1814 vom »Badenden Freundeskreis« gegründet und war die erste Sparkasse der Insel. Der schöne botanische Garten, wo ich so gern im Rosarium mit einem Buch sitze, ist vom DBF angelegt worden. An jedem ersten Dienstag im Juli kann man einhundert frierende, ältere Herren in knallroten Schwimmanzügen dabei beobachten, wie sie ins Meer springen. Die Bank ist keine richtige Sparkasse mehr, aber die Freunde baden noch immer. Die Bank wurde vom DDF übernommen, von dem »Dinierenden Freundeskreis«. Auch diese Freunde baden, aber das beim ersten Vollmond nach der Sommersonnenwende am FKK-Strand von Snäck.

Wir werden von unserem persönlichen Sachbearbeiter empfangen und in das beeindruckende Büro geführt. Meine Hände sind feucht, und ich verspüre einen leichten Schwindel. Sieben Jahre lang habe ich geschuftet und mir so gut wie nichts gegönnt, um diesen Augenblick hier erleben zu dürfen.

Wir setzen uns vor Kundenberater Häggs Schreibtisch aus dunklem Mahagoni. Hägg selbst ist ein eleganter Herr im Pensionsalter mit fröhlichen, dunklen Augen. Seine Haare sind graubraun und zu einem Mittelscheitel gekämmt, und sein Schnurrbart ist gepflegt. Er trägt einen dunklen Anzug.

»Dann werden wir die Sache mit dem Kredit mal hinter uns bringen«, sagt er freundlich, schaltet seinen Computer ein und bittet um meine Personenkennnummer.

Ich beobachte jede Bewegung seines Gesichts, als er sich durch das System klickt, sehe sofort, wie er die Stirn runzelt. Er beißt sich auf die Unterlippe und starrt den Bildschirm an, als ob er seinen Augen nicht traut. Ich habe das Gefühl, dass mein Herz gleich stehen bleiben wird. Oder übertreibe ich?

»Was ist los?« Ulrika hat ihn mit derselben Wachsamkeit wie ich beobachtet, während Vera unbekümmert einem Bekannten draußen auf der Straße zuwinkt.

»Das hat sicher alles seine Richtigkeit...«, sagt er zögernd.

»Aber...«, sage ich und spüre die Nadelstiche des Adrenalins bis in die Fingerspitzen.

»Sie müssen entschuldigen, wenn ich ein bisschen zerstreut bin. Ich hatte gerade vor Ihnen eine Kundin hier, der etwas sehr Unangenehmes passiert ist.«

»War ihr Haus hinter ihrem Rücken verkauft worden?«, fragt Vera.

Kundenberater Hägg sieht aus, als hätten wir ihn auf frischer Tat ertappt. »Die Diskretion verbietet es mir, über andere Kundinnen zu reden. Mehr kann ich Ihnen nicht sagen.«

»Ich verstehe.« Es ist mir unangenehm, dass jemand anderem übel mitgespielt worden ist, während mich zugleich Erleichterung überkommt, weil mein Darlehen jetzt bezahlt werden kann. »Aber mit dem Geld auf meinem Konto ist doch alles in Ordnung?«

»Sie müssen entschuldigen. Leider können wir diese Transaktion heute nicht ausführen. Ich muss noch etwas überprüfen, damit alles seine Richtigkeit hat. Es muss ein Versehen sein... Ich melde mich dann.«

»Ich verstehe das nicht«, sage ich.

»Hm, es sieht ein wenig seltsam aus, aber es ist sicher eine reine Formalität.« Er lächelt mich beruhigend an, doch das Lächeln erreicht nicht seine Augen. »Wir können die Papiere erst unterzeichnen, wenn der Fall geklärt ist«, sagt er.

Weiter kommen wir nicht, denn nun wird er von einem Kollegen geholt. Ein Problem ist aufgetaucht, das sofort gelöst werden muss. Ich bin zutiefst beunruhigt und möchte tausend Fragen stellen. Konnte er sehen, dass mir mein Haus nicht mehr gehört? Was passiert mit dem Darlehen? Ist noch Geld auf meinem Konto?

Seine Sekretärin gibt uns für nächste Woche einen neuen Termin. Ich beschwere mich nicht, ich will meine Schwestern ja nicht unnötig beunruhigen. Es ist furchtbar enttäuschend, dass noch immer nichts geklärt ist. Aber wenn wir zum Feiern entschlossen sind, dann wird gefeiert.

Wir gehen zum Stora Torg, wo ich im Bolaget einen Tisch bestellt habe. Das ist ein nettes Restaurant im selben Haus, in dem in meiner Kindheit das staatliche Alkoholgeschäft untergebracht war.

Wir beginnen mit einem Fliederbeermartini und stoßen dann zum Fischtopf mit rosa Champagner an. Wir müssten jetzt richtig ausgelassen sein, aber ich habe einen Stein im Magen. Etwas ist passiert, und deshalb kann das Darlehen nicht abgelöst werden. Hat das etwas mit dem Hausverkauf zu tun? Das Haus steht als Sicherheit für einen Großteil des Darlehens für den Salon. Warum konnte Hägg nicht einfach sagen, was los ist? Ich gebe mir alle Mühe, um die gute Stimmung zu teilen, ich will meinen Schwestern nicht diesen Tag verderben.

»Wohin willst du denn mit den Zwillingen fahren, Ulrika?«, frage ich, während Vera in der Speisekarte nach einem passenden Dessert sucht. Ich habe mich schon für Crème brûlée entschieden. Die ist hier immer phantastisch.

»Teneriffa. Es gibt ja Leute, die die Nase rümpfen und das langweilig finden, wenn man doch nach Kap Verde und Thailand fahren könnte. Aber für mich und die Kinder ist es aufregend genug, wir konnten uns doch noch nie eine Auslandsreise leisten. Ich werde jede Minute genießen, und Vera hat versprochen, mitzukommen und sich mit um die Kinder zu kümmern. Ja, und du kannst auch mitkommen, wenn du möchtest.«

»Das würde ich wirklich gern, aber ich kann mir jetzt nicht freinehmen.« Es wäre einfach wunderbar, wenn ich endlich mal Zeit für die kleinen Zwillinge hätte.

Wir beenden das Dessert, und ich will mit meiner Karte bezahlen, aber das geht nicht. Immer wieder tippe ich die PIN ein und mir wird mitgeteilt, die Zahlung könne nicht angenommen werden. In meinem gestressten Zustand habe ich total vergessen, dass ich die Karte habe sperren lassen.

»Das Gerät spinnt heute irgendwie«, sagt die Kellnerin und blickt mich verlegen an, als ob das ihre Schuld wäre.

»Dann müssen wir eben spülen«, scherzt Vera. Dann holt sie ihr Bargeld hervor, und wir beiden anderen übernehmen den Rest.

Alles ist relativ

Wenn es ein normaler Tag mit normalen Problemen wäre, mit einem verstopften Waschbecken, einem platten Reifen am Fahrrad und einem nicht-funktionierenden Rechner, dann wäre ich wirklich glücklich. So ein langweiliger Nervtag, den man kaum bemerkt, weil er einfach dahinfließt. Aber mein Haus ist hinter meinem Rücken verkauft worden, und ich habe die Befürchtung, dass mein Konto geleert worden ist. Könnte es noch schlimmer kommen? Sicher, aber dieser Gedanke ist mir im Moment auch kein Trost.

Auf dem Heimweg rufe ich Ricky an, um mich davon zu überzeugen, dass im Salon alles seinen geregelten Gang geht.

»Immer muss iiiiiiiich mich abrackern, und du ziehst durch die Gegend und trinkst Champagner«, sagt er auf echte Teesiebweise. »Immer bin iiiiiiiiich bei denen, die nichts abkriegen. Ich erwarte eine Entschääääädigung. Alexandras Mütterchen war wieder hier. Sie steht gerade ganz oben auf der Liste der Leute, die ich beißen würde, wenn ich Tollwut bekäme.«

»Wer steht auf dem zweiten Platz?«

»Du!«

»Was wollte sie?«

»Das Übliche. Dass Alexandra dein Model wird. Mütterchen gibt sich nicht geschlagen. Ich finde, sie ist unangenehm aufdringlich. Sie sieht mich die ganze Zeit mit lüsternen Blicken an. Sexuelle Belästigung, die sich im schlimmsten Fall zu einem Hinternkneifen steigern kann. Wenn ich bei Alexandra lande, dann kann das ganz schön schwierig werden. Wann kommst du zurück?«

»Willst du denn bei Alexandra landen?« Ich hoffe, dass meine Stimme meine Gefühle nicht verrät.

»Ich würde mich wohl nicht zweimal bitten lassen, wenn sie unbedingt wollte, ich bin doch auch nur ein Mensch.«

Ich höre das Lachen in seiner Stimme, und mir ist klar, dass es mir nicht gelungen ist, meine Gereiztheit zu verbergen. »Kommst du heute allein zurecht?«

»Ja, du bist ja doch keine Hilfe, wenn du so viel Alkohol getrunken hast. Das hier ist ein Salon, kein Saloon.«

»Ich habe am Champagner genippt – ich habe mich nicht in Absinth ertränkt wie gewisse andere.«

»Ai, das war ein Schlag unter die Gürtellinie. Ich hab das doch deinetwegen getan, Angelika. Ich habe mich geopfert, um dir eine lichtere Zukunft zu ermöglichen.«

»Ich will nichts mehr davon hören.«

Als ich unten bei der Strandgata ankomme, rufe ich Rut an, um zu erfahren, ob sie inzwischen weiß, wer der Mann ist, den ich im Lindgården getroffen habe. Die Veranstalter des Kostümfests müssen doch wissen, wer Essen gebucht hatte. Rut klingt heiserer als sonst. Ihre Raucherinnenstimme schnarrt.

»Auf der Liste, die ich bekommen habe, stehen siebenundfünfzig Männernamen, der Rest sind Frauen. Vier von denen, die Essen bestellt haben, haben rechtzeitig abgesagt und das Geld zurückbekommen, und ihre Eintrittskarten wurden an der Abendkasse verkauft. Niemand kann mit Sicherheit sagen, an wen. Die Namensschilder auf den Tischen waren leer, damit die Neuangekommenen ihre Namen darauf schreiben konnten. Auf dem Platz, an dem dein Kavalier gesessen hat, war die Tischkarte verschwunden.«

»Er hat sie in die Brusttasche gesteckt.« Ich sehe es noch vor mir. Der Zettel, den ich in seiner Hosentasche gefunden habe, war eine Einkaufsliste, einen kurzen Moment lang hatte ich gehofft, die Tischkarte erwischt zu haben. »Er hat gezaubert – hat ihn denn niemand als Zauberkünstler erkannt?«

»Niemand. Er ist aus dem Nirgendwo aufgetaucht, stellte sich auf die Bühne und zauberte. Er wurde nicht engagiert oder auch nur gefragt. Es tut mir leid, Angelika, wir wissen noch nichts. Ich vermute, dass er neu auf der Insel ist, sonst hätte ihn doch irgendwer erkennen müssen.«

»Und mein Haus? Was passiert damit?« Einige Stunden lang habe ich mein Elend verdrängen können, aber jetzt muss ich daran denken, was Rut früher gesagt hat. Dass Slemmy Steven vielleicht Schulden hatte und dass das Haus schlimmstenfalls als Pfand genommen worden ist und dass der Bankmann das vielleicht sehen konnte und die Sache erst überprüfen will, ehe wir unsere Geschäfte beenden können.

Rut erleidet einen dröhnenden Hustenanfall, und es dauert eine Weile, bis sie antworten kann. »Das ist nichts, was man an einem Vormittag klären kann, aber ich habe jetzt Zugang zu Stevens Finanzen. Über sein Konto sind hohe Summen geflossen. Ich rate dir, ganz schnell deine Post durchzusehen. Schlimmstenfalls kann deine Identität gekapert worden sein. Aus Rücksicht auf die Ermittlungen kann ich jetzt nicht mehr sagen.«

Ich habe das Gefühl, dass mein Gehirn und meine Gedanken gelähmt sind. Jede Bewegung ist schwer wie Blei. Ich muss mich an eine Mauer lehnen. »Woher soll ich wissen, ob meine Identität gekapert worden ist?«

»Sieh deine Post durch, ob etwas Besonderes auftaucht, zum Beispiel ein Brief von der Kreditaufsichtsbehörde. Entschuldige, ich muss jetzt aufhören. Hier ist die Hölle los.«

Ein Klick in meinem Telefon, und weg ist sie. Ich versuche, sie noch einmal zu erreichen, aber Rut hat schon jemand Neues in der Leitung. Ich könnte natürlich auch mit jemand anderem auf der Wache sprechen, aber ich bringe es nicht über mich, alles noch einmal von vorn zu erzählen. Es kommt mir so hoffnungslos vor.

Und das hier ist der Tag, an dem ich feiern wollte. Es ist einfach nur traurig.

Ich laufe nach Hause, um meine Post und meinen Kontostand zu überprüfen. Das kommt mir alles so beängstigend diffus vor. Tilly steht an ihrem Briefkasten, und ich habe das Gefühl, dass sie auf mich gewartet hat. Ihre Bewegungen sind ein wenig ruckhaft, als sie ihre Post herausnimmt. Sie wirkt verlegen, seit ich ihren nächtlichen Gast gesehen habe.

»Es ist nicht so, wie du glaubst. So was tu ich nicht«, sagt sie energisch und sieht mich aus zusammengekniffenen Augen an.

»Wie schade.« Ich gönne Tilly und dem General alle Liebe und alle Nähe, die sie bekommen können. Einen Moment lang wird mir ihretwegen ganz warm ums Herz.

»Er hat mir geholfen. Der Abfluss war verstopft. Wen hätte ich denn bitten sollen?« Tilly lügt so gekonnt wie ein Kindergartenkind mit den Fingern in der Erdbeermarmelade.

»Und das dann noch mitten in der Nacht, das war wirklich hilfsbereit. Handwerker sind eben etwas ganz Besonderes, nicht wahr?« Ich zwinkere ihr verschwörerisch zu, aber darauf will sie nicht eingehen, denn was sollen die Leute denken? Sie dreht sich um und geht auf ihre Tür zu, und ich sehe ihrer Haltung an, dass sie traurig ist. Ich laufe hinter ihr her und lege den Arm um sie.

»Das Leben ist zu kurz, um Liebe und Freundschaft nicht anzunehmen, wenn sie auf uns zukommen«, sage ich mit Sindbads Worten. »Ich freue mich für dich. Freue mich, weil du jemanden gefunden hast, der dein Leben reicher macht.«

»Ist das dein Ernst?«, fragt Tilly, zieht ihr Kleid gerade und reibt sich die roten Wangen. »Du sagst es doch niemandem ... dass er hier war? Meine Tochter darf nicht erfahren, dass ich alte Närrin doch tatsächlich ... in meinem Alter. Das ist peinlich.«

»Das ist wunderbar und schön. Ich sage nur, herzlichen Glückwunsch.«

Ich gehe weiter zu meinem eigenen Briefkasten. Der Deckel steht offen, und die Post ist verschwunden. Ich schließe das Tor auf und gehe durch den Garten, um nachzusehen, ob Ludvig im Gartenhaus ist. Das ist er nicht.

»Hallo, ist jemand zu Hause?«, rufe ich. Keine Antwort. Es riecht angebrannt. Ich gehe in die Küche, bleibe stehen und starre nur noch.

Wie kann ein einziger Mann an einem einzigen Vormittag eine Küche dermaßen übel zurichten? Ich dachte, schlimmer als Ricky ginge es nicht, aber Ludvig übertrifft ihn noch. Mein Zuhause sieht nicht mehr aus wie eine menschliche Behausung, sondern wie ein in die Luft gesprengter Komposthaufen. Das Spülbecken, das ich nach dem Frühstück sauber gewischt hatte, ist voll mit gehacktem Gemüse in Sojasoße und Öl, einem zerbrochenen roten Plastikeimerchen, einer Handvoll Plastiktüten und einer Bratpfanne mit schwarzem Matsch. Über der ganzen Pracht schwimmt weißer Schaum, vermutlich vom Feuerlöscher, der auf dem Boden liegt. Eine offene Ölflasche ist auf dem Tisch umgekippt, davor eine glänzende Lache. Mitten in der Lache liegt meine Post.

Endlich ist der Vordruck für die Mehrwertsteuererklärung gekommen. Hurra! Ich reiße ein Stück Küchenpapier ab, tupfe den nächsten Umschlag trocken und schlitze ihn auf. Der Brief kommt von der Kreditaufsichtsbehörde, die mitzuteilen scheint, dass meine Kreditwürdigkeit überprüft wird. Wenn ich auf ihrer Website meine Personenkennnummer eingebe, können sie mir mitteilen, wer sich danach erkundigt hat.

Ich will meine Personenkennnummer nicht auf unbekannten Websites eingeben. Das Blut gefriert mir in den Adern. Rut hat mich vor dieser Sache gewarnt. Meine Kopfhaut prickelt vor angestautem Zorn. Ich weiß nicht, was ich machen soll. Ich halte das hier nicht aus, und ich versuche fieberhaft, eine Lösung zu finden.

Wer könnte mir helfen?

Jessika! Natürlich. Ihr Hobby sind doch Sicherheitsfragen. Sie ist sicher diejenige, die mir am besten helfen kann. Ich stehe mitten in meiner Ruine und rufe sie an. Sie verspricht, sofort zu kommen.

Um nicht noch mehr von dem Elend sehen zu müssen, gehe ich mit meiner klebrigen Post hinaus in den Garten. Ich bringe es nicht über mich, über die in meiner Küche eingetroffene Katastrophe oder über Ludvig nachzudenken.

Als Jessika mit ihrem Laptop kommt, setzt sie sich neben mich auf die Gartenbank und dreht den Bildschirm so, dass ich sehen kann, was sie macht.

»Das kommt alles in Ordnung, du wirst schon sehen«, sagt sie.

Ich hole meine Bankunterlagen. Jetzt ist die Website wieder verfügbar. Das Firmenkonto ist in Ordnung. Auch mein Gehaltskonto ist unangetastet. Ich atme auf. »Dann macht mir nur noch der Hausraub Sorgen – und das Darlehen.«

»So einfach ist das aber auch wieder nicht«, sagt Jessika leise. »Hast du die Sache angezeigt?«

»Ja, ich habe einen guten Kontakt zur Polizei. Ich glaube, dass mein Bankmann heute, als wir bei ihm waren, etwas Seltsames gesehen hat. Er meinte allerdings, dass es nur eine Formalität sei.«

Jessika ist Profi. Jetzt lenkt sie den Rettungshubschrauber, und ich bin die Passagierin. Sie lächelt mich beruhigend an, und ihr Gesicht strahlt förmlich vor Selbstvertrauen. Verschwunden ist das schüchterne Mädchen, hier haben wir einen Fels in der Brandung vor uns.

»Jetzt müssen wir ziemlich viel telefonieren. Sicherheitshalber solltest du bei der Kreditaufsicht deine Identität sperren.« Sie klickt eine Liste an: UC, Solidität, Syna, Creditsafe, Business Check...

»Wie schlimm ist es?«

»Das wissen wir noch nicht. Wir wissen nicht, ob der Betrüger mehr vorhat, als sich dein Haus zu krallen. Es gibt etliche Banken, die nur im Internet existieren. Sie haben kein Büro, wo du dich ausweisen musst, um einen Kredit zu bekommen. Jemand, der Zugang zu deiner Personenkennnummer, deiner Adresse und deiner Telefonnummer hat, kann sich einen Pincode erstellen lassen und dann den Brief aus deinem Briefkasten stehlen und in deinem Namen ein Darlehen aufnehmen. Oder sich deine Post an eine andere Adresse schicken lassen. Das werden wir jetzt überprüfen.« Jessika ruft bei der Post an.

»Muss man das alles sicherheitshalber machen?«, frage ich entsetzt. Für eine Friseurin mittleren Alters ohne Vergangenheit in der Finanzwelt wirkt das wie eine unmögliche Aufgabe.

»Vorsicht ist die Mutter der Porzellankiste.«

»Danke, dass du gekommen bist. Ehrlich gesagt weiß ich nicht, was ich ohne dich gemacht hätte, Jessika.«

Das Chaos gebiert noch mehr Chaos

Nach zwei Stunden Arbeit hat Jessika meine Identität gesperrt. Es gibt keine physische Person bei den Onlinebanken, mit der wir sprechen könnten, alles passiert automatisch und per Telefonband, und die Warteschlange reicht von hier bis ins Verderben. Jessika besitzt unendliche Geduld.

»Hast du der Bank gesagt, dass dein Haus gestohlen worden ist?«

»Nein, dazu sind wir nicht mehr gekommen.«

»Das hättest du aber tun sollen.«

Jessika schreibt eine Liste der Dinge, die sicherheitshalber gemacht werden müssen, Punkt für Punkt. Diese Liste ist so lang, wie ich mir die Checkliste bei einem Atomkraftwerk vorstelle.

»Dann besorgst du dir einen abschließbaren Briefkasten. Das Beste wäre natürlich, wenn Tilly deine Post ins Haus nehmen könnte, sowie sie gekommen ist, bis alles in Ordnung gebracht worden ist. Wer das hier getan hat, hat Zugang zu allen Informationen über dein Haus, Adresse, Telefonnummer und Personenkennnummer, und er konnte deinen Schlüssel nachmachen lassen.«

Jessika blickt vom Bildschirm auf. »Wer war in der Nähe deines Hausschlüssels? Kann der Reserveschlüssel verschwunden sein, ohne dass du das bemerkt hast?«

»Das kann der Mann gewesen sein, den ich Arsène nenne, aber ich weiß nicht, wer er ist oder wo er arbeitet. Er war am Karsamstag bei mir zu Hause. Ich habe meine Handtasche eine Zeit lang unbeaufsichtigt gelassen.«

Als ich gerade zum Taxihalteplatz gehen will, um mit dem Fahrer zu sprechen, der Arsène nach Hause gebracht hat, höre ich, wie jemand die Haustür öffnet. Zuerst glaube ich, es sei Jessika, die etwas vergessen hat und zurückkommt. Aber sie ist es nicht. Es ist Ludvig. Er sieht erbärmlich aus. Sein von Rastalocken gekröntes Haupt weist jetzt mitten auf dem Schädel eine Brandschneise auf.

»Kannst du mir wohl die Haare schneiden?«

Er sieht mich traurig an und lässt einen fast abgesengten Zopf durch seine Finger gleiten. »Kannst du dir vorstellen, wie lange ich gebraucht habe, um sie so lang wachsen zu lassen?«

»Was hast du gemacht? Wie ist das passiert?«

»Ich habe Öl erhitzt, ich wollte zum Mittagessen einen Wok machen. Aber dann ist mir eingefallen, dass ich die Umzugsfirma anrufen muss, und da habe ich mein Telefon aus dem Gartenhaus geholt. Ich hatte einige interessante Nachrichten bekommen, und da bin ich ein bisschen zu lange draußen geblieben, und als ich zurückkam, loderte in der Bratpfanne das Feuer, und ich habe versucht, mit Wasser zu löschen. Meine Güte, das hat vielleicht geknallt.«

»Komm mit in den Salon, dann werde ich sehen, was ich tun kann. Und du... ich erwarte, dass du hier Ordnung schaffst, und zwar sofort. Wann kommt der Möbelwagen mit deinen Sachen?«

»Der kann jeden Augenblick hier sein. Was hältst du übrigens von meinem Einrichtungsvorschlag? Wir haben das ja gar nicht fertig besprochen. Wenn wir Schrank und Küchenbank und Klavier wegschieben...«

»Hier wird gar nichts weggeschoben! Soll das heißen, du hast noch keinen Finger gerührt, um die Sache in Ordnung zu bringen? Ich habe dir die Telefonnummer des Möbellagers gegeben. Hast du da noch nicht angerufen?« Das ist doch wohl unglaublich! Er hatte alle Zeit der Welt, um sich darum zu kümmern.

»Ich dachte, das machst du. Wenn du alle deine Sachen behalten willst, wird das hier doch total zugestellt.«

»Du bringst kein einziges Möbelstück in mein Haus! Schick den Möbelwagen zum Möbellager und bring die Küche in Ordnung. Ich muss jetzt los.«

Ich muss zum Taxihalteplatz, um Arsènes Spur zu verfolgen. Das hier muss geklärt werden. In diesem Moment ruft Ricky an. Er nimmt seine Arbeit ernst und hält in meiner Abwesenheit die Stellung.

»Ich habe eine mögliche Partnerin für Julius gefunden. Willst du hören?«

»Unbedingt!« Eine kleine Abwechslung von dem ganzen Elend ist mir sehr willkommen.

»Sie hat denselben hoffnungslosen Humor wie Julius, und sie haben früher zusammengearbeitet. Sie heißt Irma und ist intuitive Trauertherapeutin.«

»Ich weiß, wer sie ist. Nach Joakims Tod wurde mir ein Kurs in Trauerarbeit unter ihrer Leitung angeboten. Nach dem zweiten Mal habe ich aufgegeben.«

»Sie will sich die Haare mit Henna färben. Haben wir Henna? Das benutzt doch im Moment kein Mensch?«

»In einer Schublade rechts in der Perückenkammer. Es dauert sicher noch eine Weile, bis wir Julius wieder einen Termin geben können, jetzt, wo er ganz kahl ist«, sage ich resigniert.

»Ja, das ist klar. Aber eigentlich rufe ich auch nicht deshalb an. Das Problem ist – in welche Kategorie gehört sie? Die gibt es irgendwie nicht.«

»Das System wird ja noch ausgebaut. Du musst dir für sie eine eigene Kategorie ausdenken, Ricky. Sei ein bisschen innovativ.«

»Danke für dein Vertrauen. Wir nennen die neue Kategorie E für Emoschreck. Sie ist eine E4. Nicht überdesperat, aber desperat genug.«

Auf dem Weg zum Taxihalteplatz begegnen mir Micke mit dem Messer und seine Liebste. Sie sitzen auf der Bank vor dem Imbiss.

»Ich habe gehört, Steven ist tot.« Micke mit dem Messer sieht mich aus rotgeränderten Augen an. »Stimmt es, dass du ihn gefunden hast?«

»Ja, leider.«

»Weißt du, dass er ein Mathegenie war? Fotografisches Gedächtnis, verstehst du. Konnte einfach alles, aber das war dann zu viel für ihn. Nicht das vergessen zu können, was wehtut. Deshalb hat er mit Saufen angefangen.«

»Nein, das wusste ich nicht.«

»Wie wird das denn mit seiner Beerdigung? Er hat doch keine lebenden Angehörigen. Steven braucht eine würdige Beerdigung. Ich kenne einen Typen, der auf seiner Trompete spielen könnte. Ein paar schöne Stücke.«

»Ich weiß nicht, wie das wird«, sage ich. »Aber natürlich muss er eine richtige Beerdigung haben. Ich kann einen Bestattungsunternehmer fragen, wie man das macht, wenn er kein eigenes Geld hatte.«

Micke mit dem Messer hat viele Ideen, wie der Leichenschmaus aussehen könnte, aber ich muss weiter.

Der Taxihalteplatz liegt gleich hinter der Österport. Ich gehe an der Reihe der Autos entlang, um nach Oskar Ausschau zu halten. Im vorletzten Taxi sitzt er und liest in *Loaded,* einem Lifestyle-Magazin für Männer, die es besser wissen sollten. Ich klopfe an die Fensterscheibe, und er richtet widerwillig seine Aufmerksamkeit auf unsere gemeinsame Wirklichkeit.

»Oskar Brodin?«, frage ich. Es stört mich, dass er solche Ähnlichkeit mit Arsène hat.

»Japp.« Er folgt meinem Blick und dreht die Zeitschrift um.

Ich setze mich neben ihn auf den Beifahrersitz und stelle mich vor. »Am Karsamstag haben Sie abends einen großen dunklen Mann und eine blonde Frau aus dem Stadshotell abgeholt. Wissen Sie noch, wer das war oder wohin Sie sie gefahren haben?«

»Ich erinnere mich an Sie«, sagte er mit freundlichem Lächeln. »Was macht der Fuß?«

»Danke, dem geht es viel besser. Versuchen Sie, sich zu erinnern. Es würde mir so weiterhelfen, wenn Sie noch wüssten, wohin Sie die beiden gefahren haben.«

»Für eine Frau wie Sie tu ich doch alles, aber so einfach ist das nicht. Ich hatte an dem Abend eine Tour nach der anderen. Wenn die sich über die Zentrale einen Wagen bestellt haben, dann ist die Adresse da gespeichert, aber wenn sie einfach nur ein Auto herbeigewinkt haben, ist es nirgendwo notiert. Tut mir leid. Kann ich sonst noch etwas für Sie tun? Sie wollen nicht noch zufällig irgendwohin gefahren werden, wo es nett ist? Zu mir oder zu Ihnen?«

Ich reagiere nicht auf diese Einladung. »Er war groß und dunkel wie Sie«, ich versuche, seiner Erinnerung auf die Sprünge zu helfen. »Sie war sehr hübsch, blond mit einem langen Pferdeschwanz.«

»Wenn sie so hübsch wäre wie Sie, würde ich mich sicher an sie erinnern.« Oskar hat ein listiges Funkeln in den Augen, bei dem ich mich nicht so ganz wohl in meiner Haut fühle. »Aber wir können uns doch bei mir zu Hause treffen, und ich werde versuchen, eine Liste meiner Touren aufzustellen. Jetzt, wo Sie das sagen, wird meine Erinnerung klarer. Er war groß und dunkel. Ihr Typ also?« Er macht eine ausschweifende Handbewegung über seine eigene Person hin, um zu zeigen, dass diese Beschreibung auch auf ihn zutrifft.

»Wann könnten Sie diese Liste fertig haben?«

»Nach Mitternacht. Hab ich ein Date?«

»Unbedingt. Ich verspreche Ihnen, dass Sie Besuch bekommen werden.«

Unsere Welten begegnen sich in der Nacht

Der widerliche Rauchgestank trifft mich mit voller Wucht, als ich die Haustür öffne. Die Küche sieht unverändert aus. Ludvig ist nicht zu sehen, und auf dem Küchentisch liegt ein Zettel. Der Möbelwagen ist angekommen, und er hat ihn auf gut Glück zum Möbellager umdirigiert, um zu fragen, ob es dort Platz für seine Einrichtung gibt. Möglicherweise wird er einige Kartons ins Gartenhaus stellen müssen.

Ich gehe in mein Schlafzimmer. Wenigstens mein Bett steht da, wo es hingehört. Ich rufe nacheinander meine Schwestern an. Sie müssen die ganze Wahrheit erfahren, müssen wissen, wie sie davon betroffen sein könnten.

Ulrika nimmt es gelassener hin. Sie hat sich schon überlegt, was alles schiefgehen kann. Sie scheint sich über diese Bestätigung fast zu freuen.

Für Vera ist es ein gewaltiger Schock. »Aber das Haus, ich muss jetzt die Anzahlung für das Haus leisten.« Sie ist total außer sich, und ich tröste sie, so gut ich kann, obwohl ich selbst so unglücklich bin.

Ich sperre die Welt aus, ziehe die Jalousie herunter und schalte den Laptop ein. Ich fühle mich in meiner Wirklichkeit nicht mehr wohl. Ich ergreife die Flucht. Auf Facebook kann man am Leben der anderen teilhaben und kleine, komische Anekdoten über deren Alltagsleben lesen. Alles ist gut und schön. Der Umgangscode ist deutlich. Es gibt eine Jammer- und Elendsgrenze, die nicht überschritten werden darf. Es gehört zum guten Ton, dass man ein mittelmäßiges Elend beschreibt und dann mit einer launigen kleinen Bemerkung endet. *Gestern hatte ich den Rohrbruch des Jahrhunderts. Die ganze Waschküche ist vollgelaufen. Ihr könnt mir gratulieren. Jetzt hab ich endlich den Swimmingpool im Haus, den ich mir schon so lange gewünscht habe.* Oder: *Ich bin pleite, aber trotzdem glücklich. Ich wusste gar nicht, dass man aus Buttermilch so viele köstliche Gerichte zubereiten kann.* Dann gibt es etliche Beispiele für einen Alltagsrealismus, von dem man lieber verschont wäre, wie: *Jonte hat wieder Hitzepickel am Po.* Mit einem Bild. Es ist auch ganz egal, ob Jonte vier, dreißig oder zweiundneunzig Jahre alt ist. Ich will die Hitzepickel auf seinem Po nicht sehen.

Ich logge mich aus und logge mich dann bei Schicksalsgoettin.se ein. Ich habe eine Nachricht von Sindbad dem Seefahrer, und mich überkommt eine tiefe Ruhe. Mitten im Herzen des Hurrikans gibt es einen Rettungsring.

Liebe Schicksalsgöttin,

auf meinen Reisen über das Meer ging es mir darum, Lemurien zu erreichen, das vorgeschichtliche Reich, wo alle Fragen Antwort finden. Ein Land jenseits des Großkotzigen und Aufgeblähten, wo alles Kern und Essenz ist. Dort passen Menschen, Tiere und Natur in ein Stundenglas. Die Dichte, die in weißen Sonnen das Leben kleiner als ein Sandkorn macht – und damit handlich. Auf meinem Weg nach Lemurien habe ich Schätze angehäuft, große Taten begangen und Drachen bekämpft. Aber wozu? Wenn der Sand durch das Stundenglas geronnen ist, gibt es nichts mehr von Bedeutung. Was soll ich mit meinem Katzengold anfangen, wenn ich nackt am Ufer der Ewigkeit stehe und einsehe, dass Lemurien in uns liegt?

Es gibt nur eine Frage, die ich ihm stellen will:

Sagst du mir hier, dass du bald sterben wirst?

Bei unserem letzten Gespräch hatte ich dieses Gefühl. Er brauchte meine Hilfe zur Flucht, hat er gesagt. Aber dem Tod kann man nicht auf diese Weise entfliehen.

So ist es, mein Kind, das Ende ist nah, und vorher will ich noch eins erleben. Du bist als Geist aus der Flasche zu mir gekommen, und jetzt kommt mein einziger Wunsch: Es ist eine Großtat, und sie muss heute Nacht ausgeführt werden. Ich kann es nicht allein, ich brauche deine Hilfe.

Du willst durchbrennen?

Ja, ich will mit meiner Geliebten durchbrennen. Sie eine einzige Nacht lang trösten und beschützen, ehe die große Finsternis sie in ihre Gewalt holt.

Wie soll das vor sich gehen?

Ich verspüre eine zitternde Erwartung. Werde ich ihm jetzt begegnen und erfahren, wer er wirklich ist?

Es ist ein Einsatz erforderlich, es ist nicht umsonst. Es geht nicht, ohne dass unsere Welten einander begegnen und dass unsere Magie verloren geht. Das ist dir klar, oder nicht, mein Kind?

Das ist mir klar. Was soll ich tun?

Ich weiß nicht, ob er verrückt oder weise ist. Jetzt, da alles andere zum Teufel gegangen ist, spielt es keine Rolle, ob ich mich ins Unbekannte stürze.

Unter einem Stein bei der Fiskarport in deiner Welt gibt es einen Schlüssel. Der öffnet die Tür zu dem Haus, in dem du neulich Naima besucht hast, um ihr Haare aus dem rötesten Gold zu bringen. Alles ist genau geplant. Hast du Angst vor dem Fliegen?

Ein bisschen, aber das wird schon gehen. Wann ist es so weit?

Um Mitternacht. Wir sehen uns um Mitternacht. Das ist ein heiliges Gelöbnis.

Er lässt mich jählings in die Wirklichkeit fallen. Ist Sindbad Naimas geheimer Mann? Was habe ich hier versprochen? Dass ich mitten in der Nacht zwei schwerkranke Krebspatienten entführen werde? Das Sozialamt könnte möglicherweise Einwände gegen diese Art von ehrenamtlicher Betätigung vorbringen. Ich weiß nichts über Krankenpflege. Was, wenn er oder sie nicht mehr atmet, Krämpfe bekommt oder einfach stirbt – was tu ich dann? Ich lausche nach einer Botschaft aus meinem inneren Lemurien, und Sindbad hat recht: Es gibt schon eine Antwort mit einer Dichte, die mich überzeugt.

Das Schlimmste, was Sindbad passieren kann, ist nicht, zu sterben, wenn die Zeit gekommen ist, sondern in der verbliebenen Zeit nicht leben zu dürfen. Pflege ist kein Ziel an sich, es geht darum, ein wenig länger zu leben, ein wenig besser zu leben. Ich erinnere mich jetzt an ihn. Ich ahne, wer er ist. Er muss der magere Mann sein, der vor dem alten Almedalshotell neben Naima im Rollstuhl saß.

Ich schaue auf die Uhr. Es ist erst Viertel nach acht. Ich könnte noch zwei Stunden schlafen, ehe das Abenteuer dieser Nacht seinen Anfang nimmt. Aber zuerst muss ich Rut anrufen.

»Ich habe eine Spur«, sage ich, sowie sie sich meldet. »Es

gibt einen Taxifahrer namens Oskar Brodin. Er hat Arsène und eine Blondine am Karsamstag nach Hause gefahren, und er hat versprochen, eine Liste über seine Touren an diesem Abend aufzustellen. Er hat um Mitternacht Dienstschluss, und er will, dass ich dann zu ihm komme. Er hätte gern ›Besuch‹, wie er sagt.« Ich suche die Adresse in meinem Notizbuch. »Ich würde aber nur ungern allein zu ihm gehen.«

»Hervorragend, einfach hervorragend«, Rut lacht heiser. »Er wird ›Besuch‹ bekommen. Und zwar von mir und einem der kräftigen Knaben vom Außendienst.«

Um halb zwölf klingelt mein Wecker. Zuerst begreife ich nicht, was los ist, dann ziehe ich mich eilig an und stürze hinaus, um Sindbad in der Wirklichkeit zu treffen. Nach einem sonnigen Tag ist es noch immer warm in Visbys Gassen, da die Wärme in den Hausmauern gespeichert wird. Im April war es seit über hundert Jahren schon nicht mehr so warm.

Als ich jedoch durch die Fiskarport gehe, jagt ein eiskalter Wind an der Mauer entlang. Das Meer liegt schwarz und still da. Die Vögel sind verstummt. Im Schein der Straßenlaternen finde ich den Stein, den Sindbad beschrieben hat, und darunter liegt der Schlüssel, genau wie er gesagt hat. Ich gehe durch das feuchte Gras zum Almedalshotell. Dort hinter den schwarzen Spiegelaugen des Fensters sind Sindbad und Naima. Ich schiebe den Schlüssel ins Schloss und zucke zusammen, als ich ein Rascheln höre. Aber das war nur der Wind, der einige trockene Blätter aus dem vergangenen Jahr durch die Gasse treibt. Ich öffne das Tor, und da sitzen sie auf ihren Rollatoren und warten auf mich. Ihre Augen leuchten erwartungsvoll in der Dunkelheit.

»Wir sind bereit«, flüstert Sindbad. »Mein Chauffeur kommt auch gleich.«

Ich umarme Naima. Ihre Augen strahlen. »Das ist so spannend«, sagt sie und erwidert meine Umarmung mit ihren dünnen Armen.

»Wie heißt du in dieser Welt?«, frage ich Sindbad und versuche, nicht allzu strahlend zu lächeln. Ich weiß nicht, ob ich wage, ihn zu umarmen, aber er streckt mir die Arme hin. Ich berühre ihn vorsichtig, er ist so gebrechlich.

»Nenn mich Onkel Sindbad, ja? Das reicht doch. Und jetzt höre ich draußen den Wagen. Es ist so weit. Wenn du und mein Chauffeur uns helft, also nacheinander, dann geht es gut. Tu einfach, was er dir sagt. Auf dieser Reise bist du Naimas Gesellschafterin. Es kann sein, dass sie auf der Damentoilette deine Hilfe braucht, wenn du verstehst.«

»Ja, das ist sicher kein Problem«, sage ich mit einer Stimme, die nicht ebenso überzeugt ist. Ich lege den Arm um Sindbads Taille, er beugt sich vor und erhebt sich auf unsicheren Beinen. Als ich mich aufrichte und den Blick hebe, hätte ich Sindbad fast wieder losgelassen. Denn vor mir in der Türöffnung steht Arsène. Seine plötzliche Erscheinung bringt mich total aus der Fassung.

»Du?«

»Hallo«, sagt er mit einer Stimme, die so zärtlich ist, als ob wir uns erst gestern geküsst hätten und als ob kein Hausraub und kein Betrug zwischen uns stünden.

Ich sage nichts. Am liebsten würde ich ihn packen, ihn schütteln und ihn zu einem Geständnis zwingen. Aber das geht nicht. Man darf den letzten Wunsch eines Sterbenden nicht auf diese Weise ruinieren. Das hier ist eine stille und heilige Nacht im Zeichen der Liebe. Ein Rendezvous von allerhöchster Wichtigkeit. Wenn ich Glück habe, kann ich ein Foto von ihm für Ruts Verbrecheralbum machen, sie sammelt solche Fotos, so wie ich Bilder von Brautpaaren sammele.

Mit einer gewissen Mühe kommen wir ins Auto.

»Wohin fahren wir?«, frage ich von der Rückbank, wo ich mit Naima sitze. Die Herren sitzen vorn, und immer, wenn wir an einer Laterne vorbeifahren, kann ich im Rückspiegel Arsènes Gesicht sehen. Er taucht in Sekundenschnelle auf und verschwindet wieder, genau wie es auch in Wirklichkeit seine Art ist.

»Zum Flugplatz.« Sindbad lacht geheimnisvoll. »Wir sind vor morgen früh um acht wieder hier. Wenn das Personal zum Wecken kommt, liegen wir in unseren Betten, und alles war nur ein Traum.«

Wir fahren um den Verteilerkreis bei Norrgatt, dann vorbei an Galgberget und biegen schließlich nach rechts ab. Dort wartet schon ein Hubschrauber auf uns. Arsène hebt Naima hoch und trägt sie hinüber. Dann helfen wir beide Sindbad.

An Bord packt Arsène ein silbernes Tablett und vier Gläser aus und entkorkt eine Flasche Champagner. Der Pilot schaut herein und begrüßt uns, dann setzt er sich ins Cockpit, und wir heben ab.

Der Lärm ist ohrenbetäubend, aber Sindbad lacht nur, und die Nacht ist voller Sterne. Wir sehen weder Meer noch Land, nur Himmelskörper, und ab und zu taucht vor der Fensterscheibe das bleiche Antlitz des Vollmondes auf. Naima sagt, das Mondgesicht sei aufgedunsen vom Cortison, und kichert, während sie an ihrem Champagner nippt. Ich blicke Arsène forschend an, als er Sindbad hilft, durch einen Strohhalm aus seinem Glas zu trinken. Das hier tut er nicht zum ersten Mal.

Nach ungefähr einer Viertelstunde landen wir, und ich frage, wo wir sind.

Sindbads Augen funkeln wie die eines Lausbuben. »Auf Gotska Sandön. Ich will zum Rauschen der Wellen am Strand einschlafen und erwachen, wenn die Sonne aufgeht.«

Sindbad nimmt Naimas Hand, und sie sehen einander so voller Zärtlichkeit an, dass ich die Tränen nicht zurückhalten kann, denn ich weiß, dass ihre gemeinsame Zeit kurz und kostbar ist. Nichts darf diese Nacht jetzt stören.

Auf der Wiese, wo der Hubschrauber gelandet ist, steht ein praktischer, kleiner Schlitten, selbst gebaut, mit breiten Kufen, der von zwei sibirischen Huskys über den Sand gezogen wird. Wir legen Sindbad und Naima unter die großen Felle, denn jetzt wird es ein bisschen kühl. Arsène geht vor und lenkt das Gefährt. Verwundert gehe ich hinter ihnen her, vorbei am Leuchtturm, der Licht und Schatten über den Weg zum Sandstrand wirft. Jetzt höre ich das Meer wie einen gleichmäßigen Puls, wenn die Wellen über den Strand rollen und sich mit einem saugenden Zischen zurückziehen. Der Vollmond leuchtet in Arsènes Gesicht. Er sieht mich an. Ich will den Blick abwenden, aber das geht nicht. Seine Lippen bewegen sich und bilden ein Wort: Verzeih!

Eine magische Nacht

Arsène macht am Strand ein Feuer. Ich sehe die knisternden Funken, die zum schwarzen Himmel hochstieben, und ich frage mich, was seine Bitte um Verzeihung eigentlich bedeuten soll. Verzeih, dass ich dich geküsst habe, oder verzeih, dass ich mit ihr verschwunden bin, oder verzeih, dass ich dein Haus gestohlen habe? Das nicht zu wissen, macht mich wahnsinnig.

Ich schaue zu Sindbad und Naima hinüber, die eng umschlungen im Schlitten sitzen, und verdränge alle Gedanken an einen Arsène, der noch etwas anderes ist als Sindbads Chauffeur. Das hier ist nicht mein Augenblick – es ist die magische Nacht der beiden. Im Warten auf die perfekte Glut erzählt Arsène jetzt von der Insel, und ich bin für einen Moment wie verzaubert, denn er besitzt die mitreißende Stimme eines Märchenerzählers.

»Hier auf der Insel wütete der Wrackplünderer Gottberg. Er hat Schiffe auf Grund gelockt, indem er auf einer lahmen Mähre mit einer Fackel in der Hand hier entlangritt. Das sah dann aus wie Schiffe, die sich in der Dünung bewegten, und auf diese Weise lockte er Seefahrer an Land. Bei Kopparstenarna zerschellten ihre Schiffe, und wenn die Schiffbrüchigen sich dann an Land schleppten, erschlug er sie mit einer Axt.«

»Wie grausig und spannend.« Naima schmiegt sich ein wenig enger an Sindbad, und er lächelt auf ihr eifriges Gesicht hinab.

»Es heißt, er habe eine ganze Schiffsbesatzung in eine

Scheune gelockt, indem er ihnen Schnaps und Essen versprach. Aber dann hat er sie da eingeschlossen und sie durch die Ritzen zwischen den Wandbrettern erschossen. Bei Ausgrabungen an der Stelle, wo er gewohnt hat, wurde unter dem Hausboden ein Skelett gefunden.«

Arsène redet und legt dabei die Rinderfilets auf den Grill, den er auf ein Gestell über der Glut gelegt hat. Auf das Gestell setzt er außerdem einen Wok, den er mit buntem Gemüse, ein wenig Öl, einem Schuss Balsamessig und frischen Kräutern füllt.

»Darf man sich nach dem Menü für den heutigen Abend erkundigen?«, fragt Sindbad.

»Natürlich, mein Herr. Zuerst gibt es eine kleine Suppe von Krustentieren mit einer Prise Safran und einem Schuss Champagner, gefolgt von Rinderfilet an Bärlauchbutter, dazu Gemüse aus dem Wok, als Dessert folgt Apfelkuchen nach dem Rezept deiner Großmutter.«

»Mit Punschsahne?«

»Natürlich mit Punschsahne, der Herr.«

Arsène klappt vor dem Paar im Schlitten einen kleinen Serviertisch auseinander und legt eine weiße Decke, Kerzen und eine rote Rose in einer schmalen Kristallvase darauf. Es ist seltsam sternenklar und windstill. Ich komme mir vor wie in einem Traum.

Naima winkt mich zu sich und flüstert: »Ich habe in der Handtasche eine kleine Schachtel mit Tabletten gegen Übelkeit. Kannst du mir helfen, eine zu nehmen? Ich möchte die Mahlzeit so gern genießen.«

Sie spült die Tablette mit einem Schluck Champagner hinunter und lächelt, ohne uns zu erzählen, woran sie denkt.

»Die Dienstboten essen in der Küche, ja?« Arsène zwinkert mir zu und breitet auf dem Sand eine Decke aus, legt in die

Mitte ein weißes Tuch und packt Servietten, Teller, Besteck und schöne Kristallgläser aus.

»Danke dafür, dass ich dabei sein darf«, sage ich und erwidere Sindbads glücklichen Blick. »Ich mag dich auch in Wirklichkeit.«

»Wir mögen dich auch, Naima und ich. Und mein Chauffeur liebäugelt ja auch mit dir. Wenn ich das richtig verstanden habe, kennt ihr euch schon.«

»Ja.« Ich mustere Sindbad forschend, aber er geht nicht weiter auf dieses Thema ein, und ich sage auch nichts mehr.

Als nach dem Essen alles weggeräumt ist und Sindbad und Naima sich hingelegt haben und im Schlitten miteinander Vertraulichkeiten austauschen, bewachen wir das Feuer, Arsène und ich. Die Hitze und der Champagner bringen meine Wangen zum Glühen. Die Hunde haben sich neben den Schlitten gelegt und schlafen, der eine mit der Nase auf dem Rücken des anderen. Und schon bald ist auch das Paar im Schlitten eingeschlafen.

»Wer bist du denn nun wirklich?«, frage ich so leise ich kann, um die beiden nicht zu wecken.

Er beugt sich weiter zu mir vor. »Ein Mann, der eines Abends in einem Restaurant, wo Maulbeerparfait serviert wurde, seinem Schicksal begegnet ist. Einem Silberlöffel, der zu roten Lippen geführt wurde. Die Abendsonne spielte in den rotbraunen Haaren einer Frau. Sie trug ein schönes rot-weiß getupftes Kleid und hatte Ähnlichkeit mit einem Filmstar aus den fünfziger Jahren, an dessen Namen ich mich nicht erinnern kann. Ihre Augen begegneten meinen zuerst aus Versehen, dann wurde es zum Spiel. Sehen, aber nicht gesehen werden, und ich wusste, dass sie die war, nach der ich mich gesehnt hatte. Ich habe mein Leben ganz ernsthaft neu bewertet und gedacht, vielleicht hätte ich noch ein anderes Schicksal, das hinter der nächsten Ecke auf mich wartet.«

Ich gebe mir alle Mühe, um mich von seinen Worten nicht verführen zu lassen, und versuche, die Sache nüchtern zu betrachten. Langsam komme ich zu einer Erkenntnis. Es liegt daran, wie er seine Worte wählt, am Rhythmus.

»Habe ich im Netz mit dir geredet? Bist du Sindbad?«

»Nein. Mein Auftraggeber hat dir geschrieben. Ich bin nur seine rechte Hand. Aber auf diese Weise hatte ich die Gelegenheit, dich etwas besser kennenzulernen.«

»Du hast es also gelesen? Alles, was ich an Sindbad geschrieben habe? Du Schuft!«

»Das kann man so sehen, auch wenn ich nur meinem Herzen folge. Na ja. Wer hat noch das Wort ›Kloakenratte‹ benutzt? War das nicht ein bisschen übertrieben? Jetzt will ich alles über dich wissen.«

Er streichelt meine Wange, und ich lasse es geschehen. Sein Zeigefinger folgt den Konturen meines Mundes, und dann küsst er mich. Ich müsste mich wehren, müsste... *Er kann doch ein Betrüger sein.* Aber seine Wärme, sein Duft, das wunderbare Gefühl lähmen meinen Willen, und ich erwidere seinen Kuss mit derselben Sehnsucht. Obwohl ich weiß, dass ich mich hassen werde, wenn die Magie verflogen ist, kann nicht einmal dieses Wissen den Zauber brechen.

»Wer bist du?«, frage ich wieder. Aber er legt mir nur einen Finger über die Lippen und bringt mich mit einem weiteren Kuss zum Verstummen.

»Komm.«

Er nimmt meine Hand und hilft mir beim Aufstehen. Hand in Hand gehen wir im Mondlicht über den Strand, ein Stück entfernt von dem Feuer, wo uns niemand außer den Sternen sehen kann, aber noch immer in Hörweite von Sindbad und Naima.

»Ich bin von dir verzaubert, Angelika. So verliebt und verwirrt, wie ein erwachsener Mann das nur sein kann. Aber das Leben ist ... kompliziert.«

»Es wird weniger kompliziert, wenn man es ehrlich lebt.«

»Das versuche ich doch. Aber ab und zu ist es schwer, die Konsequenzen vorauszusehen, wenn man seinem Herzen folgt, und der Wille des Herzens im Streit mit dem Gewissen liegt. Ich will nichts lieber, als dir die Wahrheit zu sagen. Ich will nichts lieber, als mit dir zusammen zu sein.«

»Ich denke an dich. Die ganze Zeit«, gebe ich zu. »Ich liebe dich«, hätte ich fast gesagt, aber das war so lange für Joakim reserviert. Seit seinem Tod habe ich es zu keinem Menschen mehr gesagt. Mein Gedanke streift sie, die Frau, die Arsène auf dem Kostümfest geküsst hat. Aber das Erinnerungsbild wird gleich wieder verwischt. Seine Augen funkeln im Mondschein. Ich sehe die Lust in seinem Blick. Langsam fällt das Feuer hinter seinem Rücken in sich zusammen. *Ich liebe dich. Das ist Wahnsinn. Ich will dich.* Er küsst meine Hände, meinen Mund. *Nicht aufhören, das darf kein Ende nehmen.*

»Du bist so schön, so unvorstellbar wunderbar, meine Geliebte.«

Der Feuerschein lässt Licht und Schatten auf unserer Haut tanzen. Wir spüren die nächtliche Kühle nicht, wenn sie über unsere Haut streicht.

»Warum ist es so schwierig?« Ich bin total erschöpft, ganz leer im Kopf, wenn er mich im Arm hält, aber irgendwie spüre ich, dass er nicht nur mir gehört. Dass er mir vielleicht niemals gehören kann.

»Ich werde es erklären.«

Wir sind noch nicht lange unterwegs, aber es kommt mir vor wie ein Ereignis, das größer ist als die Entstehung des Universums. Arsène legt auf dem Feuer Holz nach. Wir setzen uns, und er legt die Decke um unsere Schultern, baut ein richtiges Zelt um uns.

»Wie heißt du in Wirklichkeit?«

»Magnus.«

»Magnus.« Ich probiere zum ersten Mal seinen Namen aus. »Wer war die Frau, die du auf dem Kostümfest geküsst hast, Magnus?«

»Meine ... Freundin«, sagt er zögernd. »Du hast sie gesehen, nicht wahr? Wir leben seit fünfzehn Jahren zusammen. Das beendet man nicht von einem Tag auf den anderen. Sie muss eine Chance haben, es zu verstehen.«

»Was denn verstehen?«

»Dass ich einer begegnet bin, die ich liebe und mit der ich mein Leben teilen will. Ich habe ihr gesagt, was ich empfinde, und es hat sie schwer getroffen. Sie will, dass wir versuchen, gemeinsam eine Lösung zu finden.«

»Und zweifelst du deshalb?«

»Nein, es gibt keine Lösung mehr. Es ist nur so tragisch, dass es nicht früher passiert ist. Sie und ich flicken schon zu lange an unserer Beziehung herum.« Er lacht dumpf und zieht mich an sich.

»Sehen wir uns wieder?«, frage ich und sehe gleichzeitig, dass Sindbad aufwacht und sich im Schlitten bewegt. Auch die Hunde sind erwacht und strecken sich gähnend, dann gehen sie zum Schlitten und legen sich alle beide an dessen Ende.

»Wenn ich in meinem Leben Ordnung geschaffen habe, wird es keinen Ort geben, wo ich lieber bin als bei dir. Gib nicht auf, bitte. Du kannst doch weiter mit Sindbad reden. Er weiß, was ich für dich empfinde.«

»Ich glaube, er will etwas.« Ich mache Magnus auf den Mann im Schlitten aufmerksam.

»Magnus, ich brauche meine Spritze.«

Sindbad ist bleicher als vorhin, und die dunklen Augen sind schmal vor Schmerzen. Magnus packt das Morphium aus und führt seine Aufgabe mit entspannter Gewohnheit aus. Er tut das hier nicht zum ersten Mal, das ist mir klar. Ich überlege, ob er eine Ausbildung als Krankenpfleger hat oder ob er es von Sindbad gelernt hat.

Ein zaghaftes Dämmerungslicht breitet sich von Osten her aus. Naima erwacht und schmiegt sich in die Umarmung ihres Geliebten. Das Feuer stirbt dahin, und Magnus fängt an, den Schlitten zu bepacken und die Hunde anzuspannen. Ich helfe Naima zur »Damentoilette« im Gebüsch. Ehe wir zum Schlitten zurückgehen, lässt sie sich auf einen Stein sinken, um sich für einen Moment auszuruhen.

»Ich möchte dir etwas sagen«, flüstert sie. »Ich gehe fremd. Mein Mann weiß nichts von Sindbad und mir. Er wartet nur darauf, dass ich sterbe. Es ist, als ob ich eine defekte Ware wäre, die er umtauschen möchte, weil er damit nicht zufrieden ist. Er redet auf die Ärzte ein. *So geht das doch nicht. Das hier ist nicht meine Frau, nicht so, wie sie war. Sie sollte noch drei Monate leben, haben Sie gesagt, und jetzt ist ein halbes Jahr vergangen. Ich muss mich um meine Arbeit kümmern. Sie müssen etwas tun können, Sie müssen ihr doch etwas geben können, damit die Sache ein Ende hat.* So ein Egoist ist er. Ich habe mich in meiner Krankheit schrecklich einsam gefühlt. Er lässt mich im Stich, und deshalb will ich nichts mehr mit ihm zu tun haben, sondern leben, bis mein Leben ein Ende nimmt. Wenn ich mehr Zeit hätte, würde ich mich scheiden lassen, aber jetzt konzentriere ich mich auf das Wichtigste. Zu lieben. Findest du das schrecklich von mir?«

»Im Gegenteil. Du bist nur dir selbst treu.«

»Morgen kommt er vorbei, mein Mann. Er will die Onkologie eigentlich nicht betreten, aber er tut es aus Pflichtgefühl.

Er wird auf dem Stuhl neben mir sitzen und verlegen aussehen. Auf die Uhr schauen und sagen, dass alles gut wird und dass ich tapfer bin. Ich bin nicht tapfer, mir bleibt nur nichts anderes übrig. Er berührt mich nicht mehr so, wie ein Mann eine Frau berührt. Mein Körper hat sich verändert.« Naima lächelt traurig. »Und doch tut er mir leid, weil er es nicht besser schafft. Ich wünschte, er hätte einen Menschen, mit dem er sprechen kann. Ich wünschte, er könnte eine Frau finden und den Rest seines Lebens mit ihr teilen. Er hat nur seine Arbeit. Einen oberflächlichen Kontakt mit seinen Arbeitskollegen, sonst nichts. Ich will ihm nichts Böses, ich will ihn nur nicht mehr in meiner Nähe haben. Mein Leben, die Tage, die noch übrig sind, sind dafür zu kostbar.«

»Es ist großzügig von dir, so über ihn zu denken.« Ich meine es genauso, wie ich es sage, denn sie hätte jedes Recht, verbittert zu sein.

»Überhaupt nicht. Ich möchte ihn nur umtauschen, so, wie er mich umtauschen will. Er ist als Ehemann in Krisenzeiten unbrauchbar. Bitte, geben Sie mir einen neuen Mann! Und weißt du, ich habe diese zusätzlichen Monate sicher deshalb leben können und mich damit für eine neue Chemorunde qualifiziert, weil meine neue Liebe mir Widerstandskraft gibt. Die Ärzte hatten Zweifel, aber ich habe darauf bestanden. Morgen ist es so weit. Ich bin so dankbar dafür, dass du heute Nacht mitgemacht hast, dass du mitgekommen bist, um uns zu helfen.«

»Ich bin auch froh darüber, dass ich mitgekommen bin«, sage ich und rücke ihre Perücke mit den roten Locken gerade, denn die ist etwas verrutscht.

»Schreibst du mir?«, fragt Sindbad, als wir zum Schlitten zurückkommen. »Ich würde mich so freuen, auch wenn das Tor zwischen unseren Welten jetzt offen steht und du mich in meiner ganzen Gebrechlichkeit gesehen hast.«

»Ich schreibe, und ich komme morgen Abend mit Naimas anderer Perücke vorbei. Dann sehen wir uns.«

Der Hubschrauber hebt ab, und unser Gespräch ertrinkt im Lärm des Motors und im Dröhnen der Rotoren. Wir fliegen nach Visby, und Magnus schaut aus dem Fenster. Ich versuche, seine Miene zu deuten. Er ist nicht ganz da, seine Gedanken sind anderswo. Ohne ihn zu fragen, ziehe ich lautlos mein Telefon hervor und mache ein Foto.

Ein Gerichtsvollzieher schaut vorbei

Gegen acht Uhr am Freitagmorgen bin ich nach einer Nacht auf Gotska Sandön wieder zu Hause in der Fiskargränd. Ich habe keine Sekunde geschlafen, aber dennoch bin ich nicht müde. Als ich Sindbad zum Abschied umarmte, habe ich ihm ins Ohr geflüstert, dass sein Chauffeur vielleicht ein Betrüger ist und dass er sich vorsehen soll. Ich habe es als Scherz gemeint, um zu sehen, wie er reagieren würde. Sindbad versteht sich auf Zwischentöne.

Ich weiß jetzt nicht, was ich glauben soll. Wenn Magnus in der Nähe ist, bin ich von seiner Unschuld überzeugt, aber wenn ich allein bin, kommen die Zweifel. Sindbad lachte nur und sagte, in diesen Zeiten habe er mehr Vertrauen zu Magnus als zu sich selbst. Aber das macht Arsène ja gerade so gefährlich, sein Charme und seine ruhige Freundlichkeit.

Die Küche sieht noch immer aus wie der pure Horror. Ludvig hat keinen Finger gerührt. Ich bringe es nicht über mich, es anzusehen, geschweige denn, etwas zu unternehmen. Hier machen alle ihren eigenen Dreck weg.

Ich setze mich stattdessen lieber an den Laptop und mache mich auf die Suche. Zweihundertachtundzwanzig Personen auf Gotland heißen Magnus, sagt das Internet. Hundertzweiundsechzig davon wohnen in Visby, und da sind dann die Karl-Magnusse und alle weiteren Doppelnamen schon eingerechnet. Als ich ihn nach seinem Nachnamen fragen wollte, hat er mir als Antwort eine Kusshand zugeworfen. Warum will er nicht, dass ich weiß, wie er heißt? Wie soll ich es da wagen, ihm zu vertrauen? Ich will nicht verliebt sein und riskieren, verletzt zu werden.

Visby hat ein reiches Angebot an unkomplizierten Männern mit Vor- und Nachnamen, denke ich, als ich in die Badewanne steige und die Dusche aufdrehe. Warum kann ich mich nicht in einen von denen verlieben, wenn ich mich nach sieben Trauerjahren nun endlich wieder zu Gefühlen in der Lage sehe?

Als ich nach dem Duschen in die Küche komme, sitzt da Ludvig mit meinem alten Klassenkameraden Clemens. Um alle Unklarheiten zu beseitigen: Ich habe nicht Clemens gemeint, als ich von der reichen Auswahl an unkomplizierten Männern gesprochen habe. Clemens ist an keinem einzigen Wochentag unkompliziert. Der ganze Clemens ist ein wandelnder Sheriffkomplex, aber ohne die Cowboyehre, die ein versöhnlicher Zug wäre. Es überrascht mich natürlich, dass er in meiner Küche sitzt. Sein Hut nimmt einen Großteil des Tisches ein, und sein kahler Schädel glänzt im graublauen Morgenlicht.

»Ich bin hier in meiner Eigenschaft als Gerichtsvollzieher«, sagt er als Erklärung, als er meine fragende Miene sieht. »Es gibt Schulden, die zur Bezahlung anstehen, und ich bin gekommen, um die möglichen Werte zu taxieren. Der Fernseher ist nicht einmal tausend Kronen wert, aber es gibt vielleicht einen Computer?«

»Hör auf, Clemens, du machst Witze«, sage ich, aber das Lachen bleibt mir im Hals stecken, als er keine Miene verzieht. Er ist im Dienst und er hat es auf meine wenigen Habseligkeiten abgesehen.

»Wenn es Schmuckstücke oder andere Wertgegenstände gibt, muss ich die in mein Verzeichnis aufnehmen. Das Haus ist als Sicherheit für ein Darlehen aufgeführt, das nicht plangemäß abgetragen wird. Der jetzige Besitzer ist laut Grundbuch Ludvig Svensson. Mir ist aber klar, dass Sie, Ludvig, als Arbeitsloser zahlungsunfähig sind. Das Haus ist maximal beliehen. Also muss ich feststellen, ob es im Haushalt andere Werte gibt.«

»Ist eine Mahnung gekommen, Ludvig?«, frage ich bestürzt.

»Viele, jetzt und schon früher, aber ich zerreiße sie immer gleich, weil sie mich so nervös machen. Ich kriege Panik!« Seine Stimme schlägt in Fistel um, und ich muss ihn beruhigen, ehe er weiterreden kann. »Die klingen immer so bedrohlich, weißt du. Einmal habe ich der Inkassofirma geantwortet und meine Dienste als Formulierungsberater angeboten. Ich hatte mehrere Vorschläge für Änderungen, damit sie sich ein bisschen sanfter und kundenfreundlicher anhören, aber sie haben mein Angebot nicht angenommen.«

»Aber du hast doch diese Stelle in der Bibliothek von Almedalen?«, frage ich verzweifelt.

»Ich hatte ja gehofft, dass ich die kriege. Ich war heute zum Bewerbungsgespräch da, aber die hatten mich gestern erwartet. Sie haben gesagt, ich sollte mir nicht allzu große Hoffnungen machen, sie hätten schon einen Kandidaten. Sie konnten mich nicht leiden. Das habe ich gespürt. Vielleicht lag es an meinen Haaren? Was meinst du?«

Ludvig zieht an den verbrannten Strähnen und sieht mich schuldbewusst an.

»Lass dir die Haare schneiden und such dir einen Job«, knurrt Clemens automatisch.

»Ich verstehe das noch immer nicht«, sage ich zum Gerichtsvollzieher. »Du musst mir schon erklären, wieso du herkommen und meine Sachen taxieren kannst. Und übrigens ist mein Computer über sieben Jahre alt. Das ist ein altes Wrack mit unglaublich langsamem Internet. Deine Oma würde den nicht mal als Fußbank wollen. Außerdem gehört er mir, wie auch der Fernseher. Nicht Ludvig.«

Clemens zuckte bedauernd mit den Schultern. »Die Lage ist so, Angelika. Ludvig kann nicht bezahlen. Aber unter anderem schuldet er der Versicherungskasse Geld für versäumte Unterhaltszahlungen. Die Schulden belaufen sich auf 258 000 Kronen, und da ihr jetzt zusammenlebt, geht die Versicherungskasse davon aus, dass der *Haushalt* die Schulden bezahlen kann.«

»Was?«

Ich kann nicht fassen, was ich da höre. Ich soll Ludvigs Unterhaltsschulden bezahlen, weil wir zusammenwohnen? Und das gegen meinen Willen!

»Wir leben aber nicht richtig zusammen. Er ist einfach nur eingezogen.«

»Ihr seid beide unter dieser Adresse gemeldet. Willst du abstreiten, dass ihr eine sexuelle Beziehung habt?« Clemens macht ein enttäuschtes Gesicht. Er verzieht nicht einmal den Mund. Das hier ist nicht mehr komisch. »Wir haben überhaupt keine Beziehung. Er ist einfach hier reingeplatzt!«

»Das ist so ungerecht«, sagt Ludvig, und jetzt sehe ich, dass er sich nicht mehr beherrschen kann. »Ich bin zu einem Leben ohne Lebensgefährtin verdammt. Denn sowie ich bei einer einziehe, soll sie meine Schulden bezahlen, weil der gemeinsame Haushalt zahlungsfähig ist. Das ist nicht die beste Anmachmethode. Keine kann mich so sehr lieben, dass sie bereit ist, 258 000 Kronen an die Versicherungskasse zu bezahlen. Die Geldeintreiber der Versicherung haben mich zum Zölibat verdammt. Als ich dieses Haus hier gekauft habe, für das meine Eltern gebürgt haben, dachte ich, dass ich bald eine Stelle haben und dass alles sich finden würde. Aber ich bin in der Bürokratie gefangen. Eine Gestalt von Kafka ohne Hoffnungen für die Zukunft. Das ist grauenhaft!«

Ich lege den Arm um Ludvig, denn jetzt weint er.

»Du rührst meine Sachen nicht an, solange die Polizei noch ermittelt!«, sage ich zu Clemens mit der ganzen Kraft meines Zorns. »Wenn es sich beweisen lässt, dass meine Unterschrift auf dem Kaufvertrag gefälscht war, dann machst du dich eines Dienstvergehens schuldig, wenn du mein Eigentum beschlagnahmst. Das wäre dann ein Fall von widerrechtlicher Inbesitznahme!« Ich weiß nicht, woher ich das habe, aber es klingt überzeugend.

»Warum sollte die denn gefälscht sein? Das klingt doch an den Haaren herbeigezogen.«

»Ich glaube, du solltest die Antwort bei dir selbst suchen. Du hast am Karsamstag meine Kreditkarte geliehen, weißt du noch? Hast du da etwa nicht mit meinem Namen unterschrieben, meine Unterschrift gefälscht? Wenn du meine Sachen anrührst, wenn mein Rechner oder mein Fernseher nicht mehr da sind, wenn ich nach Hause komme, dann verklage ich dich wegen Urkundenfälschung.«

Ohne auf eine Antwort zu warten, stehe ich auf, um zur Arbeit zu gehen. Er wird jetzt meine Sachen nicht mitnehmen, das weiß ich. Das Ganze ist ihm überaus unangenehm.

Ich habe noch nicht gefrühstückt. Ich habe kein Geld, um Essen zu kaufen. Sehnsüchtig schaue ich ins Fenster der Bäckerei. Ich muss mich mit Kaffee und Safranzwieback im Salon trösten.

Mir bleibt noch eine halbe Stunde, bis wir den Laden öffnen. Ricky hat gewissenhaft die Wagen gefüllt, und der Boden ist auch sauber. Er kann, wenn er will. Ich setze mich mit Terminkalender und Kaffee in die Morgensonne an den Springbrunnen und versuche, Ordnung in meine Gedanken zu bringen. Der erste Kunde heute Morgen ist Kundenberater Hägg von der DDF-Bank. Ich kann mit ihm nicht über Bankangelegenheiten sprechen, wenn andere Kunden da sind, sondern muss bis zu unserem Termin nächste Woche warten. Das Letzte, was ich will, ist, dass die Leute glauben, mein Salon werde dichtmachen, weil ich insolvent bin.

Hägg ist seit einem Jahr Witwer, und Ricky hat ihn mit dem Code A für Alltagskunde mit Dringlichkeitsstufe 4 eingetragen. Ich bezweifele diese Einschätzung. Ich glaube nicht, dass Hägg zu einer neuen Beziehung bereit ist. Er hat seine Frau in den letzten vier Jahren ganz allein gepflegt und war Tag und Nacht ans Haus gefesselt. Meine Erfahrung sagt mir, dass er keine neue Beziehung will, er will nur seine Ruhe. Aber Ricky muss seine eigenen Fehler machen, ehe er ausgelernt hat.

Gleichzeitig mit Martin Hägg kommt eine von Tillys jüngeren Freundinnen, Mildred Bofjär, die gerade siebzig ist. Ricky soll ihr die Haare waschen und legen.

Wenn es auf unserer Insel so etwas wie eine Kolonialherrin gibt, dann ist das Mildred. Früher hatte sie ein Schloss in Sörmland, mit Köchin und Haushälterin und Putzfrau und Gärtner. Aber das Schloss brannte ab, und danach zog sie nach Gotland und kaufte sich eine Wohnung in Visby. Sie hat es sich irgendwie in den Kopf gesetzt, dass wir Eingeborenen ihre Untergebenen sind. Ich habe sie einige Male in der Bäckerei gesehen. Sie kann nicht Schlange stehen, denn das hat sie nie gelernt. Sie findet es seltsam, dass die Leute sich hintereinander aufstellen, wenn man doch gleich zum Tresen gehen und den Ladenschwengel bitten kann, sich zu sputen. Allergnädigst gibt sie dann eine ganze Krone Trinkgeld und erwartet dafür ewige Dankbarkeit. Außerdem hat sie keinen Humor. Wenn man einen Witz macht, findet sie das Gesagte unbegreiflich, fast schon beängstigend. Ich habe Ricky eingeschärft, dass er Klartext sprechen muss. Er hat Mildred als N 5 eingetragen. Eine

Narzisstin mit einem großen Bedürfnis nach Liebe. Er macht sich, der Knabe.

Ich trinke einen Schluck Kaffee, der inzwischen kalt geworden ist. Die Luft ist heute nicht mehr so warm. Mein Leben ist im Moment ein einziges Chaos, an dem ich zu ersticken drohe, und ich bin verliebt in einen Mann, der nicht mir gehört. Ich bin glücklich und unglücklich und pleite.

Ich ziehe mein Telefon hervor und sehe mir mein Foto von Arsène an. Ich habe mich noch immer nicht richtig daran gewöhnt, dass er eigentlich Magnus heißt. Das Bild ist im Profil aufgenommen. Mein erster Gedanke war, es Rut zu schicken, aber jetzt bin ich unsicher. Was, wenn sie es veröffentlicht, wie zu einer Fahndung? Was, wenn Jonna es an sich bringt und mit einem höllischen Text in die Zeitung setzt und er sich schließlich doch als unschuldig erweist? Wie wird man denn einen solchen Ruf je wieder los?

Wenn es stimmt, was Magnus sagt, und er gerade versucht, sich von seiner Lebensgefährtin zu trennen, dann sollte er sich vielleicht voll und ganz darauf konzentrieren. Gibt es eine andere Möglichkeit, herauszufinden, ob er Häuser stiehlt? Tove! Wenn überhaupt jemand, müsste sie ihn doch erkennen, denke ich in einem lichten Moment, obwohl mein Gehirn nach der durchwachten Nacht an den Schädelknochen hängt.

Ich gehe in den Salon und mache mir eine neue Frisur. Heute werden meine Haare im Stil der fünfziger Jahre zu einer Seitenrolle toupiert. Wenn man selbst keine schicke Frisur hat, glaubt niemand, dass man sein Handwerk beherrscht. Ich ziehe den Kittel an, schaue in den Spiegel und drohe meinem Spiegelbild mit der Schere, wie in »Taxidriver«. Die Müdigkeit zeigt sich als dunkle Schatten unter den Augen. »Are you talking to me? Tell me, are you talking to me?«

»Was für eine schöne Überraschung«, sagt Ricky hinter

meinem Rücken und füllt die Kaffeemaschine nach. »Du gedenkst heute zu arbeiten.«

Ich gehe zur Tür, um Kundenberater Hägg und Mildred Bofjär einzulassen. Es ist nicht zu übersehen, dass sie diesen Kundenberater attraktiv findet. Sie fasst sich mit einer Hand an den Hals, um ihr Doppelkinn zu verbergen, und lächelt über das ganze Gesicht.

»Was für ein Zufall, dass wir uns hier begegnen!«

Kundenberater Hägg verbeugt sich kurz und steif und setzt sich in den Frisiersessel, ohne einen weiteren Kommentar abzugeben. Danach vertieft er sich sofort in die Zeitung *Dagens Industri*. Heute gibt es dort eine neue Reportage über Simon Bogrens Tunnelprojekt. Bogren hat sich mit dem Verkehrsminister getroffen. Es ist eine große Skizze des geplanten Tunnels abgebildet.

»Das kann doch nie im Leben funktionieren«, meint Hägg. »Natürlich kann Bogren sich das leisten, aber die Frage ist, ob die Leute für die Reise unter dem Meer bezahlen wollen. Das kann sein finanzieller Untergang sein.«

Mildred nimmt ihren weißen Frühlingshut ab, der aussieht wie eine gewaltige Baisertorte mit Sahne, und reicht ihn Ricky mit hochnäsiger Miene. Ihr Bauch ist in dem gelben Kleid rund wie ein Ball, und die mageren Beine lassen sie aussehen wie ein Riesenküken, bei dem der Hut die Eierschale darstellt, der sie gerade entschlüpft ist. Ich begreife nicht, was Ricky sich dabei gedacht hat, sie mit Hägg zusammenbringen zu wollen. Da hat er wirklich nicht richtig nachgedacht.

»Haben Sie eine Einladung zum Regierungspräsidenten bekommen?«, fragt Mildred in den Raum, und wir wissen nicht so recht, von wem sie eine Antwort erwartet. »Haben Sie eine Einladung bekommen, Herr Kundenberater?«, fügt sie hinzu, als alles schweigt.

Hägg lässt die Zeitung sinken, um die Arme unter den Frisierumhang zu schieben, der bei ihm aussieht wie eine Zwangsjacke. »Natürlich, ich werde jedes Jahr eingeladen. Es ist zu einer Art Tradition geworden, dass wir uns sammeln, neue Kontakte knüpfen und diskutieren, was gut für die Insel ist. Ab und zu bewilligen wir Darlehen für vielversprechende Projekte, und Simon Bogrens Idee für den Tunnelbau wird dabei natürlich auch diskutiert werden.«

»Es muss irgendein Irrtum vorliegen, ich habe nämlich keine schriftliche Einladung erhalten. Aber sicher brauche ich keine offizielle Einladung. Es ist doch eine unwiderlegbare Tatsache, dass ich zur guten Gesellschaft gehöre. Haben Sie die Liste der Eingeladenen gesehen, Herr Kundenberater? Die stand heute Morgen in der Zeitung.«

»Nein«, knurrt Hägg, und meine Erfahrung sagt mir, dass er zu den Kunden gehört, die sich die Haare in aller Stille schneiden lassen wollen. Mildred besitzt nicht so viel Taktgefühl.

»Die meisten Eingeladenen haben auf so einem vornehmen Empfang nichts zu suchen, möchte ich sagen. Es sind irgendwelche dahergelaufenen Leute namens Svensson und Thomson und Nypelius, sicher ein gekaufter Name, eine vornehme Variante von Nilson, und dann laden sie auch noch Krimiautoren von zweifelhaftem Ruf dazu. Das hat doch keinen Stil. Ich habe eine Vergangenheit an der Königlichen Oper.«

Ich bekomme einen Lachanfall, als ich Rickys Gesicht sehe. Seine Mutter ist doch Krimiautorin.

»Dass diese Leute auf der Liste stehen, bedeutet ja nicht, dass sie kommen werden, sondern nur, dass sie eingeladen sind. Es gibt Promis, die noch nie da waren«, meint Ricky diplomatisch, während er versucht, Mildred zum Haarwaschbecken zu bugsieren. Hinter ihrem Rücken macht er die Teesiebgeste. *Nuuuuuur iiiiich werde nicht eingelaaaaaden.* »Bitte sehr, hier lang.«

»Ich betrachte es als meine Pflicht, hinzugehen«, erklärt Mildred, als Ricky das Wasser aufdreht und sie nach hinten kippt. »Habe ich schon gesagt, dass ich eine Vergangenheit an der Königlichen Oper in Stockholm habe?«

Aufreißversuch im Baumarkt

»Habe ich schon gesagt, dass ich eine Vergangenheit an der Kööööniglichen Oooooper habe«, imitiert Ricky mit dem Teesieb, das er aus der Kitteltasche gezogen hat, sowie die Tür hinter Mildred Bofjär und Martin Hägg ins Schloss gefallen ist.

»Versprich mir, den beiden nie wieder zusammen einen Termin zu geben«, sage ich zu Ricky. »Wir verlieren ihn sonst als Kunden, und das wäre schade. Er kommt her, seit ich den Salon eröffnet habe.«

»Ich wollte ja nur ein bisschen kreativ sein. Er ist doch Witwer und sieht sehr gut aus für sein Alter. Bestimmt geht er bald in Pension, und dann wird er Freiwild, wenn die *Golden Girls* beim Seniorentanztee Herren jagen.«

»Ich glaube nicht, dass er schon so weit ist«, sage ich leise. »Er hat seine Frau vor einem Jahr verloren. Er hat sie geliebt und ist noch nicht bereit für eine neue Beziehung. Er hat Kinder, Enkelkinder und Freunde. Wenn er jemals eine neue Frau kennenlernen möchte, dann wird er das ohne unsere Einmischung schaffen. Dazu ist er durchaus in der Lage.«

»Das heißt, wir betrachten ihn als A o?«

»Ja. Es ist nicht unsere Aufgabe, Leute zu verkuppeln, nur weil sie Single sind. Wir arbeiten mit Wünschen. Man muss nur richtig zuhören können. Er ist definitiv eine A o.«

Hägg war nicht bei Irma, als seine Frau gestorben ist, und ihm blieben ihre Trostübungen und -spielchen à la Blindekuh erspart. Er kam stattdessen zum Reden zu mir. Ließ sich den

Schnurrbart stutzen und die Koteletten zurechtschneiden, die er damals hatte. Ein Kontakt ohne jegliche Verpflichtungen. Aber wir sind einander nahegekommen.

Da ich nun schon einmal an Irma denke, mache ich gleich weiter: »Du willst also Irma mit Julius zusammenbringen? Ja, das könnte funktionieren. Vielleicht fährt er auf ihre Irma-ologischen Übungen ab, auch wenn ich Delphingesang und Yoga schrecklich fand. Aber von mir aus, versuchen wir's, wenn er das nächste Mal einen Termin vereinbaren möchte.«

Ich sehe noch einmal im Terminkalender nach und sage mutig, was ich jetzt sagen muss: »Du, Ricky, ich muss kurz etwas in der Stadt erledigen.«

»Was? Du bist doch gerade erst gekommen!«

»Ich weiß, aber es ist wichtig. Als ich im Fitnessstudio auf Kundenfang war, hab ich doch durchaus Kundinnen hergelockt, und jetzt müssen wir die männliche Seite verstärken.«

Das ist natürlich nicht die ganze Wahrheit. Ich rede sofort weiter, damit er keinen Widerspruch anbringen kann. »Ich brauche zwei Stunden im Baumarkt.«

»Ist es nicht besser, wenn ich hingehe, ich weiß doch schließlich, wie die ganzen Werkzeuge heißen und zu was sie gut sind. Du würdest am Ende noch Insektentand statt Innensechskant sagen, und du hast keine Ahnung, was man mit einem Messschieber macht oder was ein Kerbnagel ist.«

»Das weißt du auch nicht, gib's zu! Aber das ist ja gerade gut, um mit den Männern ins Gespräch zu kommen, nicht wahr? Denn dann kann ich danach fragen, und dann ist es leicht, auf Haareschneiden und andere wichtige Dinge zu sprechen zu kommen.«

»Nuuuuuur wir Männer sollen Dinge repariiiiieren können. Nuuuur wir ööööölen quietschende Türen und wechseln die Dichtung bei lecken Wasserhähnen und sollen graaaatis

Rat und Tat liefern, wenn schusselige Damen ihre Kerbnägel nicht im Griff halten können! Ich finde das sooooo kränkend!«

»Ich weiß, was ein Kerbnagel ist«, sage ich, und sofort spürt er meine Unsicherheit.

»Na gut, dann spuck's aus. Erzähl dem kleinen Ricky das Märchen von den Kerbnägeln.«

»Ein Kerbnagel ist ein bisschen wie du, Ricky, ein Nagel mit einem komischen Kopf.« Das habe ich erfunden, aber offenbar liege ich nicht ganz falsch. Ich war in meiner Beziehung zu Joakim nicht diejenige mit den zwei linken Händen, dafür kann ich nichts. Joakim hatte dafür ganz andere Vorzüge. Er war von der sanften, schmusigen Sorte, ein Meister der Erotik und der Rhetorik – aber handwerklich geschickt war er nicht. Erst jetzt sehe ich, dass Ricky Wimperntusche und Lidstrich aufgetragen hat. Das steht ihm sogar.

Auf dem Weg zum Baumarkt rufe ich Tove an und frage, ob wir uns dort treffen können. Anfangs staunt sie ein wenig über diesen Vorschlag, aber das kann ich schnell aufklären: »Ich habe ein Foto. Es könnte jemand sein, den du wiedererkennst.«

Es tut mir weh, Magnus für einen Betrüger zu halten, aber ich muss die Wahrheit wissen. Auf Sandön habe ich es nicht geschafft, ihn entsprechend ins Gebet zu nehmen, und wenn ich es getan hätte, wüsste ich vielleicht trotzdem nicht mehr als jetzt. Ich habe in seiner Tasche einen Einkaufszettel gefunden, auf dem stand, dass er heute, Freitag, im Baumarkt ein Alkoholmessgerät kaufen will. Wenn wir Glück haben, taucht er hier auf. Ich hoffe nur, dass ich nicht zu spät komme.

»Ich bin in zehn Minuten da«, verspricht Tove. »Aber warum treffen wir uns im Baumarkt?«

»Bester Ort, um Typen aufzureißen«, sage ich, um den Ernst mit einem Scherz zu vertreiben.

Ich warte vor dem Kaufhaus Åhléns auf Tove und sehe mir das Gewimmel an. Mütter mit Kinderwagen und angehende Mütter mit rundem Bauch machen mich nervös. Das Leben rinnt durch mein Stundenglas und wird zu Tagen und Jahren der Sehnsucht danach, was andere für selbstverständlich halten.

Aus der Apotheke gegenüber kommt Tilly. Sie winkt mir zu, ehe sie zu mir herüberkommt. Wir plaudern eine Weile, und ich erzähle von Ludwig und davon, was mit meiner Post passiert ist, und sie verspricht, den Briefkasten zu bewachen, wenn ich bei der Arbeit bin, und die Post zu sich ins Haus zu holen.

»Ich wollte dich noch etwas fragen, und ich wäre so froh und würde mich geehrt fühlen, wenn du Ja sagtest. Würdest du nächsten Samstag mein Model auf dem Catwalk sein?«

»Was sagst du da? Mach keine Witze!« Tilly lacht überrascht auf. »Was würden denn die Leute sagen, wenn ich im Brautgewand durch die Adelsgata humpelte?«

»Dass du schön bist. Ich weiß genau, wie ich dich frisieren würde. Die weißen Strähnchen in deinem grauen Haar haben sich so gut gemacht. Ich dachte, du und der General könntet ein bezauberndes Brautpaar abgeben.«

»Das geht nicht! Was würde Mildred Bofjär sagen? Sie würde an die Decke gehen, weil ich mich herausstaffiere und mich aufspiele.«

»Wenn sich eine herausstaffiert und aufspielt, dann ja wohl sie! Schikaniert sie dich?«, frage ich geradeheraus. Ich bin einfach noch nie auf die Idee gekommen, dass ältere Damen genauso aufeinander herumhacken können wie Schulkinder.

»Das kann man wohl sagen. Sie kritisiert alles, was ich tue. Was ich anziehe, mit wem ich mich treffe und in welchen Vereinen ich Mitglied bin. Ich habe Angst, dass sie mit ihrem

Klatsch die zarten Gefühle zerstören kann, die der General mir entgegenbringt. Früher oder später kommt es heraus, und dann können wir uns nicht mehr treffen. Der General und ich, wir gehören doch wirklich nicht denselben Kreisen an.«

»Oder ihr steht zu eurer Liebe und schreitet durch die Adelsgata, während die Leute applaudieren und jubeln. Und danach ist über die Angelegenheit nichts mehr zu sagen, oder?«

Tillys Wangen laufen rosa an. »Ich werde ihn fragen. Meinst du, wir könnten in seinem Kabriolett fahren?«

»Das wäre doch hinreißend.«

Ich bin gerührt und habe einen Kloß im Hals, und Tove wirft mir einen seltsamen Blick zu, als sie zu uns stößt, aber sie sagt nichts.

»Ich werde Henry fragen«, verspricht Tilly, ehe sie sich verabschiedet. Als sie losgeht, habe ich fast den Eindruck, dass sie mit ihrem Rollator tanzt.

»Hier ist das Bild«, sage ich und wende mich Tove zu. Ich suche auf meinem Telefon das Foto von Magnus heraus und merke, dass ich kaum atmen kann. »Sag nichts, bis du ganz sicher bist. Ist das hier der, mit dem du zusammen warst und der verschwunden ist, als dein Haus verkauft wurde?«

Tove schiebt sich die dunkelbraunen Haare hinter die Ohren und hält die Hand vor die Sonne, um sich das Display ansehen zu können. Sie ist fast einen Kopf kleiner als ich und heute sehr chic angezogen. Vielleicht kehren ihre Lebensgeister langsam zurück.

»Er sieht dem Mann ähnlich, der mich betrogen hat, und dann doch wieder nicht. Es ist ein sehr dunkles Bild. Ehrlich gesagt, ich weiß es nicht. Aber du glaubst, er kommt hierher? Ich sterbe, ich glaube nicht, dass ich es schaffen würde, ihn wiederzusehen.«

»Bitte, Tove, das ist wichtig.«

Widerwillig folgt sie mir zur Rolltreppe nach unten. Das hier ist wirklich ein Schuss ins Blaue.

»Was machen wir, wenn er es ist? Rufen wir die Polizei? Beschatten wir ihn?«, fragt sie.

Als sie das sagt, sehe ich, dass Magnus gerade an der Kasse steht und bezahlt. Ich habe das Gefühl, dass meine Knie unter mir nachgeben. Ich stolpere von der Rolltreppe und stehe denen, die nach mir kommen, im Weg. Ich mache genau das, worüber ich mich bei anderen ärgere – bleibe vor der Rolltreppe stehen und rede mit Bekannten, und die hinter mir stolpern. Ich versetze Tove einen leichten Stups und zeige so diskret ich kann auf ihn.

»Ist er das?«

Mein Herz scheint meinen ganzen Brustkorb zu füllen. Ich höre meinen Puls in den Ohren, und mein Mund ist wie ausgedörrt. Er darf es nicht sein! Sag, dass er es nicht ist!

Tove, die ein wenig kurzsichtig ist, kneift die Augen zusammen. Sie geht zwei Schritte weiter, und ich folge ihr wie ein Schatten. Magnus bezahlt und packt seine Einkäufe ein. Heute trägt er Jeans und ein schwarzes T-Shirt. Eine Personenbeschreibung, falls er verschwinden sollte.

»Ist er das?«, frage ich ungeduldig und ziehe an ihrem Arm.

Magnus nimmt seine Tüte und kommt geradewegs auf uns zu. Er bemerkt Tove nicht, er sieht nur mich und reißt erstaunt die Augen auf, dann wirft er mir ein umwerfendes Lächeln zu.

Ich packe Toves Arm noch fester. Sie muss antworten! Jetzt sofort! Ich lasse Magnus aus den Augen und sehe Tove an. Sie macht ein seltsam fragendes Gesicht. »Nun sag schon!«

»Das ist er nicht. Ich bin ganz sicher«, flüstert sie.

Ich verspüre eine unbeschreibliche Erleichterung und umarme sie. Magnus steht noch immer vor mir, wie erstarrt.

»Was machst du denn hier?«, fragt er, und ich versuche festzustellen, ob er sich ehrlich darüber freut, mich zu sehen, oder ob er sich ertappt fühlt.

»Dich suchen«, sage ich und halte seinem Blick stand. In diesem Moment würde ich alles dafür geben, wenn wir zusammen sein könnten.

»Hast du gewusst, dass ich hier bin?«, fragt er verblüfft.

Ich ziehe die Einkaufsliste aus der Tasche. »Du hast mich herbestellt.«

»Ich wusste ja, dass du eine ausgefuchste Taschendiebin bist! Lass mal sehen, ob ich etwas vergessen habe«, sagt er und überfliegt den Zettel mit strahlendem Lächeln. »Nein, ich habe alles, nur nicht die Lockenwickler.«

»Du brauchst doch keine Lockenwickler«, plappere ich weiter, denn ich will nicht, dass dieser Augenblick ein Ende nimmt, und vor allem will ich, dass Tove weggeht und wir unter vier Augen über die dringlichsten Dinge reden können.

»Ich habe mehr als genug Locken, aber meine Ex wollte eben Lockenwickler.« Plötzlich wird sein Gesicht ernst. Er hat »meine Ex« gesagt. Ist es jetzt zu Ende? Ich kann solche Fragen nicht stellen, wenn Tove dabei ist.

»Du wolltest hier im Baumarkt Typen aufreißen, hast du gesagt.« Tove spürt die brisante Stimmung nicht und redet munter weiter. »Der beste Aufreißort für Singlefrauen! Haha, du bist komisch, du. Ich mach mit, Angelika. Ich will einen geschickten Mann.«

»Ich bin ein geschickter Mann«, sagt Magnus und hebt eine Augenbraue. Noch immer mit einem Lächeln in seinem einen Mundwinkel.

»Na gut«, sage ich. »Aber bist du Single?« Jetzt ist die Frage gestellt, ohne dass Tove versteht, worüber wir wirklich reden.

»Das ist nicht so leicht«, sagt Magnus, jetzt mit einem gequälten Ausdruck in den Augen. Er beugt sich zu mir vor und flüstert: »Bitte, warte noch auf mich.«

Ich sehe ihn lange an, bis Tove mich wegzieht. »Sieh dir mal den dahinten an, den, der sich gerade die Werkzeuggürtel ansieht. Was für ein scharfer Hintern!«

»Ja, nicht wahr?«, sage ich und zwinkere Magnus zu.

Die Entstehung der Freitagsgruppe

Ich rufe Rut bei der Polizei an und berichte, dass Arsène nicht der Mann ist, der Tove um ihr Haus betrogen hat.

Der Mann, der sich hier die Werkzeuggürtel ansieht und den Tove ins Auge gefasst hat, ist kein Geringerer als SZB-Petter. Sie haben auf dem Kostümfest miteinander getanzt, und das bringt mich natürlich auf neue Ideen bezüglich meiner eigentlichen Taktik des »Paarschneidens«. A1 + A1 = ein potentielles Paar. Sie diskutieren über Rauchmelder, Sprinkler und die besten Alkoholmessgeräte. Tove erzählt gerade, dass sie sich einmal mit Parfüm eingesprüht und 0,4 ins Röhrchen geblasen hat, obwohl sie keinen Tropfen getrunken hatte, und dann saß sie erst mal im Haus fest und wagte nicht, sich ins Auto zu setzen. Petter findet das interessant und verspricht, sie über die Zuverlässigkeit verschiedener Messgeräte zu informieren, also wenn er ihre Telefonnummer bekommen kann.

Ab und zu braucht man nicht zu versuchen, die Schicksalsfäden miteinander zu verknüpfen, sie verknüpfen sich auch von alleine ziemlich fest. Der Baumarkt ist ein noch besserer Ort zum Anbaggern, als ich gedacht hatte.

Als ich ungefähr zwanzig Gutscheine für einen Haarschnitt verteilt habe, schlägt Tove vor, in ein Café zu gehen. Das ist nicht so ganz fair Ricky gegenüber, der sich im Salon für uns beide abmüht, aber es kann ja auch von Vorteil sein, über die Betrügereien zu reden.

Gunnar von Radio Gute sitzt an seinem Fenstertisch, noch mehr in sich zusammengesunken und dicker angezogen als sonst. Gunnar kleidet sich immer in Schnupftabakbraun, es wirkt ein bisschen wie ein verspäteter Protest aus den siebziger Jahren, der zusammen mit der Milch in seinem Caffè Latte sauer und nie zu mehr geworden ist als nur zu Worten.

In den siebziger Jahren wurde immerhin Rotwein getrunken, und ich glaube mich zu erinnern, dass Gunnar unter dem Einfluss einer ganzen Flasche Roten das im kleinen Kreis berühmte Gedicht »Wahnsinn ward mein Erbteil« verfasst hat. Er bekam für sein Poem irgendeinen Kulturpreis und skandierte den Text eines Sonntagvormittags auf einem Balkon unterhalb des Supermarktes. Vermutlich war das einer der Höhepunkte in seinem Leben.

Tove und ich setzen uns zu Gunnar. Es ist Zeit für eine Runde ermittelnden Journalismus. Ich bestelle einige Berliner und Kaffee, ich kann den Berlinern im Siesta einfach nicht widerstehen.

Gemeinsam gehen wir durch, was wir wissen. Ich erzähle von meinem Haus, das hinter meinem Rücken an einen hochverschuldeten Bibliothekar verkauft worden ist. Und von dem Geld, das auf unklare Weise über Slemmy Stevens Konto geflossen ist.

»Er hieß Steven Nilsson, das stimmt«, sagt Tove. »Ich habe von der Polizei erfahren, dass er tot ist. Es ist ein und derselbe, er musste beide Male als Torhüter herhalten.«

Gunnar setzt sich aufrecht hin und nimmt die runde Brille ab und putzt sie. Es ist Zeit, die Welt so zu sehen, wie sie wirklich aussieht. Er greift nach Kugelschreiber und Block und macht sich sorgfältig Notizen. Wir drei halten jetzt gegen den Rest der bösen Welt zusammen.

»Es sind noch andere dieser Art von Betrug zum Opfer gefallen«, sage ich dann. »Ich habe mir gedacht, du könntest vielleicht im Radio Betroffene bitten, sich zu melden. Irgendwo unter uns versteckt sich ein Betrüger. Wir brauchen Hinweise. Es kann Leute geben, die ihr Haus verloren haben oder deren Konto ausgeräumt wurde. Oder jemanden, der bemerkt, dass der Nachbar, der keinerlei Einkommen hat, plötzlich eine Luxuskutsche fährt.«

»Habe ich das Exklusivrecht, oder geht ihr auch zu den Zeitungen?«

Seit langer Zeit schon besteht eine Rivalität zwischen Jonna und Gunnar.

»Du erfährst es als Erster«, sagt Tove sofort. Tove arbeitet im Kindergarten und kann wunderbar vermitteln, so dass alle zufrieden sind, oder aber geschickt mit einem »Schau mal, Pieppiep!« ablenken. »Ich finde, du solltest Kontakt zu Rut Qviberg bei der Polizei aufnehmen. Sie will sicher mit uns zusammenarbeiten.«

»Und das Finanzamt dürfen wir auch nicht vergessen«, sagt Gunnar ernst. »Da sitzt die Kompetenz.«

»Ich verstehe, was du meinst«, sage ich und schlage vor, sofort Lovisa Mörk anzurufen.

Lovisa taucht schon nach wenigen Minuten im Café Siesta auf. Ich rutsche zur Seite, damit sie sich neben Gunnar setzen kann – es ist eng, sie müssen einander berühren. Als Lovisa den Vorschlag macht, sich Stevens Bekannte näher anzusehen, fordere ich Gunnar auf, ihr dabei zu helfen. Auf diese Weise kann ich sie dazu bringen, sich für später an diesem Abend bei ihm zu Hause zu verabreden. Es dauert, die Lebensfäden der beiden miteinander zu verknüpfen, es ist wie einen Elefanten schieben zu müssen, es ist schwer und dauert, aber es geht doch langsam vorwärts.

Angeblich gründen drei Schweden, wenn sie sich treffen, sofort einen Verein, und genau das tun wir hier auch. Bald haben wir beschlossen, uns die »Freitagsgruppe« zu nennen, da unser erstes Treffen an einem Freitag stattgefunden hat.

Als wir die Richtlinien für unsere Zusammenarbeit aufgestellt haben, muss ich einfach noch mal in den Baumarkt schauen, für den Fall, dass Magnus noch dort ist. Das ist natürlich durch und durch idiotisch. Ich mache mir selbst alles kaputt, wenn ich zu aufdringlich bin. Aber wenn wir uns nur durch Zufall über den Weg laufen, ist es nicht so peinlich.

Ich drehe eine Runde zwischen den Regalen und hoffe und sehne mich wie verrückt. Aber er ist nicht da. Wie viele Männer behaupten, Schluss machen zu wollen, und verlassen ihre Frau dann auch wirklich? Vielleicht wird es nie so weit kommen. Er hat mich gebeten, Geduld zu haben und zu warten, aber ich sollte doch eine zeitliche Grenze festsetzen. Am Montag in genau einem Monat werde ich aufhören, an ihn zu denken, wenn er bis dahin sein Leben nicht in Ordnung gebracht hat. Diesen Rat gebe ich anderen Frauen immer. Sitz nicht zu Hause herum und warte darauf, dass er sich meldet. Lebe dein Leben!

Ricky schaut mich wütend an, als ich in den Salon zurückkehre. Er hat zwei Damen mit Farbe in den Haaren, schneidet bei einer dritten, und zwei weitere Kunden warten schon, als ich hereinkomme.

»Du hast keine Arbeitsmoral, Angelika. Du hast überhaupt keine Moral! Du bist gesehen worden, wie du dich im Siesta mit Berlinern vollgestopft hast, während ich hier schufte. Wie viele hast du runtergewürgt, sechs oder sieben? Hast du heute vielleicht sogar deinen persönlichen Rekord gebrochen?«

»Das kann sein, ich habe nicht so genau gezählt.«

Ich habe nicht vor, ihm zu widersprechen, nicht vor der Kundschaft. Er begreift nicht, dass die Zukunft des Salons auf dem Spiel steht, wenn ich meine Angelegenheiten nicht in Ordnung bringen kann. Ich ziehe den Kittel an und mache mich an die Arbeit.

Im Moment haben wir nur A-Nullen im Laden, und das gibt einen ganz anderen Arbeitstakt, als wenn man die bestmögliche Konversation in die Wege leiten muss. Solange wir dieses Tempo halten können, bemerke ich meine Müdigkeit nicht. Aber als wir um drei Uhr eine Kaffeepause machen, kann ich mich nach den Abenteuern der vergangenen Nacht kaum wachhalten.

Ricky lässt sich neben mich auf das Sofa sinken und hebt mein Kinn, das mir auf die Brust gefallen ist. »Ich will, dass du jetzt Mama gegen mich bist und mich fragst, wie es mir geht.«

»Mama gegen dich?«

»Mama *für* mich bedeutet für mich eine, die mich umsorgt und lieb ist. Mama *gegen* mich bedeutet eine, die unangenehme Fragen stellt.«

Ich komme nicht ganz mit. Wie üblich fehlt ein Zwischenglied in seinem Gedankengang.

»Erstens bin ich nicht deine Mama. Zweitens: Welche unangenehmen Fragen soll ich denn stellen? Haben sie mit der Arbeit zu tun, oder sind sie privat?«

»Privater geht's nicht.«

»Oh je.« Ich weiß nicht, ob ich das im Moment über mich bringe. »Hast du eine Frau geschwängert?«

»Ich habe zwei Frauen geschwängert, und ich muss meinem Bruder beim Umzug helfen. Kann ich morgen frei haben?«

»Klar doch. Welche zwei? Kenne ich die?«

»Nein, das war nur ein Witz. Du musst schließlich aufwachen. Du kannst nicht hier im Laden schlafen.«

»Du wirst also doch nicht Papa?« Dieses ganze Hin und Her macht mich total fertig.

»Nein, ich nehme immer zwei Kondome, bis ich zu einem dauerhaften Entschluss gekommen bin, wie du immer sagst. Aber ich habe ein Problem. Ich bin in zwei Mädchen verliebt und kann mich nicht entscheiden, mit welcher ich zusammen sein will. Ein Harem wäre eine Lösung für mich, aber nicht für die Damen.«

»Will denn überhaupt eine von beiden mit dir zusammen sein?«

»Es gibt da so gewisse Anzeichen, ja.«

»Von welchen Damen ist hier die Rede?«, frage ich, obwohl ich so meinen Verdacht habe.

»Jessika und Alexandra.«

»Ich glaube, das wäre die falsche Kombination für einen Harem«, sage ich voller Überzeugung.

Versprochen ist versprochen

Als ich die Wagen gefüllt und den Boden gefegt habe, gehe ich ins Hinterzimmer, um die kurzhaarige Synthetikperücke hervorzusuchen, die ich auf dem Heimweg Naima vorbeibringen will. Die Perücke sieht gut aus, und ich glaube, sie wird ihr passen. Ich stecke sie in meine Handtasche und gehe nach draußen.

Durch den Sonnenschein tränen meine müden Augen. Vor dem Buchladen Wessman & Pettersson steht Regina mit Folke an der Hand. Er versucht sich loszureißen, und sie hält ihn fest. Ein kleiner Junge wie Folke kann mit einer Portion Zuckerwatte unvorstellbare Dinge anrichten, ehe man auch nur bis drei zählen kann. Regina kämpft mit den Tränen, und die Menschen, die sich um sie herum versammelt haben, sehen auch nicht glücklich aus. Ich habe in der Handtasche eine Packung Feuchttücher und verteile den Inhalt an die Bedürftigen, obwohl hier eigentlich eher ein Gartenschlauch nötig wäre.

»Sie müssen besser auf Ihren ungezogenen Bengel aufpassen!«

»Eltern müssen zu ihrer Verantwortung stehen!«

»Ist der nicht ganz richtig im Kopf?«, fragt eine elegante Frau von vielleicht vierzig, deren Markenmantel verschmiert ist.

»Doch, aber vielleicht ist das bei Ihnen nicht der Fall, denn Sie sind ja offenbar viel zu egoistisch und beschränkt, um Verständnis für ein Kind zu haben.«

In diesem Moment geht mir auf, dass ich Magnussens Freundin Auge in Auge gegenüberstehe. Ich glaube jedenfalls, dass sie es ist, bin mir aber nicht ganz sicher. Die Worte sind mir einfach so herausgerutscht, denn ich werde so wütend, weil sie jetzt allesamt auf Regina herumhacken. Ich lege den Arm um Regina und starre die anderen wütend an, bis sie sich verziehen. Regina kann die Tränen nicht mehr zurückhalten, und Folke streichelt ihren Arm.

»Entschuldige, Mama, das war wieder blöd von mir.«

»So was kommt eben vor.«

Ich hebe Folke und die Überreste der Zuckerwatte hoch, ohne mich darum zu kümmern, dass er sie in meinen Haaren verschmiert. Wir stehen einfach da wie eine kleine Insel in einem Meer, das langsam zur Ruhe kommt.

»Jeden Tag denke ich, dass ich eine bessere Mutter werden, mehr ertragen können muss.« Regina zieht ein Taschentuch hervor und putzt sich die Nase. »Aber ich bin doch nur eine ganz normale Mutter, ich besitze keine Superkräfte.«

»Ich aber«, sagt Folke und lächelt so bezaubernd, dass wir dahinschmelzen. »Wenn man Faluwurst isst, kriegt man Superkräfte. Ich will ein Stück Faluwurst!«

Regina braucht Entlastung. Vielleicht könnte ich Folke ab und zu für eine Nacht übernehmen, damit sie sich ausschlafen kann? Wir verstehen uns gut, und ich mag ihn sehr. Ich werde niemals eigene Kinder haben, aber vielleicht kann ich eins ausleihen. Ich frage sie, und sie strahlt mich an.

»Wenn ich ihn überhaupt mit gutem Gewissen jemandem anvertrauen würde, dann dir. Am Montag, kannst du da?«

Wir reden noch kurz weiter, dann verlasse ich die beiden und gehe mit Naimas Perücke weiter zum Hospiz. Ich bleibe auf dem Wallérsplats stehen. Der kommt mir so leer vor, wenn Steven nicht dort steht und Trompete spielt.

In Almedalen brodelt das Leben. Die Frühlingsblumen leuchten in den reich bepflanzten Beeten, und die Magnolie blüht weiß an kahlen Zweigen. Die Menschen sitzen in kleinen Gruppen im Gras und auf den Bänken und essen Eis und trinken Kaffee. Die Stockenten planschen glücklich im Wasser herum, als ob sie zur Unterhaltung engagiert worden wären. Über dieses schöne Bild hat die Abendsonne ihr Licht gelegt, und die Bäume werfen immer längere Schatten über den gepflegten Rasen. Es ist derselbe Ort wie in der Nacht und doch ganz anders als die grauschwarze Landschaft, in der ich Naima und Sindbad den Seefahrer zu unserer Reise nach Gotska Sandön abgeholt habe.

Heute beginnt bei Naima die Chemotherapie. Um diese Zeit müsste sie aus dem Krankenhaus zurückkommen. Ich betrete das Gebäude. Zwischen den Zimmern herrscht ein seltsames Schweigen, und der Aufenthaltsraum ist leer. Personal kann ich auch nicht sehen.

Ich gehe weiter über den Gang zu Naimas Zimmer. Die Tür ist geschlossen. An der Klinke hängt ein Metallschild mit der Mitteilung, Besucher sollten sich an die Hausleiterin wenden. Ich klopfe, bekomme aber keine Antwort. Vorsichtig öffne ich die Tür.

Naimas Habseligkeiten sind verschwunden. Das Bett ist abgezogen, und das Fenster steht für den Seewind offen. Ich drehe mich zum Gang um und sehe eine große, magere Frau in schwarzem Kleid und weißer Schürze. Sie hat sich die Haare zu einem strengen Knoten hochgesteckt, und die Runzeln in ihrem Gesicht lassen mich darauf tippen, dass sie um die sechzig ist und auf eine lange Karriere als Raucherin zurückblicken kann.

»Suchen Sie jemanden?« Ihre Stimme ist tief und klingt, als stünde sie in einem Weinkeller aus dem Mittelalter.

»Ich bringe eine Perücke für eine Kundin, Naima.«

»Die braucht sie nicht mehr.«

»Wie meinen Sie das?« Ich fürchte das Schlimmste.

»Naima hat uns heute Morgen verlassen. Sie ist tot.«

Ich weiß nicht, was ich sagen soll. Ich bin so traurig, vor allem wegen Sindbad. Als ich gerade fragen will, wo er ist, geht mir auf, dass ich seinen richtigen Namen nicht weiß. »Sie hatte hier einen Freund.«

»Sie hatte hier viele Freunde«, sagt die Hausleiterin mit Betonung auf jedem Wort. Mir ist klar, dass sie hier die Chefin ist, als ich das Namensschild auf ihrer mageren Brust lese: Dagmar Drake. Ich weiß sofort, dass sie die Liebesbeziehung von Naima und Sindbad verleugnen wird.

Ich gehe auf den Ausgang zu. Zu meinem Glück geht Frau Drake in die Gegenrichtung. Ich gehe die Treppe in den oberen Stock hoch, schaue in einem Zimmer nach dem anderen nach. Für den Fall, dass Sindbad wie geplant ins Hospiz übergesiedelt ist. Als ich jemanden kommen höre, verstecke ich mich in einer Wäschekammer, bis die Schritte verhallt sind. Dann laufe ich wieder die Treppe hinunter, um mich in der anderen Hälfte der Abteilung umzusehen.

Ich finde sein Zimmer ganz hinten im Gang. Er sitzt am Fenster in seinem viel zu großen Rollstuhl. Sein Blick ist auf das Meer gerichtet, wo die Sonne eine breite goldene Straße für die angelegt hat, die über das Wasser gehen können. Ich gehe vor ihm in die Hocke und nehme seine trockenen, schmalen Hände in meine.

»Hast du meine Mail bekommen?«, fragt er und streichelt meine Haare und wischt mir die Tränen ab, die ich erst jetzt bemerke.

»Nein, aber ich weiß es trotzdem.«

Wir schweigen und umarmen einander. Ich bleibe stumm,

denn das, was ich sagen möchte, ist größer als Worte, die arm und klein werden, wenn ich sie nur denke.

»Sie ist im Krankenhaus gestorben. Vermutlich eine Embolie, meint der Arzt. Ihr Mann war mit im Krankenhaus und hat es der Hausleiterin gesagt, als er Naimas Sachen geholt hat. Ich habe sie gehört. Sie kann ja kaum kalt gewesen sein, als er auch schon hier war, um ihr Zimmer auszuräumen. So effektiv war er.«

Ich erhebe mich und hole einen Stuhl. Meine Beine sind eingeschlafen, als ich neben seinem Rollstuhl gehockt habe. »Von mir aus kann jetzt Schluss sein, man soll das Fest doch verlassen, wenn es am lustigsten ist.«

Ich bleibe eine gute Stunde bei Sindbad sitzen. Wir teilen die Gedanken, die uns so kommen. Ich hole aus dem Aufenthaltsraum Kaffee für uns und helfe ihm beim Trinken. Der Porzellanbecher ist zu schwer für ihn. Unsere Themen wechseln von tiefen Gedanken über Leben und Tod auf eher alltägliche Dinge.

»Ich muss dir eins sagen«, gestehe ich. »Was ich dir darüber gesagt habe, dass dein Chauffeur ein Betrüger ist. Vergiss das. Da hatte ich mich geirrt.«

»Das ist klar. Magnus Jakobsson ist ein ehrlicher Mensch. Vielleicht der pflichtgetreuste und verantwortungsbewussteste, der mir je begegnet ist. Deshalb kann er sich nicht so einfach von seiner schrecklichen Freundin trennen. Sie weiß genau, auf welchen Saiten sie spielen muss.«

»Was sind das für Saiten?« Ich würde ihn mit so einer Frage nicht belästigen, wenn es nicht lebenswichtig wäre.

»Sie ist nicht depressiv, aber sie droht mit Selbstmord, wenn er sie verlässt. Ich glaube nicht, dass sie es tun würde. Ich habe ihm gesagt, das Gefährlichste wäre, auf ihre Forderungen einzugehen. Denn dann siegt sie mit ihren Drohungen. Ich habe vorgeschlagen, dass er sie ganz offen fragen soll, ob sie dann auf ihrem Sarg einen Kranz oder ein Gesteck liegen haben will.«

»Pragmatisch und kurz.« Ich muss einfach über seine makabre Lösung lachen.

»Mit Selbstmord zu drohen, um seinen Willen durchzusetzen, ist so ungefähr das Schlimmste, was man einem anderen Menschen antun kann. Es ist ein Hohn gegen die, die sich in ihrer tiefsten Verzweiflung für diesen Ausweg entscheiden. Sie bürdet ihm eine unvorstellbare Schuld auf, und ich kann nicht verstehen, was sie damit zu gewinnen glaubt, wenn sie ihn festhält. Es ist doch nur seine Schale, an die sie sich klammert. Seine Seele gehört schon dir.«

Nun weine ich wieder, denn seine Worte geben mir den Mut zur Sehnsucht.

»Danke, mein bester Freund. Ich möchte, dass du mein vertrautester Freund bist.«

»Nichts wäre mir eine größere Freude.« Er lächelt, und seine Augen funkeln unter den buschigen Augenbrauen.

»Aber darf man dann vielleicht fragen, wie du heißt?«

»Natürlich darf man fragen, aber das verrate ich nicht, denn dann wäre auch die letzte Magie verloren. Ich würde sehr gern mit unserem Briefwechsel weitermachen, wo wir aufgehört haben. Onkel Sindbad klingt doch sehr gut.«

»Darf ich dich ab und zu besuchen kommen?«, frage ich, als ich in der Tür stehe. »Oder wird die Öffnung zwischen unseren Welten jetzt geschlossen?«

»Du kannst kommen, wenn wir uns per Mail verabredet haben. Das hat allerlei Gründe, die du eines Tages verstehen wirst. Vor allem sehne ich mich nach der Ruhe in der Hospizabteilung. Aber dort gibt es nicht genug Plätze, und manche

Patienten sind kränker als ich, deshalb kommen die zuerst an die Reihe. Die Engel arbeiten dort oben, und Helena mit den sanften Händen.«

Als ich Sindbad verlassen habe und das letzte Stück nach Hause gehe, fällt mir ein, dass ich meinen Hausschlüssel in der Jackentasche vergessen habe und dass die Jacke im Salon d'Amour hängt. Es war warm, als ich mich auf den Weg nach Almedalen gemacht habe, und ich habe die Jacke deshalb nicht angezogen. Typisch. Typisch. Typisch.

Pica pica fennorum

Ich gehe mit schweren Schritten weiter. Eine dumpfe Trauer betäubt meine Sinne. Naimas Tod lässt mich an Joakims Tod denken. Sindbads Trauer wühlt meinen eigenen verdrängten Schmerz auf. Nur weil ich mich wieder neu verliebt habe, verschwindet ja mein Kummer nicht einfach wie durch Zauberhand. Der Schmerz klingt ab, die Momente, in denen alles ganz normal ist, werden mit der Zeit länger, und die tiefe intensive Trauer wird zum Vermissen. Aber Joakim wird mir immer fehlen.

Als ich den Wallérsplats erreiche, denke ich an Stevens letzte Serenade, und meine Schritte werden noch schwerer. Ich bin wütend auf ihn, weil er den Torhüter gespielt hat. Zugleich bin ich traurig, weil ich weiß, dass er mir niemals hätte schaden wollen. Steven war ein Sklave seines Lasters, und jemand hat seine Schwäche ausgenutzt. Ich will einen richtigen Widersacher. Ich brauche jemanden, den ich zur Rechenschaft ziehen und auf den ich wütend sein kann. Es wäre das Beste, wenn der Betrüger gerade jetzt im Salon einbräche. Dann würde ich ihn überwältigen und ihm in Notwehr den gusseisernen Kleiderbügel auf den Kopf hauen und ihn übers Wochenende vergessen, damit er sich die Hosen vollmachen müsste. Das würde mir gefallen. Aber das Leben ist selten so großzügig.

Ich schließe die Tür zum Salon auf und will Naimas Perücke wieder in die Kammer legen. Doch da steht Ricky – in einem schwarzen, glänzenden, hautengen Kleid und hochhackigen Schuhen, und er ist umwerfend elegant.

»Was machst du denn hier?«

»Ein bisschen experimentieren.« Er wirft mir einen flirtenden Blick zu.

Ich lächele ihn an, denn er ist als Mädchen einfach reizend. »Du bist einfach ein Schmink-Genie! Ich dachte an den Catwalk. Du bist wirklich der Beste. Du musst Tilly schminken. Aber es ist ein großer Unterschied, ob man eine ältere Frau schminkt oder eine Zwanzigjährige, ich hoffe, ihr habt das beim Kurs gelernt. Ältere Frauen dürfen keinen dunklen Puder haben, der sich in den Fältchen festsetzt. Sie brauchen eine hellere Farbskala und Cremelidschatten.«

»Das mach ich schon.«

Der einzige Grund, warum ich mich auf mein Zuhause in der Fiskargränd freue, ist mein Computer. Jetzt, da ich weiß, wie Arsène heißt, müsste ich doch so einiges über ihn herausbekommen können, zum Beispiel, wo er wohnt und wie seine Freundin heißt und wann er geboren worden ist. Er ist jünger als ich, aber ich weiß nicht, wie viel. Es kann nicht allzu viele Magnus Jakobssons geben, auch wenn Jakobsson einer der häufigsten Nachnamen hier auf der Insel ist.

Ich muss mehr über meine Rivalin wissen. Ich schäme mich, als ich mir das eingestehe, aber ich muss einfach im Netz nach Auskünften über sie suchen. Bei birthday.se gibt es Personen, die man nicht einmal bei Eniro findet.

Magnus will sicher nicht von mir gefunden werden, solange die Trennung noch keine Tatsache ist. So deute ich jedenfalls sein Schweigen. Die einzigen Spuren, die ich habe, sind, dass er neu auf der Insel ist, zaubern und durch verschlossene Türen gehen kann. Ich werde jeden Schlosser in der Stadt überprüfen. Er müsste doch eigentlich wissen, dass es keine gefährlichere Detektivin gibt als eine verliebte Frau.

Zur Abwechslung gehe ich auf einem anderen Weg nach Hause. Ich gehe immer geradeaus und überquere dann den Stora Torg. Noch stehen hier keine Marktbuden, aber im Sommer wird der frisch restaurierte Platz total überfüllt sein. Ich gehe weiter durch Visbys enge gepflasterte Gassen. Unter meinen Füßen verläuft das uralte Wasserleitungssystem, das das Wasser aus den höher gelegenen Teilen der Stadt bringt. Wenn die Holzkonstruktion eintrocknete und einstürzte, würde ganz Visby von unterirdischen Kräften versenkt werden wie das Atlantis der Sagen.

Ich komme an den Ruinen von Sankt Lars und Sankt Drotten vorbei. Zwischen ihnen zieht sich die Syskongränd dahin, getauft nach den beiden Schwestern, die dermaßen zerstritten waren, dass jede ihre eigene Kirche bauen musste, um sonntags den Gottesdienst besuchen zu können. Auf der anderen Straßenseite blubbern die Kupferkessel von Gotlands Brauerei.

Während ich weiter durch die Vettugränd gehe, denke ich über das Leben, den Tod und den Sinn des Ganzen nach. Im Moment bin ich einfach dankbar dafür, dass ich mit nach Gotska Sandön durfte. Dort bekam ich eine leise Ahnung vom Sinn des Lebens.

Ich werfe einen Blick auf mein Telefon, um zu sehen, wie spät es ist. Die Bank hat schon geschlossen, und Rut ist sicher nicht mehr auf der Wache. Es braucht seine Zeit, Betrüger zu überführen.

Als ich die Fiskargränd erreiche, verspüre ich sofort wieder Unlust. Es ist nicht mehr mein Zuhause. Mein Zufluchtsort im Dasein. Die Haustür ist nicht abgeschlossen. Das Gartentor steht offen. Ich winke Tilly zu, die von ihrem Küchenfenster aus Ausschau hält. Sie schüttelt den Kopf. Ich weiß nicht, weshalb. Sie zeigt auf mein Haus und schüttelt wieder den Kopf. Da muss also irgendetwas nicht in Ordnung sein.

Als ich die Diele betrete, schlägt mir der Rauchgeruch entgegen. In der Küche hat sich nichts zum Besseren verändert, obwohl ich Ludvig gesagt hatte, es sei seine Aufgabe, nach dem Brand Ordnung zu schaffen.

Aus den inneren Teilen des Hauses höre ich seltsame gutturale Geräusche. So als ob Herz-Ass Haarbälle auswürgte. Aber der Kater ist nicht zu sehen. Seine empfindliche Nase hatte sicher genug vom Brandgeruch.

Das Geräusch scheint aus meinem Schlafzimmer zu kommen. Ich denke an Einbrecher, und mich überkommt die Angst. Ich gehe in die Küche und nehme aus dem Spülbecken eine leere Flasche Wisby Pils und schlage ihr energisch am Rand des Spülbeckens den Hals ab, so dass ich wenigstens bewaffnet bin und mich verteidigen kann. Lautlos schleiche ich mich zum Schlafzimmer, die Flasche in der Hand.

Vor der Tür bleibe ich stehen. Jetzt ist ein stöhnendes Crescendo zu hören, und dann ein gedehntes Ahhhhh im Diminuendo. Jemand amüsiert sich in meinem Bett.

Ich reiße die Tür auf und starre zum zweiten Mal in dieser Woche Ludvigs Hintern an. Das Hinterteil ist umschlungen von zwei weißen Beinen und Füßen mit schwarz lackierten Zehen, die sich in der Luft spreizen.

»Was macht ihr in meinem Bett?«

Eine idiotische Frage, da ich ja deutlich sehe, was sie da treiben. Aber jetzt ist das Maß voll. Bisher war ich geduldig und verständnisvoll, aber das hier ist der Tropfen, der das Fass zum Überlaufen bringt.

Ludvig schaut auf und lächelt töricht, als er mich und die Flasche in meiner Hand sieht. »Schön, dass du mir und Jonna ein kaltes Bier bringst«, ruft er.

Jonna wirft mir durch ihre langen schwarzen Haare einen verschleierten Blick zu. Sie haben schon ziemlich viel Bier getrunken – und auch Kokain genommen, das verraten mir die Accessoires auf dem Nachttisch, und plötzlich hab ich alles nur noch satt, und ich weiß nur eine Möglichkeit, sie vom weiteren Kopulieren abzuhalten, die mich nicht wegen Mordes ins Gefängnis bringen wird.

Ich gehe mit festen Schritten hinaus in den Garten, hole mir den Gartenschlauch und drehe das Wasser auf. Ich muss ohnehin die Bettwäsche wechseln – und am besten auch Matratze und Bett und Haus und Land und Erdteil und Leben –, und was spielen da ein paar Kubikmeter Wasser mehr oder weniger noch für eine Rolle?

Mit überraschendem Tempo stürzen Ludvig und Jonna schreiend in den Garten, und ich schließe die Tür ab. Von nun an werde ich kein Schwein mehr ins Haus lassen.

Ich durchsuche Ludvigs Kleider, finde aber den Hausschlüssel nicht. Der hängt im Schlüsselschrank neben dem Reserveschlüssel. Ich besitze alle drei Schlüssel! Erledigt! Ich werfe ihre Klamotten aus dem Fenster in den Garten. Erledigt! Ich zerreiße seinen verdammten Grundbrief. Dreimal erledigt!

Ich bin absolut sicher, dass ich Tilly hinter dem Vorhang im Obergeschoss sehe, wo sie meinen Garten voll im Blick hat. Ludvig und Jonna setzen ihre Übungen ungeniert im Grünen fort, und auf der anderen Seite der Hecke kann ich sehen, wie der General seinen Mercedes wienert.

Fünf Minuten später werden die beiden von der Polizei abgeholt. Die teilte mit, meine Nachbarin habe angerufen und behauptet, bei mir sei eine heftige »Reffparty« in Gang. Natürlich hatte sie Rave Party gemeint.

Als alles vorbei ist, lasse ich mich an den Küchentisch sinken und sehe mich in der Verwüstung um. Das hier war noch vor wenigen Tagen mein trautes Heim. Jetzt habe ich beim

Anblick der verbrannten Küche und des vom Wasser ruinierten Schlafzimmers kein heimisches Gefühl mehr. Unter anderen Umständen würde ich Jonna anrufen und Bildbeweise und Hilfe durch die Medien verlangen, um mir Gerechtigkeit zu verschaffen. Aber sie hat sich mit der Besatzungsmacht zusammengetan, und ich muss selbst das Elend fotografieren, um zu beweisen, dass ich nicht verrückt bin, wenn ich das hier meinen Schwestern und der Versicherungsgesellschaft erzähle.

Wenn der Betrüger Schlüssel hat nachmachen lassen, hat er vielleicht noch andere, denke ich dann plötzlich. Langsam nimmt in mir eine Strategie für mein Überleben Form an. Ich rufe meine Schwestern an und bitte sie, jeweils 3500 Kronen als Darlehen zu überweisen. Beide regen sich auf. Vera hat vor, Hägg privat anzurufen und eine Erklärung dafür zu verlangen, wie es mit dem Darlehen weitergeht. Ulrika ärgert sich vor allem darüber, dass die Polizei nicht genug Ermittler hat.

Von dem Geld, das meine Schwestern mir überweisen, will ich einen Schlosser kommen lassen, der in Haustür und Gartentor neue Schlösser einbaut. Wenn Ludvig hereinwill, geht das dann nur noch per Stabhochsprung. Ich werde ihn nie wieder freiwillig in mein Haus lassen. Ich packe seinen Kram, der noch in meinem Haus herumfliegt, in einen schwarzen Müllsack und stelle ihn in das Gästehaus.

Der Schlosser, ein recht korpulenter Mann mit griechischem Aussehen, kommt stehenden Fußes, als er meine verzweifelte Stimme hört. Sein dunkler Schnurrbart sieht fast aus wie angeklebt, aber die dunklen Augenbrauen passen genau dazu. Ich versuche nicht, herauszufinden, ob sie echt sind. Er hat einen Hauch von Graf Dracula, und das schüchtert ein.

Er stellt sich als Nauplius vor. In wenigen Minuten hat er meine Schlösser ausgetauscht und fragt, ob ich das als Betriebskosten verbuchen kann. Wir gehen in meine Küche, damit er die Quittung ausschreiben kann.

»Was ist denn hier passiert? Wollten Sie den Herd anstecken?« Er schaut im Herd nach, ob ich darin Feuer gemacht habe. »Haben sie Ihnen den Strom abgestellt, weil Sie die Rechnung nicht bezahlt haben?«

Ich breche erst in ein Wahnsinnsgelächter und gleich danach in Tränen aus, weil einfach alles zu viel ist. Und Nauplius sieht mich an, als ob ich ein bisschen verrückt wäre, und das bin ich ja vielleicht auch.

»Warum wollten Sie die Schlösser auswechseln? Ist Ihr Mann gewalttätig?«

Der Einfachheit halber sage ich Ja. Da mir die Tränen noch im Hals stecken, ist es mir unmöglich zu erklären, was passiert ist.

»Kommen Sie mit zu meiner Frau. Frauen müssen sich mit Frauen aussprechen. Wir haben ein Restaurant mit gutem Essen und besten Weinen.«

Seiner Freundlichkeit und Fürsorge kann ich nicht widerstehen, und bald darauf sitze ich in seinem klapprigen Lieferwagen, und wir fahren zum Vorort Vibble, wo er den alten Supermarkt gekauft und in ein griechisches Restaurant umgewandelt hat.

Dort werde ich von seiner Familie wie eine liebe Verwandte aufgenommen, und nun habe ich ein schlechtes Gewissen, denn ich habe doch gelogen und habe gar keinen Mann, der mich misshandelt.

Aber ich brauchte Trost, erkläre ich Sindbad, als ich spätnachts nach Hause gebracht worden bin, nachdem ich meine Leidensgeschichte meinen neuen griechischen Freunden erzählt habe, die ich unbedingt zu einem gotländischen Festmahl einladen werde, wenn das Leben wieder in normalen Bahnen verläuft.

Sindbad antwortet:

> Alles kann passieren, wenn man nur ein bisschen verrückt ist. Es ist gut für mich, Neuigkeiten aus deiner Welt zu hören, denn hier hat sich die Finsternis wie ein Trauermantel über den Raum gelegt, und ich sehe kein Licht.

Wir reden über Naima, erinnern uns gemeinsam an sie. Ich merke nach einer Weile, dass Sindbad nach einem anderen Thema sucht.

> Erzähl von deinem Leben, Sindbad. Ich möchte so gern mehr wissen.

> Na ja. Es ist jetzt vielleicht der richtige Augenblick, davon zu berichten. Einst, in einer anderen Zeit, war ich ein kleiner Junge in der Welt, in der du jetzt lebst. Ich fand es schön, Tannenzapfen und Kiefernzapfen und runde Steine zu zählen. Aber mit Steinen Boule zu spielen fand ich sehr schwer. Deshalb habe ich ein Wettbüro eröffnet, in dem die anderen Kinder ihr Taschengeld setzen konnten. Ich konnte gut die Odds und Wahrscheinlichkeiten berechnen, und bald hatte ich ein kleines Kapital, das ich in die Firma meines Bruders investierte. Ich half ihm, Quittungen zu sortieren, und dann übernahm ich die ganze Buchführung.

> Und dann bist du reich geworden?

> Nein, als mein Bruder starb, gehörte mir die halbe Firma, und seine Frau wollte nicht weitermachen. Sie wollte ausbezahlt werden, und da musste ich die Firma verkaufen, und für das Geld habe ich Aktien gekauft, und die Aktien fingen an, ihr eigenes Leben zu leben. Anfangs

habe ich das gar nicht bemerkt. Sie vermehrten sich, aber nicht einfach so, immer wollten sie einen Gegendienst. Meine Zeit. Die Minuten und Tage und Jahre, die ich hätte leben und lieben sollen. Das war der Preis, den ich für meinen Reichtum bezahlt habe, und mein Zeitmangel wuchs mit dem Wert der Aktien.

Warst du nicht glücklich?

Ich glaubte, glücklich zu sein. Ich bekam doch alles, von dem ich glaubte, dass ich es haben wollte. Glück war, das zu kaufen, was mir gefehlt hatte. Ich gründete eine neue Firma. Um einen größeren Ertrag zu erzielen, mussten wir schneller arbeiten. Die langen gemütlichen Kaffeepausen und die Gespräche auf dem Gang verschwanden. Meine Firma ging an die Börse. Der Aktienmarkt verlangte Disziplin. Er erwartete, dass die, die das Tempo nicht durchhielten, aufhörten. Ich konnte nicht mehr mit Freunden zusammenarbeiten, die ich gernhatte.

Aber du konntest doch selbst entscheiden, wen du einstellen wolltest?

Das sollte man meinen. Aber mein Gemüt war vergiftet vom Gedanken an Wachstum und Gewinn. Ich war nicht glücklich. Erst, als ich hiergekommen bin, habe ich gelernt, das Leben richtig zu bewerten. Ein bisschen spät, könnte man meinen.

Hast du keine Verwandten oder Freunde in meiner Welt?

Nein, nur Angestellte.

Aber du hast doch mich. Ich bin nicht angestellt, ich bin meine eigene Chefin.

Das stimmt. Heute kam eine Elster durch das Fenster geflogen. Ein großes, schwarzweißes Weibchen mit scharfem Blick. Ich weiß nicht, ob Vögel den Tod wittern können. Ich weiß nicht einmal, ob sie Ohren haben, aber sie wusste, dass Naima über die Grenze in das Land ohne Träume gegangen war.

Hatte die Elster ein Menschengesicht?

Sicher. Die Elster hat unter vier Augen mit Naimas Ehemann gesprochen, nachdem er die Schätze zusammengerafft hatte, die noch in ihrer letzten Wohnstatt lagen. Schmuck, teure Bilder und Dokumente. Die Elster sagte, sie besitze den Zauberspruch, der die Trauer von seinen Schultern nehmen könnte, aber er fuchtelte mit den Armen und jagte sie weg. Da flog sie in mein Zimmer, denn ein anderer kleiner Vogel hatte ihr zugeflüstert, dass meine Trauer von anderer Art sei als seine.

Hieß die Elster Irma?

Diese Frage musste ich einfach stellen.

In eurer Welt heißt sie Irma und ist qualifizierte Trauerberaterin. In meiner Welt, wo wir mit Laserblicken alle Geschöpfe durchschauen, nennen wir sie Pica pica fennorum, und sie kreist, als der aasfressende Vogel, der sie eben ist, um meinen zerfallenden Leib.

Gegenseitig das innere Kind hüten

Es ist Samstagmorgen. Ich schalte den Wecker aus und habe kaum den Kopf vom Kissen gehoben, da klingelt das Telefon. Jonnas Stimme klingt ungewöhnlich gepresst.

»Hier ist Jonna... ich...«

»...war gestern ganz schön zugedröhnt«, füge ich hinzu, um ihr dabei zu helfen, das in Worte zu kleiden, was ich aus meinem Gedächtnis am liebsten tilgen würde. Warum ist man so verdammt hilfsbereit? Sie könnte doch auch eine Runde im Fegefeuer gequält werden, ehe ihr verziehen wird.

»Es tut mir leid, und ich schäme mich... für alles.«

»Na gut.« Das hier ist das erste Mal in den Jahren, die wir uns nun schon kennen, dass Jonna von sich in der ersten und nicht in der dritten Person spricht.

»Bist du sauer?«, fragt sie kleinlaut.

»Und wie! Aber das ist für diesmal erledigt. Lebt der Bibliothekar noch, mit dem du gestern die Laken zerwühlt hast?«

»Ludvig ist jetzt auf dem Weg zu dir, um Ordnung zu schaffen.« Ich höre, dass ihre Stimme fester wird, bald wird sie wieder ihr übliches Selbst sein.

»Ich lass ihn nicht rein. Ich habe die Schlösser auswechseln lassen.«

Es ist ein schönes Gefühl, meinen Claim abzustecken und meine Meinung zu sagen. Ich stopfe mir einen Priem unter die Oberlippe, während ich darauf warte, dass Jonna etwas sagt, und als sie es dann tut, lasse ich mich mit einem dumpfen Knall auf mein Bett fallen.

»Ich glaube, ich liebe ihn«, sagt sie mit einer Stimme, die ich bei ihr noch nie gehört habe.

»Was?«

Ich schnappe vor Überraschung über Jonnas dermaßen artfremde Aussage nach Luft, bekomme den Priem in den falschen Hals und erleide einen furchtbaren Hustenanfall. Aber sie wirkt total unberührt von meiner Reaktion, falls sie sie überhaupt bemerkt hat.

»Glaubst du, zwei Menschen können vom Schicksal füreinander bestimmt sein?«

Auf diese Frage müsste ich als Schicksalsgöttin doch unbedingt mit Ja antworten, aber in diesem Zusammenhang hier kommt mir die Vorstellung total daneben vor.

»Ich glaube, es gibt Menschen, die besser oder schlechter zueinanderpassen«, antworte ich ausweichend und denke an Konrad und Lisbeth, die wie Puzzlestücke zueinandergehören, wenn sie sich küssen, da er Überbiss und sie Unterbiss hat. So feinsinnig hat die Natur alles für sie geordnet.

»Ludvig ist einfach der Richtige. Ich habe noch nie für jemanden so empfunden, Angelika. Verstehst du, was ich meine?«

»Ich glaube schon.« Bei Ludvig wagst du, klein zu sein und zu weinen, denn er ist harmlos, denke ich. Er ist jemand, um den du dich kümmern musst, denn er ist so ungeschickt.

»Ludvig findet, wir sollten zusammen ein Beziehungsbuch schreiben. ›Gegenseitig das innere Kind hüten‹ oder so was soll es heißen. Aber ich glaube, das ist mir doch ein bisschen zu kitschig. Ich muss auf meinen Ruf achten. Dieses Buch kann er also allein schreiben. Aber gib zu, dass er durchaus nicht unrecht hat. Er ist so klug.«

Inneres Kind! Ich denke an Kaufhauskunst und Bilder von weinenden Kindern mit großen Augen. Nicht mit roten Rotznasen und hässlich, sondern ästhetisch tränenschwer in einer pastoralen Umgebung mit Schafen und Heuballen und Tulpen. »Dann lasse ich ihm seine restlichen Habseligkeiten von DHL bringen«, sage ich mit scharfer Stimme.

Das hier ist fast zu schön, um wahr zu sein. Aber dann meldet sich mein Gewissen zu Wort. Ein Gewissen zu haben, ist in einem solchen Zusammenhang nur eine Belastung. Jonna muss die Wahrheit erfahren.

»Er hat Schulden, die du dann bezahlen musst, wenn ihr einen gemeinsamen Haushalt habt, hat er das gesagt?«

»Ja, zum Teufel. Aber die müssen abgeschrieben werden. Darum wird Jonna sich kümmern. Er müsste Schadenersatz für die Verfolgungen bekommen, denen er ausgesetzt worden ist. Es kann eine ganze Artikelserie über die Lage der alleinstehenden Väter werden, wenn er nur bereit ist, sich mit der Rechnung in der Hand fotografieren zu lassen. Leider ist er nicht gerade fotogen.«

»Entschuldige, ich muss jetzt aufhören.« Ich höre Geräusche aus dem Garten. Was ist jetzt schon wieder los? Es klingt, als ob die feindlichen Truppen eine Sappe unter der Garage anlegten.

Ich eile vom Schlafzimmer in die Küche und gehe ans Fenster, kann aber nichts sehen. Als ich die Tür zu meiner grünen Oase öffne, sehe ich Ludvig halb über dem Gartenzaun hängen.

»Ich muss doch noch bei dir aufräumen«, keucht er mit hochrotem Gesicht.

In diesem Moment wünschte ich, ich hätte oben auf dem Zaun Stacheldraht gespannt.

»Das musst du überhaupt nicht!« Wenn ich ihn jetzt ins Haus lasse, fürchte ich, dass wieder etwas passiert und ich ihn überhaupt nicht mehr loswerde. Aufräumen? Er hat bisher nicht den geringsten kleinen Beweis dafür geliefert, dass er aufräumen kann, und ich habe keine Lust, es ihm beizubringen. Jetzt höre ich auf mein Bauchgefühl.

»Ich muss das tun!«, keucht er. »Ich hab's Jonna versprochen!«
»Nein! Verschwinde!«, keuche ich zurück.

Er zieht noch einen Fuß über den Zaun, bereit, sich aufzurichten. Ich weiß nicht, was jetzt in mich fährt. Ich neige normalerweise nicht zur Gewaltanwendung, aber jetzt ist offenbar meine Grenze erreicht. Deshalb lege ich ihm meine Handflächen vor die Brust und drücke zu, bis er auf die andere Zaunseite fällt. Entschuldige, entschuldige, entschuldige. Aber mir blieb nichts anderes übrig.

»Ich hab es einfach getan«, erkläre ich Ricky eine Stunde später, als wir den Salon für die ersten Kunden öffnen, die Jungs, die ich gestern im Baumarkt aufgetan habe.

Lars, 43, kommt zusammen mit seiner Mutter. Neben seinen Namen hab ich ein V 5 in den Terminkalender geschrieben. Ein erwachsener Mann mit großem Kontaktbedarf, nur muss die Nabelschnur vorher gekappt werden. Dass die Mama mitten im Doppelbett liegt, auch wenn das nur im übertragenen Sinne passiert, ist ein hemmender Zustand. Ricky soll ihm die Haare schneiden und, wenn alles gut geht, auch die Nabelschnur. Das ist unser Plan.

Ich werde Frasse übernehmen. Ich glaube an Frasse als Männerrechtler, in seinem hingebungsvollen Kampf, erwachsene Männer aus der übertriebenen Fürsorge ihrer Mütter zu befreien. Frasses eigene Mutter hat ihm erst zur Einschulung die Windeln ausgezogen, sagt Ricky, der gut informiert ist. Deshalb habe ich Lars und Frasse zusammen in den Salon gebeten. Nicht als Paar, sondern weil Lars ihn als eine Art Teddybär braucht, als Übergangsobjekt, ehe wir auch nur daran denken können, für ihn eine Liebschaft zu finden.

Frasse hat eine Werkstatt, in der er alte Autos lackiert und herrichtet, bis sie wie neu aussehen. Zeitungspapier, Plastikfüllungen und ein bisschen Lack können großes Elend verbergen und den Preis einer Klapperkiste um das Vierfache heben, sagt Ricky. Sein Bruder, der meistens in Hemse Taxi fährt und mit Frasse Geschäfte macht, sagt, die abstehenden Ohren bedeuteten, dass er hinter jedem Ohr einen Fuchs sitzen hat. Das heißt, dass es schwer ist, Frasses Bedürfnis nach unserer Hilfe auf emotionaler Ebene zu beurteilen. Heute ist er nur der Gehilfe, wenn wir Lars abnabeln wollen.

Als ich Frasse den Frisierumhang umlege, fasst er mir plötzlich an die Brust. Ich beschließe, dass es einfach nur ein ... Versehen war. Er wollte sich vielleicht am Rücken kratzen oder mir beim Umlegen des Frisierumhangs helfen. Er grinst mich im Spiegel an, und ich nehme das als halbes Geständnis. Deshalb frage ich lieber nicht, was ich für ihn tun kann. Das könnte missverstanden werden. Ich versuche, mich auf das Schneiden zu konzentrieren. Frasse hat so viele Wirbel in den Haaren, wie ich das nur selten gesehen habe. Locken zu schneiden ist viel schwieriger als glatte Haare. Außerdem fangen die Haare schon fast bei den Augenbrauen an und gehen dann in zwei üppige graumelierte Koteletten über.

Lars, der im anderen Sessel sitzt, ist eine magere Kopie seiner Mutter. Sie haben die gleichen wässrig blauen Augen und große Vorderzähne und die gleiche Pagenfrisur, die sie aussehen lässt wie die alte Spießerin, die sie eben ist, und ihn wie einen in die Jahre gekommenen Märchenprinzen.

»Was kann ich für Sie tun?«, fragt Ricky, genau wie ich es ihm beigebracht habe.

»Ich wollte mir die Haare schneiden lassen.« Lars blickt seine Mutter beifallheischend an.

»Zwei Zentimeter kürzen.« Larsens Mutter steht neben dem Stuhl und überwacht den Akt. »Lars will seine Haare genau wie bisher, nur eben ein bisschen kürzer.«

»Sie möchten nicht mal etwas Neues und ein bisschen... Maskulineres probieren?«, fragt Ricky seinen Kunden und wirft mir im Spiegel einen teuflischen Blick zu.

»Doch, verdammt, wird doch Zeit, sich die Weiberfransen abschneiden zu lassen!«, sagt Frasse und bewegt so heftig den Kopf, dass ich ihm fast die Schere ins Ohr gebohrt hätte. »Du solltest dich für den Sommer aufbrezeln!«

»Ich könnte mir vielleicht vorstellen, es etwas kürzer zu haben«, sagt Lars unsicher, und ich glaube zu sehen, dass seine Oberlippe zittert wie bei einem Kaninchen.

»Lars will einen Pagenschnitt.«

Die Mutter ist sehr energisch, und zu meinem Entsetzen sehe ich, dass Ricky sich irgendwie verkrampft. Das kann nur eins bedeuten: Gleich wird er losprusten, wenn ich ihn nicht irgendwie ablenken kann.

»Mach schon, Lars, lass doch die Alte nicht für dich entscheiden. Sag ihr, sie soll die Klappe halten, sonst müssen wir sie vor die Tür setzen, und das wird verdammt noch mal nicht leicht. Aber ich kann einen Kumpel anrufen, der hat einen Gabelstapler.« Frasse runzelt wütend die Stirn und sieht aus wie ein Steinzeitmensch.

»Entschuldigung.« Ricky verlässt seinen Kunden und verschwindet blitzschnell hinter dem Vorhang zum Personalzimmer. Ich höre ein seltsames Glucksen. Lars sieht aus, als ob er am liebsten im Erdboden versinken würde, als seine Mutter antwortet:

»Mischen Sie sich hier ja nicht ein! Sonst knipse ich Ihnen Ihren... Ihren kleinen Regenwurm mit einer stumpfen Baumscheeeere ab.«

Ich brauche nicht einmal den Kopf zu drehen, um zu wissen, dass Ricky jetzt instinktiv das Teesieb hervorholt. Wie könnte er das auch lassen?

Frasse fährt auf dem Stuhl herum. »Hast du das mit dem armen Lasse gemacht? Hast du ihn mit einer stumpfen Baumschere kastriert? So was Übles hab ich ja noch nie gehört. Lars, du solltest dich mal mit anderen Männern treffen, ein paar Bierchen zischen und normal werden. Deshalb haben wir das Treckerwettrennen ins Leben gerufen. Da kommen richtige Kerle mit richtigen Maschinen, und die fahren wie die Verrückten, dass der Schlamm nur so spritzt und es zwischen den Lamellen nach Scheiße riecht. Dann trinken wir Bier und reden über Siege, Niederlagen und berühmte Verkehrsunfälle. Die wichtigen Dinge im Leben. Hast du Arbeit?«

Lars schüttelt den Kopf, weicht Mutters Blick aus.

»Lars hatte eine Sommervertretung und hat bei Gahms in Fardhem Plastiktüten verkauft. Das war voriges Jahr.«

»Dann kannst du am Montag bei mir als Lehrling anfangen. Ich brauche Hilfe, und du brauchst einen Tapetenwechsel.«

Ich sehe durch einen Vorhangspalt, dass Ricky wieder Milch direkt aus dem Karton trinkt.

»Bekommt er jetzt die Haare geschnitten oder nicht?«, fragt er, als er auf seinen Posten zurückkehrt.

Ein Schweigen folgt, während sich zwischen der Mutter und Frasse ein stummes Tauziehen abspielt. Am Ende sagt Lars das befreiende Wort: »Schneiden.«

»Gut so, Junge«, sagt Frasse und nickt energisch. Als eine Art Siegesgeste schließt er die Hand um meine Brust, drückt zu und lächelt erwartungsvoll, als sollte ich mich für diese Wohltat bedanken. Ich nehme die Schere und schneide ihm ins Ohr.

»Das kann passieren!« Ich bitte nicht um Entschuldigung. Dazu besteht keinerlei Grund.

Als die Kundschaft gegangen ist, machen wir eine Kaffeepause. Ich packe Brot und Butter und Käse aus und lasse zwei Prieme in den Milchkarton gleiten, als Strafe dafür, dass Ricky direkt aus der Verpackung trinkt. Die Belastungen der letzten Zeit haben meine Toleranz um einiges verringert.

Wir haben uns gerade gesetzt, da springt Ricky auf und geht zum Kühlschrank. »Ich denk an Simson.«

Das ist mal wieder so ein Kommentar, den kein Mensch versteht, weil man an der Vorarbeit, die sein Gehirn geleistet hat, nicht teilhaben durfte. Er sieht, dass ich nicht mitkomme, und erklärt, während er die Kühlschranktür öffnet:

»Ich meine nicht den gelben Homer Simpson, sondern den richtigen Simson, der Richter in Israel und ein gefürchteter Riese war. Er wurde von seiner Geliebten Delilah verraten. Sie wusste, dass seine Kraft in den Haaren saß, und das verriet sie seinen Feinden, damit sie ihn besiegen könnten.« Ricky greift nach dem Milchkarton. »Die Haare waren sein schwacher Punkt, nur so war er zu bezwingen. Als die Haare abgeschnitten worden waren, war er kraftlos und konnte gefangen genommen werden.«

»Ja«, sage ich und warte auf die Fortsetzung, als Ricky aus alter Gewohnheit den Milchkarton an die Lippen hebt.

»Wir haben das vielleicht auch mit Lars gemacht. Was, wenn alles, was er an Kraft hatte, in den Haaren saß und Frasse ihn gefangen nimmt und zu einer Frassekopie macht?«

Ricky trinkt einen langen Schluck und bekommt etwas in den Mund. Er spuckt sich einen Priem in die Hand und heult auf und prustet und stürzt auf die Toilette.

»Verdammt, wie widerlich! Hast du deinen Tabak in die Milch gespuckt?«

»Der ist mir sicher aus dem Mund gerutscht, als ich einen Schluck Milch aus der Packung getrunken habe. Wenn du das kannst, kann ich das auch.«

Ich glaube, er ist jetzt kuriert.

Kindfulness

Seit Jessika die Jagd nach dem Betrüger übernommen hat, kann ich wieder im Salon sein. Und da die Polizei an einem Samstag nichts wegen meines geraubten Hauses unternehmen wird, versuche ich mich auf die Arbeit zu konzentrieren.

Beim Kaffee diskutieren Ricky und ich über unsere Einschätzungen und unsere Strategien, um diese Einschätzungen dann in die Arbeit einfließen zu lassen. Derzeit ist ja viel von Mindfulness die Rede. Sie können irgendeine Illustrierte aufschlagen, und schon finden Sie mindestens einen solchen Test. In diesem Fall hier nennt er sich: *Wie sehr lebe ich im Jetzt?* Ich versuche, diesen Test mit Ricky zu machen, während der Tee in meiner Tasse kalt wird, aber er ist überhaupt nicht motiviert.

»Ich halte es gar nicht für gut, immer nach bewusstem Dasein zu streben. Es gibt Momente im Leben, in denen Wirklichkeitsflucht mehr bringt.«

»Wann denn?«, frage ich zerstreut. Ich habe schon angefangen, mich selbst zu testen.

»Zum Beispiel, wenn man bei seinem Bruder zum Essen ist und die Stimmung so furchtbar geladen ist, dass es reicht, die Gabel falsch hinzulegen oder zu laut zu kauen, und schon hebt die Alte den Kopf wie eine Kobra und beißt einen in den Hals.«

»Was hast du eigentlich gegen sie?«

»Alles, was sie tut, und alles, was sie ist. Einfach alles.«

»Mir ist etwas anderes eingefallen«, sage ich, ehe er explodiert. Ich habe den Gedanken noch nicht zu Ende gedacht, aber er gefällt mir. »Was hältst du von Kindfulness?«

»Was soll das denn nun wieder sein?«

»Dass wir in jedem Moment versuchen, daran zu denken, was am Freundlichsten wäre.«

»Hast du das getan, als du deinen Priem in den Milchkarton gespuckt hast?«

»Das war im Dienste einer höheren Sache«, sage ich. »Freundlich zu sein ist nicht dasselbe wie sich alles gefallen zu lassen. Freundlich kann man auch sein, wenn man offen den Kampf aufnimmt, wenn es zu etwas Gutem führt, wie zum Beispiel dass wir keine Konflikte mehr haben, weil du direkt aus dem Karton trinkst. Es ist auch freundlich den Mädchen gegenüber, die du zu dir nach Hause holst, und deiner Mutter gegenüber, die sicher auch nicht will, dass du direkt aus dem Karton trinkst.«

»Das stellt also mein Leiden dem Wohlbefinden der Masse gegenüber. Das nennt man wohl die Diktatur der Demokratie. Wenn die Masse etwas richtig findet, darf sie mich als Individuum überfahren. Das sieht aus wie der Grundgedanke des Utilitarismus: das größtmögliche Glück für die höchste Anzahl von Menschen. Aber ich werde geopfert.«

»Durchaus nicht, die Initiative liegt bei dir. Du kannst beschließen, lieber aus einem Glas zu trinken. Also, was hältst du von meiner Idee, von Kindfulness als Begriff?«

»Wenn das bedeutet, dass du vorhast, bei der Arbeit umgänglicher und freundlicher zu sein, dann sage ich in Ordnung. Du hast heute so allerlei aggressive Tendenzen gezeigt. Kindfulness.« Er kostet dieses Wort aus. »Wir könnten eine ganz neue Richtung in der Modepsychologie starten und umherreisen und uns eine goldene Nase verdienen und Wochenendseminare geben und einen Bestseller schreiben und ...«

»Kindfulness ist nichts Neues – das ist das, was wir die ganze Zeit praktizieren«, sage ich und denke daran, dass wir nicht nur die Haare unserer Kundenschaft, sondern die ganze Lebenssituation eines Menschen frisieren.

»Du hast recht. *Was kann ich für Sie tun?* Das ist Kindfulness.« Ricky zieht sein Smartphone hervor und sucht nach dem Wort. »Das geht nicht«, sagt er nach einer Weile.

»Wieso nicht?«

»Das ist schon vergeben. Ich glaube, du willst gar nicht wissen, woran.«

»Doch, sag schon. Was ist Kindfulness?«

»Ein Escortservice mit Callgirls.«

Als wir in den Salon kommen, steht Gunnar Wallén an der Kasse und tritt ungeduldig von einem Fuß auf den anderen. Er schaut auf seine Armbanduhr, und dann schaut er mich an. »Endlich!«

»Was kann ich für dich tun, Gunnar?« Ich lächele ihn warm an, denn er sieht aus, als ob er das brauchen könnte.

»Erstens kann ich meinen Termin nicht wahrnehmen. Ich habe zur selben Uhrzeit eine Verabredung mit der Leitung von Radio Gute. Zweitens gibt es eine Versammlung von etlichen Personen, deren Häuser hier auf der Insel hinter ihrem Rücken verkauft worden sind. Wir sehen uns morgen um siebzehn Uhr bei Radio Gute. Kannst du da?«

»Endlich passiert etwas«, sage ich und ziehe die Visitenkarte von Lovisa Mörk vom Finanzamt hervor. Ich lasse die Karte unbemerkt in die Tasche von Gunnars Parka gleiten. Wenn das zukünftige Paar in der nächsten Zeit nicht gleichzeitig zum Haareschneiden kommen kann, dann muss ich mein Bestes tun, um die beiden auf andere Weise zusammenzubringen.

»Es wäre gut, morgen das Finanzamt dabeizuhaben, auch wenn ihr euch heute Abend seht«, sage ich. »Ich glaube, du hast beim letzten Mal hier Lovisa Mörks Karte bekommen. Du hast sie in die Tasche gesteckt. Sie arbeitet gern mit dir zusammen, sie hält dich für gebildet und klug. Oder hat sie charmant gesagt, ich weiß das nicht mehr genau. Sie findet, du hast eine phantastische Radiostimme.«

Er saugt dieses Lob auf und tastet in seiner Tasche herum. »Ja, du hast ganz recht. Die hat sie mir sicher heimlich in die Tasche gesteckt, ich kann mich gar nicht erinnern, dass ich sie in der Hand hatte. Was erwartet sie wohl von mir, was meinst du?«

»Dass du dich bei ihr meldest, natürlich. Sie findet dich interessant. Es wäre doch eine gute Idee, sie zu dem Treffen dazuzubitten, und danach könntet ihr zwei vielleicht noch eine Gruppe bilden, für die zusätzliche Arbeit, die sicher früher oder später auf das Finanzamt zukommt.«

»Ja, das ist ja sonnenklar.« Gunnar schenkt mir sein überaus seltenes Lächeln, und dann geht er zur Tür und öffnet sie für Alexandras Mutter, ehe er mit leichten Schritten auf die Straße hinaustänzelt. Die meisten sind glücklich, wenn sie gelobt werden, und die positive Spirale dreht sich dann ganz von selbst.

»Angelika, meine Liebe, wir müssen miteinander reden.«

Alexandras Mutter hat mich mit zwei großen Schritten erreicht und küsst mich auf ganz und gar ungotländische Weise auf beide Wangen. Ich bin nicht darauf vorbereitet. Als sie die zweite Wange küsst, habe ich sie reflexmäßig nach alter schwedischer Bauernmanier umarmt, und wir reiben unfreiwillig unsere Nasen aneinander, was peinlich und fehl am Platze ist. Ricky hat recht mit der Kindfulness, sie funktioniert nicht immer.

»Wo können wir ungestört miteinander reden?«, fragt sie jetzt.

Ich sehe im Terminkalender nach und hoffe, dass der nächste Kunde ansteht und ich keine Zeit habe. Leider sieht es leer aus, und ich bitte Ricky ganz schnell, unser »Heute keine Termine nötig«-Schild rauszuhängen, das wir nur in Notfällen benutzen, damit der Rubel rollt. Jedenfalls kann ich Alexandras Mutter das Gespräch nicht verweigern und gehe deshalb mit ihr ins Personalzimmer.

»Ich weiß, dass du Probleme hast, Angelika.«

»Wer behauptet das?«

»Aber meine Liebe, alle wissen doch, dass dein Salon dichtmachen muss und dass du in finanzielle Schwierigkeiten geraten bist. Du bist doch deine eigene Chefin. So sieht die krasse Wirklichkeit für uns Selbstständige aus. Deshalb müssen wir zusammenhalten und uns in schweren Zeiten gegenseitig unterstützen.«

»Wie meinst du das?« Ich merke schon, dass sich hinter den süßen Worten ein saurer Apfel verbirgt.

»Ich will dir doch helfen, Angelika, so wie ich weiß, dass du mir hilfst, wenn du kannst. Es gibt in der Hölle eine besondere Abteilung für Frauen, die sich nicht gegenseitig helfen, wie du weißt.«

»Und woran genau hast du gedacht?«, frage ich, obwohl ich ja schon ahne, was jetzt kommen wird. Es gibt in der Hölle eine besondere Abteilung für Menschen, die andere zu manipulieren versuchen. Die Hölle hat viele Abteilungen.

»Ein Darlehen zu überaus günstigen Bedingungen. Zins- und abzahlungsfrei im ersten Jahr, bis du wieder auf einen grünen Zweig gekommen bist, jetzt, wo du kein eigenes Haus mehr hast.«

»Und was ist die Bedingung?«

»Eine ganz kleine Korrektur an einer Entscheidung, die du überstürzt gefasst hast. Ab und zu muss man sich entscheiden, ohne richtig nachdenken zu können. Das ist ja klar, und Irren ist menschlich. Meistens ist es auch nicht weiter schlimm, aber bisweilen kann es tief greifende Konsequenzen haben. Das hier ist glücklicherweise eine Angelegenheit, die sich leicht in Ordnung bringen lässt, Angelika.«

Immer, wenn sie Angelika sagt, streichelt sie meinen Oberarm. Ich finde das grauenhaft! Ich will selbst entscheiden, ob und wann jemand mich anfasst, deshalb weiche ich mit dem Oberkörper zurück, und sie beugt sich vor.

»Alexandra will am kommenden Samstag dein Model auf dem Catwalk sein. Lass sie doch. Du bist die Beste. Niemand kann solche Frisuren machen wie du, und danach wird sie zu dem Team gehen, das nach Fotomodels sucht. Das ist doch wohl nicht zu viel verlangt?«

»Und welche Druckmittel willst du anwenden, wenn ich Nein sage?«, frage ich und weiche noch ein bisschen weiter zurück. Es ist gut, wenn wir genau wissen, wo wir stehen.

»So dürfen wir doch nicht denken. Aber wenn du nicht zur Vernunft kommst, ist es ja möglich, dass ich mit meinem Mann rede, der in der Bank arbeitet. Häggs Chef. Es könnte doch sein, dass er deine Kreditwürdigkeit nicht mehr so positiv bewertet, wenn wir uns nicht einigen.«

»In dem Fall ist meine Antwort ein klares, deutliches Nein! Ich nehme keine Bestechungsgelder an, und ich habe nicht vor, Drohungen nachzugeben. Du findest selbst zur Tür.«

Das Leben schaukelt, und wir schaukeln mit

»Warum konntest du nicht einfach ein bisschen umgänglich sein und Ja sagen?«, fragt Ricky, der hinter dem Vorhang steht und gelauscht hat. »Die Welt würde doch nicht untergehen, wenn Alexandra dein Model wäre? Ich begreife nicht, warum du unbedingt Tilly willst.«

»Das liegt daran, dass dir die richtige Reife noch fehlt. Hier ist nicht die Rede von Starrköpfigkeit, sondern von Selbstachtung.«

»So viel Selbstachtung kannst du dir vielleicht nicht leisten. Es kann ein halbes Jahr oder länger dauern, bis die Betrügereien aufgeklärt sind, und bis dahin bist du pleite, und ich bin arbeitslos. Außerdem sieht Alexandra verdammt gut aus.«

Der Vorhang öffnet sich, und da steht Ludvig. Ich schreie auf – das ist ein posttraumatisches Stress-Symptom. Aus der Nähe sieht er noch schrecklicher aus als in meiner Erinnerung gleich nach dem pyrotechnischen Experiment in meiner Küche.

»Da stand was von keine Termine, und da bin ich eben reingekommen. Kannst du mir jetzt die Haare machen? Jonna findet, die sehen einfach unmöglich aus.«

Ricky starrt ihn an, als ob er ein Gespenst gesehen hätte. »Holy fire!«

Ludvig sieht wirklich betrüblich aus. Ich verspüre einen Stich von schlechtem Gewissen, weil ich ihn über den Zaun geschubst habe. Aber was hatte ich denn für eine Wahl?

»Wir müssen reden, Angelika! Wir müssen uns aussprechen. So kann das doch nicht weitergehen. Ich brauche meine Zahnbürste und meinen Rasierer und eine saubere Unterhose. Kannst du mich nicht reinlassen, damit ich das holen kann?«

»Nie im Leben. Mach eine Liste. Ich bringe dir die wichtigsten Sachen vorbei.«

Ich verlasse das Personalzimmer und gehe in den Salon. Dort bei der Kasse steht jemand, den ich kenne. Oskar Brodin, der Taxifahrer. Rut hat mir nicht erzählt, was passiert ist, als sie Oskar um Mitternacht aufgesucht haben, um die Liste seiner Touren am Karsamstag an sich zu bringen. Er dachte doch, ich würde kommen. Auch ihm gegenüber habe ich ein bisschen ein schlechtes Gewissen, obwohl es keinen Grund gibt. Trotzdem freue ich mich, als ich ihn sehe. Ich dürfte nicht an jedem winzigen Faden ziehen, aber ich kann es nicht lassen. Ich muss mehr über Magnus wissen. Ich muss alles wissen.

»Was kann ich für dich tun?«, frage ich und mache eine Notiz im Terminkalender, ehe ich Oskars Blick erwidere. Kategorie A 1, schreibe ich bis auf Weiteres.

»Wir können mit einem Haarschnitt anfangen, und dann sehen wir ja, was danach passiert«, antwortet er kryptisch. »Du bist nicht gekommen. Du hast mir die Polizei auf den Hals gehetzt. Das war nicht nett.«

Ich überhöre die Zwischentöne und bitte ihn, sich in den freien Friseursessel zu setzen. »Ich fand, das wäre ein Fall für die Polizei«, antworte ich freundlich.

Nun explodiert er. »Ja, vielen Dank! Tausendfachen Scheißdank dafür, dass du mir diese Bluthündin von Rut auf den Hals gejagt hast! Ich musste jede einzelne Quittung vorlegen, weil du meinen Kumpel für einen Betrüger hältst.«

»Dein Kumpel, ist er dein Kumpel?«

»Er fährt Taxi, und ich habe ihn gratis nach Hause gebracht. Das erzählt man aber keiner neugierigen Friseurin. Aber bei

Rut Qviberg gibt es kein Entrinnen. Sie hat geglaubt, ich hätte mich für die Tour bezahlen lassen und das Geld in meine eigene Tasche gestopft. Ich habe ihr nicht gesagt, zu welcher Adresse ich gefahren bin. Ich musste doch zuerst mit ihm sprechen. Kapierst du das?«

»Ja, wenn das so ist.« Magnus fährt also Taxi. Oskar weiß, wo er wohnt. Ich würde gern noch sehr viel mehr fragen, aber Ricky kann jederzeit dazukommen und alles hören. Er soll nicht wissen, dass ich mich in einen Mann verliebt habe, der schon in festen Händen ist, einen Mann, der sich unter Umständen niemals befreien wird. Magnus und seine Freundin bringen die Sache vielleicht in Ordnung und bekommen niedliche Kinderlein, und ich verschwinde in der Vergessenheit als kleines, prickelndes Gefühl, eine Würze in der ehelichen Suppe. Nein, es reicht, dass Ulrika und Vera wissen, wie schlimm es um mich steht und sich Sorgen machen.

»Was machst du heute Abend?« Oskars Gesicht ist vollkommen entspannt, als er diese Frage stellt, als wären wir die besten Freunde, die dauernd abends zu gemeinsamen Unternehmungen starten.

»Ich?« Auf diese Frage war ich wirklich nicht vorbereitet. Ricky hat schon einmal vorgeschlagen, ein Schild mit der Aufschrift aufzuhängen: Das Personal anbaggern ist verboten! Aber als ihm aufging, dass das dann auch für ihn gelten würde, wurde nichts daraus.

»Ja, du!« Oskar lacht, und in diesem Moment sieht er aus wie Magnus. Dunkle Haare, braune Augen und ein schräges Lächeln. »Ich habe im Lindgården einen Tisch reserviert, und ich würde dich gern zum Essen einladen. In aller Schlichtheit.«

»Im Lindgården gibt's nicht ›in aller Schlichtheit‹, es ist großartig da.« Ich überlege. Was habe ich zu verlieren? Er kann mir vielleicht mehr über Magnus erzählen. Ich überlege mir die Sache und nehme dankend an, wenn auch aus einem ganz anderen Grund, als Oskar ahnen kann. »Aber ich bezahle für mich selbst.«

»Du kommst also mit?«

»Ja.« Ich schiele zu Ricky hinüber. Er ist in ein Gespräch mit Ludvig darüber vertieft, wer Shakespeare wirklich war. Ricky hat keine Ahnung von Shakespeare, aber ein vollbefahrener Friseur kann mit allen über alles reden.

»Er hat unter einem Pseudonym geschrieben, weil seine Zeitgenossen seine Sachen für eine Art Kitschroman hielten«, behauptet Ludvig. »Es ist ungeheuer interessant, was zu welchem Zeitpunkt als gute Literatur gilt. In einer Phase waren nur die Bibel und Erbauungsliteratur gut genug. Romane zu lesen, konnte die Augen verderben und junge Menschen auf schlechte Gedanken bringen, man konnte außerdem an Schwindsucht erkranken und Pickel und Asthma und Fußpilz bekommen. Theaterstücke zu schreiben, galt als unfein. Es gab Geschmacksrichter, und es gibt auch heute Geschmacksrichter, die anderen vorschreiben wollen, was sie zu lesen haben.«

»Das sagt meine Mutter auch immer, wenn Leute sich über Krimis aufregen, weil es da um Morde geht. Lest doch mal Othello, sagt sie dann. Ich habe sechsundzwanzig klar beschriebene Morde gezählt und dazu noch eine Menge Tode, die hinter den Kulissen in einem gerade laufenden Krieg stattfinden. War Shakespeare ein guter Autor?« Ricky redet sich für seine Mutter in Rage.

»In hundert Jahren gelten die Krimis von heute vielleicht als Gesellschaftsschilderungen aus ethischer Perspektive. Der Krimi ist die moralischste Form von Literatur überhaupt, weil er die Vision einer gerechten Gesellschaft in sich trägt, wie Dorothy Sayers gesagt hat.« Ludvig mustert forschend sein Spiegelbild. Seine Haare sind jetzt nur noch fünf Millimeter lange Stoppeln, und an seinem Hals ist eine bisher von den Rastalocken verdeckte Tätowierung zu sehen. Ein Herz, und in dem Herzen steht: Eva.

»Das solltest du jetzt vielleicht entfernen?«, fragt Ricky und schüttelt sich vor Entsetzen, als er sich Jonnas Reaktion vorstellt. »Wenn du die Schmerzen ertragen kannst.«

»Ich muss die Schmerzen ertragen. Ich tue es für Jonna.«

»Das ist wahre Liebe!« Oskar hebt ein imaginäres Taschentuch und wischt sich eine ebenso imaginäre Träne aus dem Augenwinkel. »Dann sagen wir um acht«, flüstert er mir zu.

»Was war das denn?«, mimt Ricky im Spiegel. »Hast du ein Date?«

Als wir schließen, versperrt Ricky mir mit verschränkten Armen die Ausgangstür. Er sieht ziemlich verstört aus.

»Du hast doch nicht vor, mit diesem Schleimer auszugehen und dir einen ganzen Samstagabend zu verderben?«

»Seit wann bist du mein Vormund?« Ich spüre ein Kichern, das meine Gesichtsmuskeln kitzelt und zu einem etwas zu breiten Lächeln wird.

»Hier gibt's nichts zu lächeln. Oskar ist nichts für dich, Angelika. Er ist einfach zu... zu draufgängerisch, irgendwie. Der lässt echt nichts anbrennen!«

»Vorige Woche hast du dir noch Sorgen gemacht, weil ich niemanden zum Vögeln habe, und jetzt machst du dir Sorgen, weil es da vielleicht plötzlich doch jemanden geben könnte. Du hast klar und deutlich gesagt, dass Sex eine natürliche und angenehme Unternehmung ist, zu der aufgemuntert werden sollte.«

»Ich bin dein Schutzengel, Angelika. Ich beschütze dich vor den Gefahren, die du selbst nicht sehen kannst. Dieser Taxiknabe schläft mit allem, was bei drei nicht auf den Bäumen ist.«

»Na dann«, sage ich neckend, »dann ist doch alles gut – dann kann der Abend ja noch ein schönes Ende nehmen.«

»Und ihr trefft euch um acht im Lindgården?«

»Ehrlich gesagt, Ricky, das hier ist mein Privatleben, und ich bin deine Chefin. Du stolperst hier durch ungemähtes Gras, auf der falschen Seite des Zaunes. Ich habe nicht vor, mich vor dir für irgendwas zu rechtfertigen.«

Auf dem Heimweg rufe ich Julius im Bestattungsunternehmen an, um mit ihm über Stevens Beerdigung zu reden. Vermutlich fehlt es an Geld. Julius erklärt, dass der Staat in solchen Fällen die Mittel zu einer anständigen Beerdigung bereitstellt, und das beruhigt mich. Ich will, dass Steven einen würdigen Abschied bekommt, auch wenn ich noch immer wütend auf ihn bin, weil er mir das angetan hat.

Da ich ohnehin schon in der Nähe bin, will ich auch Sindbad besuchen. Einfach vorbeischauen, vielleicht sitzt er ja draußen.

Ich sehe ihn schon aus weiter Ferne. Er sitzt in seinem Rollstuhl an genau der Stelle, wo ich ihn zum ersten Mal zusammen mit Naima gesehen habe. Er bemerkt mich erst, als ich mitten vor ihm in der Sonne stehe und mein Schatten über sein Gesicht fällt.

»Ach, mein Herzenskind, du bist gekommen. Ich hatte gerade an dich gedacht. Magisch.«

Sindbad sieht noch magerer und durchsichtiger aus als vorher, und sein Blick ist trübe, fast abwesend, als er ihn auf mich richtet.

»Und was hast du gedacht?« Ich setze mich neben ihm auf die Bank und lasse mein Gesicht von der Abendsonne wärmen.

Er streckt langsam seine magere Hand aus, und ich greife

danach. »Ich war dir gegenüber nicht ganz ehrlich, Angelika. Es hat zu wehgetan, die Wahrheit zu sagen, aber meine Zeit ist bald vorüber, und ich will dir den Rest meines Lebens erzählen, ehe es zu spät ist. Ich werde es dir kurz und knapp und in aller Direktheit erzählen. Ich hoffe, du findest mich nicht aufdringlich, aber meine Zeit ist kurz.«

»Du hast dir meine Sorgen angehört, Sindbad. Also erzähl mir von deinen.« Dass es um Sorgen geht, ist mir klar, denn sein Gesicht hat noch nie trauriger ausgesehen.

»Ich habe eine Tochter. Als ich gesagt habe, dass ich meine Möglichkeiten, eine Familie zu bekommen, weggearbeitet habe, war das nicht die ganze Wahrheit. Ich hatte eine Familie. Aber ein Schlag, einmal ... eine Ohrfeige hat unser Leben verändert. Meine Frau fiel rückwärts die Treppe hinunter und ...« Sindbad blickt mich flehend an, und ich drücke seine Hand, damit er begreift, dass ich ihn nicht verurteilen will, ich will nur zuhören.

»Was ist dann passiert?«

»Sie war die phantastischste Frau, die mir je begegnet ist. Ich hatte kein Selbstvertrauen. Ich dachte, ich müsste etwas leisten, um gut genug zu sein, und wie gut ich war, das ließe sich in Kronen und Öre messen. Meine Frau war einfach zu gut – niemand, und ich schon gar nicht, konnte verstehen, was sie an mir fand. Sie war schön und fröhlich. Hatte studiert. Ich konnte nie begreifen, warum sie mich wollte, ich hatte ja nicht einmal die Grundschule geschafft.

Ich stand unter Druck, ich war furchtbar gehetzt bei meiner Arbeit, und ich musste trinken, um abschalten zu können. Und dann gab es andere Drogen, damit ich mich wachhalten konnte. Ich glaubte, wenn ich meiner Familie nur das Beste, die eleganteste Villa kaufen könnte, würde meine Frau mich lieben. Aber das war ein Irrtum. Sie liebte mich doch. Und was sie wollte, war meine Zeit. Als ich das nicht begriff, verlangte sie die Scheidung. Sie war so wütend, dass sie mich schlug, und ich schlug zurück. Ich hatte nicht einmal einen blauen Fleck, aber sie brach sich den Arm und hatte eine Gehirnerschütterung. Und oben an der Treppe stand unsere kleine Tochter und hatte alles gesehen.«

»Was ist dann passiert?«

»Statt sie um Verzeihung anzuflehen, habe ich alle Kommunikation meinem Anwalt überlassen. Ich musste nicht wegen Körperverletzung ins Gefängnis. Aber sie bekam das Sorgerecht für das Kind und wollte mich nie mehr sehen.«

»Hast du jetzt überhaupt Kontakt zu deiner Tochter?«

»Ich habe versucht, Kontakt zu ihr aufzunehmen, als sie volljährig wurde. Aber sie wollte nicht. Ihre Mutter hatte sie gegen mich aufgehetzt. Meine Tochter ist wütend auf mich, und ich mache ihr da keine Vorwürfe. Ich war ein Idiot, der nicht begriff, was im Leben wichtig ist. Meine Frau lebt nicht mehr, aber meine Tochter ist hier auf der Insel.«

»Hast du noch mal versucht, Kontakt zu ihr aufzunehmen?«, frage ich, während ich einen kalten Windhauch an meinen Beinen spüre. Ich helfe Sindbad mit der Decke, die zu Boden gerutscht ist, und stecke sie um ihn fest.

»Dazu ist Mut erforderlich, denn nichts ist wichtiger. Ich weiß nicht, ob ich das schaffe. Du weißt, wer sie ist. Sie ist Kundin in deinem Salon. Du hast sie erwähnt, und ich habe mich gefragt, ob du vielleicht mit ihr sprechen kannst. Sie bitten. Vielleicht hört sie auf dich. Sie will nichts mit mir zu tun haben, und das ist furchtbar hart für mich.«

»Wer ist sie? Ich verspreche dir, mein Bestes zu tun.«

Sindbad blickt mich mit freundlichen Augen in dem müden, runzligen Gesicht an und wechselt das Thema.

»Und du, mein Kind, wie sieht es in deiner Welt aus? Was macht dir jetzt Sorgen?«

»Kleinkram im Vergleich dazu, was du gerade erzählt hast. Ich habe nichts von Magnus gehört. Ich habe Angst, dass er sich die Sache anders überlegt hat, dass er mich doch nicht will, wenn er die endgültige Entscheidung zwischen ihr und mir treffen muss. Ich sehne mich und warte und bin wütend und verwirrt, denn ich will nicht in dieser Situation sein. Ich will keine Frau sein, die auf einen Mann wartet, der nicht zu haben ist. Das ist so klassisch idiotisch. Aber ich kann nicht aufhören, an ihn zu denken, und ich habe irgendwie keine Wahl, wenn es nicht möglich ist, das Gehirn umzuprogrammieren und neu zu polen. Und dann bin ich von der Frau eines der Direktoren der DDF-Bank bedroht worden. Ihr Mann ist Häggs Chef. Sie sagt, er wird meine Kreditwürdigkeit neu bewerten und mich dazu zwingen, meinen Salon zu verkaufen, damit ich den Kredit bezahlen kann, der auf mein Haus aufgenommen worden ist, da das Haus mir auf dem Papier ja nicht mehr gehört.« Ich gebe wortwörtlich wieder, was Alexandras Mutter zu mir gesagt hat.

»Was deinen Liebeskummer angeht, kann ich nur zuhören, aber was die Bank betrifft...«, Sindbad stößt ein trockenes Lachen aus. »...da bin ich überzeugt, dass ich ihn auf bessere Gedanken bringen kann. Wenn er überhaupt auf das dumme Gerede seiner Frau hört. Das würde mich überraschen. Ich kenne ihn. Er ist ein anständiger Kerl, der nur eben eine Schlange geheiratet hat.«

»Er hat die Frau geheiratet, die der Schlange die Zunge abgebissen hat, würde ich sagen.«

Sindbad sieht müde aus. »Könntest du mich ins Haus bringen?«

»Natürlich. Wie heißt deine Tochter? Du hast mir nicht gesagt, wer sie ist.«

»Eine, die Männer hasst, und das ist meine Schuld. Wenn

du an ihre Augen denkst und mich ansiehst, dann weißt du es.«

»Jonna?«

»Ja, meine Tochter heißt Jonna.«

In Sindbads Zimmer bittet er mich, ein großes Album aus dem Regal zu nehmen. Er fordert mich auf, darin zu blättern. Alles hat mit Jonna zu tun. Jeder Artikel, den sie geschrieben hat, jede kleine Notiz, Ausdrucke aus dem Internet und Bilder aus vielen Jahren.

»Ich bin sehr stolz auf sie. Sie ist eine gottbegnadete Schreiberin, nicht wahr?«

»Ja. Das ist sie. Darf ich das Album ausleihen?«

Versöhnung ist das schönste Wort auf der Welt

Jonna wohnt in der Mellangata. Ich brauche nur eine Viertelstunde, um nach Hause in die Fiskargränd zu gehen, die Sachen auf Ludvigs Liste einzusammeln und mich auf den Weg zu Jonna zu machen, wo auch Ludvig gerade untergekommen ist. Ich klingele mit Sindbads Album in der einen und Ludvigs Tüte in der anderen Hand und mit einem Puls, der Sindbads wegen vor Anspannung hämmert. Jonna ruft durch die Gegensprechanlage, ich solle einfach hochkommen.

»Ludvig ist in der Bibliothek und versucht, für den Sommer eine Aushilfsstelle in der Cafeteria zu bekommen.« Sie streckt die Hand nach der Tüte in meiner Hand aus, und ich komme mir vor wie eine Staubsaugervertreterin kurz vor dem Hungertod, als ich vortrete und den Fuß in den Türspalt schiebe.

»Ich muss etwas mit dir besprechen.«

»Ich habe um Verzeihung gebeten. Wenn etwas beschädigt worden ist, bezahle ich, klar. Aber nicht die Wasserschäden, du hast den Gartenschlauch geholt. Sonst noch was?«

»Ja. Etwas ganz anderes. Darf ich reinkommen?«

»Ja ... das darfst du wohl.« Jonna weicht in die dunkle Diele zurück. »Du klingst so ernst«, sagt sie über ihre Schulter, als sie mich in ihre Küche führt, in der Ludvig sich schon häuslich eingerichtet hat, wenn ich von dem Chaos auf dem Spülstein ausgehen darf. »Was ist denn los?«

Wir setzen uns an den Küchentisch, und ich reiche ihr wortlos das Album.

»Was ist das denn? Woher hast du das?« Jonna blättert im Album. »Hab ich einen Stalker? Einen Verrückten?«

»Das ist von jemandem, der dich liebt, der dich immer geliebt hat.«

Ich sehe zu, wie ihre Reaktion von Verwirrung in Erkennen umschlägt.

»Ich will mit meinem Vater nichts zu tun haben!« Sie schlägt das Album wütend zu.

»Er liegt im Sterben. Wenn du jetzt nicht mit ihm sprichst, verpasst du die Möglichkeit. Sein einziger und letzter Wunsch ist, dich zu sehen.«

Jonna nagt an ihrem Daumennagel und schaut mich mit hastigen, gereizten Blicken an. »Das tu ich nicht. Er hat meine Mutter misshandelt. Ich habe gesehen, wie sie die Treppe hinuntergefallen ist.«

»Hast du gesehen, dass deine Mutter ihn zuerst geohrfeigt hat?«, frage ich langsam.

Jonna blinzelt und atmet tief durch die Nase ein und durch den Mund aus, als ob sie sich auf einen Sprint vorbereiten wollte. »Ja, aber er war dumm, furchtbar dumm, und hat sie ausgeschimpft.«

Jonnas Stimme wird zu der eines Kindes, und ihre Augen sind groß und verängstigt.

»Er gibt zu, dass er dumm war, und er bereut alles. Es gibt nichts, das er so bereut, wie dass er deine Mutter geschlagen hat. An jedem einzelnen Tag in seinem ganzen Leben würde er das gern ungeschehen machen.«

»Ich will ihn nicht sehen.« Jonnas Stimme ist jetzt leise. »Wozu sollte das gut sein? Wir würden uns sofort wieder streiten, und das muss nicht sein.«

»Ich glaube, es wäre gut für euch beide.«

Ich merke, dass ihre Körpersprache sanfter wird. Die Arme,

die sie um den Oberkörper geschlungen hatte, fallen jetzt nach unten. Ihr Gesicht wird glatter.

»Ich weiß nicht, was ich zu ihm sagen soll. Er ist ein Fremder. Weißt du, als meine Mutter gestorben ist und ich ihre Wohnung ausgeräumt habe, habe ich auf dem Dachboden einen großen Karton gefunden. Darin lagen Geburtstags- und Weihnachtsgeschenke von ihm an mich. Briefe, Karten zu meinem Namenstag, zu jedem Namenstag.«

Jonna beißt sich in die Unterlippe. Sie schluchzt auf. »Ich habe die nie bekommen. Meine Mutter hat sie nicht weggeworfen, weil sie sicher dachte, dass sie mir gehören, aber sie wollte sie mir nicht geben.«

»Du warst ihm wichtig, und er hat die ganze Zeit an dich gedacht.«

Jonnas Gesichtsausdruck ändert sich, ein rascher Wechsel zwischen Trauer und Zorn. »Als ich achtzehn wurde, kam er und hat mit Geld gewedelt, als ob er mich zurückkaufen könnte. Eine Beziehung kaufen. Das war so gefühllos, so verdammt ungeschickt! Ich habe gesagt, er solle sich sein Geld sonst wohin stecken. Jonna ist nicht zu kaufen.«

»Er hat wohl gedacht, dass er nicht gut genug war, dass er so, wie er war, nicht ausreichte, und ich glaube, er hat das jetzt begriffen. Ich wäre so froh, wenn du mit ihm sprechen könntest. Gib der Sache eine Chance, Jonna. Sonst bereust du das vielleicht später.«

Sie stößt einen tiefen, zitternden Seufzer aus. »Ich weiß nicht. Das war alles zu viel auf einmal. Ich muss es mir erst mal überlegen.«

»Was ist das Schlimmste, das passieren kann?«

»Dass ich losheule, nehme ich an.«

Ich umarme sie zum Abschied, und sie klammert sich an mich.

»Das ist schwer. Du hast keine Ahnung, wie schwer das ist, denn wenn ich mich mit ihm versöhne, dann lasse ich meine Mutter im Stich. Ihr letzter Wunsch war, dass ich einen großen Bogen um ihn mache.«

»Ich finde, das war ein sehr selbstsüchtiger letzter Wunsch. Weißt du, die schlimmsten Fehler begeht man nicht, wenn man sich groß und stark fühlt, sondern wenn man sich klein und erbärmlich vorkommt.«

Als ich Jonna verlasse, weiß ich nicht, ob sie sich bei Sindbad melden wird. Ganz bewusst lasse ich das Album bei ihr liegen. Vielleicht wird sie darin blättern und die Liebe und die Sorgfalt sehen, mit der er alles gesammelt hat, was sie geschrieben hat.

Als ich nach Hause gehe, denke ich *Magnus, Magnus, Magnus*. Er hat nichts von sich hören lassen, obwohl er weiß, wo ich arbeite, und leicht meine Telefonnummer nachschlagen könnte. Außerdem hat er meine Mailadresse.

Es kommt mir wie eine Ewigkeit vor, dass wir unter dem Sternenhimmel auf Gotska Sandön gesessen haben. Ich habe ihm nichts versprochen. Ich treffe mich, mit wem ich will, sage ich zu meiner Verteidigung, was mein Rendezvous an diesem Abend angeht. Bestenfalls kann Oskar mir mehr über Magnus erzählen. Ich weiß viel zu wenig über ihn, als dass es vernünftig wäre, an eine Zukunft zu denken. Aber ein verliebtes Gehirn ist nicht vernünftig, und ich denke an die Zukunft, denn sonst wäre alles entsetzlich leer.

Als ich nach Hause komme, drehe ich eine Runde durch den Garten. Die Rosen müssen beschnitten werden, und bald kann ich die Pflanzen setzen, die ich im Treibhaus gezogen habe. Die Vorstellung, dass ich vielleicht das Haus aufgeben und schlimmstenfalls den Salon verkaufen muss, macht mir schreckliche Angst. Diese Gedanken habe ich bisher verdrängt. Ich kann nicht warten, bis die Polizei ihre Ermittlungen abgeschlossen hat. Was hilft es mir, wenn ich in einem halben Jahr recht behalte? Morgen Abend haben wir ein Treffen mit der Freitagsgruppe, und danach muss ich handeln, um meinen Salon zu retten. Sindbad hat gesagt, dass er Kontakte in der Bank hat, ich hoffe, dass das meine Rettung ist. Das muss meine Rettung sein!

Ich dusche, frisiere mich und gehe im Morgenrock in die Küche. Es sieht hier noch immer grauenhaft aus, und morgen früh kommt Ricky her, für die wöchentliche Kochlektion. Ich kippe Reinigungsmittel auf den Herd, in der Hoffnung, dass sich damit ein Teil der schwarzen Schicht auflösen wird. Der Brandgeruch hängt in den Vorhängen, und ich nehme sie herunter und sehe dabei, dass die Fenster geputzt werden müssen. Tilly schaut aus ihrem Fenster und winkt. Hinter ihr steht der General. Das Fenster rahmt die beiden wunderschön ein, sie sehen einfach toll zusammen aus.

Als ich den gröbsten Dreck beseitigt habe, setze ich mich an den Rechner, um einige Zeilen an Sindbad zu schreiben. Er muss wissen, dass ich sein Album bei Jonna gelassen habe. Ich wünsche mir von ganzem Herzen, dass sie zu ihm geht.

Dann mache ich mich für mein abendliches Rendezvous bereit. Ich suche mir ein Kleid aus, das weder zu weit ausgeschnitten noch zu kurz ist. Ich kann mich nicht erinnern, wann ich mich zuletzt für ein Rendezvous angezogen habe.

Um zehn vor acht schließe ich die Tür ab und spaziere zur Strandgata. Der Abend ist unvorstellbar warm. Ich muss plötzlich an die Notjahre 1867 – 69 denken, als das Wetter auf der Insel wie verhext war. Es war kälter als null, und am Mittsommerabend hat es geschneit, aber zur Weihnachtszeit war es frühlingshaft mild.

Hitzewellen stellen etwas mit unserem Gemüt an. Die Menschen kommen aus ihren Behausungen und wollen Kontakt. Die Restaurants öffnen ihre Terrassen, und die sind fast jeden Abend vollbesetzt. Ich habe mein Geld genau abgezählt und weiß, dass ich mir heute ein Hauptgericht, einen Nachtisch und ein Glas Wein leisten kann, wenn ich mich dafür nächste Woche nach dem Teil meines Kochbuchs ernähre, der für Zeiten mit knapper Kasse gedacht ist. Ich habe nämlich meine Rezeptsammlung folgendermaßen eingeteilt: in einen Teil für eine leere Brieftasche, einen mit etwas üppigeren Rezepten und einen besonderen für die eher ausgefalleneren Rezepte wie Lammkopf und gefüllte Dorschköpfe, die man nicht so oft zubereitet. Ricky schreibt die Rezepte in der Reihenfolge ab, in der wir sie kochen.

Ich warte vor der Speisekarte neben dem Eingang auf Oskar. Es wird acht, und dann Viertel nach acht, dann gehe ich hinein und frage nach dem für Oskar Brodin reservierten Tisch. Ich werde an den Tisch geführt, an dem Magnus bei unserer ersten Begegnung gesessen hat. Das weckt Erinnerungen zum Leben.

Da ich mir nur ein Glas Wein leisten kann, bestelle ich erst einmal nichts. Um zwanzig nach acht rufe ich an, aber ich erreiche niemanden. Um halb neun beschließe ich, nach Hause zu gehen und weiter meine Küche zu säubern, auch wenn Samstagabend ist und ich mich auf ein gutes Essen gefreut hatte. Ich frage mich, was passiert sein kann. Oskar hatte einen Tisch bestellt. Der Tisch war nicht abbestellt worden.

Zu Hause setze ich mich vor den Rechner. Ich habe eine Nachricht von Sindbad.

Die Tochter des Seefahrers war im Reich der Schatten, und Freude erfüllte mein Herz so sehr, dass es fast geborsten wäre. Als die Wogen ihres Zorns sich gelegt hatten und das Meer zur Ruhe gekommen war, konnten wir uns gegenseitig hören, und alles, was mich gequält hatte, verflog. Und wir haben zum ersten Mal seit jenem schrecklichen Tag, als das Märchen zerbrach und zu kratzendem Kies und brennender Trauer wurde, miteinander geweint. Dir, meine Freundin und Schicksalsgöttin, will ich heute Abend meine wärmsten Gedanken senden. Ewig Dein – Sindbad.

Sindbads wärmster Gedanke füllt mein Herz, aber zugleich höre ich vor der Tür ein dumpfes Dröhnen. Die Haustürklingel zerfetzt die Stille, und ich versuche, in die Dämmerung hinauszusehen. Wer kann das an einem Samstagabend sein?

Komm an meine zottige Brust!

Mein erster Gedanke ist, dass Ludvig nicht mit dem zufrieden war, was ich für ihn in die Plastiktüte gesteckt hatte, mein zweiter Gedanke ist, dass es Oskar sein kann. Er weiß, wo ich wohne, er hat mich ja im Taxi nach Hause gefahren.

Aber ich habe falsch getippt. Durch das Fenster sehe ich eine Frau mit langen blonden Haaren, hochhackigen Schuhen und kurzem rosa Kleid. Ich kenne sie nicht, es ist eine fremde Frau, die offenbar Hilfe braucht. Ich schließe auf, öffne die Tür und blicke in ein verblüffend bekanntes Gesicht. Aber das ist auch alles, was hier stimmt.

»Ricky?«

»Ich habe Nasenbluten, und es hört einfach nicht auf«, jammert er.

»Aber Ricky, was soll denn das?« Er hat aus dem Salon eine Perücke mitgehen lassen und sich in Frauenkleider geworfen. Er sieht aus wie eine Diva. Als Frau wäre er elegant, hochelegant, wenn da nicht das Blut wäre, das zwischen seinen Fingern hervorquillt. Er hält sich die Hand auf die Nase. Sein Kleid ist blutüberströmt, und an einem Schuh ist der Absatz abgebrochen. Die Netzstrümpfe sind zerrissen.

Ich verspüre die gleiche müde Unschlüssigkeit wie Anfang der vergangenen Woche, als er vollgekotzt auf meiner Treppe gelandet ist. Mein Haus ist weder eine Notaufnahme noch eine Ausnüchterungszelle. Das hier ist eine Privatwohnung, und er darf es sich um keinen Preis zur Gewohnheit machen, immer gerade hier zusammenzubrechen.

»Er hat mir eine reingehauen.«

Ricky packt den weißen Türrahmen mit seiner blutigen Hand und hinterlässt einen roten Abdruck. Ich kann gar nicht anders, als ihn hereinzulassen und mich wie üblich um ihn zu kümmern.

Ich setze ihn auf einen Küchenstuhl und bitte ihn, den Nasenrücken mit zwei Fingern zu fassen und sich zurückzulehnen, während ich Watte hole.

»Schlimmstenfalls müssen wir ins Krankenhaus fahren, damit sie die Ader ausbrennen«, sage ich, denn das musste Ulrikas Mann, nachdem sie ihm ein ziemlich dickes Buch um die Ohren gehauen hatte, als sie ihn und die Schülerin bei ungewöhnlich konkreten Biologieübungen im Materialraum erwischt hatte.

Ich drücke Watte in das Nasenloch, das am schlimmsten blutet, aber nun kommt nur noch mehr aus dem anderen.

»Ich wollte ja zuerst ins Krankenhaus, aber in dem Aufzug ging das doch nicht, das ist mir dann aufgegangen. Ich habe Kumpel, die in der Notaufnahme arbeiten. Jetzt kann ich nur durch den Mund atmen«, sagt er mit gepresster Stimme.

»Du hast allerlei zu erklären«, sage ich. »Warum trägst du Frauenkleider, und wer hat dir eine reingehauen?«

»Ich habe es deinetwegen getan, Angelika. Wenn du nicht begreifst, was gut für dich ist, fühle ich mich zum Eingreifen verpflichtet. Als Schicksalsgott eben.«

Wie üblich weiß ich, dass mir hier noch irgendeine Information fehlt.

»Wie meinst du das?«

Ricky hängt zurückgelehnt auf dem Küchenstuhl und hält sich eine Hand auf die Nasenwurzel.

»Hast du das Gefühl, dass dir Blut in den Hals läuft? Hast du dir das Nasenbein gebrochen? Wird es dick? Was meinst du?«

»Nein, das ist nicht so schlimm, aber verdammt, es hat ja vielleicht wehgetan, meine Beine mit Wachs zu enthaaren. Stell dir vor – es hat über zwei Stunden gedauert, bis ich mit meinem Styling fertig war.«

Ricky zieht auf undamenhafte Weise sein Kleid hoch. Die künstlichen, rot lackierten Nägel leuchten, als er den Rocksaum ergreift und seine zerfetzten Netzstrümpfe zeigt.

»Hab ich keine schönen Beine, wohlgeformt und glatt? Petter vom SZB sagt, dass oft Männer als Models für Strumpfhosen genommen werden, weil sie viel elegantere Waden haben als Frauen. Ich frage mich, was man als Strumpfmodel wohl bekommt? Ich glaube, das ist ziemlich leicht verdientes Geld.«

Diesen ganzen Sermon bringt er mit immer piepsigerer Stimme vor, weil ihm die Luft ausgeht, da er nicht durch die Nase atmen kann. Er zieht sich die Schulterpolster aus dem BH, und der sinkt wie ein geplatzter Luftballon in sich zusammen.

Ich lasse mich nicht ablenken. »Raus jetzt damit. Was ist hier los, Ricky?«

Ich kann mir vorstellen, dass er auf einem Kostümfest war, einer Veranstaltung, die aus dem Ruder gelaufen ist. Viel weiter reicht meine Phantasie nicht.

»Ich nehme meine weibliche Seite an. Wie soll ich euch Mädels denn sonst verstehen? Ein Abend in der Kneipe, und mir wurde klar, was ihr Frauen mitmachen müsst. Die ganzen lüsternen Blicke. Ich kam mir vor wie ein Stück frisches Rinderfilet in der Markthalle. Bewertet und auf dem Weg zum Verzehr.«

»Aber herzlichen Glückwunsch, junger Mann! Ich kann dir sagen, das ist immer noch besser als sich wie das Tagesgericht von gestern vorzukommen.«

Das ganze Theaterstück ist ein Versuch, auszuweichen, und

ich verlange, dass wir der Sache jetzt sofort auf den Grund gehen. »Wer hat dir eine reingehauen?«

»Oskar Brodin. Der Taxifahrer, mit dem du verabredet warst. Betrachte es als stellvertretendes Leiden. Jetzt brauchst du nicht mit ihm zu knutschen, um dich zu beweisen. Er misshandelt Frauen – so irgendwie jedenfalls, das ist eine Definitionsfrage. Er konnte nicht ertragen, dass ich gestrippt habe, das war zu viel für ihn.«

»Was?« Ich lasse mich Ricky gegenüber auf einen Stuhl sinken und kann meinen Ohren einfach nicht trauen.

»Du hast für Oskar Brodin gestrippt? Wieso denn das?«

»Was hätte ich denn tun sollen? Ich dachte, der sei kein passendes Date für dich, und deshalb habe ich ihn vorher schnell verführt. Das ging total einfach. Ich habe mich in die Rolle eingelebt, habe ihn herausgefordert, und plötzlich waren wir in seiner Wohnung. Weißt du, dass er Trophäen von seinen Eroberungen sammelt? Höschen! Krank, was? Er hat mir seine Sammlung gezeigt.«

»Ich glaube, ich will das hier nicht hören.«

»Oskar hat mir immer mehr eingeschenkt und dann Schmusemusik aufgelegt, und dann wurde er ganz schön zudringlich, und da bin ich aufgestanden und wollte strippen. Du hättest mal sein Gesicht sehen sollen, als ich den BH weggeworfen und meine behaarte Brust gezeigt habe. *Komm an meine zottige Brust und höre meine Flöhe zwitschern!*, sang ich mit so einer sinnlichen Stimme wie Zarah Leander, weißt du.« Ricky imitiert beeindruckend gekonnt die Art der Diva, die schweren Augenlider mit den noch schwereren Wimpern zu heben.

»Machst du Witze?«

»Sieht das so aus?«, fragt er sofort und greift sich an die Nase. »Ich hab es deinetwegen getan, Angelika. Oskar ist ein

Mistkerl! Und dann kam seine Frau nach Hause. Verdammt, da war vielleicht was los! Er hatte nicht zum ersten Mal in ihrer Abwesenheit eine Frau mit nach Hause gebracht. Oskar hat da schon mehr auf dem Kerbholz. Ich sag es dir doch. Der ist ein Arsch.«

»In deinem Kopf gibt es offenbar eine schwerwiegende Fehlschaltung. Warum machst du so was, Ricky?«

»Ich wollte deine Tugend bewachen, und das ist mir gelungen. Du, Angelika, wenn ich doch ohnehin morgen früh zum Kochen herkommen soll, kann ich denn nicht gleich hier schlafen? Einfach auf dem Sofa. Ich schnarche nicht.«

»Nein, versuch das gar nicht erst«, sage ich, als ich sehe, dass er Anlauf zu einer neuen Salve von Argumenten nimmt. »Ich habe mein Zuhause zurückerobert, und ich brauche meine Ruhe.«

»Meinst du, ich kann blutend und in zerbrochenen Schuhen nach Hause in die Irisdalsgata gehen? Hast du denn kein Verantwortungsgefühl für deine Angestellten?«

Er sieht hoffnungslos aus, jetzt, da die blonde Perücke verrutscht ist und die Wattebäusche seine Nase auf Kartoffelgröße anschwellen lassen. Ich zögere einen Moment und überlege.

»Du kannst Kleider von mir und mein Fahrrad leihen.« In diesem Moment fällt mir ein, dass ich Joakims Sachen allesamt dem Roten Kreuz mitgegeben habe. »Nein, du kannst nur mein Fahrrad leihen«, korrigiere ich mich.

Am nächsten Morgen stehen wir bereits auf der Matte, als der Lebensmittelladen auf dem Marktplatz öffnet. Wir müssen das Allernotwendigste kaufen. Wir haben beide kein Geld für große Sprünge. Stattdessen haben wir beide unsere Kühlschränke durchsucht. Als Ricky Dickmilch mit überschrittenem Verfallsdatum wegwerfen wollte, habe ich ihn daran gehindert. Man muss sich auch mal auf seine Nase verlassen. Man kann aus Dickmilch Frischkäse machen, wenn man sie kocht, bis sie sich zersetzt, und sie dann durch eine Filtertüte gießt. So wird Käse gemacht. Danach gibt man Salz dazu und presst eine Knoblauchzehe darüber oder nimmt Paprikapulver oder Bärlauch oder was man eben gerade hat. Essensreste können zu allem Möglichen verarbeitet werden. Eine Suppe kann man aus dem Nichts zaubern. Der Phantasie sind keine Grenzen gesetzt. Nachdem wir Kühlschränke und Speisekammern überprüft hatten, kommt unser Speisezettel für nächste Woche auf zweihundert Kronen für uns beide. Eine richtige Herausforderung.

Bei meinem Komposthaufen wachsen Nesseln und Giersch, wovon wir Suppe kochen werden. Unkraut wird man am besten los, indem man es aufisst, oder wie Ricky sagt: »If you can't beat them, eat them!« Man soll mit Hingabe und Liebe kochen, vor allem, wenn die Kasse leer ist.

Ich hole mein gutes Porzellan hervor und stelle Kristallgläser dazu, während Ricky die Servietten faltet. Er hat einen Origamikurs gemacht, und die Servietten sehen vielleicht nicht ganz so aus, wie ich mir das vorgestellt hatte, aber auf jeden Fall originell, mit kleinen Raumschiffen oder was immer das sein soll. Ich pflücke einen Strauß Osterglocken und arrangiere sie in einer blauen Vase.

So sieht unser Speisezettel aus:

Sonntag: Fiskargränd-Spezial. Tomaten- und Zwiebelsalat in Vinaigrette.

Montag: Warmes Sauerteigbrot mit Hummus und grünem Salat.

Dienstag: Nessel- und Gierschsuppe. Knäckebrot mit Frischkäse und frischer Petersilie, Dill und Schnittlauch. Garniert mit Radieschenscheiben.

Mittwoch:	Teigtaschen mit einer Füllung aus Käse, grünen Oliven und Makrelen in Tomatensoße. Grüner Salat mit Bohnen.
Donnerstag:	Daal mit Giersch, Salat und Paprika.
Freitag:	Lasagne sin carne und »Pizzasalat«. Dazu Parfait Salon d'Amour.
Samstag:	Pfifferlingsuppe und Uromas Apfelkuchen.

Als wir unter dem Glaskirschenbaum im Garten sitzen und das Fiskargränd-Spezial verzehren, während die Suppe blubbert und das Brot – das Ofentroll genannt wird, da es, wenn es im Ofen Dampf abgibt, aussieht wie ein redender Troll – im Ofen steht, kommt mir das Leben schön vor, trotz meiner finanziellen Sorgen. Aber Ricky reißt mich sofort aus meiner Ruhe.

»Angenommen, alles geht zum Teufel.« Er sieht aus wie ein Hamster, als er das Essen hinunterschlingt. Seine Wangen sind noch immer ein bisschen gerötet vom Rouge. »Angenommen, der Betrüger wird nie entlarvt und dein Haus gehört Ludvig und du musst den Salon verkaufen, um den Kredit zu bezahlen. Was machst du dann?«

»Ich weiß nicht. Ich will nicht daran denken.«

»Man braucht einen Plan B. Wir könnten ein illegales Wirtshaus eröffnen und Unkrautdrinks an Gesundheitsfanatiker verkaufen, die ein neues und besseres Leben anfangen wollen. Wir besorgen uns einen Würstchenkarren, um mobil zu sein, und schleichen uns durch die Fitnessstudios, um Kostproben zu verteilen. Wir könnten weiter so wie jetzt Lebensfäden zusammenbringen. Ein Low-Carber trifft auf eine Detoxerin und findet im gewaltigen Grün des Salats Verständnis und Zuneigung.«

»Es gibt sicher Vorschriften für das Servieren von Getränken. So eine Art Schankbewilligung. Jedenfalls, wenn sie Alkohol enthalten.«

»Spaßverderberin. Kommt Jessika heute Abend mit zu dem Treffen?«

»Ja, unbedingt. Sie hat all ihre freie Zeit den Hausverkäufen geopfert.«

»Kann man sich anschließen?« Rickys Gesicht macht eine Verwandlung durch, vom düsteren zum hoffnungsvollen Hamster.

»Ja, wenn du dich anständig anziehst. Was lockt dich denn, Jessika oder das Treffen?«

»Das ist kompliziert.« Ricky schaut auf seinen Teller und jagt mit der Gabel ein Stück Rote Bete, bis es über den Rand stürzt. »Jessika sollte dankbar dafür sein, dass ich mich für sie interessiere und ihr meine Aufmerksamkeit widme, aber das ist sie nicht.«

»Dankbar? Warum sollte sie dankbar sein?«

»Weil ich ein guter Fang bin! Ein phantastischer Friseur mit Zukunftsplänen und ein Akrobat, wenn es um kulinarische Leckerbissen geht.«

»Es tut mir leid, dich wieder auf den Boden der Tatsachen holen zu müssen, du Überflieger, aber du kannst bisher nur die Grundlagen ganz normaler Hausmannskost.«

»Liebe Schicksalsgöttin. Jessika ist nicht so begeistert, wie sie sein müsste. Kannst du nicht deinen Zauberstab schwenken und ihre Begeisterung ein bisschen steigern?«

»Wenn du zugleich mit Alexandra herummachst, hast du keine Chance, Ricky.«

»Was? Ich dachte, es wäre das Beste, zu zeigen, dass man attraktiv ist. Alexandra hat Interesse, ich bin schon halb am Ziel. Sie sieht verdammt gut aus, aber ich denke trotzdem die ganze Zeit an Jessika. Du glaubst also, dass Jessika eine Art Exklusivrecht haben will?«

»Würdest du kein Alleinrecht haben wollen, wenn du mit

ihr zusammen wärst?« Wie kann man nur so schwer von Begriff sein? »Bist du überhaupt reif für eine Beziehung?«

»Wenn wir zusammen wären?« Er denkt lange nach, so lange, dass ich schon glaube, dass diese Frage in seinem Gehirnbüro einfach nur notiert und archiviert wurde. »Ich glaube nicht.«

Die Freitagsgruppe tritt zusammen

Es ist Sonntagabend. Wir haben uns um den großen Tisch im Konferenzraum von Radio Gute versammelt. Vor den riesigen Fenstern türmen sich dichte Wolken. Regen hängt in der Luft, ohne loszubrechen. Die Stimmung ist gedrückt. Anwesend sind Gunnar, der natürliche Wortführer bei diesem Treffen, Lovisa vom Finanzamt, Rut von der Polizei (an ihrem freien Tag), Jessika, Ricky und ich sowie vier Menschen, die ebenfalls ihre Häuser verloren haben. Das Ziel der Versammlung ist, wenn möglich einen gemeinsamen Nenner zu finden. Tove erhebt sich als Erste und sagt etwas, nachdem die Sitzung offiziell eröffnet worden ist.

»Ich bin so verdammt wütend«, sagt sie. Dann setzt sie sich wieder, kämpft sichtlich mit sich und springt dann auf, als ob sie sich den Hintern verbrannt hätte. »Aber ich hatte mich geirrt. Oskar Brodin, den ich erwähnt habe, der große Dunkle, ist unschuldig. Er hat seine Frau betrogen, als die mit einer Freundin in Thailand war. Aber einen Seitensprung zu begehen und sich dann dünnzumachen, ist ja kein kriminelles Vergehen. Er hat mir mein Haus nicht gestohlen. Er ist arm wie eine Kirchenmaus und fährt Taxi. Die phantastischen Autos, mit denen er bei mir aufgekreuzt ist, gehörten seinem Bruder, der eine Autofirma betreibt. Ich bin Oskar eben zufällig begegnet, ich bin in seinem Taxi hergekommen, und wir haben uns ausgesprochen. Mein Haus aber hat offenbar jemand anders gestohlen.« Sie setzt sich wieder. »Ein anderer Idiot«, fügt sie hinzu.

Ich zerbreche mir jetzt den Kopf. Wenn Tove nicht von einem großen, dunklen Mann geredet hätte, hätte ich doch Magnus niemals verdächtigt. Aber es ist ja auch noch nicht ganz sicher, ob Sindbad alles über seinen Chauffeur weiß. Jetzt muss ich Micke mit dem Messer und seiner Flamme das Foto von Magnus zeigen. Ich will Magnus nicht verdächtigen, aber der Gedanke verselbstständigt sich, und ich denke automatisch immer weiter über ihn nach. Ich will nicht betrogen werden.

»Alle eure Hausgeschäfte sind über das Konto von Steven Nilsson gelaufen.« Jessika klappt den Bildschirm ihres Laptops hoch und loggt sich ein. »Die Herangehensweise ist immer dieselbe. Der Vertrag ist in Stevens Handschrift unterzeichnet. Dort steht, dass er euch das Haus abgekauft hat. Danach hat er laut Grundbuchamt das Haus weiterverkauft und eine Anzahlung erhalten. Das Geschäft wurde online gemacht, nicht in einer Bank. Das Geld wurde auf Stevens Konto überwiesen. Deshalb glaube ich, dass wir es in allen Fällen mit demselben Betrüger zu tun haben.« Jessika bittet Rut weiterzumachen.

»Von dem neu eröffneten Konto wurden Steven bis heute zwischen 50 000 und 150 000 Kronen in bar ausbezahlt, außerdem hat er vier Fernsehapparate, Mobiltelefone, iPads, iPods und anderes gekauft. Nichts davon befand sich zum Zeitpunkt seines Todes noch in Stevens Besitz.«

»Er war obdachlos, es gibt keinen Ort, wo man suchen könnte.« Nun übernimmt wieder Jessika das Wort. »Der Betrüger hat, wenn sich die Möglichkeit ergab, mit den Häusern als Sicherheit weitere Darlehen aufgenommen. Es gibt hier einen gemeinsamen Nenner. Alle eure Häuser sind attraktive Objekte.«

»Es muss also jemand sein, den ihr alle kennt, der weiß, dass hier Geld zu machen ist«, sagt jetzt Gunnar.

»Als mir aufging, dass ich betrogen worden war... ich

glaube nicht, dass ich seit dem Tod meiner Frau je so viel geweint habe«, sagt Karl-Erik. »Es ist ein einziger langer Albtraum, der einfach kein Ende nimmt. In mein Haus ist eine Familie mit mehreren Kindern eingezogen. Sie wohnen da und kochen Brei und wechseln Windeln. Die Kinder schreien. Den ganzen Tag läuft ›Mama Muh‹ im Fernsehen. Ich bringe es nicht übers Herz, sie vor die Tür zu setzen, sie wissen doch nicht, wohin. Sie sind genauso betrogen worden wie ich.«

»Ich teile das Haus mit zwei älteren Damen, die auf die Insel zurückziehen wollten«, sagt Sara, eine der Frauen in der Versammlung. »Die stehen jeden Morgen um fünf auf und klappern in der Küche herum und hängen ihre frisch gewaschenen Nylonstrümpfe über die Heizkörper. Sie haben grüne Grassoden auf den Balkon gelegt, und in einem Eimer im Badezimmer weicht ihre lachsrosa Unterwäsche ein. Sie hören Akkordeonmusik! Ich kann bald nicht mehr!«

Wenn wir alle über unsere Leiden reden wollen, dauert es den ganzen Abend, denke ich und presse die Lippen aufeinander, auch wenn ich mit Ludvigs Schandtaten ein ganzes Abendprogramm füllen könnte.

»Das nächste Problem ist, dass ihr alle sicherheitshalber eure Identitäten gesperrt habt«, sagt jetzt Jessika. »Deshalb hab ich mit einem Bankangestellten gesprochen, der euer Kontaktmann sein wird. Martin Hägg. Er wird euch nach besten Kräften helfen. Aber es wird trotzdem dauern. Versucht, Rechnungen auszusetzen, solange die Ermittlungen noch laufen.«

»Wie denn?«, fragt Tove. Sie kämpft mit den Tränen.

Lovisa, die bisher geschwiegen hat, erklärt die Sache: »Man muss alle Firmen, die eine Rechnung schicken, anrufen und erklären, was passiert ist, und um Aufschub bitten.«

»Der Betrüger hat eure Personenkennnummer, eure Immobilienbeschreibung, eure Kontonummer und weiß eine Menge über euch. Er konnte eure Hausschlüssel nachmachen lassen und sie dann an die neuen Käufer schicken. Überlegt also, wer in den vergangenen Jahren Zugang zu euren Schlüsseln gehabt hat. Schreiner, Elektriker oder andere Handwerker. Macht eine Liste, dann werden wir sehen, ob wir einen gemeinsamen Nenner finden.« Jessika sitzt schreibbereit vor ihrem Rechner.

»Es gibt Personen, die den Betrüger gesehen haben, so wie Tove das eben gesagt hat«, erkläre ich. »Stevens Freunde haben bei zwei Gelegenheiten einen großen dunklen Mann gesehen, der mit Steven gesprochen und ihm am Tag seines Todes mehrere Wodkaflaschen gegeben hat.«

»Ja.« Jessika notiert. »Ansonsten sind die Hausverkäufe über das Internet abgewickelt worden, nicht in der Bank. Keiner der Käufer hat den Mann, der sich Steven genannt hat, im wirklichen Leben gesehen, außer Ludvig Svensson, und der liefert dieselbe Beschreibung: ein großer dunkler Mann.«

Auf die Idee, Ludvig das Foto von Magnus zu zeigen, bin ich noch gar nicht gekommen. Sicher hat sich mein Unterbewusstsein dagegen gewehrt. Aber wenn Micke mit dem Messer nicht weiterhelfen kann, bleibt mir nichts anderes übrig.

Düsteres Stimmengewirr breitet sich im Raum aus, aber niemand hat einen konkreten Verdacht. Gunnar führt mit uns allen nacheinander ein kurzes Interview, das dann später in eine größere Reportage einfließen soll. Ich merke, dass er ab und zu, wenn ihm eine richtig gute Bemerkung gelungen ist, zu Lovisa hinüberschielt, um sich Bestätigung zu holen, und sie lächelt ihn jedes Mal an. Als das Treffen beendet ist und wir uns zum Aufbruch bereit machen, umarmt sie ihn, und er erwidert diese Geste auf seine ein wenig unbeholfene Weise. Er ist an Körperkontakt nicht gewöhnt. Ich vermute, dass der gestrige Abend, als sie bei Gunnar zu Hause eingeladen war, etwas gebracht hat. Vielleicht haben sie gewagt, einander an den Händen zu halten. Oder zumindest haben sie ein verständnisinniges Lächeln getauscht.

Auf dem Weg in die Stadt, wo ich nach Micke mit dem Messer und Bebban suchen möchte, bin ich ganz in Gedanken versunken. Das Foto von Magnus, das ich ihnen zeigen will, habe ich auf dem Mobiltelefon. Ich hole es hervor und schaue ihn zum bestimmt hundertsten Mal an. Und immer, wenn ich das tue, jagt es mir ein Schaudern durch den Leib. Verliebtheit ist Wahnsinn. Ich besitze kein Gegengift – ich bin befallen. Seit Gotska Sandön und seiner Liebeserklärung sind zwei Tage und elf Stunden vergangen. Ich muss wissen, ob das ehrlich gemeint war. Ich muss ihn bald sehen, sonst sehne ich mich noch zu Tode.

Ich gehe weiter in Richtung Östra Centrum. Micke mit dem Messer war früher einmal Chirurg, aber es gab zu viele Feste mit zu leichtem Zugang zu Apothekeralkohol. Es kam zu dem einen oder anderen Fehler am Operationstisch, und nach öffentlicher Aufforderung reichte er die Kündigung ein. Bebban war eine erfolgreiche Geschäftsfrau, die aber rasch im Tequilasumpf versank. Die beiden haben die Liebe auf den Bänken der Galleria gefunden, wo die Arbeitslosen herumsitzen. Sie haben das ganz allein geschafft, ohne meine Hilfe.

Ich finde sie bei der Imbissbude vor der Österport. Zusammengekauert unter Mickes Jacke teilen sie eine Wurst und zwei Stücke Brot.

»Ich liebe meinen Mann ganz einfach, er sieht doch toll aus. Er ist der feinste Mann, der mir je begegnet ist, und er gehört nur mir. Ich bin so glücklich«, sagt Bebban und gibt Micke einen Kuss auf den kahlen Schädel.

Micke lächelt stolz. »Wir feiern heute unser Vierjähriges.«

»Meinen Glückwunsch.« Ich zeige ihnen das Foto von Magnus Jakobsson. Bebban zieht ihre Brille hervor. Der eine Bügel ist an zwei Stellen mit Klebeband geflickt.

»Nein«, sagt sie. »Der ist das nicht.«

Ich verspüre eine so tiefe Erleichterung, dass ich sie beide auf einmal umarme, und meine Freude wirkt ansteckend auf sie, und wir lachen alle drei laut. Micke mit dem Messer setzt sich wieder.

»Der Typ, den du suchst, trug einen dunklen Anzug wie ein richtiger Unglücksrabe. Er ist es gewöhnt, bei offiziellen Anlässen aufzutreten... und doch... das Seltsame war, dass er rot geringelte Socken trug. Wir haben darüber gesprochen, Bebban und ich, dass er so bunte Socken anhatte. Da haben wir doch noch darüber geredet, nicht wahr, Liebling?«

Plötzlich ergibt alles einen Sinn.

»Danke!« Ich winke ihnen zu und drehe mich ganz schnell um. Ich muss Jessika erreichen. Ich wähle ihre Mobilnummer und warte mehrere Klingeltöne ab, dann meldet sie sich.

»Wir müssen in Dubbes Bestattungsunternehmen einbrechen.«

»Müssen wir das?« Jessika klingt ein wenig skeptisch.

»Um Mitternacht. Ich muss nur vorher noch etwas erledigen.«

»Es muss doch interessantere Orte geben, wo man einbrechen kann, als ein Bestattungsunternehmen? Ich meine, ist es die Mühe wert?«

»Unbedingt, ich mache keine Witze. Niemand außer Julius Dubbe trägt rot geringelte Socken zu einem schwarzen Anzug.«

»Ich verstehe nur Bahnhof, aber ich komme sofort«, sagt Jessika.

Einbruch ins Bestattungsunternehmen

Kurz vor Mitternacht warte ich auf Jessika. Ich sitze am Küchenfenster, nippe an einer Tasse Tee und schaue in die schmutzig-rosa Dämmerung, die sich langsam über dem Dach ausbreitet, während Tillys mit Holz befeuerter Herd dunkle Rauchsignale sendet.

Ich denke an die Aufnahmeprüfung für die Grundschule, die es damals noch gab, bei der wir Rauch und Flagge in dieselbe Richtung zeichnen mussten, um eingeschult werden zu können. Ich wollte ein Jahr früher zur Schule gehen, so wie meine beste Freundin, aber ich wurde abgewiesen. Ich frage mich, wo meine Freundin jetzt wohl ist. Ich habe unterwegs so viele gute Freunde und Freundinnen verloren. Ich denke daran, was Sindbad über das Leben gesagt hat – man müsste weniger arbeiten und mehr Zeit für Freunde haben. Aber in meinem Beruf bekommt man Freunde. Mein Beruf ist mein Leben, es gibt nichts, was ich lieber tun würde. Das Einzige, was mir fehlt, ist Liebe.

Ich sehe mir das Foto von Magnus an und wünschte, ich könnte einen kurzen Blick in die Zukunft werfen. Wirst du in einem Jahr Teil meines Lebens sein, Magnus?

Sindbad hat gesagt, Magnussens Freundin habe mit Selbstmord gedroht, falls er sie verlässt. Aber was, wenn Sindbad sich irrt. Was, wenn sie es wirklich tut? Wie sollten wir mit dieser Schuld leben können?

Nein, ich muss zu hoffen wagen, dass es gut geht, auch wenn ich mir Sorgen mache. Ich schließe die Augen und denke daran, was es für ein Gefühl war, meine Wange an seine zu legen. Ich streiche mit dem Zeigefinger über meine Lippen, folge dem Amorbogen, so wie er, ehe er mich geküsst hat. Ich werde verrückt davon, dass ich nicht weiß, ob er jetzt noch mit dieser Frau zusammen ist oder ob er sie verlassen hat. Wenn Schluss ist, müsste er hier sein. Wenn sie sich versöhnt haben, lieben sie sich vielleicht genau jetzt in diesem Moment. Ich quäle mich mit diesem Gedanken. Die Bilder kommen, ungebeten und schrecklich.

Das Mobiltelefon brummt auf dem Küchentisch. »Hast du vor, mich reinzulassen, oder muss ich die Tür aufbrechen?« In Jessikas Stimme schwingt ein fröhliches Lachen mit. Sie hat noch nicht begriffen, dass das hier blutiger Ernst ist.

»Ich mache auf.«

Sie hat sich die Mütze tief über die Ohren gezogen. Der Jackenkragen trifft auf den dunkelblauen Mützenbund, und nur ihre Augen sind zu sehen. Es ist genau Mitternacht. Sie ist pünktlich.

»Kannst du mir erzählen, was wir bei diesem Bestattungsunternehmen wollen?« Sie schiebt ihre langen Haare unter die Mütze und schaut mir auf eine Weise in die Augen, die nichts mehr mit den scheuen Blicken unserer ersten Begegnung in der Bibliothek zu tun hat.

»Der Betrüger trägt rot geringelte Socken.«

»Wie nett. Ich werde mitten in der Nacht herbefohlen und bin bei diesem Dreckswetter mit dem Rad durch die ganze Stadt gefahren, um diese Information zu erhalten. Danke, du weiser Lifestyle-Guru!«

Ich schiebe mir einen neuen Priem unter die Oberlippe. »Es ist ernst, Jessika. Es gibt einen gemeinsamen Nenner für alle, die ihr Haus verloren haben. Das ist mir aufgegangen, als ich das mit den Socken gehört habe. Mein Mann ist vor sieben

Jahren gestorben. Tove hat ihre Mutter verloren. Karl-Erik hat heute gesagt, dass seine Frau nicht mehr lebt. Auch die anderen haben nahe Angehörige verloren. Ich weiß noch nicht, ob alle dasselbe Bestattungsunternehmen beauftragt haben. Aber das ist anzunehmen, und es ist sehr clever von ihm, nicht sofort nach jeder Beerdigung zuzuschlagen, sondern eine Weile zu warten und alles auf einmal an sich zu reißen. Julius hat all die Informationen, die du aufgezählt hast. Er hilft bei der Erbauseinandersetzung und taxiert die Hinterlassenschaft, und er hat den Ersatzschlüssel zu meinem Haus bekommen, als er das machen sollte. Er hatte jede Möglichkeit, den nachmachen zu lassen.«

»Du hast recht, auch die anderen haben Angehörige verloren. Und da du sie nicht direkt fragen wolltest, welches Bestattungsunternehmen sie beauftragt haben, weil du dadurch ihre Trauer wieder aufgewühlt hättest, nehme ich an, du willst einbrechen und Beweise suchen? Habe ich das richtig verstanden?«

»Genau das will ich.«

Die Wolken hängen noch immer schwer am Himmel, als wir in die Stadt fahren. Kein Mond, keine Sterne, nur das trübe Licht der Straßenlaternen führt uns durch die Nacht. Wir stellen unsere Räder eine Ecke weiter ab und gehen das letzte Stück zu Dubbes Bestattungsunternehmen in dem idyllischen Wohnviertel zu Fuß, wo ich als Kind Topfschlagen gespielt habe. In der Auffahrt steht Juliussens heißgeliebter Volvo PV, und gleich daneben sehen wir den halb fertigen Grill, an dem er in seinen Mußestunden mauert. Eimer mit Schutt und Mörtelresten hat er achtlos neben den Ziegelsteinen abgestellt.

»Wie kommen wir da rein?« Ich mustere die Eingangstür. »Gibt es eine Hintertür?«

»Ein Fenster.« Jessika nimmt den Rucksack ab, in dem sie

unsere Ausrüstung untergebracht hat: einen Glasschneider und einen Saugnapf von der Sorte, wie Klempner sie normalerweise bei einem verstopften Abfluss verwenden. »Wir machen es wie die Profis. Ich hab im Internet nachgesehen. Man legt die Saugglocke an die Fensterscheibe. Du hältst sie fest. Ich schneide ein so großes Loch wie nötig, damit wir hineingreifen können. Dann öffnen wir das Fenster, leise und elegant, und steigen ein.«

»Genial«, sage ich.

Inzwischen sind wir hinter das Haus gegangen. Es hat zwei Stockwerke. Julius Dubbe wohnt oben, unten ist das Bestattungsunternehmen untergebracht.

Jessika bleibt neben der Hintertür stehen. »Es geht auch einfach. Die Tür hat ein Ziffernschloss. Vermutlich können wir so viele unterschiedliche Kombinationen ausprobieren, wie wir wollen, aber es kann ja mit einer Alarmanlage verbunden sein, wenn er Angst vor Dieben hat. Deshalb sollten wir von Anfang an alles richtig machen. Der üblichste Code ist 1066 – die Schlacht von Hastings. Danach kommen die letzten vier Ziffern der Personenkennnummer. Auf Gotland fangen die vier letzten mit 32 an.«

»Stimmt das?« Ich habe 1066 als Pin auf dem Mobiltelefon. Note to self, wie Ricky immer sagt. Ich muss das ändern.

Jessika zieht eine kleine Taschenlampe aus der Jacke. Dann beugt sie sich vor und haucht die Tasten des Ziffernschlosses an und lässt den Lichtkegel das Ergebnis untersuchen. »Vier Tasten sind nicht beschlagen, weil sie mit Fett von den Fingern imprägniert sind. Siehst du, dass vier Ziffern abgegriffener sind als die anderen, die nicht beschlagenen? 2347.«

»Juliussens letzte vier Ziffern in der Personenkennnummer fangen mit 32 an, und dann?«

»Frauen haben gerade Kontrollziffern, Männer ungerade.

Das ist die vorletzte Ziffer. Wir haben noch 4 und 7. Julius hat eine ungerade Ziffer. Also wird es 32 47.«

»Genial.«

»Elementar.« Jessika gibt den Code ein, und ein Klicken bestätigt ihre Theorie.

Wir gehen durch den Flur, vorbei an der Toilette und ins Büro. »Was genau hast du jetzt vor?«, fragt Jessika.

So genau habe ich mir das offenbar noch nicht überlegt. In meiner Phantasie gehen wir hinein und ertappen ihn mit heruntergelassener Hose, ta daa! Aber ganz so einfach wird es offensichtlich nicht. Ich improvisiere.

»Wir suchen nach Beweisen. Pst! Ich hab was gehört.«

Ich halte Ausschau nach einem Versteck, falls plötzlich das Licht angeht. Es gibt keine Fluchtmöglichkeit.

Jessika zeigt auf die hinteren Räumlichkeiten, wo die Särge aufbewahrt werden. Ich gehe hinter ihr her. Oben im Haus hören wir eine quietschende Tür, dann pisst jemand und lässt eine Serie von fast musikalisch fixierbaren Fürzen hören, und dann quietscht wieder die Tür.

»Er wäscht sich nach dem Pissen nicht die Hände. Ist dir klar, wie vielen Kunden er jedes Jahr die Hand reicht?«, flüstere ich. »In meinem Salon gibt man sich nur selten die Hand, aber er macht das doch dauernd. Man sollte vielleicht den Seuchenschutz informieren. Diese Tasten am Ziffernschloss müssten desinfiziert werden ...«

»Das ist im Moment nicht unser größtes Problem«, flüstert Jessika, und jetzt höre ich dasselbe wie sie. Schritte auf der Treppe, die nach unten führt, und ich frage mich, ob Julius wirklich Witze gemacht hat, als er behauptet hat, früher als Krankenpfleger bei Operationen geholfen und beim Anblick des schieren frischen Fleisches Hunger gelitten zu haben.

Im Treppenhaus wird eine Lampe eingeschaltet und wirft

ihr unbarmherziges Licht durch das Büro, wo wir uns an die Wand pressen. Jessika beugt sich vor und versucht, dem Licht auszuweichen, als sie im Raum weiter nach hinten geht. Noch eine Lampe wird eingeschaltet. Uns bleibt nichts anderes übrig als in die sichere Dunkelheit hinter den Särgen zu gleiten. Wir hören, dass die Schritte jetzt immer schneller näher kommen.

»Rasch!« Jessika öffnet den Deckel des Sarges, der am nächsten bei der Tür steht. Ich steige hinein. Mit einem überaus seltsamen Gefühl im Leib höre ich, wie der Deckel sich über mir schließt. Als ich zuletzt hier war, vor sieben Jahren, musste ich für Joakim einen Sarg aussuchen. Ich habe mit Julius gescherzt, obwohl ich so traurig war, und sagte, ein Holzfrack sei doch eleganter als ein schwarzer Anzug, was Joakims Arbeitskleidung gewesen war. Im Kampf gegen den Tod – der ein übermächtiger Feind ist und bei dem der Ausgang hundertprozentig feststeht – kann man durch Respektlosigkeit nichts verlieren.

Ich lege mich im dunklen Sarg zurecht. Hier könnte man Mindfulness testen. Es ist ein bisschen zu einsam für Kindfulness, und irgendeine Vorgehensstrategie braucht man doch. Einmal habe ich ein Gedicht über Merklisten geschrieben. Es endete so, wenn ich das richtig in Erinnerung habe: *Die lange Lebensliste endet in der Kiste.*

Meine Kiste ist gefüttert, fast gepolstert, was schalldämpfend wirkt. Vermutlich ist der Deckel so dicht, dass man die ganze Zeit dieselbe Luft einatmet und vom Kohlendioxyd benebelt wird. Aber so darf man nicht denken. Der Sarg ist nicht für lebende Menschen gedacht. Sonst würde es doch eine Warnung geben: »Im Sarg bitte nicht atmen!«

Jeder gelebte Tag bringt uns dem Tod einen Tag näher. Es ist vielleicht nicht ganz falsch, vor dem unvermeidlichen Schluss ein bisschen zu üben, kann ich noch denken, ehe ich die

Schritte näher kommen höre. Vor Hochzeiten und Geburten und anderen großen Ereignissen übt man ja schließlich auch und trifft Vorbereitungen. Was spräche also gegen das Probeliegen in einem Sarg? Es muss die Sache für die Angehörigen doch erleichtern, wenn man vor dem großen Tag schon probegelegen und ein Modell bestellt hat. Ich will nicht die billigste Sorte, und ich will auf keinen Fall eingeäschert werden. Ich will in fünfhundert Jahren wieder ausgegraben werden können. Bestenfalls sind dann meine Haare noch vorhanden, und die Nachwelt kann feststellen, ob ich mit Arsen vergiftet worden bin. Ich fände es schön, wenn ein Archäologe notierte, dass meine Haare üppig und schön sind. Aber das habe ich meinen Schwestern schon mitgeteilt.

Ich frage mich, wer wohl zu meiner Beerdigung kommen wird und wer eine Rede hält. Es ist wirklich schade, dass man die vielen schönen Dinge nicht mehr hören kann, die dann gesagt werden, denke ich, und ich merke, dass ich durch den Sauerstoffmangel unter dem dichten Sargdeckel immer benommener werde.

Rut wird mit der Lockenbürste in der Hand dastehen und sagen: »Angelika Lagermark, du hast mir das Leben gerettet!« Und alle Brautpaare, die ich vor den Altar bugsiert habe, werden ihr Glas heben und Danke und Lebwohl sagen, wenn ich ins Jenseits wandere. Ich könnte so eine New Orleans-Beerdigung haben, wie ich sie in einem alten Bond-Film gesehen habe. Da laufen sie kilometerweit mit dem Sarg durch die Gegend und spielen Jazzmusik auf der Trompete, schwenken den Hintern und fuchteln mit den Armen. Das würde mir gefallen.

Und Magnus... mein geliebter Arsène Lupin... wird für den Rest seines jämmerlichen Daseins in seiner Vorortwohnung mit tropfenden Wasserhähnen, streitenden Nachbarn und schimmeligen Vorhängen um mich trauern, während seine ach so dramatische Frau unpässlich auf dem Diwan liegt und ihn anschreit, er solle den Müll nach unten bringen, der zu einem Berg aus stinkenden Essensresten geworden ist, in dem riesengroße Killerratten ihr Unwesen treiben. Ratten, die aus den Kloaken quellen, durch die Wasserleitungen ins Haus kommen und Pest und Tod verbreiten und sie beißen werden, wenn sie schlafen. Er wird verbittert an das Glück denken, das uns niemals vergönnt war, und er wird bereuen, dass er sich zwei Tage und sechzehn Stunden nicht gemeldet hat, wenn ich jetzt den Tod durch Ersticken erleide. Was meinen Schwestern eine Menge Unannehmlichkeiten ersparen würde, da ich ja schon in einem Sarg liege, denke ich und hebe den Deckel meines Sarkophags ein wenig und starre auf eine rot-lila geringelte Unterhose und in eine Pistolenmündung.

Ein letzter Gruß

Der Zugang zu Waffen ist in Schweden nicht so leicht wie in Hollywoodfilmen. Meine erste Reaktion, als ich in die Revolvermündung starre, ist nicht Angst. Ich muss lachen. Das kann natürlich daran liegen, dass die Waffe die farbenfrohe Unterhose noch betont und dass es Julius ist, der dort steht, in seiner weißen, schwankenden Erscheinung. Mein Sargdeckel wird aufgerissen, und Licht strömt herein.

»Angelika! Was zum Teufel machst du denn hier? Ich habe Geräusche gehört und dachte, das sei ein Einbrecher.«

Julius stößt ein schrilles, gackerndes Lachen aus und zeigt nicht die geringsten Anstalten zu Gastfreundlichkeit. Er freut sich durchaus nicht über meinen Anblick. Ich freue mich eigentlich auch nicht sonderlich über seinen, und weiß der Geier, was wir jetzt machen sollen. Ich frage mich, ob er wohl zum Kaffee einlädt, wenn er unerwartet Besuch bekommt.

»Ich wollte mal Guten Tag sagen«, sage ich, verlegen, weil mir nichts Gescheiteres einfällt. Die Luft im Sarg war wirklich nicht gerade anregend für meine Denkfähigkeit.

Julius reicht mir die Hand und hilft mir beim Aufstehen. Ich komme mir so gelenkig vor wie ein schwangerer Panzer. »Warum bist du hier? Was willst du?«

»Nichts. Ich wollte nur mal sehen, wo du wohnst, weil ich ohnehin gerade in der Nähe war.« Ich versuche, so betrunken zu klingen wie ich nur kann, aber ich habe keine Ahnung, wie gut mir das gelingt.

»Wie bist du reingekommen?« Juliussens Gesicht ist so

dicht vor meinem, dass ich seinen Atem spüre. Er hat Thunfisch zum Abendbrot gegessen, glaube ich.

»Die Tür war offen. Ich bin reingekommen, und viel mehr weiß ich nicht. Ich bin sicher eingeschlafen.« Ich gähne gewaltig, und es kommt mir ganz natürlich vor. Es ist nach Mitternacht, und ich bin müde.

»Wenn du das nicht wärst, würde ich die Polizei anrufen. Du hast offenbar ein ernsthaftes Alkoholproblem, Angelika. Du musst etwas unternehmen.«

Ich lache schallend über seine bunt geringelte Unterhose und seine ebenso geringelten Socken. Sicher liegt es am Kohlendioxyd im Sarg, dass ich mich wie berauscht fühle und mich auch so verhalte. Na ja, nicht das Schlechteste in meiner derzeitigen Situation.

Julius bestellt mir ein Taxi. Während er telefoniert, schiele ich in Jessikas Richtung. Sie hat sich unter dem Schreibtisch versteckt. Sicher hat sie es nicht mehr geschafft, in einen Sarg zu steigen. Sie flüstert so leise, dass ich kaum hören kann, was sie sagt.

»Ich bleibe hier. Du stehst draußen Schmiere, damit du eingreifen kannst, wenn er mich entdeckt.«

Julius nimmt meinen Arm und führt mich aus dem Haus. Die Situation ist so absurd, dass ich erst mit Kichern aufhören kann, als ich sehe, wer mich im Taxi abholt.

»Sie ist betrunken und braucht sicher Hilfe, um ins Haus zu kommen«, sagt Julius zu dem gutaussehenden Taxifahrer, und mir wird sofort schwindlig. Es ist Magnus.

»Kein Problem.« Magnussens Miene ist unergründlich. Er steht da in weißem T-Shirt und schwarzen Jeans neben seinem glänzenden Taxi. Ein eiskaltes Gefühl füllt meine Brust, als ich mir überlege, was ich für einen Eindruck machen muss, betrunken bei einem Bestattungsunternehmer, und das nach Mitternacht! Ich werde einiges erklären müssen.

»Bssssdann, Jullebulle«, nuschele ich, stolpere zum Taxi und lasse mich auf den Beifahrersitz fallen.

»Ist der Abend zur Zufriedenheit verlaufen?« Magnus sieht gelinde gesagt verbissen aus, als ich zu ihm hinüberschiele. Seine Ironie ist nicht zu überhören.

»Fahr um die Ecke«, sage ich und packe seinen Arm, als er schalten will. »Und da halt an.«

Er stoppt den Wagen, und ich versuche, so gut ich kann den Einsatz dieser Nacht zu erklären. Aber es wird ziemlich chaotisch, denn ich habe schreckliche Angst, dass er mir nicht glaubt. »Schau mal, ich kann die Zeigefinger aneinanderlegen, wenn ich die Augen zusammenkneife. Ich bin nüchtern.«

»Wer hätte das gedacht.«

»Und du fährst Taxi. Ich hatte dich für einen kriminellen Schlosser gehalten. Wie hast du bei Ricky so schnell die Tür aufmachen können?«

»Mit einem Reserveschlüssel.«

»Was?« Ich verstehe rein gar nichts, oder wenn doch, dann nur sehr langsam. »Wieso hast du einen Reserveschlüssel zu Rickys Wohnung?«

»Ricky ist mein kleiner Bruder.«

»Was?« Ich kann es nicht glauben. Wie kann Magnus Rickys großer Bruder sein? »Ist das dein Ernst? Warum hast du nichts gesagt? Was weiß Ricky?«

»Nichts. Als meine Freundin mit Selbstmord gedroht hat, habe ich Ricky so wenig wie möglich erzählt, weil er sich eben nicht verstellen kann. Ich habe ihm nichts davon gesagt, was ich... was wir... also davon. Deshalb konnte ich auch nichts sagen, als wir in seiner Wohnung waren.«

Er sieht mich an. Hebt mein Kinn, als ob er mich küssen will, aber ich lasse die Augen offen. Ich starre ihn an, und mein

Herz hämmert dermaßen, weil alles gerade viel zu viel und viel zu groß ist.

»Was ist das... hier für dich?«, frage ich im selben Tonfall, und jetzt, wo er mir so nahe ist, schiele ich.

»Ich liebe dich, Angelika Lagermark.«

»Ich liebe dich auch.«

Es ist durch und durch wahr, und doch ist es ein seltsames Gefühl, diese Worte zu jemand anderem zu sagen als zu Joakim. Ich habe ein vages Gefühl von Verrat. Er küsst mich und lehnt sich dann zurück, um mir in die Augen zu blicken.

»Ich habe sie jetzt verlassen. Das war schwer. Sehr schwer. Sie hat es nicht besonders gut aufgenommen.«

»Sindbad hat erzählt, dass sie mit Selbstmord gedroht hat, wenn du sie verlässt.« Ich sehe die Verzweiflung über das, was passiert ist, in seinen Augen. Er holt lange und tief Atem und sucht nach Worten.

»Als die Krankenschwester auf der Notstation die rote Tusche von ihren Handgelenken abgewaschen hatte, sah es nicht mehr so gefährlich aus.«

»Das klingt aber gar nicht gesund.«

»Wenn sie gesund gewesen wäre, wäre ich niemals bei ihr geblieben. Ich dachte, ich hätte eine Verantwortung. Ihretwegen habe ich mein Taxiunternehmen verkauft und bin zurück auf die Insel gezogen, nachdem sie sich mit allen unseren Bekannten zerstritten hatte. Ich dachte, es könnte besser werden, wenn wir hier wohnten, wo alles langsamer geht. Wir wohnen in Heme.«

»Und dann arbeitest du für Sindbad.«

»Ich fahre zu besonderen Anlässen für Simon Bogren.«

Wieder höre ich mich entsetzt »Was?« rufen.

»Ist Sindbad Simon Bogren?« Ich begreife rein gar nichts

mehr. »Der Finanzmogul Simon Bogren, der einen Tunnel zur Insel bauen will? Hast du denn den Verstand verloren?«

»Ich dachte, das wüsstest du. Aber das da mit dem Tunnel ist nur so eine Nummer, mit der er in den Medien Aufmerksamkeit für die Fährverbindungen zur Insel erreichen will. Das Richtige wird im Licht der Medien immer noch richtiger, sagt er. Und das gilt auch für die Infrastruktur des Landes.«

»Simon ist doch in den Zeitungen nie abgebildet.«

»Nein, er operiert lieber im Verborgenen. Wenn man sehr reich ist, ist es schwer, seine wahren Freunde zu kennen. Eure nächtlichen Gespräche sind ihm sehr wichtig.«

Magnus dreht sich zu mir um, und das Lachen steigt in seine Augen, und seine Mundwinkel zucken. »Worin genau bin ich hier verwickelt? Schon wieder ein Einbruch?«

»Jessika ist noch immer im Haus. Sie sucht Beweise dafür, dass Julius Dubbe kriminell ist.« Ich erkläre es noch einmal, ein wenig ruhiger diesmal, da ich merke, dass er zuhört.

»Habt ihr mit der Polizei gesprochen?«

»Und wie. Aber das dauert zu lange, da die Ermittler keine Überstunden machen. Und die Ermittler der Bank arbeiten auch nicht in Nachtschicht. Dann haben wir den Gerichtsvollzieher und die Versicherungskasse und das Liegenschaftsamt, und auch die sind nicht unbedingt rund um die Uhr im Einsatz.«

»Und für dich ist es zur Gewohnheit geworden, irgendwo einzubrechen, um ein bisschen Action zu erleben?« Er lächelt jetzt noch breiter. Die gleichmäßigen weißen Zähne leuchten im dunklen Auto. Er begreift nicht, wie schlimm alles ist.

»Mein Haus gehört im Moment einem durchgeknallten Bibliothekar, der Unterhaltszahlungen schuldig ist, und es besteht durchaus das Risiko, dass der Gerichtsvollzieher das Haus beschlagnahmt. Das Haus ist die Sicherheit für das Darlehen, mit dem ich meinen Salon aufgemacht habe, und ohne Sicherheit verfällt das Darlehen, und ich muss den Salon verkaufen. Mein Leben stürzt ein wie ein Kartenhaus, ehe die Polizei den Schuldigen findet.«

»Und der ist Julius Dubbe, meinst du?« Ich höre, dass er das nicht so recht glaubt.

»Das meine ich. Als mein Mann gestorben ist, hat Julius die Formalitäten erledigt, und er hat alle Informationen über meine Einnahmen, über die Grundbucheintragung des Hauses und darüber, wie hoch das Haus beliehen war, bekommen. Alles. Ich habe ihm sogar einen Hausschlüssel überlassen, damit er das Inventar taxieren konnte, ehe das Erbe zwischen mir und meinen Schwestern aufgeteilt wurde.«

»*Wir brauchen einen Wagen nach Endre. Geburt in Gang. Kannst du das machen, Magnus? Du hast doch schon Übung, ha, ha.*« Das Telefon knistert, aber ich höre alles und nicke ihm zu. Dann stimmt das, was Ricky über das Baby erzählt hat, dem Magnus auf die Welt helfen musste.

»Fahr«, sage ich. »Wir schaffen das hier schon.«

»Sei vorsichtig!«

Was als rascher Kuss geplant war, wird zu einem langen, bis Jessika an die Fensterscheibe klopft. Ich denke mit schlechtem Gewissen an die Frau, die gerade ihr Kind bekommt.

»Wann sehen wir uns wieder?«, fragt Magnus.

»Bald! Fahr jetzt!«

Ich werfe dem Taxi eine Kusshand hinterher und drehe mich zu Jessika um, die triumphierend einen USB-Stick hochhält.

»Da sitzt du hier im Auto und knutschst herum, während ich mein Leben aufs Spiel setze.«

»Hast du was gefunden?«

»Ja, jetzt haben wir ihn. Ich habe Beweise für die Hausdiebstähle gefunden. Sorgsam archiviert. Du wirst ja sehen. Ich schlage vor, dass wir die Polizei anrufen und sie bitten, sofort zuzuschlagen. Ich habe seine private Buchführung aus seinem Rechner kopiert. Wir sagen ihnen anonym, wonach sie suchen sollen. Wir können ja nicht offen zugeben, dass wir eingebrochen sind.«

»Wir sind nicht eingebrochen«, protestiere ich. »Du hast nur aus Versehen auf die richtigen Tasten gedrückt. Das war ein Zufall.«

Ich bin furchtbar wütend auf Julius, weil er den Menschen, die ihm in ihrer Trauer vertraut haben, so etwas angetan hat.

»Ist es nicht besser, wenn er selbst die Polizei anruft und Radio Gute dabei ist und alles live überträgt? Das wäre doch Rundfunk vom Feinsten«, schlage ich vor.

»Wie meinst du das? Wie sollen wir ihn dazu bringen, die Polizei anzurufen?«

»Ich habe einen Plan.«

Eine Gefängnisstrafe ist viel zu gnädig für jemanden, der so viel Schlimmes angerichtet hat. Er hat Steven umgebracht. Er hat das Vertrauen trauernder Menschen missbraucht.

Im Schutze der Dunkelheit gehe ich zu Juliussens halb fertigem Grill, streife seine Handschuhe über und mische Mörtel. Mit großen fegenden Bewegungen ziehe ich die Kelle über den weinroten Lack seines Lieblingsautos, bis der unter einer grauen Decke verschwunden ist. Es ist ein richtig, richtig schönes Gefühl, an seine Reaktion zu denken, wenn er seinen Schatz in neuer Verpackung entdeckt.

»Morgen früh, wenn er aufwacht, ist der Mörtel getrocknet. Wenn er die Zeitung reinholen will, wird er den Schock seines Lebens erleiden.«

»Und dann ruft er die Polizei an.« Jessika macht ein zufriedenes Gesicht. »Gute Idee. Und dann soll Gunnar mit Kamera und Mikrofon vor Ort sein und aufschlussreiche Fragen stellen. Ich werde dafür sorgen, dass er eine Kopie von Juliussens Buchführung bekommt, und dann soll er sich auf Quellenschutz berufen. Die Medien haben das Recht, zu verschweigen, wer ihnen Auskünfte liefert.«

»Was für Beweise hast du gefunden?«

»Julius ist ein ordnungsliebender Mann. Er hat alles genau aufgeschrieben und das Geld, das er durch den Häuserschwindel eingenommen hat, immer brav addiert. Er hat sogar die Kaufverträge eingescannt. Alles ist gebucht, mit demselben Programm, das er für die Abrechnungen seiner Firma benutzt. Das ist das Programm, das wir auch im Salon haben. Einfach und übersichtlich.«

»Aber wie bist du in seinen Rechner gelangt?«

»Das war lächerlich einfach. Das Passwort stand auf der Schreibunterlage: Volvo PV 51.«

»Gute Arbeit.« Mir ist soeben eine Last von den Schultern gefallen. Es wird zwar sicher noch eine Menge Papierarbeit auf uns zukommen, bis das Chaos auseinandersortiert ist, aber ich kann mein Haus und meinen Salon behalten, und Ludvig bekommt sein Geld zurück. Ich umarme Jessika so fest, dass ihr fast die Luft wegbleibt.

Nach dem nächtlichen Einbruch

Zu Hause setze ich mich als Erstes an den Rechner. Von Sindbad ist keine Nachricht gekommen. Aber Magnus hat geschrieben, und ich lese jedes Wort wieder und wieder. Wir sehen uns am Dienstagabend im Lindgården, ich sehne mich jetzt schon. Ich denke nur daran, was er gesagt hat und was ich gesagt habe, ehe wir uns geküsst haben, und ich denke daran, was passieren wird, wenn wir uns sehen, und ich kann nicht einschlafen, obwohl ich übermüdet bin.

Am Montagmorgen wartet Gunnar auf mich, als ich die Tür zum Salon aufschließen will. Er sieht glücklich aus. Zum ersten Mal in all den Jahren glaube ich, einen gewissen Charme ahnen zu können. Seine Körperhaltung wirkt aufrechter, er hat den Kopf hoch erhoben, und er schaut mir sogar in die Augen, statt seinen Blick wie sonst überallhin zu richten, um nur meinen nicht erwidern zu müssen.

In der Nacht sind wir zu Gunnar gefahren, der seinerseits Lovisa vom Finanzamt anrief. Beide waren total scharf auf die Sache und wollten nichts lieber, als in der ersten Reihe zu stehen, wenn Julius sein Auto entdeckte. Deshalb legten sie sich auf die Lauer, bis er die Zeitung holte, erzählt Gunnar. *Die Gelegenheit, um die Lieblingsfrage aller Reporter zu stellen: Was ist das für ein Gefühl?*

Was für ein Scheißgefühl soll das wohl sein? Ich werde den Arsch umbringen, der Mörtel über mein Auto gegossen hat!

Gunnar lacht laut über seine Julius-Imitation.

»Er hat auf meine Aufforderung hin die Polizei angerufen. Ich habe Rut auf meinem Rechner den Inhalt des USB-Sticks gezeigt, und sie hat sich sofort von der Staatsanwaltschaft einen Hausdurchsuchungsbefehl geben lassen. Mein Interview mit Julius Dubbe kommt auf P 1.«

Gunnar ist so stolz, dass er nicht richtig weiß, wohin mit sich. »Und auf Radio Gute werden wir eine längere Serie über die Betrügereien und die Arbeit der Freitagsgruppe bringen.«

Ich gratuliere ihm. Für Gunnar ist P1 neben Radio Gute der einzige Sender, der zählt. Die Stimme von Vernunft, Wahrheit und Bildung, die die schwedische Bevölkerung aus dem Sumpf der verdummenden Unterhaltung heben soll.

»Und du möchtest vielleicht auch ein Hintergrundgespräch mit dem Finanzamt führen und dir einen Kommentar zu den Hausverkäufen geben lassen?«, frage ich mit schlecht verhohlenem Unterton.

»Doch, das hatte ich durchaus vor.«

Ich sehe, dass er wie ein Schuljunge errötet, und das bis in die Ohrläppchen.

»Lovisa und ich wollen die Freitagsgruppe beibehalten, mit uns beiden als ständigen Mitgliedern. Wir treffen uns jeden Freitag. Es kann doch neue Vorfälle geben. Da müssen wir in Bereitschaft sein.«

»Das klingt nach einem hervorragenden Plan«, sage ich.

Während ich den Salon für den Tag vorbereite, gehen wir noch einmal die Ereignisse der Nacht und des Morgens durch. Als es Zeit für einen Kaffee wird, lehnt Gunnar dankend ab und eilt weiter zu Radio Gute. Ich gehe mit meiner Tasse zum Springbrunnen und setze mich. Ich schaue auf das Meer hinaus und merke, wie die Müdigkeit in mir aufsteigt. Ich konnte in der Nacht wirklich nicht schlafen, denn ich war aufgekratzt und glücklich, vor allem aber vollkommen verwirrt.

Plötzlich fällt ein Schatten über mein Gesicht. Ich öffne die Augen und sehe Ricky. Ich weiß nicht, ob er schon etwas über mich und Magnus weiß.

»Was hat man gekämpft!«, sagt er mit tiefem Seufzer und lässt sich neben mir auf die Bank sinken. »Ich hab sofort gesehen, dass ihr zusammenpasst, du und mein Bruderherz. Unter Einsatz meines Lebens habe ich eine Flasche Absinth getrunken. Ich habe meinem Bruder deine Flaschenpost mit der Mailadresse gegeben, ich habe sie ihm sozusagen in die Hand gedrückt, indem ich auf die Flasche gezeigt habe, als sie im See von Almedalen schwamm. Aber er hat alles verpfuscht und die Flasche Simon Bogren geschenkt, der im Rollstuhl vor dem Hotel saß. Und du wolltest mit einem dahergelaufenen Kerl auf ein Date gehen, einem Stecher der schlimmsten Sorte, und ich musste mich als Frau verkleiden und ihn auf Abwege bringen. Ist dir klar, wie schwer ich gearbeitet habe? Wenn hier jemand die Politik und die Geschäftsidee des Salon d'Amour vertritt, dann ja wohl ich! Da kannst du mir nichts mehr beibringen. Rein gar nichts!«

»Wohnt Magnus bei dir?«, frage ich neugierig. »Musstest du deshalb sauber machen?«

»Ja, allein das!« Ricky macht eine ausschweifende Handbewegung. »Verstehst du, welche Opfer ich gebracht habe?«

»Ja, das hast du offenbar.«

Wir gehen in den Salon und planen die Arbeit dieser Woche. Die schlimmsten Fälle sind erledigt, Jonna und Gunnar waren N5er, aber nun haben sie die ersten Schritte in eine feste Beziehung getan. Julius wird im Gefängnis landen. Einen gewissen Schwund gibt es immer.

»Kein Schwund. Im Knast kriegt er dann Fanpost von Frauen, die auf gefährliche Männer stehen und sie mit ihrer Liebe bekehren wollen. Ich glaube, er hat in sich einen fiesen kleinen Hannibal Lector, der jeden Moment ausbrechen kann«, sagt Ricky.

»Die Frage ist, sollen wir in deine Richtung gehen und ihn mit Irma Trauertrösterin zusammenbringen? Wir haben doch eine Verantwortung für seine Entwicklung, auch wenn er im Knast sitzt. Dann haben wir Mildred Bofjär, eine N5, für die wir vielleicht in der Apotheke einen älteren Mann auftun könnten. Und dann haben wir Lars – den habe ich auch als V5 registriert. Seine Mutter könnte auch ein Übergangsobjekt brauchen. Und dann gibt es noch Regina, die keinen findet, weil Folke all ihre Kraft aufbraucht. Der Junge kommt übrigens heute Nacht zu mir, damit Regina einmal ausschlafen kann.«

»Schaffst du das?«, fragt Ricky, interessiert und besorgt zugleich. Er mag Folke gern.

»Regina schafft es die ganze Zeit und rund um die Uhr. Das hier sind nur ein paar Stunden. Das geht sicher gut. Er ist lieb und will alles richtig machen, nur klappt es dann nicht, weil er die Dinge nicht mehr durchdenken kann, ehe sie passieren.«

»Die passieren doch nicht von selbst, er sorgt dafür, dass sie passieren. Aber er ist schon ein feiner Junge, das muss man ihm lassen.«

»Ein richtig süßer, kleiner Fratz – wie du, als du noch klein warst«, sage ich und kneife Ricky in die Wange.

Der Tag kriecht so langsam weiter wie der Sonnenstrahl, der durch das Fenster über meinen Boden wandert, um endlich die Ecke bei der Kasse zu erreichen und vom Schatten verschlungen zu werden. Ich bin so müde. Man sollte vielleicht versuchen, Regina mit Ricky zusammenzubringen, denke ich, als sie in der Tür steht und ich seine unverhohlene Bewunderung sehe. Regina trägt ein ärmelloses altrosa Kleid, und die sonst zu einem Knoten oder zu einem strengen Pferdeschwanz gebundenen Haare fallen frei über ihre Schultern. Sie hat sich die Lippen im Farbton ihres Kleides geschminkt.

»Du siehst ja toll aus!«

»Ich bin zum Essen verabredet.«

»Wie spannend. Dann musst du morgen unbedingt erzählen, wie es war!«

Ich nehme Folke an die Hand, und wir machen uns auf den Heimweg. Folke ist eigentlich ein bisschen zu groß, um an der Hand zu gehen, aber solange er selbst nichts dagegen hat, ist es so besser für alle Beteiligten.

Ricky schließt heute den Salon. Ich schaue mich um und sehe, dass Regina dort steht und mit ihm redet. Jaaa, da könnte sich doch was entwickeln. Er ist natürlich etwas jünger, aber ein jüngerer Mann ist kein Nachteil, wenn er nur eine gewisse Reife erreicht hat.

Folke ist munter und redselig und erklärt vielen Menschen, die uns auf der Straße begegnen, die Vorzüge von Faluwurst. »Meine Lehrerin sagt, von Faluwurst kriegt man Superkräfte.«

Als wir in die Fiskargränd kommen, steht Tilly mit meiner Post in der Hand am Briefkasten.

»Heute ist nichts für diesen Ludvig gekommen.«

»Sehr gut«, antworte ich und verliere ein paar Worte über den Catwalk, während Folke einen geheimnisvollen Tanz um unsere Beine aufführt.

»Wir haben beschlossen, Henrys Kabriolett zu nehmen, wenn die Frisur das aushält. Wir gleiten durch die Adelsgata. Der Mercedes ist sein Ein und Alles, weißt du.« Tilly zeigt zum General hinüber. Vermutlich steht er gerade in der Garage und wienert sein Auto.

»Ich dachte, *du* bist sein Ein und Alles!«

»Hör doch auf«, lacht Tilly. »Es wird so phantastisch werden, ich bin ja so nervös. Eine Journalistin namens Jonna

Bogren hat angerufen. Sie wollte über unsere Liebesgeschichte schreiben. Wie man mit über achtzig noch jemand Neues findet. Aber ich sage dir, es gibt keinen Unterschied zwischen der Verliebtheit mit achtzig und der Verliebtheit als Teenager. Man ist genauso nervös, und es ist genauso prickelnd und wunderbar.«

Wir reden noch eine Weile über unsere Gärten und alles, was im Frühling getan werden muss. Folke langweilt sich, wie Kinder sich zu allen Zeiten gelangweilt haben, wenn Erwachsene nur mit Erwachsenen reden. Er verschwindet im Haus, und mir ist klar, dass ich ihm lieber folgen sollte, deshalb beende ich schnell mein Gespräch mit Tilly.

Zuerst kann ich ihn nicht finden. Ich suche und rufe, aber nichts. Folke bleibt für zehn lange Minuten verschwunden, in denen alles Mögliche passieren könnte. Als ich fast so weit bin, seine Mutter anzurufen, um meine Unfähigkeit als Babysitterin einzugestehen, taucht er auf, munter und so, als wäre nichts gewesen. »Was gibt's zu essen?«

»Gebratene Faluwurst. Und du darfst deine Wurstscheiben selbst braten.«

Zusammen schälen wir Kartoffeln für den Kartoffelbrei und stellen den Kochtopf auf den Herd. Als es Zeit wird, die Faluwurst zu schneiden, starre ich in einen leeren Kühlschrank. Ich bin ganz sicher, dass ich einen ganzen Ring Wurst gekauft habe. Ich wusste doch, dass Folke kommt.

»Ich begreife nicht, wo die sein kann. Begreifst du das?«, frage ich, schnappe ihn mir und schaue ihm in die Augen.

Im selben Moment hören wir auf der anderen Seite der Hecke ein furchtbares Gebrüll. Der hochrote Kopf des Generals taucht auf, und ich fürchte schon, dass er jeden Moment einen Herzinfarkt erleiden wird.

Ich laufe zur Grundstücksgrenze, um zu sehen, was denn

los ist, und nun sehe ich, was aus meiner Faluwurst geworden ist. Zwei dicke Wursthälften sind auf die Scheibenwischer des Kabrioletts gespießt und wischen langsam durch die Luft. Irgendwie muss Folke den Motor in Gang gesetzt haben. Gerade bin ich aber einfach nur dankbar, dass nichts Schlimmeres passiert ist.

Die Faluwürste wedeln hin und her. Der General sieht wütend aus und stößt lange militärische Flüche aus. Ich lege den Arm um Folke und bringe ihn im Haus in Sicherheit, da ich ahne, was sich hier anbahnt.

»Kannst du mir erklären, was du dir dabei gedacht hast?«, frage ich ihn unter vier Augen.

»Ich will Erfinder werden, wenn ich groß bin«, sagt er und lacht mich mit seinem kleinen sommersprossigen Gesicht an. »Verstehst du, wie toll das ist, wenn man auf der Motorhaube Würste grillen kann? Das da vorn am Auto sieht doch aus wie ein Grill, und es gibt zwei Grillspieße. Ich hab mir das ganz allein ausgedacht.«

»Wir haben offenbar ein bisschen Ähnlichkeit miteinander, du und ich, Folke. Ab und zu ist es gut, schnell zu denken, und ab und zu denkt man besser nachher noch einmal nach. Jetzt müssen wir noch einmal nachdenken.«

»Wir haben keine Wurst, und der alte Kerl ist wütend. Das sind zwei Probleme«, sagt er mit tiefem Ernst.

»Aber bald hat sich der General so weit beruhigt, dass wir unser Abendessen abholen und erklären können, wie das alles passiert ist. Wir fangen mit dem Kartoffelbrei an, finde ich.«

Unter dem Maulbeerbaum

Es ist Dienstagabend und immer noch angenehm warm. Ein rotes Abendlicht spielt über meinen Garten, als ich das Tor öffne. Magnus hat im Lindgården einen Tisch bestellt. Den Tisch, an dem ich gesessen habe, als er mich zum ersten Mal gesehen hat, an einem magischen Abend vor tausend Jahren.

Es kommt mir wirklich vor wie eine Ewigkeit, so viel ist seitdem passiert. Wir treffen uns um sieben. Gerade komme ich von der Arbeit nach Hause und habe noch kurz Zeit. Ich nehme die Post mit ins Haus und setze mich an den Küchentisch, um sie durchzusehen, ehe ich unter die Dusche gehe.

Den ganzen Tag sehne ich mich schon nach Magnus. Ich müsste ruhig und glücklich sein, aber mein Körper sieht das anscheinend ganz anders. Mein Magen ist vor Nervosität ganz unruhig, es gibt einfach so viel, das noch nicht angesprochen wurde. So viel, was auf dem Spiel steht.

Im Gehirn gibt es zwei kleine mandelförmige Kerne, die Amygdala heißen, das weiß ich von Ulrika. Sie sorgen für feuchte Hände und einen hämmernden Puls, wenn man verliebt ist. Sogar das Gefühl der Panik lauert in diesen Kernen. In bestimmten Situationen ist das sinnvoll, in anderen aber tödlich.

In der ersten Phase der Verliebtheit steht man mitunter vor lebensverändernden Entscheidungen, die Nervosität ist also durchaus berechtigt. Aber es gibt keinen Grund zu der Annahme, die Entscheidung werde besser ausfallen, weil man feuchte Hände, schweißnasse Achselhöhlen, einen Puls von 134 und einen dermaßen ausgedörrten Mund hat, dass man nichts sagen kann. Fast scheint das Gehirn der Verliebtheit zuwider zu arbeiten, als sei sie etwas Unnatürliches und Körperfremdes. Man kann vor Liebe wirklich krank werden.

Ein Psychopath bekommt bei Nervosität oder Verliebtheit keinen beschleunigten Puls, behauptet Ulrika. Psychopathen haben in der Regel einen niedrigen Puls. *Dann musst du ihm unbedingt den Puls fühlen,* hat sie gesagt, als ich erzählt habe, dass ich mit Magnus verabredet sei. Sie ist einfach immer misstrauisch. Vera sagte nur herzlichen Glückwunsch, dann musste sie sich übergeben. Ich hörte das Platschen in der Toilette, denn sie konnte nicht mehr auflegen, so plötzlich kam das. Die Schwangerschaftsübelkeit hat jetzt also endgültig zugeschlagen.

Mit diesen weisen Worten meiner Schwestern im Kopf bereite ich mich auf den Abend vor. Das rot gepunktete Kleid, das Magnus so gut gefallen hat, hängt frisch gebügelt am Kleiderschrank. Ich schalte den Rechner ein, während meine Haare in den Wärmelockenwicklern trocknen. Es ist eine Mail von Sindbad gekommen.

Liebe Schicksalsgöttin, heute Abend ist der Wind mild und die Sonne rot. Farben sind ins Reich der Todesschatten gekommen. Zuerst ein kleiner Perlmuttstreifen, der sich seinen Weg durch den Türspalt suchte, als ich eine unglaublich sanfte Stimme hörte. Dann stand sie da in der Türöffnung, mit Augen wie Sterne, und die Farben folgten ihren Spuren und füllten mein Zimmer.

Wer denn, Sindbad?

Helena mit den ungeheuer weichen Händen. Ich werde nicht mehr in der Obhut des Drachen sein. Sie hat mich freigelassen, und der Kampf um mein Leben ist zu Ende.

Ich verstehe das nicht ganz.

Ich bin befördert worden und darf nach oben ziehen. Ich habe mich so dorthin gesehnt, um mein Leben in Ruhe und Würde beenden zu können. Helena und ihre Schwestern werden bei mir sein, bis es Zeit wird, über die Grenze zu gehen, und ich habe keine Angst mehr. In allem, was sie tun, liegt eine tiefe Güte. Eine Konzentration auf den Augenblick, der gerade jetzt ist, kein Kampf um eine Zukunft, die es für mich doch nicht geben wird.

Ziehst du in die Hospizabteilung um?

Ja, mein Herzenskind – endlich! Der Drache war zum Abschied hier. Sie hat meine Wange gestreichelt, und ich musste zugeben, dass ich das, was sie getan hat, nicht genügend zu schätzen wusste. Sie will um jeden Preis Leben retten, und manchmal gelingt es ihr auch. Aber die ganze Zeit habe ich gewusst, dass mein Leib zum Untergang verdammt war, dass es nicht mein Kampf war. Es wird jetzt schön sein, mich ausruhen zu dürfen.

Wir reden noch eine Weile, und ich verspreche, ihn bald zu besuchen. Wenn er also in die Hospizabteilung umziehen darf, dann geben sie ihm nur noch einen Monat, vielleicht weniger. Ich spüre einen Kloß im Hals, aber ich versuche, mich damit zu trösten, dass er es bei Helena mit den weichen Händen und ihren Schwestern gut haben wird.

Magnus wartet vor dem Restaurant auf mich. Die Laternen brennen schon und zeigen den Weg über die Steintreppe in den Garten. Der Tisch unter dem Maulbeerbaum ist mit einem weißen Tischtuch und Kerzen gedeckt. Ich sehe in seine funkelnden Augen, und ein Lachen steigt in mir auf. Er legt den

Arm um mich und küsst mich, und ich lege verstohlen meine Finger um seinen Puls. Der ist so hoch wie meiner. Ulrika soll sich einen schwarzen Müllsack über den Kopf und über ihre düsteren Psychopathenvisionen ziehen.

Der sanfte Wind bringt den Duft des Meeres, und wir ertrinken gegenseitig in unseren Augen und hören kaum, dass wir um unsere Bestellung gebeten werden. Fliedermartini wird serviert, während wir auf Lammbraten und Maulbeerparfait warten.

Es gibt eine Frage, auf die ich unbedingt eine Antwort haben muss, aber es ist nicht leicht, die zu stellen. Ich vermute, dass Magnus jünger ist als ich. Aber ich weiß nicht, wie viel. Ricky ist fünfundzwanzig. Magnus ist sein großer Bruder. Wie groß kann der Altersunterschied sein? Ich bin gerade achtundvierzig geworden. Ich weiß nicht genau, was Magnus sich so denkt, über uns. Er möchte vielleicht Kinder, und ich kann doch keine mehr bekommen. Ich weiß nicht, ob ihm das klar ist. Es ist aber auch schwer, über Kinder zu sprechen, wenn man nicht sicher ist, ob man überhaupt zusammenleben wird. Auch wenn das hier nur eine kurze und heftige Liebesaffäre wird, will ich doch alle Liebe annehmen, die ich bekommen kann. Wenn er Kinder haben will, muss er weitergehen. Ich habe viel darüber nachgedacht. So muss es sein.

»Woran denkst du, Angelika?«, fragt er und fasst mich am Kinn und schaut mir in die Augen, so dass es kein Entrinnen gibt.

»Wie alt bist du?«

Er lacht laut und warm und kneift mich behutsam in die Wange. »›An jüngeren Männern ist nichts auszusetzen, wenn sie nur einen gewissen Reifegrad erreicht haben‹, deine Worte. Ricky hat gehört, dass du das einmal zu einer Kundin gesagt hast.«

»Ich finde, wir sollten Ricky hier nicht hineinziehen. Wie alt bist du?«

»Vierunddreißig, und ich habe eine gewisse Reife.« Er lacht über mein Erstaunen.

»Ich bin vierzehn Jahre älter als du«, sage ich entsetzt. Das ist schlimmer, als ich gedacht hatte.

»An Frauen, die eine gewisse Reife erreicht haben, ist nichts auszusetzen.« Er lacht über meine Verblüffung.

»Ich hatte gehofft, du wärst wenigstens vierzig«, sage ich enttäuscht.

»Ich liebe dich, Angelika Lagermark. Ich will für den Rest meines Lebens mit dir zusammen sein. Frauen leben durchschnittlich sieben Jahre länger als Männer, aber wenn ich bedenke, wie viel du Ricky beigebracht hast, sei es in Bezug auf das Kochen oder aber auch das Leben im Allgemeinen, mache ich mir über meine Pflege im Alter gar keine Sorgen mehr. Es ist ja gar nicht sicher, wer von uns beiden zuerst sterben wird, du oder ich.«

»Jetzt bin ich aber beruhigt. Du planst schon beim ersten Rendezvous unsere Doppelbeerdigung, wunderbar. Das werde ich meiner Schwester Ulrika erzählen. Ich liebe dich auch, Magnus. Ich möchte nichts lieber, als mit dir zusammen sein... solange ich kann. Aber ich dachte, du hättest vielleicht gern Kinder. Ich bin achtundvierzig. Ich bin zu alt.«

Jetzt ist es raus. Ich fasse mir an den Puls. Die Schläge sind nicht mehr zu zählen. Wenn ich jetzt an einem Herzinfarkt sterbe, wären unsere Probleme jedenfalls gelöst.

»Nichts ist wichtiger für mich, als mit dir zusammen zu sein. Das will ich. Alles andere wird sich dann finden.«

Und nun breche ich in Tränen aus, und das trägt mir einen fragenden Blick des Kellners ein, der gerade unser Essen bringt.

Catwalk und ein unerwarteter Besuch

Am folgenden Samstag ist das Visby Fashion Weekend, und Europas längster Catwalk führt durch die Adelsgata. Alle Läden in der Innenstadt machen mit.

Im Salon d'Amour herrscht fieberhaftes Treiben. Wir haben sieben Haarmodels, bis das Brautpaar dann an die Reihe kommt. Tilly und der General sollen im Kabriolett dahingleiten, mit einem langen Schweif aus klappernden Konservendosen, wie ein echtes Brautpaar. Dafür hat Magnus gesorgt. Der General ist schon zurechtgemacht und fertig, und ich lege bei Tillys Locken letzte Hand an, damit sie die Fahrt überleben. Tilly ist hinreißend schön mit ihren grauweißen Haaren und dem vom Mittelalter inspirierten Diadem aus Silber, das der Goldschmied von nebenan eigens für diese Gelegenheit hergestellt hat. Ricky hat sie in Pastelltönen geschminkt, und sie sieht reizend aus, sie hat die Haltung einer Königin.

Jessika hat im Blumenladen den Brautstrauß geholt. Ein phantastisches Gebinde aus weißen Rosen, Mimosen und Efeu. Ich will gerade Tillys Locken einsprayen, als ich neben der Kasse einen Mann in schwarzem Anzug und weißem Schlips sehe. Ricky versucht ihm zu erklären, dass wir heute nicht normal geöffnet haben. Aber etwas im Blick des Mannes trifft mich mitten ins Herz. Ich stelle die Haarspraydose weg und gehe zur Kasse.

»Was kann ich für Sie tun?« Ich sehe erst jetzt, dass er in Trauer ist. Ein weißer Schlips zeigt, dass jemand aus dem engsten Familienkreis verstorben ist.

»Meine Frau schickt mich. Sie hat mir Ihre Adresse gegeben. Sie hat gesagt, ich sollte mir die Haare schneiden lassen. Ich hatte gar nicht mehr daran gedacht, aber meine Haare sind jetzt wirklich zu lang und ungepflegt.« Er sieht ziemlich verzweifelt aus. »Ich muss in einer Stunde bei einer Beerdigung sein. Bei ihrer Beerdigung. Ich bitte Sie. Sie würden mir wirklich sehr helfen.«

»Wie hieß denn Ihre Frau?«, frage ich, obwohl ich die Antwort schon ahne.

»Naima. Sie hat gesagt, wenn ich mir die Haare schneiden lassen müsste, sollte ich zu Ihnen gehen. Sie hat gesagt, Sie würden sich um mich kümmern. Das waren ihre letzten Worte, und jetzt bin ich hier. Ich bin so schrecklich traurig.«

Sein Gesicht zuckt, und sein Blick schweift ab, dann hat er sich wieder im Griff. Als ich ein tröstendes Wort sagen will, hebt er die Hand, um mich daran zu hindern. Er will nicht weinen. Er hat keine Zeit.

Ich schaue diskret auf die Uhr. »Dann machen wir das so. Ich habe jetzt fünf Minuten. Ich mache Ihnen einen provisorischen Haarschnitt, und dann kommen Sie am Montag wieder, und ich mache den Rest. Ist das in Ordnung?«

»Danke.« Er lässt sich im Frisiersessel nieder, und ich fange im Spiegel Rickys gereizten Blick auf.

Ich erkläre das später, mime ich. *Das hier ist ein Notfall.*

Von der ganzen Insel sind die Leute nach Visby geströmt und pressen sich an die Hausmauern, um die heutige Show zu sehen. Durch die Musik wird die Stimmung noch ausgelassener. Es ist ein Fest. Der rote Teppich wird ausgerollt. Auf der anderen Straßenseite sehe ich Gunnar und Lovisa. Er küsst sie mitten im Festgewimmel auf den Mund. Ich ziehe Ricky am Arm. »Siehst du?«

»Ja! Endlich! Sind sie jetzt A-Nullen?«

»Genau.« Ich freue mich unbeschreiblich für die beiden.

Das Personal aus dem Schuhgeschäft baut gerade seine Ausstellung der neuesten Schuhmode auf. Aus der Parfümerie schweben die frischsten Duftnoten. *Mode für Mollige* und *Boutique bättre upp* haben sich zusammengeschlossen und zeigen Bademode aus verschiedenen Jahrzehnten. Jede Nummer wird mit großem Enthusiasmus vorgestellt und vom Publikum begeistert aufgenommen.

Tilly ist so nervös, dass ihr schlecht wird. In dieser Aufmachung unter die Leute zu müssen, versetzt sie in Panik. Aber der General hat den Arm um sie gelegt, als sie in den Wagen steigen, und die Zuschauer jubeln und klatschen. Er küsst sie mitten auf den Mund, und sie nehmen Platz. Der Applaus wird noch lauter. Tillys Wangen färben sich, und sie ist süß wie Karamell.

Sie fahren bis zum Stora Torg und wenden dort und fahren den gleichen Weg wieder zurück. Genau vor mir richtet sich Tilly im Auto auf, und der General stützt sie mit seiner freien Hand. Jessika und Ricky werfen Unmengen Konfetti, und Magnus lässt Heliumballons fliegen, als Tilly den Brautstrauß wirft. Der fliegt in einem Bogen über den General und landet in meinen Armen. Das war nun wirklich nicht geplant.

»Das hast du gut gemacht«, sagt Ricky. »Aber ich hätte auch gern Catwoman auf dem Catwalk gesehen.«

»Ja, das haben wir gut gemacht«, antworte ich leicht verwirrt und sehe auf der anderen Seite der Menschenmenge Magnussens lachendes Gesicht.

Aller Augen richten sich auf mich, und ich steige die Treppe zum Buchladen Wessman & Pettersson hoch und schwenke den Strauß über meinem Kopf. Ich lache, auch wenn ich ein wenig verlegen bin. Ich wollte den Strauß doch gar nicht fangen. Aber wer weiß, was die Zukunft noch alles im Köcher hat? Man braucht doch eigentlich nur den Mut zum Misserfolg, um Erfolg zu haben.

Ricky und ich räumen nach einem langen, aber phantastischen Tag im Salon auf. Ich habe schon angefangen, für die kommende Woche neue Pläne zu schmieden. Ricky soll in die Apotheke gehen und für Mildred Bofjär ein Date organisieren, und ich werde auf Stevens Beerdigung gehen. Dort habe ich vor, in Irmas Lebensfaden einen Knoten zu machen, damit sie Kontakt zu Julius in seiner Zelle aufnehmen kann. Sie und Julius können sicher viel füreinander tun.

Aber vor allem möchte ich jetzt nach Hause, denn Ricky hat versprochen, für mich und Magnus zu kochen. Das Menü soll eine Überraschung sein. Ein wahres Festmahl, sagt er. Ich hoffe, er meint damit nicht Würstchen Stroganoff.

Ricky geht schon einmal vor. Ich werde nachkommen, wenn ich die Kasse gemacht, das Licht gelöscht und die Tür abgeschlossen habe.

Was an diesem Abend serviert wird, ist nicht Würstchen Stroganoff, sondern Bœuf Stroganoff. »Etwas habe ich in diesen Wochen schließlich gelernt«, sagt Ricky und hebt den Deckel vom Kochtopf, der auf dem Herd steht. Es riecht absolut in Ordnung. »Man muss die Feste feiern, wie sie fallen«, sagt er triumphierend.

Er hat den Wohnzimmertisch mit einem Kranz aus Bierdeckeln um den Brautstrauß gedeckt, der in einer Kristallvase in der Mitte steht. Die Servietten sind zu einem neuen, komplizierten Flugzeugmodell gefaltet.

Magnus und ich nehmen Platz und warten auf das Essen. Auf dem Tisch stehen Champagnergläser, und ich frage mich, ob Ricky die mit Bier füllen will, damit alles ein bisschen feiner wirkt. Wir haben die Kunst des Tischdeckens noch nicht durchgenommen, und er weiß nicht, welche Gläser wozu passen.

Als er in die Küche geht, um den in Honigvinaigrette geschwenkten Salat zu holen, merke ich, dass ich stolz bin. Er wäre doch nie auf die Idee gekommen, Grünzeug zu essen, ehe wir mit dem Kochen angefangen haben.

Während Ricky in der Küche herumklappert, nehme ich Magnussens Hand und schaue ihm in die Augen. Ich kann unendlich lange in diese funkelnden Augen blicken, ohne ihrer müde zu werden. Er zieht mich an sich, und wir küssen uns gerade, als wir einen dumpfen Knall hören.

»Verdammt!« Ricky kommt mit der Champagnerflasche hereingestürzt, der Champagner schäumt auf den Boden und über seine Kleider und über die Tischdecke, ehe das kostbare Nass in unseren Gläsern landet. Es gibt jeweils nur noch einen kleinen Schluck.

»Der Korken hat ein Loch in die Decke geschossen«, sagt Ricky düster.

»Dann habe ich von diesem glücklichen Tag eine Erinnerung fürs Leben«, sage ich, ohne aufzustehen und den Schaden in Augenschein zu nehmen. »Prost und danke für eure Hilfe heute beim Catwalk.«

Zum Nachtisch gibt es Parfait Salon d'Amour mit frischen Brombeeren. Fragen Sie mich nicht, wo Ricky die herhat. Ich lobe ihn, und er saugt das Lob in sich auf und benimmt sich wie ein echter Kellner und Charmeur.

Beim Kaffee zeige ich dann mein Album mit den Brautpaaren. Magnus erkennt Rut und ihren Mann. Bisher sind es sechsundzwanzig Brautpaare, aber ich habe große Hoffnung, dass es mehr werden. Ich gehe so gern zu Hochzeiten. Man weint so schön, wenn alles prachtvoll und romantisch und wunderbar ist.

Ricky spricht darüber, wie wir noch mehr Paare zusammenbringen können. Er redet und redet, während ich mich unendlich danach sehne, mit Magnus allein zu sein.

»Wir könnten im Netz eine Datingseite anlegen und uns einen goldenen Hintern verdienen«, schlägt er vor. Ich protestiere. »Es geht hier nicht um Quantität, sondern um Qualität. Aber wir können unsere Tätigkeit ausweiten, und dann wird Magnus uns bestimmt von Nutzen sein.« Ich lächele ihn an, und er erfasst seine Aufgabe sofort.

»Ein Taxifahrer hört viele Geständnisse. Ich werde die finden, die wirklich dringend in den Salon d'Amour müssen. Noch mehr A5er, mit denen ihr arbeiten könnt.«

Nach etlichen wenig diskreten Kommentaren von Magnus begreift Ricky endlich, dass wir allein sein wollen. Er verabschiedet sich, und wir danken für das Essen.

»Was möchtest du jetzt tun?«, fragt Magnus, als ich endlich die Haustür abgeschlossen habe und mich in seine Arme schmiege.

»Ich will die Badewanne einlaufen lassen.«

Er lächelt, und ich sehe die Frage in seinen Augen.

»Für uns«, erkläre ich und gehe ins Badezimmer, um den Badeschaum zu suchen, den ich für eine solche Gelegenheit aufbewahrt habe. Während das Wasser steigt, zünde ich die Teelichter an, die ich im Bad stehen habe. Magnus legt Musik auf, von der er weiß, dass sie uns beiden gefällt, und kommt dann ins Badezimmer. Ein Kleidungsstück nach dem anderen fällt zu Boden, während wir einander küssen.

Wenn ich bisher an Liebe gedacht hatte, habe ich es immer für unmöglich gehalten, mich nach all den einsamen Jahren für einen neuen Mann auszuziehen. Aber so ist das nicht. In seinen Augen bin ich schön und attraktiv. Sicher und voller Selbstvertrauen steige ich zu ihm in die Badewanne und lasse meinen Körper von der Wärme umfangen. In diesem Moment bin ich glücklich. Das kann mir niemand nehmen.

Und nun, liebe Leserinnen und Leser, schließe ich die Tür, um mit meinem Geliebten allein zu sein. Wir sehen uns vielleicht im Salon d'Amour, wenn Sie dort zufällig vorbeikommen. Ich habe immer Zeit für ein Plauderstündchen, und für eine Tasse Tee mit Safranzwieback.

Ihre Freundin
Angelika Lagermark

ing
Aus dem Kochbuch
der Schicksalsgöttin

Gedanken der Autorin über Essen

Die Rezepte im »Kochbuch der Schicksalsgöttin« stammen von mir, meiner Mutter, meiner Tante Stina und meiner Urgroßmutter väterlicherseits. Diese Urgroßmutter, die ebenfalls Anna hieß, wurde gleich nach den großen Notjahren 1867–69 geboren. Damals wurde zum Überleben alles gegessen, was sich nur irgendwie essen ließ. Nesseln, Giersch und geröstete Eicheln. Mehl wurde aus Erbsen gemahlen. Etwas von dieser damals erzwungenen Sparsamkeit sitzt mir in den Genen. Aber ich liebe auch Festmähler. Wenn man ab und zu geizt, kann man sich für die Feste das Beste leisten. Im Leben kommt es immer auf die richtige Balance an!

Einige Rezepte für eine dünne Brieftasche

Fiskargränd-Spezial
4 Personen

18 mittelgroße Kartoffeln
1 mittelgroße gelbe Zwiebel
2 Päckchen durchwachsener Speck oder Aufschnittreste oder Bacon (300 g)
300 ml Schlagsahne
1 Prise Zucker
Salz und schwarzer Pfeffer nach Belieben (falls Sie Speck nehmen: Piment)

Den Ofen auf 225 Grad vorheizen. Kartoffeln schälen und in dünne Scheiben schneiden. Die Zwiebel fein hacken. Zwiebel und Kartoffeln anbraten, bis sie goldbraun sind. Eine feuerfeste Form ausfetten. Die Hälfte der Zwiebel-Kartoffelmischung hineingeben.

Den Speck in feine Streifen schneiden und anbraten. Alles überflüssige Fett abschütten und den Speck auf Küchenpapier eine Weile abtropfen lassen, bis er auf die Kartoffelmischung gelegt wird. Kippen Sie den Rest der Kartoffeln und Zwiebeln darüber und schütten sie die Schlagsahne dazu.

(Zwiebel und Kartoffeln vorher roh anzubraten, steigert den Geschmack, man kann aber auch faul sein und diesen Schritt überspringen.) Dann die Mischung 25–30 Minuten im Ofen garen.

Käseteigtaschen

Wenn man alte Käserinden klein reibt und ins Tiefkühlfach legt, können sie zu leckeren Teigtaschen werden, oder man kann sie als Käse zur Pizza servieren. Mit Makrele in Tomatensoße und grünen Oliven oder Bacon und gebratenen Champignons schmeckt es noch besser.

32 Stück

Teig:
1 l Milch
2 Pck. Hefe
1 Prise Zucker
2 kg Mehl
300 g Butter
2 Esslöffel Salz

Füllung:
ca. 1 kg geriebener Käse
8 Dosen Makrele in Tomatensoße
400 g grüne Oliven oder 400 g geräucherter Schinken
500 g in Scheiben geschnittene gebratene Champignons

Den Ofen auf 225 Grad vorheizen. Die Milch anwärmen und Hefe und Zucker hinzugeben. Rühren, bis sich die Hefe aufgelöst hat. Die restlichen Zutaten zugeben, 5 Minuten kneten und 30 Minuten lang gehen lassen. 32 Brötchen formen und zu runden Platten von ca. 15 cm Durchmesser ausrollen. Eine Hälfte mit der von Ihnen ausgesuchten Füllung bedecken. Falten Sie die andere Hälfte darüber und stechen Sie den Rand mit einer Gabel ein. 15–20 Minuten backen, bis die Teigtaschen Farbe bekommen haben.

Angelikas Trompetenpfifferlingsuppe
4 Personen

2 mittelgroße Kartoffeln
4 Handvoll gehackte Trompetenpfifferlinge
1 große gelbe Zwiebel, gehackt
500 ml Schlagsahne
500 ml SWasser
500 ml SMilch
50 ml Soja
1 Prise Zucker
3 Hühnerbrühwürfel
2 zerdrückte Knoblauchzehen
2 Esslöffel Gelee von Schwarzen Johannisbeeren
Salz und Chilipfeffer nach Belieben

Die Kartoffeln kochen und zerquetschen. Die Pfifferlinge und die Zwiebeln braten, bis die Zwiebeln goldbraun geworden sind. Alle Zutaten in einem Topf vermischen. Ca. 15 Minuten kochen.

Lasagne sin carne
4 Personen

12 vorgekochte Lasagneplatten

Käsesoße:
400 ml Milch
2 EL Butter
200 g Parmesan oder ähnlich würzigen Käse, gerieben
6 EL Weizenmehl
Evtl. Salz

Tomatensoße:
1 Dose Tomatenmark (ca. 400 g)
1 EL Zucker
1 gelbe Zwiebel, gehackt
1 große zerdrückte Knoblauchzehe
3 EL Ketchup
3 TL Salz
2 TL Basilikum
2 TL Thymian
2 TL Oregano

Den Ofen auf 200 Grad vorheizen. Alle Zutaten der Käsesoße miteinander verkochen, etwas Käse behalten, der über die Lasagne gestreut wird, ehe sie in den Ofen kommt. Bei Bedarf salzen. Zutaten der Tomatensoße verkochen, bis die Zwiebeln weich sind. Eine Schicht Tomatensoße in eine gefettete Form geben. Eine Schicht Lasagneplatten darauflegen. Abwechselnd Soße und Platten aufeinanderschichten, mit Käsesoße und geriebenem Käse abschließen. Ca. 25 Minuten backen.

Ofentrolle

Ein altes gotländisches Lieblingsessen, das ganz schön satt macht, da früher jedes Brot 25 cm Durchmesser hatte. Ich backe eine kleinere Variante für Büfetts oder Ausflüge. Wenn die Brote im Ofen sind und Dampf abgeben, sehen sie aus wie redende Trolle – deshalb der Name.

25 kleine Portionen

Brot:
- 120 g Roggenmehl und ein wenig mehr zum Ausbacken
- 1 kg Roggen- und Weizenmehl halb und halb gemischt
- 50 g Hefe
- 100 g zerlassene Butter mit Rapsöl vermischt (damit backe ich am liebsten)
- 400 ml Wasser, lauwarm
- 2 EL Sirup
- 3 TL Salz
- 2 TL Essig

Füllung:
- ca. 750 g durchwachsener Speck, gewürfelt
- Piment nach Belieben
- 2 mittelgroße gehackte Zwiebeln

Den Ofen auf 225 Grad vorheizen. Die Zutaten für das Brot verkneten und den Teig 30 Minuten gehen lassen.

Die Speckwürfel zusammen mit Piment braten. Die Zwiebeln gesondert braten, bis sie goldbraun sind. Speck und Zwiebeln mischen.

Den Teig in ca. 25 Stücke teilen. Aus jedem mit der Hand eine Schüssel und einen Deckel formen. Die Füllung hineingeben und den Deckel darauflegen und festdrücken, aber lassen Sie ihn am Rand ein kleines bisschen offen, oder machen

Sie in die Mitte des Deckels ein Loch, durch das der Dampf entweichen kann. In den Ofen stellen und 15–20 Minuten backen, bis die Trolle eine schöne goldbraune Farbe haben.

Dazu passt: Joghurt mit gehackter Minze, geriebener Gurke, einer zerdrückten Knoblauchzehe und Zitronenpfeffer. Oder wie in der Kindheit meines Vaters: Sahne schlagen, bis sie zu Butter geworden ist. Nach Belieben salzen und eventuell mit etwas zerdrücktem Knoblauch oder Petersilie abschmecken.

Safranzwieback Salon d'Amour
30 Stück

200 g Mandeln
3 Eier
300 g Zucker
1 Prise Salz
1 EL Vanillezucker
650 g Weizenmehl
1 TL Backpulver
½ g Safran (kann bei knapper Kasse entfallen oder durch Kardamom ersetzt werden)

Den Ofen auf 275 Grad vorheizen. Die Mandeln in einem Topf mit heißem Wasser blanchieren und die Schale abziehen. Die Mandeln im heißen Ofen rösten, bis sie goldbraun sind, danach fein hacken.

Alle Zutaten vermischen und zu 2 cm dicken Streifen ausrollen, sie ein wenig zusammendrücken und auf ein eingefettetes Blech legen. Ca. 25 Minuten backen und sofort schräg anschneiden, wenn der Zwieback aus dem Ofen genommen wird.

Mit Fliedertee und Minze servieren.

Urgroßmutters Apfelkuchen

Ich kenne diesen Apfelkuchen noch aus meiner Kindheit. Er ist so lecker, dass man ganz brav davon wird. Bei knapper Kasse reicht Zimt als Würze. Ist man dagegen gerade solvent, machen sich 200 g Mandelblättchen gut. Zu ganz besonderen Gelegenheiten können Sie dazu mit einem Schuss Punsch verfeinerte Sahne servieren.

8 Stücke

400 g Zwiebackkrümel, Zuckerkuchenkrümel oder Krümel
   von trockenem Weizenbrot
200 ml Milch zum Einweichen
500 g Apfelmus
100 ml Sirup
Zimt nach Belieben (ca. 2 EL)
3 TL Nelken
3 TL Pomeranzensaft

Den Ofen auf 200 Grad vorheizen. Die Krümel 10 Minuten in der Milch einweichen. Eine Backform fetten und mit Krümel auslegen. Alle Zutaten mischen und auf die Kümmelmasse geben. Ca. 1 Stunde auf der mittleren Schiene im Ofen backen.
   Den Kuchen mit Punschvanillesahne oder mit Sahne mit einem Schuss Punsch servieren (wie Sindbad das tut).

Kratzbeereneis à la Angelika oder Parfait Salon d'Amour

Kratzbeeren sehen aus wie wilde Brombeeren – sie wachsen an Gotlands Stränden

300 g Kratzbeeren, Brombeeren oder Himbeeren
4 Eier
300 ml Schlagsahne
100 g Puderzucker
2 EL Vanillezucker

Die Eier trennen und das Eiweiß steif schlagen. Sahne steif schlagen, Puder- und Vanillezucker sowie das Eigelb langsam zugeben.

Die Beeren, sollten sie gefroren sein, zuerst richtig auftauen. Dann zu der Sahnemischung geben. Danach vorsichtig das Eiweiß unterrühren.

Die Masse in einem Plastikbehälter einfrieren, zum Beispiel in einer Eispackung. Nach einer halben Stunde umrühren, damit die Beeren nicht nach unten sinken.

Das Parfait 10 Minuten vor dem Servieren aus dem Tiefkühler holen.

Warum nicht in einem Martiniglas servieren? Das Sie zum Beispiel mit Sahne, Zitronenmelisse und frischen Beeren garnieren können.

Gierschsuppe

Vorsicht: Giersch kann mit giftigen Pflanzen verwechselt werden. Überzeugen Sie sich davon, dass Sie wirklich Giersch vor sich haben. Halten Sie sich an Nesseln, wenn Sie unsicher sind. Wenn die Kasse es zulässt, können Sie auch frische, in Scheiben geschnittene und gebratene Champignons und Stücke von gebratenem Hähnchenfleisch in die Suppe geben.

4 Personen

4 Handvoll Giersch und Nesseln von jungen Blättern – keine Stängel
1 Bund Bärlauch oder 1 feingehackte gelbe Zwiebel
1 zerdrückte Knoblauchzehe
2 Hühnersuppenwürfel
500 ml Schlagsahne
500 ml Milch
200 ml Wasser
1 EL Weizenmehl
Salz und schwarzer Pfeffer nach Belieben

Alle Zutaten zusammen ca. 15 Minuten kochen. Abschmecken und evtl. nachwürzen.

Rickys letzte Rettung

Wenn Rickys vegane Freunde mit Glutenallergie und Laktoseintoleranz unerwartet zu Besuch kommen, ist es gut, dieses Gericht aus der Tiefkühltruhe holen zu können. Es lässt sich unendlich oft mit Bohnen, Oliven und dem Gemüse variieren, das Sie gerade zur Hand haben. Nicht vergessen, dass Giersch mit giftigen Pflanzen verwechselt werden kann. Sehen Sie sich genau an, wo er wächst. Nehmen Sie lieber Spinat, wenn Sie unsicher sind.

4 Personen

500 g rote Linsen
1 EL Kümmel
1 EL Koriander
Öl zum Braten
1 l Wasser
1 Dose Mais (ca. 300 g)
1 kleine fein gehackte Zwiebel
1 zerdrückte Knoblauchzehe
2 Handvoll fein gehackte zarte Gierschblätter oder Spinat
Salz nach Belieben

Nehmen Sie eine hohe geräumige Bratpfanne. Braten Sie Linsen und Gewürze zwei Minuten. Geben Sie Wasser dazu, und lassen Sie alles die Hälfte der auf der Linsenpackung angegebenen Zeit kochen. Geben Sie Mais, Knoblauch, Zwiebeln und Giersch dazu. Salzen. Kochen, bis die Linsen weich sind.